Das Buch

Catherines schottische Großmutter Morven war schon immer etwas exzentrisch. Doch als sie von einem Tag auf den anderen spurlos verschwindet, ist Catherine mehr als beunruhigt. Sie lässt in Köln alles stehen und liegen, um nach Schottland zu reisen, an den Loch Fyne, wo Morven mit ihrer Freundin Clara ein kleines Café betreibt. Dort, am Ort ihrer Kindheit, merkt Catherine, dass es höchste Zeit war für eine Auszeit vom hektischen Berufsalltag und einem Leben an der Oberfläche. Sie spürt eine tiefe Verbundenheit mit der geheimnisvollen Landschaft und beschließt, erst einmal zu bleiben – schon, um Clara im Café zu helfen, bis Morven wieder auftaucht. Und um endlich in der Vergangenheit ihrer Familie nachzuforschen, die einige ungelöste Rätsel birgt. Als sie dann noch unerwartet auf Finnean McLachlan trifft, der ihr vor zehn Jahren das Herz brach, indem er sie ohne Erklärung verließ, weiß Catherine, dass sich in Schottland ihr Schicksal entscheiden wird ...

Die Autorin

Constanze Wilken, geboren 1968 und aufgewachsen in St. Peter-Ording, studierte Kunstgeschichte in Kiel und Wales. Seit ihrer Promotion arbeitet sie als Ausstellungsorganisatorin für zeitgenössische norddeutsche Künstler. Bereits ihr erster Roman *Die Frau aus Martinique* fand viele begeisterte Leserinnen und machte sie auch als Schriftstellerin bekannt. Constanze Wilken lebt mit ihrer Familie in St. Peter-Ording.

Von Constanze Wilken sind in unserem Hause
bereits erschienen:

Die Frau aus Martinique
Die vergessene Sonate

Constanze Wilken

Das Licht von Shenmòray

Roman

Ullstein

Besuchen Sie uns im Internet:
www.ullstein-taschenbuch.de

Umwelthinweis:
Dieses Buch wurde auf chlor- und säurefreiem Papier gedruckt.

Ungekürzte Ausgabe im Ullstein Taschenbuch
1. Auflage März 2006
© Ullstein Buchverlage GmbH, Berlin 2005
Umschlaggestaltung: Büro Hamburg
Titelabbildung: © Harrogate Museums and Art Gallery,
North Yorkshire, UK / Bridgeman Giraudon
Gesetzt aus der Minion
Satz: Buch-Werkstatt GmbH, Bad Aibling
Druck und Bindearbeiten: Ebner & Spiegel, Ulm
Printed in Germany
ISBN-13: 978-3-548-26304-5
ISBN-10: 3-548-26304-6

Für Kate

Niemand soll und wird es schauen,
Was einander wir vertraut.
Denn auf Schweigen und Vertrauen
Ist der Tempel aufgebaut.
        Johann Wolfgang von Goethe

Um 930 v. Chr.
Die Baustelle vom Tempel Salomons

Und er (Hiram) richtete die Säulen auf vor
der Vorhalle des Tempels; die er zur rechten
Hand setzte, nannte er Jakin, und die er
zur linken Hand setzte, nannte er Bohaz.
1. Könige 7, 21

Sie schrieben das Jahr vierhundertachtzig nach dem Auszug Israels aus Ägypten und das vierte Jahr der Herrschaft Salomons über Israel. Hiram wischte sich den Schweiß von der Stirn. Seine Muskeln schmerzten vom Klopfen der Steine, und seine Augen waren voller Staub. Mit einem feuchten Lappen, den ihm ein kleiner Junge aus einem mit Wasser gefüllten Ledereimer reichte, rieb er sich über Stirn, Augen und Bart und ließ dann den Blick über die riesige Baustelle gleiten. Mit Stolz betrachtete er die jungen Arbeiter, die ohne zu murren mit gleichmäßigen Schlägen die harten Felsbrocken bearbeiteten oder die aus dem Libanon herangebrachten Stämme aus Zedern- und Zypressenholz glätteten und zersägten. Andere stampften den Boden innerhalb der abgesteckten Felder, auf denen der Tempel errichtet werden sollte. Salomon hatte Hirams König, dem Herrscher von Tyrus, die genauen Ausmaße gegeben und ihn mit der Beschaffung der Baumaterialien beauftragt. König Hiram von Tyrus hatte dann ihn, den Architekten Hiram, mit der Überwachung des monumentalen Bauwerks zur Ehrung und Lobpreisung des Herrn betraut, und er wollte sich dieser Aufgabe würdig erweisen.

Ein kräftiger junger Mann kam mit einem Winkelmaß in der Hand auf ihn zu. Seine ebenmäßigen Züge und das dichte lockige Haar machten es ihm bei den Frauen leicht, allzu leicht, wie Hiram mehr als einmal hatte feststellen müssen, wenn sich wieder einmal ein erboster Vater bei ihm über seinen jüngsten Gesellen beschwert hatte.

»Was gibt es, Jaflet?«

»Meister, Sallu, der alte Querkopf, behauptet, die Vorhalle ist um zwei Ellen zu kurz abgesteckt worden, aber das kann nicht sein, denn ich habe sie ausgemessen und die Winkel bestimmt, wie Ihr es mir aufgetragen habt.« Das Winkelmaß fest in den Händen haltend, sah Jaflet seinen Meister trotzig an.

»Immer wieder Sallu. Er ist älter als du und noch nicht über den Lehrlingsgrad hinaus. Daran ist nur seine Engstirnigkeit schuld.« Hiram legte den Lappen auf einen Stein und ging mit ausgreifenden Schritten über die Baustelle. Jeder der mehr als tausend Arbeiter schien ihn zu kennen, denn wo er vorüberkam, wurde er mit respektvollem Kopfnicken begrüßt. An einem mit Seilen und Holzpflöcken abgesteckten Areal blieb Hiram schließlich stehen.

Ein gedrungen wirkender Mann, dessen muskulöser Körper von jahrelanger harter Arbeit zeugte, erhob sich nur widerwillig, als er Hiram sah. Eine Narbe zog sich über das kantige Gesicht des störrischen Mannes, und Hiram führte das angedeutete Lächeln, das mehr einem hämischen Grinsen glich, auf die Gesichtsverletzung zurück. »Na, Jaflet, bist du gleich wieder zu deinem Meister gerannt?«, kam es betont langsam aus dem Munde Sallus.

»Es bleibt mir nichts anderes übrig, wenn die Maße richtig sein sollen«, erwiderte Jaflet und entschuldigte sich sofort bei Hiram. »Ich wollte Euch nicht unnötig bemühen, aber er will einen Fehler begehen und das hier wird das Haus des Herrn ...«

»Schon gut, Jaflet.« Mit geübtem Blick schätzte Hiram die Abmessungen ab, prüfte die Länge schließlich mit dem Ellenmaß und stellte sich dann vor Sallu. »Was soll das? Jaflet hat gut gearbeitet. Wir alle tragen unseren Teil zu diesem beson-

deren Tempel bei. Du solltest deinem Mitbruder die Arbeit nicht unnötig erschweren, und jetzt mach dich an die Arbeit. Vielleicht sollte ich dich wieder zu den Steinmetzen schicken. Sie können noch einen kraftvollen Arm gebrauchen. Geh zu Hodawja und lass dir einen Meißel geben.«

Mit einem letzten zornigen Blick auf Jaflet murmelte Sallu: »Ja, Meister«, wischte sich die Hände an seinem Schurz ab und ging gemächlich davon.

Jaflet schüttelte den Kopf. »Ich weiß, dass man nichts Schlechtes über seinen Nächsten sagen soll, aber er hat etwas an sich, das mir Angst macht ... «

Gutmütig klopfte Hiram seinem Gesellen auf die Schulter. »Du machst dir zu viele Gedanken. Wirst du endlich heiraten? Das scheint mir ein dringenderes Thema zu sein.«

Ein Strahlen erhellte Jaflets besorgtes Gesicht. »Sie heißt Efrata, und ich werde ihren Vater fragen, sobald die Königin hier war.«

Den Besuch der Königin von Saba hatte Hiram ganz vergessen, und es gab noch so viele Dinge, die er regeln musste. »Das ist gut, das ist gut, Jaflet.« Mit den Gedanken schon bei den Vorbereitungen für den Ehrengast, machte sich Hiram auf den Weg zu seinem Zelt. Die Königin von Saba kam nicht nur, um Salomon zu sprechen, sondern auch, weil sie alle Arbeiter auf der großen Baustelle versammelt sehen wollte. Man hatte ihr von der außergewöhnlichen Ordnung und Disziplin und dem Fehlen der sonst üblichen Strafmaßnahmen berichtet, mit der Hiram die Baustelle leitete, die es in diesem Ausmaß noch nicht gegeben hatte. Was weder Salomon noch sonst jemand wusste – er kannte das geheime Wort.

Er, Hiram, Sohn des Asrikam, Architekt aus Tyrus, hatte das unaussprechliche Wort, das Enoch vor der Sintflut verborgen hatte, den Schlüssel zum innersten Mysterium der Weisheit entdeckt. Manchmal zweifelte er und fragte sich, ob er nicht aus Versehen auf etwas gestoßen war, das für jemand

Würdigeren bestimmt war, und doch glaubte er nicht an Zufälle. Jeder, der beim Transport der Bundeslade half, hätte die Bedeutung der Zeichen auf den goldenen Beschlägen erkennen können, aber nur ihm war die Gnade dieser Erkenntnis zuteil geworden. Mit einem tiefen Seufzer neigte Hiram den Kopf und bat seinen Schöpfer um die Kraft, die er brauchte, um seine Aufgabe ausführen zu können. Und hatte er es nicht geschafft, einen Bund zu gründen, in dem sich die Arbeiter als Lehrlinge, Gesellen und Meister bewähren konnten? Funktionierte die Lohnabholung nicht reibungslos, indem sich die Lehrlinge an der mit dem Buchstaben »B« versehenen Säule und die Gesellen sich bei der Säule mit dem »J« einfanden? Die Meister kamen in dem nach Osten gelegenen »mittleren Raum« zusammen, und alle vollzogen ihre eigenen Riten, zu denen ein bestimmter Klopfrhythmus und besondere Losungswörter gehörten. Nur das geheime Wort, das alles zusammenhielt, erfuhren nicht einmal die zum Meistergrad Geweihten, denen Schweigen und absolute Treue abverlangt wurden. Unvermittelt dachte Hiram an Sallu, der ihn mehr als einmal nach dem Wort gefragt hatte. Das Wort bedeutete Macht, und in den falschen Händen ...

»Hiram! Das Essen ist fertig!«, erklang die Stimme seiner Frau aus dem Nachbarzelt.

Seine Besorgnis verschwand, sobald er die helle Stimme Baaras, seines geliebten Weibes, vernahm. Bei aller Arbeit war sie das Zentrum seines Lebens, und ihr Lächeln wärmte sein Herz, als er den Vorhang zum Küchenzelt zurückschlug und in ihre schönen goldenen Augen blickte. In einem Augenblick der Schwäche hatte er ihr das Wort anvertraut, doch er wusste, sie würde eher sterben, bevor sie es verriet.

Die Zeremonie am folgenden Tag verlief zu Hirams Zufriedenheit. Die Königin von Saba applaudierte beeindruckt dem perfekten Schauspiel, in dem Hiram mit einem einzigen Wink tausende Arbeiter dazu brachte, sich ihrem Rang ge-

mäß in exakten Reihen auszurichten und den jeweiligen Grad anzuzeigen. Die Sonne brannte heiß auf die erhitzten Körper der Arbeiter herab, denen die Mühen jedoch nicht anzumerken waren. Am Abend labten sie sich an dem von der Königin ausgegebenen Wein und saßen in Gruppen vor ihren Zelten. Hiram ging zwischen ihnen hindurch und entnahm den Stimmen Entspannung und Zufriedenheit, dennoch konnte er sich des Gefühls der Gefahr nicht erwehren, das ihn schon den ganzen Tag verfolgte und mehr als einmal veranlasst hatte, sich umzublicken.

»Meister!«, rief ihn eine Stimme ins Dunkel zwischen den Zelten, und noch bevor er die Stimme ihrem Träger zuordnen konnte, wusste er, dass er in eine Falle lief.

Der erste Stoß traf ihn in die Schulter, und Hiram war fast froh, dass es endlich geschehen war. Sallu zog den Dolch heraus und hielt die beiden gedungenen Mörder, die wie er dem Lehrlingsgrad entstammten, zurück. »Sag es mir! Sag mir das Wort!«, zischte Sallu dem stöhnenden Hiram ins Ohr.

Der Architekt verzog keine Miene. »Niemals, und das weißt du.«

»Dann stirb!« Mit wutverzerrtem Gesicht stieß Sallu seinem Meister den Dolch zwischen die Rippen.

Hirams brechende Augen sahen die aufblitzenden Klingen der beiden Mörder nicht mehr, denn sein Blick war nach innen gerichtet, auf ein Licht, das ihn die Qualen vergessen ließ und ihm die Gewissheit gab, seine Aufgabe erfüllt zu haben.

Als man Baara den Leichnahm ihres Mannes brachte, sah sie zu Jaflet, der weinend an Hirams aufgebahrtem Körper stand und mit geballten Fäusten Rache schwor. Ihre Gesichtszüge wirkten starr und ihr schmaler Körper schien ihr nur noch aufgrund ihres eisernen Willens zu gehorchen. Sie nahm Jaflet am Arm und führte ihn vor das Zelt, wo sich alle Arbeiter versammelt hatten. Über das Meer der Männer blickend, die Hiram die Treue geschworen hatten, schwor Baara in der drückenden Stille der klaren Nacht, dass er nicht umsonst gestorben sein durfte.

»Ihr Brüder!«, durchschnitt ihre Stimme laut und beherrscht die trotz der Vielzahl an Menschen atemlose Stille. »Verrat und Mord sind begangen worden, aber Hiram ist nicht tot! Er lebt weiter – in euch, in eurem Werk und in mir. Führt sein Werk fort, denn sein Wort lebt durch euch, ihr Söhne der Witwe!«

Mit erhobenem Haupt schritt sie zurück in das Zelt, wo sie schluchzend über dem Leichnahm ihres Mannes zusammenbrach. Doch nur kurz erlaubte sie sich diesen Moment der Schwäche, sie schluckte die Tränen hinunter und richtete sich auf. Hiram hatte sie zur Mitwisserin seines Geheimnisses gemacht, und sie würde dafür sorgen, dass es niemals in die falschen Hände geriet.

Kapitel 1

> Was wir empfinden, geben wir weiter,
> Willig oder ungewollt;
> Was gewesen war, ist was wir wissen,
> In einer Geschichte
> Die zu erlernen schmerzhaft war.
> *Alun Llewelyn-Williams*

Das dunkelgrüne Wasser von Loch Fyne warf kleine Wellen, die in regelmäßiger Abfolge auf die Kiesel rollten. Catherine Tannert liebte das leise plätschernde Geräusch der Wellen und den Duft des salzigen Meerwassers, das an der Halbinsel Kintyre vorbei direkt aus dem Atlantik in die Bucht strömte. Sie hatte ihre Schuhe ausgezogen und sich auf den Holzsteg gesetzt, von dem eine Leine zu einem kleinen Motorboot führte, das sanft hin- und herschaukelte. Die klare Luft und die morgendliche Stille zu genießen, war etwas, das sie lange vermisst hatte. Ihre rotbraunen Haare fielen ihr in ungebändigten Naturlocken lose auf den Rücken. Fröstelnd zog sie die Strickjacke fester um ihre Schultern. Es war zwar schon Juni, aber in Schottland konnte es auch im Sommer überraschend kühl sein.

Sie betrachtete die aus dem morgendlichen Nebel aufragenden Berggipfel auf der anderen Seite des Lochs, die aus einem dichten Kiefernwald in den wolkenverhangenen Himmel aufstiegen. Hinter dem Stob an Eas lag der fast neunhundert Meter hohe Beinn an Lochain, und wenn man durch die Glens im Norden fuhr, hatte man das Gefühl, sich in der gewaltigen rauen Natur zu verlieren, obwohl sich die Highlands selten über tausend Meter erhoben. Morven hatte sie oft auf ihre langen Wandertouren mitgenommen und ihr die einzigartige Schönheit der Highlands nahe gebracht. Catherine seufzte. Morven, ihre Großmutter, war ein wunderbarer, aber auch ein sehr komplizierter Mensch. Man wusste nie, was sie als Nächstes tun würde, und ihr plötzliches Verschwinden hatte Catherine nach Schottland geführt. Geräusche drangen aus dem Haus zu ihr herunter. Catherine drehte sich um. Das einstöckige, weiß getünchte Haus mit den Erkerfenstern lag idyllisch zwischen dem alten Nadelbaumbestand auf einer schmalen Landzunge im Loch Fyne.

Mit Claras Hilfe hatte Morven das einstmals abbruchreife Haus mit dem altgälischen Namen »Balarhu« in ein gemütliches Heim mit rustikalem Charme und einem Café verwandelt. Clara war eine begnadete Köchin und hatte ein Talent für den Umgang mit Gästen, während Morven sich um Buchhaltung und Organisation kümmerte. Seit Catherine sie kannte, war Clara McGregor eine Freundin ihrer Großmutter. Sie bewohnte zwei Zimmer im Balarhu und war eine rundliche, stets freundliche, hilfsbereite Frau, deren Alter Catherine auf sechzig Jahre schätzte. Ihre blonden, von grauen Strähnen durchzogenen Haare trug sie kinnlang, was ihrem runden, aber fein geschnittenen Gesicht etwas Madonnenhaftes verlieh.

Ein Reiher stakte durch das seichte Wasser und hielt Ausschau nach Beute. Loch Fyne war ein fruchtbares Revier, in dem sich Lachse und allerlei Schalentiere tummelten. Seit die Regierung auf die Reinhaltung der Gewässer und biologische Fischzucht drängte, hatten sich die Verhältnisse in den Lochs deutlich verbessert. Morven lag der Erhalt der Natur sehr am Herzen, aber ihr vehementer Einsatz für den Umwelt- und Tierschutz hatte sie bei den Einheimischen nicht beliebt gemacht.

»Cathy, Frühstück ist fertig!«, erklang Claras Stimme vom Haus herüber.

»Ich komme!« Die Schuhe in der Hand, lief Catherine über den Steg, der auf einen schmalen Strand mit grobkörnigem Sand führte, zwischen den Bäumen hindurch auf das Haus zu. Sie fühlte sich wie damals, als sie mit zehn Jahren zum ersten Mal nach Inveraray gekommen war, um ihre Großmutter kennen zu lernen. Inzwischen war sie dreiunddreißig, das Leben hatte seine Unbeschwertheit verloren, und ihre Träume waren einer nach dem anderen wie Luftblasen zerplatzt. Der Duft von gebratenen Eiern wehte ihr aus der Küche entgegen, und Clara summte ein gälisches Lied vor sich hin.

»Die Melodie ist wunderschön, Clara. Guten Morgen!« Sie küsste die ältere Frau auf die geröteten Wangen und schaute ihr über die Schulter.

Während Clara die Eier auf zwei Teller verteilte und Toastbrot dazulegte, erklärte sie: »Ein altes Liebeslied, sehr traurig, aber ist das nicht immer so mit der Liebe?« Sie lächelte, schob die schmale Brille auf der Nase hoch und stellte die Teller auf den großen Esstisch, ein massives Eichenholzstück, das Morven bei einer Haushaltsauflösung erstanden hatte.

Catherine stach mit ihrer Gabel in das Eidotter und sah zu, wie es sich über den Teller verteilte. Dann stippte sie ihr Toastbrot hinein und biss genüsslich ab. »Leider. Ich kann dir aus meiner Erfahrung jedenfalls nicht widersprechen. Hat Morven …?«

Doch Claras niedergeschlagene Miene machte eine Antwort überflüssig.

»Was machen wir jetzt, Clara? Sie ist seit zwei Wochen fort, ohne sich gemeldet zu haben. Du hast alle ihre Freunde und Bekannte angerufen. Sollten wir denn nicht eine Vermisstenanzeige bei der Polizei aufgeben?« Catherine machte sich langsam richtige Sorgen, denn bisher war Morven jedes Mal nach drei oder vier Tagen zurückgekommen. Am Kühlschrank klebten Fotos von Clara, Morven und ihren zahlreichen Freunden. Seufzend stand Catherine auf und nahm eines der Fotos in die Hand, das Morven auf der Terrasse vor dem Haus zeigte. Die langen braunen Haare ihrer Großmutter waren zu einem dicken Zopf geflochten. Einzelne Strähnen umrahmten das scharf geschnittene, ebenmäßige Gesicht mit einem kleinen Mund und wachen dunkelbraunen Augen, denen nichts entging. Es war das schöne Gesicht einer scheinbar alterslosen Frau.

»Wann habt ihr dieses Foto gemacht?«

»Letzten Herbst. Da kam sie gerade von den Hebriden zurück. Sie war so seltsam. Sie sah erholt aus, aber trotzdem schien sie seitdem irgendwie verändert, besorgt, ach, ich weiß auch nicht.« Clara legte ihre Gabel hin.

»Seltsam ist ein Wort, das mir bei Gran sofort einfällt. Sie sieht so jung aus, findest du nicht? Drei Jahre lang war ich nicht hier, und sieh dir dieses Bild an – sie hat sich überhaupt nicht verändert.«

»Oh, wie kann sie uns das nur antun! Diese Ungewissheit! Sie könnte zumindest anrufen!« Clara klang verzweifelt.

In Erinnerung an eine Morven, die lieber Briefe schrieb als zu telefonieren, wenn sie sich überhaupt meldete, und die ein Telefon nur als eine störende Notwendigkeit betrachtete, war es ausgeschlossen, dass es ihr in den Sinn kam, anzurufen. Morven war ein Freigeist, ein Vogel, den man nicht einsperren konnte, einer dieser Falken, die elegant über der Erde schweben und den Boden nur gezwungenermaßen berühren. Catherine lächelte; nein, wenn Morven nicht gefunden werden wollte, dann würde sie auch niemand finden.

»Worüber lächelst du, Cathy?« Hoffnungsvoll sah Clara sie an.

»Wir brauchen die Polizei nicht anzurufen, es hätte keinen Sinn. Lass uns lieber noch einmal die Liste ihrer Bekannten durchgehen. Wäre doch möglich, dass wir jemanden übersehen haben.«

Sofort stand Clara auf, froh, etwas tun zu können. Aus einem der großen Küchenschränke, deren zahlreiche Schubladen und Türen die Geheimnisse zu Claras Kochkünsten bargen, holte sie jetzt ein kleines Büchlein hervor, dessen speckiges Leder von langem Gebrauch zeugte. Sie gab es Catherine und sagte: »Das ist mein Adressbuch. Morven hat keines, jedenfalls nicht, dass ich wüsste. Sie sagt immer, du schreibst die Nummer auf, ja, Clara? Und das mache ich, obwohl sie selten eine zu brauchen scheint, außer für diese Aktionen, mit denen sie den Tieren hilft oder den Naturschützern. Oh Cathy, vielleicht hat einer von diesen Farmern oder Jägern …? Sie hat sich viele Feinde gemacht. Die Leute sind richtig böse gewesen, als man ihnen die Treibjagd hier verbot.«

Catherine legte ihr beruhigend die Hand auf den Arm. »Wir wollen gar nicht an so etwas denken. Außerdem kann ich mir nicht vorstellen, dass der alte Dougal oder dieser Farmer, wie hieß er noch, Ramsay, es wagen würden, Morven Melville Mackay auch nur ein Haar zu krümmen.«

Erstaunt sah Clara sie an. »So wie du das sagst, nicht. Ich bin sehr froh, dass du hier bist, Cathy. Du hast viel Ähnlichkeit mit deiner Großmutter.«

Seit ihrem letzten Besuch trug sie die Haare länger und durch das Karatetraining hatte sich ihre Haltung verbessert. Oberflächliche Veränderungen, dachte sie, nichts als Äußerlichkeiten, die ihr doch nicht geholfen hatten, ihr Leben in den Griff zu bekommen. Denn im Grunde war sie auf der Suche, auf der Suche nach der Catherine, die sie irgendwann verloren hatte. Vielleicht war es hier gewesen? Wenn sie einen Moment benennen müsste, in dem sie glücklich war, dann dachte sie an grünes Wasser und den Geruch von blühender Heide und …

»Cathy, alles in Ordnung? Du siehst so abwesend aus.«

»Es gibt so viele Erinnerungen, vieles, das ich sie fragen möchte, und ich vermisse sie.«

Die gutmütigen Augen der älteren Frau blinzelten. »Ja, ich auch. Also, lass uns die Namen gemeinsam durchgehen.«

Nach einigen Minuten hatten sie vier Namen gefunden, die Clara entweder noch nicht angerufen oder nicht erreicht hatte. »Gillian Grant, der Name sagt mir gar nichts. Es muss Jahre her sein, seit ich den Eintrag gemacht habe, und Morven hat sie nie erwähnt.« Clara knetete ihre Unterlippe zwischen den Fingern.

»Dann rufen wir die jetzt an. Das Unwahrscheinlichste ist oft das Richtige.« Catherine griff nach dem Telefon. »Sie lebt auf Mull? Die Insel muss im Sommer mit Touristen überfüllt sein. Ich sehe noch die aus allen Nähten platzenden Fähren in Oban vor mir.« Nachdem sie gewählt hatte, hielt sie den Hörer abwartend ans Ohr. Enttäuschung zeigte sich auf ihrem Gesicht, doch sie sprach langsam und betont deutlich in den Hörer, dass sie um Rückruf bitte, falls Gillian ihre Großmutter in letzter Zeit gesehen hätte.

Clara schüttelte den Kopf. »Warum sollte sie auch nach Mull fahren, besonders jetzt, wo die Leute ganz verrückt danach sind, weil irgendein Fernsehsender eine Kinderserie in Tobermory gedreht hat.«

Sie standen auf, und Catherine begann, das Geschirr abzuräumen, doch Clara hielt sie davon ab. »Nellie kommt gleich und hilft mir. Geh nach draußen und genieß den schönen Tag. Hier weiß man nie, wie lange die Sonne scheint.«

»Danke, Clara. Du bist ein Schatz, aber ich helfe dir später, wenn die Gäste kommen.« Mit einer raschen Umarmung verabschiedete sie sich, hob ihre Schuhe vom Fußboden auf und ging durch die Hintertür wieder hinunter zum Bootssteg.

Die Sonne hatte die Nebelschwaden über den Bergen inzwischen aufgelöst und versprach einen warmen Tag. Ein Stück den Meerarm hinauf glitt langsam ein Boot auf das Wasser hinaus. Einer der Fischer aus Inveraray versuchte sein Glück bei den Lachsen. Der kleine Ort erwachte zum Leben, was sie an dem zwar entfernten, aber doch vernehmbaren Autolärm hörte. Die meisten Leute aus der Umgebung arbeiteten in einem der Hotels oder Restaurants in Inveraray. Eine weitere Möglichkeit waren die vielen Souvenirläden, das historische Gefängnis, das sich einen Namen durch ausgefallene Führungen gemacht hatte, das Tourismusbüro und ein Supermarkt. Welch ein Unterschied bestand zwischen dieser Beschaulichkeit und dem hektischen Verkehrsaufkommen in und um Köln.

Erleichtert ließ sich Catherine wieder auf den von der Sonne erwärmten Holzplanken nieder und berührte mit den Fußspitzen das kalte Wasser. Sie stellte die Hände neben sich und lehnte sich leicht zurück, um das gesamte Naturschauspiel von Loch Fyne in sich aufzunehmen. Gestern Abend war sie mit dem letzten Bus aus Glasgow angekommen. Tom, ihr Chef in der Kölner Werbeagentur, in der sie als Webdesignerin arbeitete, war nicht erfreut gewesen, als sie nach Claras besorgtem Anruf sofortigen unbefristeten Urlaub verlangt hatte. Da sie aber seit drei Jahren weder Urlaub gemacht noch ihre Überstunden abgefeiert hatte, zeigte er sich einsichtig und ließ sie gehen, allerdings unter dem Vorbehalt, dass sie sich jede Woche melden müsse, um ihm zu sagen, wann sie zurückkäme. Eigentlich war Tom ein netter Kerl, doch zu sehr mit seiner Agentur verheiratet, als dass er ein Privatleben führen konnte. Sie waren einige Male ausgegangen, hatten dann aber beschlossen, es bei einer geschäftlichen Beziehung zu belassen, da auch Catherine mehr von Graphiken, Bites und Pixeln sprach als von Dingen, die man sonst vielleicht in seiner Freizeit tun würde.

Wann sie begonnen hatte, sich richtiggehend unzufrieden zu fühlen, hätte sie nicht sagen können. In all den Jahren, in denen sie an ihrer Karriere gearbeitet hatte, waren ihr nie Zweifel gekommen, dass ihrem Leben etwas fehlen könnte. Sie teilte sich mit Lisa, einem Model, eine geräumige Wohnung in der Innenstadt, und die Wohngemeinschaft funktionierte bestens, weil Lisa die meiste Zeit auf Reisen verbrachte, von denen sie nie ohne ein ausgefallenes Geschenk und Geschichten aus der exzentrischen und bisweilen gnadenlosen Modewelt zurückkam. Da Lisa für ein Shooting nach Mauritius geflogen war, hatte Catherine sich nicht von ihr verabschiedet. Weder von ihr noch von sonst jemandem. Vielleicht sollte sie ihre Eltern in den nächsten Tagen anrufen, denn seit ihrem Umzug nach Köln sah sie sie nur noch selten.

Seufzend stand Catherine auf, zog sich die Schuhe an, sprang vom Steg auf den Sand hinunter und begann, nach Inveraray zu schlendern, das sie in zwanzig Minuten erreichen konnte, nicht in diesem Tempo, aber darauf kam es nicht an, denn sie hatte keinen Termin, den sie einhalten musste. Ein ungewohntes und ein erstaunlich gutes Gefühl. Im Grunde verstand sie sich gut mit ihren Eltern, wäre da nicht die unterschwellig immer spürbare Spannung, wenn es um Morven ging. Nein, wenn sie etwas wollten, konnten sie sie über ihr Mobiltelefon erreichen, und dann war es immer noch früh genug, ihnen zu sagen, wo sie war.

Sie hob einen der flachen Steine auf und warf ihn weit in das Wasser hinaus, wo er nach seinem Eintauchen Kreise auf der Wasseroberfläche entstehen ließ. Der leichte Wellengang, der noch vor knapp zwei Stunden zu sehen gewesen war, hatte sich wie die Wolken verflüchtigt. Die Sonne gewann an Kraft, und Catherine zog die Strickjacke aus. Ein wenig Bräune tat ihrer blassen Städterhaut gut. Eigentlich war es ihr unverständlich, warum Briana, ihre Mutter, und Morven sich nicht verstanden. Beide liebten die Natur. Briana und Johannes, ihr Vater, waren nach Königstein im Taunus gezogen, weil dort die Nähe zu den Bergen und zur nahen Großstadt Frankfurt gegeben war. Während Johannes gemächliche Wandertouren vorzog, hatte Briana sich dem Bergsteigen verschrieben und ihre Tochter früh mit ihrer Leidenschaft angesteckt.

Unbewusst schüttelte Catherine den Kopf. Es käme ihr nie in den Sinn, einem klärenden Gespräch aus dem Weg zu gehen. Diese diplomatische Einstellung hatte sie von ihrem Vater, der, anders als die eigensinnige Briana, jedem Problem in seiner sanften, aber unnachgiebigen Art auf den Grund ging. Wenn Morven sich endlich gemeldet hatte, würde sie mit ihr sprechen, denn so konnten sich zwei erwachsene Frauen nicht verhalten. Catherine kannte den Grund für den jahrelangen Streit zwischen Morven und ihrer Mutter nicht, weil beide sich beharrlich darüber ausschwiegen. Erst mit zehn Jahren hatte sie ihre Großmutter überhaupt kennen gelernt, und das auch nur, weil ihr Vater sie auf eine Geschäftsreise nach Schottland mitgenommen hatte. Ohne Briana davon zu erzählen, waren sie, nachdem der Auftrag in Aberdeen abgewickelt war, nach Inveraray gefahren, und Johannes hatte Catherine ihrer Großmutter vorgestellt.

Sie hatte auf der Terrasse vor dem Haus gestanden, als Catherine sie zum ersten Mal gesehen hatte. Eine zierliche Frau mit langen schimmernden Locken, die ihren sehnigen Körper umspielten, und die auf sie zu warten schien. Johannes sagte nichts. Morven nickte dankbar, ging auf

Catherine zu und nahm sie in die Arme. »Kleine Cat, ich freue mich sehr, dich endlich kennen zu lernen.« Sie forderte keine Erklärungen, aber sie gab auch keine. Sofort hatte sich Catherine der ungewöhnlichen Frau verbunden gefühlt, eine Verbundenheit, aus der im Lauf der Jahre ein enges Band aus Freundschaft und Liebe geworden war.

Nur Briana war nicht erfreut gewesen, als sie von Johannes' eigenmächtigem Handeln erfuhr. Sie hatte Catherine durchdringend angesehen und gesagt: »Ich hätte es nicht immer verhindern können, aber sie wird dich mir nicht wegnehmen...« Mit Tränen in den Augen drückte sie ihre Tochter an sich und murmelte: »Du bist meine Tochter, nicht ihre. Vergiss das nie, hörst du, Cathy?« Unglücklich hatte Catherine ihre Mutter auf die Wangen geküsst und ihr versichert, dass sie niemanden mehr liebe als sie, und ihren Vater natürlich, und Briana hatte sich beruhigt, ihr über die Haare gestrichen und gesagt: »Ist ja gut, mein Kleines, tut mir Leid. Vergiss einfach, was ich gesagt habe.«

Damit war das Thema für lange Zeit erledigt gewesen, und Briana wandte sich nie gegen Catherines Wunsch, Morven in Schottland besuchen zu wollen, nur musste Catherine immer genau berichten, was sie mit ihrer Großmutter unternommen und worüber sie gesprochen hatten. Irgendwann hatte auch das nachgelassen und Catherine lernte, in Gegenwart ihrer Mutter nicht zu viel über Morven zu sprechen und umgekehrt.

Ihren Gedanken nachhängend war Catherine in Inveraray angekommen. Sie stieg über einen Haufen alter Fischernetze auf die flache Kaimauer hinter dem historischen Gefängnis und spazierte die Hauptstraße in Richtung des Piers hinunter.

Einiges schien sich verändert zu haben, seit sie das letzte Mal hier gewesen war. Die Clarks hatten dem alten George Hotel eine neue Fassade gegeben, von einem Besuch sah sie jedoch ab, das würde sie abends tun, wenn der gemütliche Pub unten in dem dreihundert Jahre alten Haus geöffnet hatte, wo sich Einheimische und Touristen gleichermaßen trafen. Der Supermarkt war ausgebaut worden, und sie entdeckte ein neues Geschäft, das sich auf den Verkauf feiner Whiskysorten spezialisiert hatte. Als sie am Pier um die Ecke bog, leuchtete ihr ein Schild mit der Aufschrift »Internetcafé« entgegen, auch das war neu und zeigte, dass die Jugend Inveraray noch nicht ganz verlassen hatte, wie es in vielen Orten Schottlands der Fall war. Da Catherine den Nachmittag nicht am Computer verbringen wollte, ging sie entschlossen an dem Café vorüber und spazierte zur *Arctic Penguin*, einem 1911 in Dublin vom Stapel gelaufenen Dreimastschoner, der jetzt als Museumsschiff seine Tage fristete. Die Ausstellung zum Thema schottische Seefahrt war ihr bekannt, weshalb sie um die wartenden Touristen herumlief und den Kindern dabei zusah, wie sie Muscheln, die von den Fischern liegen gelassen worden waren, aufsammelten und ihre Trophäen stolz verglichen.

Als Catherine über die Straße ging, um zum Lunch einen Teacake in Rosie's Tearoom zu essen, wurde sie von einer jungen Frau angesprochen.

»Hey, Cathy, erkennst du alte Bekannte nicht mehr?«

Verdutzt blieb Catherine stehen und suchte in ihrem Gedächtnis nach einem Namen, den sie mit der blassen dünnen Frau in Verbindung bringen konnte, die mit einem Kleinkind, das protestierend neben einem Kinderwagen herging, auf sie zukam. »Bridget?« Nein, das konnte nicht sein, denn die Bridget, die Catherine in Erinnerung hatte, war immer grell geschminkt, auffallend gekleidet und quirlig gewesen. Hier jedoch sah sie eine übermüdete, verhärmte und desillusionierte Mutter vor sich, die der Bridget von damals nicht im Geringsten ähnelte.

Die junge Frau grinste und stemmte eine Hand in die Hüfte. »Tja, hättest du nicht gedacht, oder? In drei Jahren kann sich eine Menge verändern.« Unverfroren und dreist schien Bridget noch immer zu sein, was Catherine schlagartig daran erinnerte, wie wenig sie die einstige Pubbedienung gemocht hatte.

»Dann scheint es dir ja sehr gut zu gehen, Bridget. Wer ist denn der Glückliche, John?« Weitere unangenehme Bilder verbanden sich mit ihrem Gegenüber.

»Von ihm hier.« Sie deutete auf den Jungen, der ständig versuchte, sich von ihr loszureißen, doch sie hielt ihn mit geübtem Griff fest. Mit einem Seitenblick auf das Baby erklärte sie: »Der ist von Fletcher. Wir haben geheiratet, letztes Jahr! Hier, sieh mal!« Unaufgefordert hielt sie Catherine einen schmalen Goldring unter die Nase.

»Das freut mich für dich, schließlich war das ja dein Ziel, oder?« Wie man sich darüber freuen konnte, mit Fletcher Cadell verheiratet zu sein, einem heruntergekommenen Schafzüchter und Säufer, war Catherine zwar rätselhaft, aber Bridget schien am Ziel ihrer Wünsche angelangt zu sein.

Schnippisch warf sie das Kinn hoch. »Du musst mal nicht so tun, Catherine oder Cat, so hat er dich doch immer genannt, stimmt's? Mich wollte wenigstens jemand heiraten ... Na, wir sehen uns sicher noch. Das Kaff ist nicht größer geworden, wie du sicher bemerkt hast. Los, Adie, halt dich an der Karre fest, wir gehen jetzt nach Hause.« Ihren offensichtlichen Treffer genießend drehte sich Bridget um und marschierte mit ihren Kindern in Richtung Bushaltestelle davon.

Den Blick von der schmalen Gestalt in den verwaschenen Kleidern abgewandt ging Catherine langsam auf Rosie's Tearoom zu, aß dort mit wenig Appetit ihren Teacake und kehrte schließlich zurück zum Wasser, wo sie einige

Stufen zum Strand hinunterstieg und sich auf den Rückweg machte. Nur eine Person außer Morven hatte sie je »Cat« genannt – Fin. Bridget hatte zielsicher eine Wunde aufgerissen, die nie verheilt war und die sich vielleicht nie schließen würde. Finnean McFadden war der einzige Mann, der Catherine mehr bedeutet hatte als die Abenteuer und Affären, die danach gekommen waren, und wenn sie an ihn dachte, versetzte es ihr noch immer einen Stich, wofür sie sich hasste. Wenn sie es könnte, hätte sie ihn sich aus dem Herzen gerissen. Wütend stieß sie mit den Füßen in die Kieselsteine. Sie waren so jung und verliebt gewesen, und er war einfach verschwunden. Sie sagte sich zwar, dass er auch seinen Eltern keine Erklärung hinterlassen hatte, bevor er sich über Nacht aus dem Staub gemacht hatte, doch ein wirklicher Trost war das nicht, nicht nach allem, was sie gemeinsam erlebt hatten.

Ungeduldig wischte sich Catherine eine Träne aus dem Auge. Nach all den Jahren hatte sie noch immer keine Kontrolle über ihre Gefühle, wenn es um Fin ging. Morven hatte nie etwas zu ihrer Beziehung mit Fin gesagt, geschweige denn sein Weggehen kommentiert. Vielleicht verstand sie ihn besser als Catherine, weil er ihr in seinem Drang nach Freiheit so ähnlich war. Ein bitteres Lächeln umspielte Catherines Lippen. Genauso wenig, wie Fin sich um die sorgte, denen er mit seinem Weggehen das Herz brach, schien Morven sich Gedanken um ihre Freundin zu machen, die vor Sorge fast verrückt wurde. Vielleicht war das der Preis, den man zahlte, wenn man Zeit mit Menschen wie Morven oder Fin teilen durfte – denn dass er es wert gewesen war, stand außer Frage.

Die Sonne brannte heiß auf die Terrasse und die Gäste drängten sich unter den Sonnenschirmen, die Nellie aufgestellt hatte. Catherine winkte Clara und dem fröhlichen jungen Mädchen zu, das flink zwischen den Tischen hin und her eilte, um schmutziges Geschirr abzuräumen und Bestellungen aufzunehmen.

»Wo braucht ihr mich am dringendsten?« Catherine band sich eine Schürze um.

»Dreimal Scones mit Marmelade und Butter, zwei Applepies und Tee für fünf Personen!«, rief Nellie durch die Küchentür, stellte einen Haufen Geschirr in die Spüle und eilte wieder davon. Clara wollte nach dem Geschirr greifen, doch Catherine hielt sie zurück.

»Ich mach das. Abwaschen ist meine Stärke. Mit den Kuchen kennst du dich besser aus.«

Ein dankbares Lächeln von Clara quittierte Catherines Worte. Dampfende Applepie wanderte nun, von Clara geschickt in exakt gleich große Stücke geschnitten, auf die Teller, während Catherine sich um die Spülmaschine kümmerte. Zwischendurch füllte Catherine die Getränke ein und stellte die Bestellungen für Nellie auf Tabletts zusammen. Nellies australischer Akzent war unüberhörbar und trotz der Arbeit fand sie Momente, um Catherine zu erzählen, dass sie mit ihrem Freund Chris seit einem Jahr eine Weltreise machte und Schottland nach Indien und Thailand die dritte Station war.

Catherine war gerade dabei, einen Stapel Teller in das Regal zurückzustellen, als Nellie in die Küche gestürmt kam. »Da draußen ist so ein komischer Typ.«

»Was will er denn? Schmeckt ihm der Kuchen nicht?«, fragte Catherine.

Clara knetete mit roten Wangen an einem neuen Teig für die Pies, die an diesem Nachmittag reißenden Absatz fanden. »Was ist los? Gibt es ein Problem?«

»Nein, nein«, und zu Catherine gewandt sagte sie leise: »Er will das Bild kaufen oder so. Ich frag noch mal. Der spinnt doch!« Mit einem neuen Tablett in den Händen lief Nellie wieder hinaus.

Mit verschwitztem Gesicht und mehligen Händen kam Clara nach vorn. »Was war denn?«

Catherine zuckte die Schultern. »Da will jemand ein Bild kaufen. Keine Ahnung.«

Es blitzte kurz in Claras Augen auf. »Gib mir ein Handtuch!«

Erstaunt reichte Catherine ihr das Gewünschte, und Clara wischte sich noch im Laufen die Hände ab und rannte so schnell es ihre rundliche Figur zuließ nach draußen. Neugierig geworden folgte Catherine ihr in den Wintergarten, in dem bei dem schönen Wetter keine Gäste saßen.

»Das Bild ist nicht verkäuflich! Wollen Sie das schriftlich?«

Noch nie hatte Catherine die liebenswürdige Clara so aufgebracht erlebt. Mit hochrotem Kopf und in die Hüfte gestemmten Händen stand sie vor einem Mann, der sie um mindestens einen Kopf überragte und auf sie einredete. Ihr Busen wogte unter der frisch gestärkten Schürze, und es war deutlich, dass sie ihre Meinung nicht ändern würde. Der Mann, den Catherine auf Anfang fünfzig schätzte, hatte schütteres rötliches Haar, ein schmales Gesicht mit einer langen schiefen Nase und Hände, die beim Gestikulieren wie Spinnenbeine wirkten.

»Ist alles in Ordnung, Clara?« Beschützend stellte Catherine sich neben sie.

Der Mann ließ sich nicht beirren und musterte Catherine neugierig. »Vielleicht haben Sie mehr Geschäftssinn? Mein Name ist Donaldson, ich bin Antiquitätenhändler aus Edinburgh und möchte dieses Gemälde kaufen.« Aus seiner Tasche holte er eine Visitenkarte hervor, die er Catherine reichte. »Überlegen Sie es sich, mein Angebot steht.«

»Das Bild steht aber nicht zum Verkauf«, antwortete Catherine erbost, nahm die Karte und legte sie neben sich auf einen Tisch.

Clara drückte sanft ihren Arm. »Lass nur. Der Herr wollte gerade gehen, nicht wahr?!«

Mit einem letzten Blick auf das Gemälde, das an der Wand über dem Kamin hing, wandte er sich zum Gehen. »Überlegen Sie es sich. Wenn die Gäste irgendwann ausbleiben, ist eine Nebeneinnahme eine willkommene Hilfe.«

»Jetzt reicht es. Raus!« Mit erhobener Hand wies Clara ihm den Weg zur Tür hinaus.

Als er verschwunden war, überschüttete Catherine sie mit Fragen: »Warum wollte er dieses Bild kaufen? Kennt er Morven und ...«

»Oh Cathy, wenn ich auf alles eine Antwort wüsste.« Clara deutete auf das Ölgemälde. »Erst mal steht fest, dass Morven dieses Bild niemals verkaufen würde. Sie hat sich noch nie von irgendeinem ihrer vielen Kunstgegenstände getrennt.«

Catherine betrachtete das Landschaftsgemälde, das eine typische schottische Seenstimmung darstellte. Vor der großartigen Kulisse einiger Berggipfel lag eine Insel mit den Überresten einer Burg oder Kirche inmitten eines Nadelwäldchens, umgeben vom ruhigen Wasser eines Sees oder Meerarmes. Bemerkenswert war höchstens, dass es sich um eine nächtliche Stimmung handelte, die dem Bild etwas Geheimnisvolles verlieh.

»Zweitens kann ich den Kerl nicht leiden, und drittens haben wir gleich ein richtiges Problem, nämlich schmutzige Tellerstapel ...« Clara nickte in Richtung Küche, in die Nellie gerade mit einer Ladung Geschirr verschwunden war.

Später am Abend, nachdem die letzten Gäste gegangen, Café und Küche gesäubert waren und Nellie, die mit ihrem Freund in einem nahe gelegenen Caravanpark wohnte, sich verabschiedet hatte, stand Catherine allein in dem nun stillen Wintergarten und betrachtete das Gemälde genauer. Sie war zwar Webdesignerin, doch für die Malerei hatte sie schon immer eine Vorliebe gehabt. Besonders die schottischen Maler William McTaggart, Joseph Farquharson und der modernere James McIntosh Patrick hatten es ihr angetan. Den Stil dieses Malers jedoch konnte sie mit keinem ihr bekannten Künstler in Verbindung bringen und tippte auf eine Datierung im 18. Jahrhundert, wobei sie sich nicht sicher war, ob Anfang oder Mitte. Auf ihre Fragen hatte Clara den Vorfall als nebensächlich abgetan. Sie sei so wütend geworden, weil der Antiquitätenhändler genau wusste, dass Morven nicht da war, und versucht hatte, sie einzuschüchtern.

Welches Loch stellte die nächtliche Szenerie dar? Die Berggipfel verschwanden im Dunst und verhinderten ein Erkennen ihrer Form. Auch die kleine Insel kam Catherine unbekannt vor, aber das musste nichts bedeuten, denn es war unmöglich, sich den Umriss der unzähligen kleinen Inseln in Schottlands Wasserarmen und Seen zu merken. Sie trat dichter an das Bild und strich über den wertvoll aussehenden goldenen Rahmen, dessen aufwendige Verzierungen allein schon sehenswert waren. Üppige florale Schnitzereien waren im äußeren Bereich des zum Bild hin abgestuften Rahmens angebracht, während flachere ornamentale Schnitzarbeiten und Eingravierungen sich direkt um das Bild herum zogen. Catherine bestaunte die seltsam anmutenden Formen, die in ihrer zeichenhaften Regelmäßigkeit einem hieroglyphenartigen Code ähnelten.

»Cathy, was machst du noch hier? Komm, gehen wir schlafen. Der Tag heute war lang genug.« Clara kam, in einem langen Kleid und einen seidenen Schal gewickelt, auf sie zu und legte ihr den Arm um die Schultern. Ihre Bewegungen wirkten plötzlich weniger behäbig, und Catherine begann zu verstehen, dass sie und Morven vielleicht doch nicht so verschieden waren, wie sie immer angenommen hatte.

»Ich bin sehr froh, dass du jetzt hier bist, Catherine. Du hast so viel von deiner Großmutter.« Sie zwinkerte ihr lächelnd zu. »Zum Glück bist du nicht so unberechenbar und sprunghaft wie sie.«

Catherine legte kurz den Kopf an Claras Schulter. »Es ist schön, wieder hier zu sein. Jeden Tag, den ich hier bin, spüre ich mehr, wie sehr ich euch und Schottland vermisst habe. Vielleicht sollte es so sein, dass du mich brauchtest. Ich war so in meinen Alltag verstrickt, dass ich vergessen hatte, was mir wichtig ist.«

»Wir werden Morven aufspüren, Cathy, und ich wünsche dir, dass du hier findest, was dich glücklich macht.« Clara drückte ihr einen Kuss auf die Haare und ging dann mit Catherine durch die Küche in die Wohnräume.

Bevor sie zu Bett ging, schaute Catherine in ihrem Zimmer noch eine Weile auf das dunkle Wasser hinaus, das ruhig im Licht des zunehmenden Mondes lag. Heute, mehr als bei einer ihrer vorherigen Besuche, hatte sie den Eindruck, hierher zu gehören, und das lag nicht nur an der uralten Landschaft, die trotz der Feriengäste nichts von ihrer mystischen Ursprünglichkeit verloren hatte.

Kapitel 2

Der stille Berg, stechginsterzischelnd, brennt,
prahlend mit Ginstergold,
Hervorgebrochnem Quarz; von jedem Busch,
der angerührt, sprüht Tau ...
Glyn Jones

Auch an diesem Morgen wurden sie von strahlendem Sonnenschein begrüßt und saßen gerade mit Nellie beim Frühstück auf der Terrasse, als das Telefon klingelte. Nellie, die dem Apparat am nächsten war, nahm ab und reichte den Hörer an Clara weiter. »Eine Gillian Grant.« Sie zuckte mit den Schultern und nahm sich einen dritten Pfannkuchen, den sie dick mit Butter und Marmelade bestrich.

»Gillian?« Clara hörte einige Minuten schweigend zu und gab dann Catherine den Hörer. »Das ist so typisch!« Kopfschüttelnd stand sie auf und räumte ihr Geschirr ab.

»Ja?«, fragte Catherine gespannt in den Hörer, denn sie wartete auf Gillians Antwort, seit sie ihr auf den Anrufbeantworter gesprochen hatte.

»Clara, sind Sie noch dran?«

»Nein, ich bin Catherine.«

»Oh, ja, hören Sie, es tut mir alles sehr Leid, aber Morven hatte mich gebeten, nichts zu sagen. Ich wollte mich nur bei Ihnen für die unnötigen Sorgen entschuldigen, die Sie sich vielleicht gemacht haben.« Sie lachte leise. »Aber wahrscheinlich kennen Sie Ihre Großmutter besser als ich und sind Überraschungen gewohnt. Ja, also, bitte verzeihen Sie mir. Da kommt Morven auch schon. Auf Wiedersehen!«

Catherine schluckte, als sie endlich die vertraute Stimme ihrer Großmutter hörte. »Cat! Oh, ich freue mich ja so, dass du gekommen bist. Es gibt so viel zu erzählen. Geht es dir gut? Clara hat sich um dich gekümmert, nicht wahr?«

»Gran, hör doch mal. Warum hast du dich denn nicht abgemeldet? Wir sind fast verrückt geworden vor Sorgen!«

»Meine arme Kleine. Du weißt doch, um mich muss man sich keine Gedanken machen, Unkraut vergeht nicht. Ich brauchte einfach Ruhe. Auf dem Rückweg von Callanish, das jetzt auch schon so furchtbar überfüllt ist, bin ich nach Mull, um Gillian zu sehen, aber hier ist es mir auch schon zu belebt. Wir haben vor, nach Sandray oder Mingulay zu fahren.«

Das waren kleine unbewohnte Inseln der äußeren Hebriden, mit weiten menschenleeren Stränden. »Aber was willst du denn dort oben? Morven, ich bin hergekommen, um dich zu sehen, um mit dir zu sprechen, und außerdem habe ich einen Job ...«, wandte Catherine verzweifelt ein.

»Wärst du gekommen, wenn Clara nicht so einen Aufstand gemacht hätte?«, fragte Morven schlicht.

»Nein, wahrscheinlich nicht, jedenfalls nicht sofort.«

»Du wärst nicht gekommen, weil du gedacht hättest, dass du keinen ausreichenden Grund hast. Jetzt hast du gesehen, dass man auch ohne dich in diesem Kölner Büro auskommt. Vermisst du es oder irgendjemanden?«

»Äh, nein. Aber ...« Morvens Argumentation war geradeheraus und nicht zu widerlegen. Innerlich lächelte Catherine.

»Schön. Fühl dich in Balarhu wie zu Hause, Schottland hat dir immer gut getan. Ich komme bald zurück. Bis bald, meine Kleine, und jetzt gib mir Clara, die sicher schmollend in die Küche gegangen ist.«

Die Menschenkenntnis ihrer Großmutter war immer wieder verblüffend. Catherine nahm den Hörer des schnurlosen Telefons und reichte ihn Clara, die tatsächlich mit mürrischer Miene einen Teig energisch auf dem Tisch knetete und eine mehlige Hand nach dem Telefon ausstreckte.

Catherine ließ sie allein und ging wieder hinaus zu Nellie, die sich eine Zigarette angezündet hatte und entspannt auf ihrem Stuhl saß. Den Rauch ausblasend bemerkte sie: »Ich habe noch nicht viel von Morven gesehen, seit ich hier bin, aber sie ist einer der interessantesten Menschen, die mir seit langem begegnet sind, und glaub mir, in Indien haben Chris und ich die abgefahrensten Leute getroffen. Mach dir mal keine Gedanken um Clara, die verzeiht Morven alles und ist der glücklichste Mensch, wenn sie wieder hier ist.«

»Wie lange willst du bleiben, Nellie?«, fragte Catherine die sympathische Australierin.

»Phh, mal sehen, den Sommer auf jeden Fall. Chris hat jetzt einen Job im Pub vom George Hotel gefunden. Hey, komm doch mal abends vorbei. Ich gehe auf jeden Fall hin, sonst sehe ich Chris ja kaum noch. Aber ist schon okay, wir sparen das Geld, und dann fahren wir weiter.«

»Wisst ihr schon wohin?«

»Keine Spur, wird sich ergeben. Ich mag das so.« Sie drückte ihre Zigarette auf dem Teller aus, fuhr sich durch die kurzen blonden Haare, die ein verschmitztes sommersprossiges Gesicht umrahmten, und stand auf. »Na, dann will ich mal lieber anfangen, man soll nicht glauben, was die Leute schon am frühen Vormittag an Kuchen verdrücken!« Schwungvoll stapelte sie das Frühstücksgeschirr auf ihrem kräftigen Unterarm und ging in Richtung Küche, wohin Catherine ihr mit dem Rest des Geschirrs folgte.

Clara schien wieder bestens gelaunt, summte eine Melodie vor sich hin und drückte den Teig in Pieformen. »Cathy, du hast mir so lieb geholfen gestern, mach dir heute einen schönen Tag. Wir schaffen das schon, außerdem kann ich bei Bedarf noch Jean anrufen. Nimm den Geländewagen, wenn du magst, und fahr rauf in die Berge oder nach Crinan, da gibt es einen schönen Strand.«

»Hmm, ja danke, Clara. Aber sag mal, was treibt Morven denn nach Callanish? Das liegt doch auf Lewis und gehört zu den äußeren Hebriden, oder?«

»Wahrscheinlich die Steine. Sie liebt Steinkreise.« Clara füllte Kirschen in die fertigen Teigmulden und verschloss die Pies mit dem ausgeschnittenen Teigdeckel.

»Ja, das stimmt. Hier in der Umgebung gibt es kaum eine Ansammlung mythisch anmutender Steine, die sie mir nicht gezeigt hat. Hat sie dir gesagt, wann genau sie wiederkommt?« Es fiel Catherine schwer, sich mit der Ungewissheit abzufinden und einfach zu warten.

Mit schiefem Lächeln antwortete Clara: »Morven lässt sich nicht gern festlegen. Jetzt genieße einfach deine Zeit hier, bis sie kommt, und dann schaust du weiter.«

Nervös knetete Catherine einige Teigkrümel. »Wahrscheinlich bin ich es nicht mehr gewohnt, ohne Terminkalender zu leben.«

»Na, dann nimm die Zeit hier als eine willkommene Gelegenheit, es wieder zu lernen. Probier mal die Kirschen, habe ich mit Whisky abgeschmeckt.« Clara schob ihr eine Tonschüssel hin, in der die noch dampfenden Kirschen darauf warteten, in die übrigen Pies gefüllt zu werden.

Leichte Bewölkung war aufgezogen, und es war nicht ganz so warm wie am Vortag, weshalb Catherine sich für eine Fahrt auf die andere Seite von Loch Fyne entschieden hatte, wo sie von St. Catherines durch den Wald hinauf zum Cruach nan Capull, einem der niedrigeren Berge, wandern wollte. Sie verließ Inveraray in östlicher Richtung über die einspurige Brücke, folgte den Ufern von Loch Fyne bis zu dem kleinen Ort mit ihrem Namen, der direkt am Wasser und gegenüber von Inveraray lag. Obwohl die Entfernung auf den Karten nie groß schien, fuhr man über eine Stunde, bis man das andere Ufer des Meerarmes erreichte. Catherine parkte den robusten kleinen Geländewagen an der Straße und machte sich, ausgerüstet mit Rucksack, festen Schuhen, in T-Shirt und Shorts, auf den Weg. Sie hatte eben den Wald erreicht, als ihr Mobiltelefon klingelte. Das Signal war schwach, doch sie erkannte die Stimme ihrer Mutter.

»Wir wollten dich fragen, ob du dich am Wochenende freimachen kannst, um uns zu besuchen. Wir ...«

»Ich bin gar nicht in Köln, Ma«, sagte Catherine lauter, damit ihre Mutter sie trotz der schlechten Verbindung hören konnte. »Clara brauchte Hilfe im Café, und ich hatte noch so viel Urlaub übrig, da bin ich spontan hergefahren«, bog sie die Wahrheit hin, damit ihre Mutter sich nicht über Morvens Verhalten aufregte.

»Ach so? Wie lange bleibst du?«

»Weiß ich noch nicht, vielleicht zwei Wochen. Warum kommt ihr nicht her? Es ist wirklich traumhaft schön hier.« Das hätte sie nicht sagen sollen, denn schließlich war Briana hier aufgewachsen und kannte die Gegend besser als sie selbst.

»Danke. Dann melde dich doch, wenn du wieder hier bist. Du fehlst uns. Dein Job frisst dich ja regelrecht auf! Kannst du mich noch hören? Die Verbindung ist so furchtbar.«

Es knackte in der Leitung, und Catherine verabschiedete sich mit dem Versprechen, nach Königstein zu fahren, sobald sie wieder in Deutschland sei. Seufzend steckte sie das Handy in ihren Rucksack. Die betonte Gleichgültigkeit ihrer Mutter gegenüber ihrem Geburtsort und vor allem gegenüber Morven verletzte Catherine, auch wenn das sicher nicht beabsichtigt war. Selbst zu Clara, deren liebenswertes Wesen so einnehmend war, äußerte sich Briana nur knapp, dabei mussten sich die beiden gekannt haben. Mit ausgreifenden Schritten ging sie den weichen Waldboden entlang und lauschte dem Vogelgezwitscher und den surrenden Insekten, die sie noch nicht als potenzielle Nahrungsquelle geortet hatten, weil ihr Insektenschutzmittel wirkte. Johannes hatte sie zwar zu Morven gebracht, über Brianas Vergangenheit jedoch schwieg auch er sich aus, so als bestünde eine stumme Übereinkunft mit seiner Frau. Oft hatte Catherine sich als Kind vorzustellen versucht, wie der hoch gewachsene blonde Deutsche sich in die temperamentvolle dunkelhaarige Briana verliebt hatte. Da Briana ihrem zukünftigen Mann sofort in dessen Heimat gefolgt war, hatte Catherine immer gedacht, alles müsse furchtbar romantisch gewesen sein, nähere Erklärungen von ihren Eltern hatten diese Theorie jedoch nie erhärten können.

Ein vertrauter Geruch nach Kokos stieg in Catherines Nase, und als sie den Hügel hinauf durch den sich lichtenden Wald blickte, sah sie den grellgelben Stechginster, der so typisch für Schottland war. Auf dem offenen Wegstück machte sich ein frischer Wind bemerkbar, und weitere Wolken kündeten einen Wetterwechsel an. Ein Kaninchen duckte sich nicht weit von ihr im Gras, und wenig später rannte ein braunweißes Wiesel über den Weg. Sie wanderte weiter und nahm die schöne vielseitige Vegetation in sich auf. Mehrere kleine Bäche kreuzten ihren Weg und mit zunehmender Höhe wurde der Berg felsiger. Eben wollte sie sich auf einem steinigen Vorsprung niederlassen, um das mitgebrachte Obst zu essen, als sie Motorenlärm hörte, gefolgt vom Zuschlagen einer Autotür.

Erschrocken blieb Catherine stehen und horchte auf die näher kommenden Schritte. Da sie keine Straße und auch keine anderen Wanderer gesehen hatte, war sie überrascht und erwartete einen Ranger, der sie vielleicht auf etwas hinweisen wollte. Da sie dem ausgetretenen Pfad gefolgt war, nahm sie nicht an, dass man sie verwarnen wollte.

»Hey, hallo!«, erklang eine herrische Männerstimme, gefolgt von einem Mann, ungefähr in ihrem Alter, mit rötlichen Haaren in professioneller Rangerkleidung, der sich drohend vor ihr aufbaute.

Catherine stutzte. War es die Stimme oder das arrogante Auftreten, das so gar nicht zum Verhalten eines Rangers passte, das sie störte?

»Was haben Sie hier zu suchen? Gibt es nicht genug Nationalparks? Das hier ist unser Land!« Selbstgefällig steckte sich der Rothaarige eine teure Sonnenbrille in die Haare.

Jetzt konnte sich Catherine ein Grinsen nicht länger verkneifen. »Ich hätte dich fast nicht wiedererkannt, Rory Donachie McLachlan, aber deine charmante Art ist einfach einmalig!«

Jetzt war es an Rory, dessen gälischer Name treffenderweise roter König bedeutet, und wie ein solcher hatte er sich schon immer aufgeführt, überrascht zu sein. »Meine Güte! Catherine? Du hast dich aber verändert, wow, du siehst ja fast aus wie Morven mit den langen Haaren! Tut mir Leid, dass ich dich so angefahren habe, aber du glaubst ja nicht, wie viele Touristen hier herumtrampeln und ihren Müll liegen lassen, und wir können dann alles wieder aufsammeln.« Er lachte entschuldigend und reichte ihr zur Begrüßung die Hand.

Rorys Vater, Dougal Donachie McLachlan, war einer der wohlhabendsten und einflussreichsten Clanoberhäupter auf der südöstlichen Seite von Loch Fyne. Seit Generationen gehörten seiner Familie viele Hektar Land, die er durch seinen Erfolg als Geschäftsmann über die Jahre immer wieder erweitert hatte. So erklärte sich auch, dass Catherine von dem neueren Besitz der McLachlans nichts wissen konnte. Dieser Besuch schien voller Überraschungen zu sein, denn sie hatte Rory seit mindestens acht Jahren nicht gesehen. Aus dem verwöhnten, übergewichtigen

Söhnchen war ein kräftiger, nicht unattraktiver Mann geworden. Nur seine angeborene Arroganz, für die seine Mutter Flora verantwortlich war, hatte sich mit den Jahren anscheinend nicht vermindert. Flora McLachlan entstammte einem nicht minder einflussreichen Clan der Ostküste und war in der gesamten Gegend für ihr hochmütiges und unerbittliches Wesen bekannt. Im Vergleich zu seiner Frau gab Dougal sich weltmännisch und charmant, auch wenn jeder wusste, dass er in Geschäftsdingen unnachgiebig und rücksichtslos war.

»Lange her, Rory. Bist du zu Besuch oder hast du dich entschieden, hier zu leben?« Sie deutete auf die Steine hinter sich, auf denen sie sich hatte niederlassen wollen.

Nachdem sie sich gesetzt hatten, schaute Rory sie bewundernd an. »Du bist wirklich schön geworden, Catherine, und das sage ich ganz ohne Hintergedanken.«

Sein leicht verlegenes Lächeln erinnerte sie wieder an den rundlichen Fünfzehnjährigen, der sie auf Sommerfesten oder Tennisturnieren, auf denen sie sich öfter begegnet waren, angehimmelt und mit seinem Namen zu beeindrucken versucht hatte. »Danke«, sagte sie schlicht, immer noch auf eine Antwort wartend.

»Ich lebe seit zwei Jahren hier. Kommt dir sicher komisch vor, nachdem ich immer davon geredet habe, in die Vereinigten Staaten zu gehen und große Geschäfte zu machen.« Er zuckte lakonisch die Schultern. »Ich bin der einzige Sohn, Aileen hat einen McMillan geheiratet und lebt in Glasgow, und Greer ist völlig durchgeknallt. Im Moment ist sie in London und nimmt Gesangsstunden. Sie will Musicalstar werden …« Seine genervte Mimik verriet, dass Greer entweder wenig Talent hatte oder dass das nicht ihr erster Versuch war, sich künstlerisch zu betätigen.

»Armer Rory, dann hast du dich sozusagen für die Familie geopfert?«, neckte sie ihn.

Er stieß hörbar die Luft aus. »Du erinnerst dich vielleicht an meine Mutter, keine einfache Person, aber wir kommen klar, vor allem mit meinem Vater verstehe ich mich sehr gut. Ich habe Forstwirtschaft studiert und kümmere mich jetzt um das Land.« Stolz schwang in seiner Stimme mit, und Catherine konnte sich bildlich vorstellen, wie Rory-Red-King vielleicht vor zweihundert Jahren sein Land abgeschritten, hier und da die Pächter gemaßregelt und ihnen die besten Tiere als Pacht abverlangt hätte.

»Ah, deshalb die professionelle Kleidung.«

Doch Rory ging nicht auf ihre sarkastische Bemerkung ein. »Tja, läuft gut, und bei dir?«

»Werbebranche, ich mache Webdesign, um genau zu sein«, sie sprach ihren Beruf aus und fand, dass er fremd klang, so als hätte sie sich innerlich schon davon distanziert. Tom würde nicht erfreut sein, das zu hören.

»Klingt aufregend. Irgendwelche großen Projekte?«

Sie lenkte ab. »Ich habe Urlaub, lass uns nicht von meiner Arbeit sprechen. Es ist viel zu schön hier, um an Bürostress und Deadlines für Waschpulverreklame zu denken.«

»Na schön. Du trägst keinen Ring, hat man dich noch nicht an die Kette gelegt?« Anscheinend hielt er selbst nicht viel von dem Gedanken.

Catherine lachte. »Ich lasse mich nicht an die Kette legen.«

»Nein, kann ich mir bei dir auch nicht vorstellen. Vor allem, nachdem ich dich jetzt gesehen habe. Aber du weißt wahrscheinlich selbst, wie ähnlich du Morven bist.« Sein bewundernder Blick war ihr unangenehm.

»Um ehrlich zu sein, habe ich sie noch nicht gesehen, seit ich hier bin. Sie macht so eine Art Erholungstrip zu den äußeren Hebriden.« Sie nahm einen Apfel aus ihrem Rucksack und bot Rory ebenfalls ein Obststück an.

Er lehnte dankend ab. »Habe geluncht, ausgiebig, mit

Geschäftspartnern. Wir ...«, er unterbrach sich und fuhr fort: »Es gibt ein fantastisches neues Fischrestaurant, Loch Fyne Oysters – kennst du es?«

»Nein. Das ist erst mein dritter Tag hier.«

»Dann sollten wir da auf jeden Fall hingehen. Du bist selbstverständlich mein Gast. Ich rufe dich an. Wohnst du bei deiner Großmutter?« Er stand auf und klopfte sich den Sand von der beigefarbenen Outdoorhose, die noch keine Gebrauchsspuren zeigte.

»Ja. Wo ist denn dieses Austernrestaurant?«, fragte Catherine.

»Am Fuß von Glen Fyne. Lohnt wirklich einen Besuch, und wir haben uns sicher eine Menge zu erzählen. Also, bis bald!«

Sie nickte. Morven schien jedem ein Begriff zu sein, während niemand die treue Clara erwähnte, die das Café am Laufen hielt und die Seele des Betriebs war. Rory wollte sich umdrehen und gehen.

»Dann werde ich nicht verhaftet, wenn ich denselben Weg wieder zurückgehe?« Sie schulterte ihren Rucksack und grinste.

»Von mir jedenfalls nicht, bei Lennox bin ich mir nicht so sicher ...« Damit bog er um den Felsen und war verschwunden.

Sie grübelte darüber nach, ob Lennox ein verrückter Ranger oder einer von Dougals raubeinigen Holzarbeitern war, und spazierte den Weg hinunter, den sie gekommen war, nicht ohne ab und an vorsichtig in die Gegend zu horchen.

Am späten Nachmittag fuhr sie mit ihrem geliehenen Geländewagen über die schmalen, teilweise nur einspurigen Straßen um den langen Meerarm herum, der als der längste Schottlands galt, zurück nach Inveraray. Der Parkplatz vor Claras Café war bis auf eine teuer aussehende Luxuslimousine leer. Catherine parkte ihren Wagen neben dem eleganten dunkelgrünen Jaguar, der ein schottisches Nummernschild trug. Neugierig ging sie um das Haus herum und trat, nachdem sie auf der Terrasse niemanden angetroffen hatte, in die Küche.

»Hi!« Nellie trocknete Gläser ab. »Hattest du einen schönen Tag?«

Catherine ließ ihren Rucksack auf den Boden fallen und holte sich eine Flasche Orangensaft aus dem Kühlschrank. »Oh ja, sehr schön und sehr interessant. Ich habe jemanden aus meiner Vergangenheit getroffen.«

Nellie schnalzte mit der Zunge. »So was kann ja manchmal wirklich nett sein ...«

Abwinkend stellte Catherine ihr in einem Zug geleertes Glas ab. »Nicht was du denkst. Rory McLachlan hat sich gemausert, aber als ich ihn kannte, war er ein übergewichtiges, arrogantes Söhnchen.«

»Wenn du nach nebenan gehst, kannst du deine Bekanntschaft mit dem holden Rest der Familie erneuern.« Nellie nickte in Richtung des Wintergartens und verzog abfällig den Mund. »Er geht gerade noch, aber sie ist ja wohl ziemlich daneben.«

»Dougal und Flora sind hier? Aber wieso?« Catherine erinnerte sich nur zu gut daran, dass Morven und Dougal mehr als einmal aneinander geraten waren und sich bewusst aus dem Weg gingen.

»Das Bild. Ist schon komisch, oder? Da fragt erst gestern jemand nach dem alten Schinken, und heute kommt dieser Möchtegernhäuptling vorbeigetanzt und meint, er kann das Bild mal so eben mitnehmen.« Ehrlich entrüstet stellte Nellie die trockenen Gläser lautstark in das Regal.

Catherine lachte. »Du hast wohl nichts übrig für den schottischen Adel?«

»Nee, für Titelfetischisten und reiche Säcke hatte ich noch nie was übrig. Die soll'n mal zu uns ins Outback kommen und versuchen, da ein paar Tage zu überleben, ohne ihren ganzen Hightechmist – dann wüssten sie wieder, wo sie hingehören!« Die robuste Australierin sah auf ihre Uhr. »Hier ist alles klar. Ich hau dann jetzt ab. Bis morgen, oder sehen wir uns heute Abend im George?«

»Ja, wenn ich nicht zu müde bin von meiner Tour. Ich bin nichts mehr gewohnt und die Seeluft schon gar nicht.«

»Dann ist es aber höchste Zeit, dass du hergekommen bist. Mach's gut!«

Nachdem Nellie mit schwingendem Schritt verschwunden war, öffnete Catherine die Tür zum Wintergarten, aus dem sie Claras Stimme hörte. Sie klang nicht erbost, aber doch entschieden, und Catherine hatte das Gefühl, dass sie Verstärkung gebrauchen konnte.

»Guten Tag, alle zusammen!«, wandte sie sich freundlich lächelnd den Gästen und Clara zu. Zuerst küsste sie Clara auf die Wange, die sie dankbar anstrahlte. Dann reichte sie Flora die Hand, die sie mit kühler, irritierter Miene begrüßte.

»Catherine, ich bin Morvens Enkelin. Es ist lange her, dass wir uns gesehen haben. Ich hatte heute schon das Vergnügen mit Ihrem Sohn.«

Floras makellos gezupfte Augenbrauen hoben sich erstaunt. Puder, Make-up und vielleicht sogar die eine oder andere Schönheitsoperation hatten nichts daran ändern können, dass ihre Augen zu eng standen, der Haaransatz eine Spur zu hoch war und die schmalen Lippen in unattraktiver Weise meist missbilligend nach unten gezogen wurden. Das herbe Gesicht gehörte einer Frau, die die Fünfzig überschritten hatte und der man das auch ansah. Selbst die durch hellere Strähnen aufgehellten braunen Haare, die ihr fransig ins Gesicht fielen, gaben Flora McLachlan kaum einen sanfteren Ausdruck. »Tatsächlich? Wo haben Sie Rory denn getroffen, Catherine?«

»Am Cruach nan Capull, auf Ihrem Grund und Boden, weshalb ich nochmals um Verzeihung für mein unbefugtes, wenn auch durch pure Unwissenheit verschuldetes Betreten bitte.« Sie lächelte gewinnend und strich sich eine Strähne ihrer langen dunklen Locken aus dem Gesicht.

»Aber ich bitte Sie, Catherine, Sie können sich jederzeit frei auf all unseren Besitzungen bewegen. Wir sind doch alte Freunde! Lassen wir die Förmlichkeiten. Die Jahre, die wir uns nicht gesehen haben, sollen an unserer freundschaftlichen Beziehung nichts ändern«, mischte sich Dougal McLachlan ein. Catherine erwiderte den Druck seiner warmen kräftigen Hand. Im Gegensatz zu seiner Frau hatten ihm die Jahre weniger anhaben können. Dougal McLachlan verkörperte den schlank gewachsenen schottischen Clanchief besser als irgendjemand, den Catherine kannte. Offene braune Augen, volles rotbraunes Haar, dessen widerspenstige Naturlocken kurz geschnitten waren, und ein gleichmäßig geschnittenes Gesicht machten ihn trotz seiner geschätzten sechzig Jahre zu einem gut aussehenden Mann. Nur der harte Zug um seinen Mund verriet, dass unter der ansehnlichen Fassade ein zwiespältiger Charakter lag.

»Wir haben noch einen Interessenten für Morvens Bild«, schaltete Clara sich in den Wortwechsel ein.

»Und noch jemanden, der leider ohne das Objekt der Begierde wieder gehen muss«, ergänzte Catherine freundlich lächelnd.

Flora berührte ihren Mann kurz an der Schulter. »Ich habe dir ja gesagt, dass es keinen Sinn hat, also komm, lass uns gehen.«

Ohne dass sein Gesicht eine Reaktion zeigte, sagte Dougal zu Catherine: »Ich glaube nicht, dass das Bild von Bedeutung für Sie sein könnte, liebste Catherine.« Er machte eine vage Bewegung mit den Händen, die Catherine auf merkwürdige Art vertraut vorkam. »Es ist nur eine Landschaft, eine beliebige schottische Landschaft. Der Rahmen erscheint mir fast wertvoller als das Bild, aber irgendwie spricht es mich stark an, und ich verzichte nur ungern auf etwas, das ich mag.« Die letzten Worte betonte er leicht, und für eine Sekunde zogen sich seine Augenbrauen bedrohlich zusammen, doch er hatte sich sofort wieder in der Gewalt.

»Nun, es gibt immer wieder Momente, in denen man feststellen muss, dass man nicht haben kann, was man will, und dieses ist wohl so einer. So Leid es mir tut ...«, Catherine machte eine entschuldigende Handbewegung.

»Wie ich schon sagte, Morven verkauft das Bild nicht, egal, was Sie zu zahlen bereit sind. Nur weil sie nicht hier ist, heißt das nicht, dass die Sachlage sich ändert«, fügte Clara hinzu, wobei leichte Verärgerung in ihrer Stimme mitklang.

Dougal betrachtete Catherine und Clara eingehend, schien einzusehen, dass er so nichts erreichen konnte, und sagte: »Nehmen Sie mir meine Frage nicht übel. Es hätte ja sein können, dass mein Angebot Sie interessiert. Ich hoffe sehr, dass wir uns noch sehen, Catherine. Wie lange bleiben Sie in Schottland?«

»Zwei oder drei Wochen. Ich habe eine Menge Urlaub nachzuholen.« Sie hakte sich bei Clara ein. »Und auch sonst habe ich viel nachzuholen. Erst seit ich wieder hier bin, ist mir bewusst, wie sehr es mir gefehlt hat.«

Verständnisvoll nickte Dougal ihr zu. »Ja, es ist ganz eigen mit diesem Landstrich, entweder man mag ihn, dann kommt man immer wieder her, oder nicht – aber wenn ich es bedenke, kenne ich niemanden, der Schottland nicht mochte.« Er lachte, gab Clara und Catherine die Hand und wandte sich mit seiner Frau, deren Miene Ungeduld ausdrückte, zum Gehen, doch bevor er sich ganz umgedreht hatte, hielt er inne. »Haben Sie von unserem jährlichen Sommerfest gehört? Es findet eigentlich immer großen Anklang. Fühlen Sie sich herzlich eingeladen, Sie beide und Ihre Großmutter natürlich auch.« Er schien noch etwas sagen zu wollen, schloss den Mund jedoch wieder und winkte lächelnd zum Abschied, bevor er seiner Frau folgte, die schon zum Ausgang eilte.

Clara und Catherine standen sekundenlang regungslos, lauschten dem Zuklappen der Autotüren und warteten, bis der Wagen vom Parkplatz rollte. Erst dann atmete Clara hörbar aus und ließ sich in einen der bequemen Korbstühle fallen, die um die Tische platziert waren.

»Meine Güte! Du kamst genau im richtigen Moment. Sein Angebot war schier unglaublich – er wollte uns dreißigtausend Pfund für das Bild samt Rahmen geben! Fast wäre ich schwach geworden, aber ich habe immer nur an Morven gedacht und rundweg abgelehnt.«

»Hui!«, pfiff Catherine durch die Zähne und betrachtete das Gemälde mit neu erwachtem Interesse. »Das ist eine Menge Geld für ein scheinbar langweiliges Landschaftsbild. Habt ihr es schon einmal von einem Experten schätzen lassen?« Mit den Fingern fuhr sie den fein geschnitzten vergoldeten Rahmen entlang.

»Nein, jedenfalls hat Morven nie etwas gesagt. Nicht dass sie überhaupt über so etwas Profanes wie Geld sprechen würde. Das scheint ihr ziemlich egal zu sein. Ich meine, sie kümmert sich um alles und wir hatten nie finanzielle Sorgen, aber wie gesagt, sie ist kein materieller Mensch.« Clara trug noch die Küchenschürze, die sie jetzt abband und zusammenknüllte.

Nachdenklich drehte Catherine eine Haarsträhne zwischen den Fingern. »Nein, das war sie nie. Aber was zum Teufel findet Dougal, der alte Fuchs, an diesem Bild?!«

»Vielleicht will er es nur haben, weil Morven es nicht

hergeben will. Das wäre nicht besonders unwahrscheinlich, wenn man bedenkt, wie lange die beiden sich schon wegen aller möglicher Geschichten in den Haaren liegen.«

»Hmm.« Catherine erinnerte sich an Zeiten, in denen ihre Großmutter mehr als einen Anwalt aufgeboten hatte, um zu verhindern, dass Dougal weitere Waldstücke zum Roden aufkaufen konnte. Ein anderer Streitpunkt waren die großen Jagden, die Dougal regelmäßig auf seinen Ländereien veranstaltete und auf denen reiche Leute aus aller Welt zusammenkamen, um eigens dafür gezüchtetes Wild zu schießen. Die so genannte Jagd auf das ans Füttern gewöhnte zutrauliche Wild kam einem Massenschlachten gleich und hatte mit Sport nichts mehr zu tun.

Clara stand auf und sah Catherine prüfend an. »McLachlan scheint dich zu mögen.«

»Flora dagegen überhaupt nicht!« Catherine lachte, und Clara fiel in ihr Lachen ein.

»Nein, wirklich nicht, diese arrogante Ziege. Vergessen wir das Ganze. Morven wird sich darum kümmern, wenn sie zurück ist. Hast du schon gegessen? Du musst Hunger haben nach deinem Ausflug. Erzähl mir, wo warst du? Du hast Rory gesehen?«

Über den Tagesverlauf schwatzend, gingen sie in die Küche, wo Catherine sich hungrig über die Reste einer Lauchquiche und ein Stück Kirschpie hermachte. Nach einem gemeinsamen Glas Wein sah Catherine auf die Uhr und beschloss, den Besuch des George Hotels auf einen anderen Abend zu verschieben. Clara stellte die Reste des Abendessens in den Kühlschrank und presste die Hände in ihr Kreuz.

»Ich werde zu alt für das alles hier. Es macht mir noch immer Spaß, aber die Knochen sind müde.« Sie seufzte.

Catherine sah sie mitfühlend an. »Braucht ihr die Einkünfte aus dem Café denn dringend?«

»Nicht zwingend, nein. Morven sagt immer, dass wir abgesichert sind und ich mir keine Sorgen zu machen brauche. Es ist nur so, ich fühle mich dadurch nützlich und gebraucht. Was soll ich denn den ganzen Tag machen?« Die blauen Augen schauten Catherine ratlos durch die runde Brille an.

»Wenn das deine ganzen Sorgen sind ... Warum reduziert ihr die Öffnungszeiten nicht auf das Wochenende von Freitag bis Sonntag? Dann könntest du alles in Ruhe vorbereiten, und wenn nichts mehr da ist, ist eben Schluss!«

»Daran habe ich gar nicht gedacht. Ich werde mal mit Nellie sprechen. Jetzt hat sie sich so auf den Job eingestellt, aber vielleicht brauchen die im George noch eine Hilfe.« Sie sah Catherine dankbar an. »Du hast wirklich gute Ideen, genau wie Morven.«

»Und morgen helfe ich euch! So, und jetzt ruh dich aus, Clara. Ich mache das Frühstück morgen früh, dann kannst du lange schlafen.« Sie drückte der älteren Frau einen Kuss auf die Wange und schob sie aus der Küche. Beim Gehen schaltete sie das Licht aus und ging mit Clara nach oben.

Wider Erwarten wollte sich der Schlaf bei Catherine jedoch nicht einstellen. Sie öffnete die Fenster in ihrem Zimmer und ließ die kühle Nachtluft herein. Leichter Nieselregen hatte eingesetzt, und Catherine sog den Duft der feuchten Erde ein, der aus dem Garten zu ihr heraufstieg. Jetzt bedauerte sie, dass sie sich kein Buch mitgenommen hatte, denn in dem gemütlich eingerichteten Gästezimmer lag nur ein Sammelband englischsprachiger Dichter, nicht gerade die Lektüre, nach der sie gesucht hatte. Sie warf sich ihren Bademantel über, ein heiß geliebtes seidiges Erinnerungsstück an ihren Japanurlaub, und stieg leise, um Clara nicht zu wecken, die Treppen hinunter. Wenn sie es recht bedachte, war die Japanreise mit Rainer vor fünf Jahren ihr letzter richtiger Urlaub gewesen. Und mit Rainer hatte sie auch ihre letzte längere Beziehung gehabt, die nach dem, abgesehen von endlosen Streitereien, schönen Urlaub in die Brüche gegangen war.

Eigentlich war nichts an Rainer auszusetzen, der Filialleiter einer großen Kölner Bank, sportlich und aufmerksam gewesen war und sogar über einen gewissen Sinn für Humor verfügt hatte. Nur war aus anfänglicher Verliebtheit bei Catherine eben nicht Liebe geworden, und so erging es ihr mit allen Männern, die sie in die engere Wahl gezogen hatte. Nach dem Reiz des Kennenlernens war ihr Interesse jedes Mal wieder erloschen, und sie hielt sich langsam für oberflächlich und bindungsunfähig. Dass sie tief in ihrem Inneren jeden Mann mit Finnean verglich, konnte sie sich nicht eingestehen. Im Dunkeln suchte sie an den Wänden nach einem Lichtschalter und musste sich kurz in dem langen Flur orientieren, von dem Morvens Privaträume abzweigten.

Die Tür zu Morvens Arbeitszimmer war unverschlossen, und Catherine betrat den Raum, in dem sich neben Morvens umfangreicher Bibliothek auch die zahlreichen Mitbringsel von ihren Reisen befanden. Schon als Kind hatte dieser Raum eine ungeheure Faszination auf Catherine ausgeübt, und sie war nie müde geworden, sich Morvens Geschichten zu den meist ausgefallenen Stücken anzuhören. Um das grelle Oberlicht zu vermeiden, knipste Catherine eine Stehlampe und die Leuchte auf Morvens Schreibtisch an. Im weichen Licht und dem nächtlichen Halbdunkel wirkten die teils seltsamen Gegenstände noch unwirklicher. Vorsichtig strich Catherine über die feinen Einlegearbeiten des chinesischen Lackkabinetts, in dessen aufwendig verzierten Schubladen Morven Briefe, Schreibutensilien und andere Dokumente aufbewahrte. Neben diesem exquisiten Möbel aus dem frühen 18. Jahrhundert stand auf einem runden Beistelltisch ein konkav geschliffener Spiegel, dessen runder, nach innen gewölbter Rahmen aus Walnuss- und Fruchtbaumholz gefertigt war. Morven behauptete fest, dass es sich um Oliver Cromwells Rasierspiegel handelte.

Der Holzfußboden wurde von wunderschönen alten persischen Teppichen bedeckt, und Catherine tat es jedes Mal Leid, auf die detailliert gearbeiteten blaubeigen Blumenmuster zu treten. Vor einem der riesigen Bücherschränke blieb Catherine stehen und öffnete die gläsernen Türen, hinter denen sich antiquarische Raritäten verbargen, die jeden Buchliebhaber entzückt hätten. Morven machte kein Aufhebens um ihre kostbaren Besitztümer, die für sie Gebrauchsgegenstände waren. Sie hatte Catherine immer dazu aufgefordert, ihrer Neugier freien Lauf zu lassen, zu lesen, was immer sie interessierte, und zu fragen, wann immer sie etwas beschäftigte.

Lächelnd zog Catherine George Belzonis 1822 geschriebene Entdeckungen über die ägyptischen Pyramiden heraus. Sie liebte die alten Bände mit den geprägten Goldbuchstaben, den handgezeichneten Karten und den Gravuren der Aufsehen erregenden Entdeckungen. Viel zu lange hatte sie sich von der hektischen Geschäftswelt vereinnahmen lassen und vergessen, dass es Dinge gab, die nicht im Computer zu finden waren und die sie weitaus mehr begeistern konnten. Mit ihrem Schatz unter dem Arm ging sie zufrieden auf ihr Zimmer. Schon jetzt war sie Morven dankbar für deren unkonventionellen Lebensstil, welcher ihre Mitmenschen zwar in Sorge versetzen konnte, aber auch zum Nachdenken brachte.

Kapitel 3

Oppress'd with grief, oppress'd with care,
A burden more than I can bear,
I set me down and sigh.
Robert Burns

»Ich werde Hamish McFadden besuchen«, verkündete Catherine an einem der folgenden Tage.

Clara hatte ihr während der gemeinsamen Arbeit im Café von Hamishs langsamem Verfall erzählt, wohlwissend, dass der Sohn des ehemaligen Tischlers und Bilderrahmers einmal Catherines große Liebe gewesen war. Heute war Ruhetag in Balarhu und Catherine hatte sich vorgenommen, Finneans Vater einen Besuch abzustatten, denn sie hatte ihn in guter Erinnerung, zumindest bis zum Tod seiner Frau Lorna, die mit knapp fünfzig Jahren viel zu früh an Krebs gestorben war. Hamish hatte sich von diesem Schicksalsschlag nie erholt, die Werkstatt verkommen lassen und sich in die trügerisch tröstenden Arme des Whiskys fallen gelassen. Außer Finnean hatte Hamish keine lebenden Verwandten.

Clara rümpfte die Nase. »Warum willst du den alten Säufer sehen? Nicht einmal seine Logenbrüder wollen noch etwas mit ihm zu tun haben.«

»Logenbrüder?«, horchte Catherine überrascht auf.

»Wusstest du das nicht? Er ist doch auch einer von den Freimaurern, diesen Heimlichtuern. Alles nur heiße Luft, wenn du mich fragst.« Abschätzig wischte Clara einen Krümel vom Küchentisch.

»Nein. Das ist mir völlig neu. Ich habe noch nicht einmal gewusst, dass es hier eine Loge gibt. Was weißt du über sie?«

»Ach, viel kann ich dir nicht sagen. Angeblich spenden sie für wohltätige Zwecke, treffen sich aber immer im Verborgenen. Was soll so etwas? In meinen Augen ist das ein Kindergarten für erwachsene Männer!«

Die Freimaurer kannte Catherine nur vom Hörensagen und nahm sich vor, Hamish über den mit Geheimnissen umgebenen Bund zu befragen, den es ihres Wissens schon seit mehreren hundert Jahren gab.

Hamish McFaddens Haus befand sich in einem Zustand, der Besorgnis erregend war, wenn man Rückschlüsse auf den Bewohner der heruntergekommenen Behausung ziehen wollte. Catherine atmete tief durch und ging auf das einstöckige Haus zu, dessen Fassade nur noch Spuren des ehemals weißen Verputzes aufwies. Mitten in der Ortschaft, in einer Seitenstraße direkt hinter der Bank und schräg gegenüber des George Hotels gelegen, hätte Hamish mit einem Laden oder einer Galerie eine gute Einnahmequelle in der Feriensaison haben können. Die abblätternde Farbe an Fensterrahmen und Tür, der verwilderte Vorgarten und die zersprungenen Scheiben im Werkstattgebäude, dessen Holzwände tiefe Risse aufwiesen, zeigten jedoch, dass Hamish McFadden das Interesse an einem geregelten Leben verloren hatte.

Ihr Höflichkeitsgeschenk, eine Schachtel edler Pralinen, in der einen Hand, betätigte sie mit der anderen den verrosteten Klingelknopf. Als einige Zeit verstrichen war, in der sich nichts im Haus geregt hatte, klopfte sie an die Haustür, wobei ihr Herz etwas schneller zu schlagen begann. Die Erinnerung an eine Zeit, in der Finnean ihr mit einem strahlenden Lächeln geöffnet hatte, ließ sich nicht verdrängen. Plötzlich hörte sie Schritte, und die Tür wurde mit einem Ruck aufgerissen, was aber eher mit dem desolaten Zustand des verquollenen Holzes als mit dem Gemütszustand von Hamish McFadden zusammenhing.

»Ja?« Unter einem wirren grauen Haarschopf blinzelten ihr zwei glasige Augen hoffnungsvoll entgegen.

Mit einem Schwall modriger Luft schlug Catherine auch der abgestandene Dunst starker Spirituosen entgegen. Sie musste sich zusammennehmen, um sich nicht zu übergeben, denn auf dem karierten Oberhemd von Hamish McFadden waren deutliche Spuren von Erbrochenem zu sehen.

»Wer sind Sie?«, fragte Hamish mit schwerer Zunge. »Nein!« Er hob abwehrend die Hand. »Du bist der Erzengel und gekommen, mich zu richten. Du siehst aus wie Morven Mackay!«

»Hamish, ich bin es, Catherine!« Sie hielt die Tür, die Hamish wieder zuschlagen wollte, fest und drängte sich an ihm vorbei ins Haus. Was sie befürchtet hatte, bestätigte sich auf erschreckende Weise: Unrat und Müll lagen im Flur und auch in der Küche, die sich direkt anschloss. »Oh du meine Güte! Hamish, was ist los? Hier sieht es aus wie ...« Sie schluckte das unschöne Wort herunter, das ihr auf der Zunge lag, und drehte sich nach Hamish um, der ihr langsam folgte.

Mit fahrigen, unkontrollierten Bewegungen deutete er auf einen der klebrigen Küchenstühle. »Setz dich, Prinzessin. Wenn du einen Kaffee willst, musst du dir einen machen, aber ich glaube nicht, dass noch welcher da ist.« Hustend ließ er sich auf einem Hocker nieder.

Immerhin schien er nicht so betrunken, dass er nicht verstand, was um ihn herum vor sich ging. Catherine legte ihr in rosafarbenes Papier gewickeltes Geschenk auf die Arbeitsfläche neben der Spüle. Neben Stapeln verdreckten Geschirrs und Töpfen, die aussahen, als begänne deren verschimmelter Inhalt in Kürze ein Eigenleben, wirkte das glänzende Papier wie ein exotischer Fremdkörper. Was war aus dem stattlichen Mann geworden, dessen blaue Augen voller Energie waren, wenn er in seiner Tischlerwerkstatt Möbelstücke oder Rahmen nach den Wünschen seiner zahlreichen Kunden zimmerte? Vor ihr saß nur der Schatten jenes Hamish, den sie als Finneans Vater kannte. Catherine drehte den Wasserhahn auf und füllte eines der wenigen sauber aussehenden Gläser mit Wasser, das sie Hamish reichte. »Nimm einen Schluck. Du siehst aus, als könntest du einen brauchen.«

Er grinste, wobei seine rissigen Lippen gelbliche Zähne und eine Lücke zeigten, in der sich ein Schneidezahn befunden haben musste. »Nicht so einen, aber gib nur her. Catherine, eh? Ist lange her, dass du mich besucht hast. Warum jetzt? Sehnsucht nach meinem nichtsnutzigen Sohn?«

»Vielleicht hätte ich besser nicht kommen sollen. Ich hatte jemand anderen erwartet.« Schon wollte sie das Elend hinter sich lassen und aus dem Haus und dem Leben dieses Mannes verschwinden, doch als sie sah, wie er seinen Kopf enttäuscht in die knochigen Hände sinken ließ, hielt sie inne. »Um Himmels willen, Hamish, wie konnte es so weit kommen?«

Mit dem Handrücken wischte er sich über Nase und Augen, in denen sie Tränen entdeckte, und sagte mit rauer Stimme: »Erst ging Fin und dann Lorna. Allein wurde ich mit allem nicht mehr fertig. Ich habe immer gedacht, dass er zurückkommt …«

Jetzt verstand Catherine, dass die Hoffnung in seinen Augen seinem Sohn gegolten hatte. Finnean hatte mehr als einem Menschen das Herz gebrochen, aber was zwischen ihm und seinem Vater vorgefallen war, stand auf einem anderen Blatt. »Er ist seitdem nicht einmal hier gewesen?« Catherine konnte sich nicht vorstellen, dass Fin mit neunzehn Jahren Inveraray für immer verlassen haben sollte.

»Nein, nein. Er kommt hin und wieder her, hat sich um uns gekümmert, war zu Lornas Beerdigung hier und zahlt regelmäßig Geld auf ein Bankkonto für mich ein. Er ist ein guter Sohn!« Wieder überkam Hamish die Verzweiflung, und er schluchzte hemmungslos.

Sie hatte mitten in ihrem Examen gestanden, als sie die Nachricht von Lornas Tod erreichte. Morven hatte ihr geschrieben, doch selbst, wenn sie es hätte ermöglichen können, war sie sich nicht sicher, ob sie hingefahren wäre, zu weh taten die Wunden, die Finneans plötzliches Verschwinden gerissen hatten. »Schon gut, Hamish. Hast du denn niemanden, der dir im Haus hilft?«

Ein Kopfschütteln war die erwartete Antwort.

»Na schön. Dann sollten wir das hier vielleicht mal in Angriff nehmen. Was hältst du davon? Ich bin noch eine Weile hier und könnte dir helfen.« Erwartungsvoll sah sie den abgemagerten Mann an.

»Das würdest du? Warum?«

Sie zuckte mit den Schultern. »Ich helfe gern, und ich mag es nicht, wenn Leute sich einfach hängen lassen, okay?!«

Zweifelnd sah er sie an. »Du siehst aus wie Morven und du redest wie sie, vielleicht bist du doch das Jüngste Gericht ...«

»Jetzt hör schon auf mit diesem Unsinn. Wieso sollte Morven dich richten lassen wollen? Was für eine hirnrissige Idee!« Energisch stellte sie die Teller in die Spüle.

»Sie hätte allen Grund dazu, jawohl, den hätte sie, aber sie hat nie etwas gesagt, in all den Jahren ...«, erneut fing Hamish an zu weinen, und Catherine überließ den alten Mann seinen verworrenen Erinnerungen. In Gedanken war sie längst dabei, eine Liste mit den Reinigungsmitteln aufzustellen, die sie für diesen Großeinsatz brauchte. Mit etwas Glück würde Nellie ihr vielleicht helfen.

»Also, Hamish, wir werden hier wieder Ordnung schaffen. Dann fühlst du dich gleich besser, meinst du nicht? Du musst nur ein bisschen mithelfen.« Wäre nicht das stinkende Hemd gewesen, vor dem sie sich ekelte, hätte sie ihm aufmunternd auf die Schulter geklopft. Stattdessen suchte sie seinen Blick und lächelte, als er endlich aufsah und ein zaghaftes Kopfnicken zustande brachte. »Gut!« Sie schlug die Hände zusammen. »Ich schau mich eben um, damit ich weiß, was wir alles brauchen.«

Im Flur stieg sie über Kartons voller leerer Bierdosen und Whiskyflaschen, halb offene Müllbeutel, deren bestialischer Gestank anscheinend noch keine Ratten angezogen hatte, aber vielleicht hatten die Tierchen sich angesichts der ungewohnten Besucherin nur versteckt. Die Tür zum Wohnzimmer stand halb offen, und freudig überrascht stellte Catherine fest, dass es weitaus weniger wüst aussah als in Flur und Küche. Zwar war auch hier seit Wochen oder Monaten nicht gewischt oder gestaubsaugt worden, doch außer einem leeren Glas auf dem Wohnzimmertisch neben einem Ohrensessel lag kein Unrat herum. Der Sessel, in dem Lorna immer gesessen hatte, stand unberührt vor dem Kamin, die gehäkelten Schoner lagen ordentlich auf den Lehnen und eine begonnene Handarbeit auf der Sitzfläche. Auf dem Kaminsims standen zahlreiche Fotografien in verschiedenfarbigen Holzrahmen, die Hamish und Finnean selbst angefertigt hatten.

Angesichts des stillen Raums, in dem die Zeit vor mehr als zehn Jahren stehen geblieben war, kämpfte Catherine mit den Tränen. Sie nahm eine Fotografie in die Hand, auf der Finnean stolz einen geangelten Lachs in die Kamera hielt. Seine gebräunte Haut hob sich von den weizenblonden Haaren ab, aus denen Meerwasser tropfte. Vom vielen Schwimmen war Finneans Körper durchtrainiert, und seine muskulösen Arme hielten den kiloschweren Lachs mit Leichtigkeit. Finnean und das Meer – und so unergründlich wie der Ozean waren ihr seine grünblauen Augen erschienen. Sie stellte das Bild zurück und strich über einen mit Muscheln verzierten Rahmen, dessen Fotografie Lorna und Hamish zeigte, wie sie sich fröhlich lachend gegen den Wind stemmten, der an der Westküste fast ständig wehte. Um Lornas melancholische Augen lagen dunkle Schatten, und ihre zierliche Figur wirkte ausgemergelt, so als hätte der Krebs sie schon in seinen Klauen gehabt.

Schlurfende Schritte näherten sich, und Catherine stellte das Foto rasch wieder an seinen Platz, doch Hamish war die Bewegung nicht entgangen.

»Lass nur. Du kannst dir nicht vorstellen, wie oft ich mir die Bilder angesehen und mir gewünscht habe, ich hätte vor ihr gehen dürfen. Sie war ein Engel. Eine so sanftmütige Frau hat es nicht noch einmal gegeben. Die Schmerzen waren am Ende unerträglich, aber ich habe sie nicht einmal klagen hören, nicht einmal ...«

Catherine registrierte, dass Hamish sich ein frisches Hemd angezogen hatte. Ihr Besuch war nicht umsonst gewesen. Hamish ließ sich in den Sessel neben dem Tisch fallen. »Oben ist es wie hier.« Er grinste schwach. »Ich stand etwas neben mir in letzter Zeit, aber ganz so schlimm, wie du vielleicht denkst, ist es noch nicht.«

Catherine unterdrückte einen erleichterten Seufzer, straffte die Schultern und sagte: »Gut, ist es dir recht, wenn ich in ungefähr drei Stunden zurückkomme? Hast du Hunger?« Doch sie wartete seine Reaktion nicht ab und meinte: »Ich bringe Essen mit. Bis später, Hamish.« Einen letzten zweifelnden Blick auf das leere Glas werfend fragte sie: »Kann ich dich allein lassen?«

Für eine Sekunde sah sie das verschmitzte Lächeln des alten Hamish aufleuchten. »Geh ruhig. Was soll so ein alter Knochen wie ich schon anstellen ...«

Auf der Straße atmete Catherine die frische Luft tief ein, um ihre Lungen von dem Ekel erregenden Gestank aus dem Hausinnern zu befreien. Es schien tatsächlich so, als sei sie genau im richtigen Moment zurückgekommen, und es war ein gutes Gefühl, gebraucht zu werden. Sie fand Nellie bei Chris im Pubrestaurant des George Hotels. Nachdem Catherine ihr kurz die Situation geschildert hatte, war Nellie sofort bereit, ihr zu helfen.

»Na, dann los! Hier die Straße hinunter ist der neue Supermarkt. Nichts Weltbewegendes, aber sie haben eigentlich alles, was man so braucht.«

Dankbar meinte Catherine: »Dafür lade ich euch beide zu einem richtig guten Essen ein.« Unwillkürlich dachte sie an das von Rory empfohlene Restaurant. Er hatte sich noch nicht gemeldet, aber das war typisch für Rory. Nellies Freund, Chris, stellte ein Tablett voller Gläser ab. Er war ein freundlicher, lebenslustiger Sportstudent aus Sydney, der sein Studium für die Weltreise mit Nellie unterbrochen hatte. Sich für unbestimmte Zeit aus Beruf oder Studium zu verabschieden, schien keine so große Seltenheit, wie Catherine gedacht hatte.

»Bis nachher, Sweetie!« Nellie küsste Chris über den Tresen auf den Mund. Ihr Freund verdrehte schmachtend die Augen.

»Lass mich nicht zu lang allein!«

»Na komm, alter Junge, reiß dich zusammen. An Tisch acht warten sie auf die Getränke.« Fraser, der Sohn der Besitzer, schlug Chris kameradschaftlich auf die Schulter.

»Sklaventreiber ...« Murrend, aber mit einem Grinsen, wandte sich Chris seiner Arbeit zu, und Catherine verließ mit Nellie das Restaurant.

Während sie in den Regalen des Supermarkts nach geeigneten Reinigungsmitteln suchten, fragte Nellie vorsichtig: »Wenn ich das richtig verstanden habe, ist Hamish McFadden der Vater von Finnean, mit dem du mal befreundet warst?«

»Hmm. Ein Antikalkreiniger ist auch nützlich, oder?«
Catherine warf eine blaue Flasche in den Einkaufswagen.

»Aber ihr wart schon mehr als nur Freunde?«, bohrte Nellie weiter. »Ich meine nur, weil das irgendwie so für mich rausklang.«

»Wie das?«

»Na, so zwischen den Zeilen, würde ich sagen. Also ihr wart mal zusammen?«

»Ja«, gab Catherine einsilbig zurück.

»So wie du das sagst, hat er dich entweder sitzen lassen oder dich betrogen. Ich kenn mich da aus! Chris ist der erste Mann, dem ich wirklich vertraue, sonst wären wir auch nicht zusammen auf Weltreise gegangen.« Nellie stellte sich auf die Räder des Einkaufswagens und sah Catherine an. »Also, war es eins oder zwei?«

Dabei wirkte die junge Australierin so natürlich und unkompliziert, dass Catherine ihr die Fragerei nicht übel nahm. »Eins. Es war eins.«

»Uh, das tut weh! Hat er dir wenigstens gesagt, warum?«

Die Nacht, in der Finnean gegangen war, würde sie wohl nie vergessen. Sie hatten sich wie immer an einer geschützten Stelle am Ufer von Loch Fyne getroffen. Schon als er kam, merkte sie, dass etwas nicht stimmte. Er wirkte bedrückt, und seine Augen schweiften ständig über das Wasser in die Ferne. Trotz der warmen Sommernacht hatte Catherine unwillkürlich zu frieren begonnen.

»Ich liebe dich, Cat«, hatte er gesagt und sie dabei angesehen, »aber ich kann nicht bleiben.«

»Wohin willst du denn?«

»Nur weg. Ich muss mir meinen Weg suchen, aber hier werde ich ihn nie finden. Es ist das Meer, weißt du.« In seiner Stimme lag eine beklemmende Endgültigkeit.

»Wann kommst du zurück?«

Als er nichts sagte und sie stattdessen an sich zog und

mit verzweifelter Leidenschaft küsste, fragte sie nicht mehr. Sie liebten sich und lagen eng umschlungen, bis die Sonne aufging. Dann stand Finnean auf, nahm seinen Rucksack und sagte: »Ich wünschte, ich könnte bleiben. Hass mich nicht, Cat.«

Wie hätte sie ihn, den sie mehr als jeden anderen liebte, jemals hassen können? Sie stand auf und sah ihm nach, bis er hinter der Biegung der Landstraße, die nach Glasgow führte, verschwunden war.

Catherine kehrte mit ihren Gedanken aus der Vergangenheit zurück: »Nein, aber das hätte keinen Unterschied gemacht.«

»Du liebst ihn immer noch!«, konstatierte Nellie. »Wie romantisch! Habt ihr euch denn nie wieder gesehen?«

»Oh bitte, Nellie. Es ist vorbei. Jetzt lass uns suchen, was noch fehlt, denn wir haben einen Haufen Arbeit vor uns.«

»Und ich könnte darauf wetten …«

Kopfschüttelnd ging Catherine weiter, doch sie war sich nicht sicher, ob sie die Wette gehalten hätte. Schließlich beendeten sie den Einkauf, luden die Sachen in den Geländewagen, und Catherine fuhr die Hauptstraße hinauf. Als sie am Gemeindehaus und dem historischen Gefängnis vorbeifuhren, bemerkte Nellie: »War es nicht das Haus hinter der National Bank?« Sie reckte den Kopf nach dem heruntergekommenen Haus, dessen Fensterscheiben blind vor Schmutz traurig in den ungepflegten Garten sahen.

»Ja genau, aber ich möchte noch kurz mit Clara sprechen. Es gibt da einiges, das ich nicht verstehe.«

Wenig später rollte der Wagen auf den Parkplatz vom Balarhu. Catherine ging zum Haus, während Nellie am Bootssteg warten wollte. »Es dauert nicht lange, Nellie, wenn du Hunger hast, komm einfach rein, du weißt ja, wo alles steht.« Doch Nellie winkte ab und lief zum Wasser.

Clara saß mit einem Buch auf der Terrasse vor dem Wintergarten. Sie wirkte entspannt und begrüßte Catherine lächelnd. »Wo hast du gesteckt? Weißt du, eigentlich gefällt es mir hier besser, wenn die Gäste nicht da sind. Ich glaube, deine Idee mit den reduzierten Öffnungszeiten ist gar nicht verkehrt. Setz dich.« Sie deutete auf einen Stuhl neben sich. »Ist das Nellie da vorn?« Zwischen den Kiefern war Nellies schlanke Gestalt zu sehen, die sich über den Bootssteg bewegte.

Catherine nickte. »Sie hilft mir nachher beim Aufräumen von Hamish McFaddens Haus.« Sie wartete auf Claras Reaktion, die auch prompt erfolgte.

Das Lächeln verschwand aus ihrem Gesicht und sie legte das Buch zur Seite. »Habe ich das richtig verstanden, du willst bei dem alten Säufer aufräumen?«

Gelassen lehnte Catherine sich zurück. »Ganz richtig. Bei dem alten Säufer, der einmal ein hervorragender Tischler und Bilderrahmer war! Wie konnte es nur so weit mit ihm kommen? Vor drei Jahren war ich zuletzt hier. Da hat er zwar ab und an zu viel getrunken, aber er sah nicht verwahrlost aus. Was ist passiert?«

Eine Fliege setzte sich auf Claras Hand. Ungeduldig wischte sie das Insekt fort. »Es ist nichts Großartiges passiert, wenn du das meinst. Er hat sich einfach gehen lassen, hat die Dinge schleifen lassen. Irgendwann blieben die Kunden aus und jetzt lebt er von dem Geld, das sein Sohn ihm schickt.«

»Das wusstest du?«

»Aber ja. Morven hat es mir erzählt. Sie hat Fin gesprochen, als er das letzte Mal hier war.« Die Fliege setzte sich erneut auf Claras Hand.

»Wann war das?« Catherine konnte sich nicht vorstellen, dass Fin seinen Vater, egal welche Differenzen letztlich zu seinem Weggang aus Inveraray geführt hatten, in einem solchen Zustand zurückgelassen hätte.

»Oh, das ist schon eine Weile her. War es im letzten, nein, es muss schon im Frühjahr davor gewesen sein. Ja, ich bin ziemlich sicher, dass es zwei Jahre zurückliegt. Morven war in einer Kampagne zur Rettung der Wale engagiert, und deshalb hat sie auch mit Fin gesprochen.«

»Zwei Jahre war er schon nicht mehr hier ... Was macht er denn eigentlich? Fährt er zur See?«, fragte Catherine so beiläufig wie möglich.

Clara schien zu überlegen. »Direkt zur See fährt er nicht, aber sein Job hat schon mit dem Meer zu tun. Er ist so etwas wie ein Meeresforscher? Gibt es einen Beruf in der Richtung?«

Jetzt war Catherine wirklich erstaunt. »Du meinst, er hat studiert, um Ozeanologe oder Meeresbiologe zu werden?«

»Ja, genau, das ist er, ein Meeresbiologe!« Zufrieden legte Clara die Hände in den Schoß und sah Catherine neugierig an. »Das hättest du nicht von ihm erwartet, oder?«

»Nein ...« Der Finnean, wie sie ihn in Erinnerung hatte, war ständig im Streit mit der Schule, den Collegelehrern oder eben seinem Vater gewesen. Dass er sich noch einmal hinsetzen und studieren würde, hatte sie wahrhaftig nicht für möglich gehalten. »Schön für ihn, aber jetzt geht es mir um Hamish. Ich möchte ihm helfen, ich kann nicht mit ansehen, wie er sich selbst zerstört.« Es war so, als ginge mit Hamish ein Teil ihrer Jugend verloren, und das konnte sie nicht zulassen.

»Na gut. Das ist deine Sache. Ich habe ihn nie besonders gemocht, vor allem, weil er früher immer mit Dougal zusammen war. Ein McLachlan muss natürlich auch bei den Freimaurern die erste Geige spielen.«

»Was bedeutet das nun wieder, Clara?«

»Er leitet den ganzen Verein, salopp gesprochen. Es gibt wohl Titel, die man erwirbt oder sich verdient, und er ist ein Großmeister, glaube ich. Jedenfalls erzählt man sich im

Ort von den Treffen der Loge in seinem Schloss. Angeblich kommen sogar Mitglieder aus Übersee und Europa.«

»Schau an, schau an«, nachdenklich nagte Catherine an ihrer Unterlippe und versuchte, eine Verbindung zwischen Hamish, Dougal und Morven herzustellen, was ihr jedoch nicht gelang.

Clara stand auf. »Na komm, ich finde sicher noch etwas zu essen für den alten Hamish. Gutes Essen hält Leib und Seele zusammen!«

»Danke, Clara.« Catherine drückte sie an sich und folgte ihr in die Küche, wo Clara einen Korb großzügig mit Obst, Käse, Schinken und einer Kirschpie belud. »Nimm es mit, aber es kommt nicht von mir.«

Catherine lächelte. »Ein unbekannter Spender. Hast du von Morven gehört?«

Ein Kopfschütteln war die Antwort. »Oh, da fällt mir ein, dass Rory angerufen hat. Er wollte mit dir essen gehen. Bahnt sich da etwas an?«, fragte Clara, ohne sie dabei anzusehen.

»Also wirklich! Das traust du mir zu?« Catherine nahm den Korb und ging zur Tür. Bevor sie hinausging, sagte sie: »Nein! Ich möcht mich gern mit ihm unterhalten, er scheint sich verändert zu haben, aber amouröse Ambitionen habe ich nicht. Zufrieden?«

»Ja! Mach's gut, Cathy. Kommst du zum Essen heute Abend?«

»Eher nicht. Es wird sicher lange dauern, bis wir uns durch den Müll und Dreck gekämpft haben. Ich rufe dich an, falls wir wider Erwarten früher fertig werden.«

Hamish schien sie erwartet zu haben, denn er öffnete ihnen schon nach einmaligem Klingeln frisch geduscht und rasiert die Tür. Nellie ließ sich nicht anmerken, dass sie möglicherweise abfällig von ihm denken könnte, und von diesem Moment an schloss Catherine sie endgültig ins Herz.

Nach über drei Stunden, in denen sie gewaschen, gefegt und vieles weggeworfen hatten, saßen sie erschöpft in der Küche und tranken Wasser aus blitzend sauberen Gläsern.

Nellie wischte sich den Schweiß von der Stirn. »Ich mag Hamish. Ist dir aufgefallen, mit wie viel Hingabe er die Fotografien und die Rahmen der Gemälde im Wohnzimmer geputzt hat? Er hat etwas für Kunst übrig, nicht wahr?«

Sie hatten Hamish ins Wohnzimmer bugsiert und sich den Raum bis zum Schluss aufgehoben. Nachdem er die Bilder mit einem Staubtuch liebevoll gesäubert hatte, musste er in seinem Sessel eingeschlafen sein, denn so fanden sie ihn später vor. »Er war Tischler, aber auch ein sehr guter Bilderrahmer, weil er ein unglaubliches Gespür für Farbharmonien hat. In seiner Freizeit hat er sogar Aquarelle gemalt, aber Lorna hatte dafür nichts übrig. Sie war eher praktisch veranlagt. Nun ja, es war sicher nicht immer leicht, und der Tourismus hat sich erst in den letzten Jahren so stark entwickelt.«

Mit hinter den Kopf gestreckten Armen gähnte Nellie. »Na, mir reicht es für heute. Chris wartet.« Sie stand auf. »Was wirst du machen?«

»Vielleicht kann ich Hamish wieder zum Malen motivieren. Jedenfalls werde ich ihm Morvens Gemälde mal zeigen, denn er kennt, kannte sich sehr gut mit einheimischen Malern aus.« Catherine stand ebenfalls auf, wusch die Gläser ab, stellte sie in das Regal und betrachtete stolz ihr Werk. Alles glänzte und roch nach Reinigungsmitteln. Zehn prall gefüllte Müllsäcke warteten hinter dem Haus darauf, bei der nächsten Müllabfuhr mitgenommen zu werden. Im Kühlschrank, den sie abgetaut und von einer unappetitlichen Schimmelschicht befreit hatten, lagen Lebensmittel, und im Schrank würde Hamish Kaffee und Teebeutel finden. Wenn er aufwachte, würde er sein eigenes Heim wahrscheinlich kaum wiedererkennen.

Als sie die Haustür leise hinter sich zuzogen, blieb Catherine für einen Moment im Garten stehen. Nellie schüttelte den Kopf und ging weiter.

»Ich weiß genau, was du denkst, aber den Garten grabe ich heute Nacht nicht auch noch um!«

Catherine lachte. »Wir sind ja nicht die wundersamen Heinzelmännchen. Du bist mir eine so große Hilfe gewesen, Nellie, ein Essen allein wiegt das nicht auf.« Sie warf die schmutzigen Gummihandschuhe, und was sie sonst noch an Utensilien mitgenommen hatte, in den Wagen.

»Mach dir mal keine Gedanken. Das passt schon. Bis morgen!« Nellie lachte ihr zu und eilte über die Straße auf das George Hotel zu, wo Chris schon auf sie wartete.

An einem der folgenden Tage ging Catherine zu Clara in die Küche und fragte sie, ob sie etwas dagegen hätte, wenn sie das begehrte Ölgemälde mit nach Inveraray nahm, um es Hamish zu zeigen. Clara trocknete sich die Hände an ihrer Schürze ab und fragte mit einem fast ängstlichen Erstaunen in ihrer Stimme: »Nur zeigen?«

»Ja. Ich möchte einfach gern wissen, wer das Bild gemalt hat, wo doch immerhin gleich zwei Männer so brennend daran interessiert waren, es zu besitzen.«

»Und du denkst, dass er dir dabei helfen kann?«, fragte Clara skeptisch.

»Es ist zumindest einen Versuch wert.«

»Ich weiß nicht, ob Morven damit einverstanden wäre, andererseits macht sie nie besonderes Aufhebens um ihre Sachen – also schön, zeig es ihm, aber bring es wieder her!«

Catherine nickte. »Natürlich. Danke, Clara.«

Am Abend fuhr Catherine mit dem in eine Decke gewickelten Bild auf dem Rücksitz des Geländewagens zu Hamish. Nachdem sie ihn aus seiner lethargischen Hoffnungslosigkeit gerissen hatten, schien er ein veränderter

Mensch zu sein. In seine Augen war der Lebenswille zurückgekehrt, er aß wieder regelmäßig und hatte seine Alkoholvorräte vernichtet. Als Catherine den Wagen vor seinem Haus parkte, sah sie ihn mit einer Harke im Garten stehen. Ein Haufen von getrockneten Blättern und altem Gras zeugte von Hamishs produktiver Tätigkeit.

»Hallo, Hamish!« Sie schlug die Wagentür zu und ging nach hinten, um die Heckklappe zu öffnen.

Hamish lehnte sich auf den Stiel der Harke und sah ihr zu. »Cathy, was bringst du schon wieder an? Ich werde das Gefühl nicht los, dass du mich beschäftigen willst«, sagte er lächelnd.

»Wie ich sehe, brauche ich das gar nicht. Nein, ich komme, weil ich dich um deinen Rat als Kunstkenner bitten möchte.« Sie wuchtete das schwere Bild samt Rahmen aus dem Wagen und trug es vorsichtig zur Haustür.

Hamish beeilte sich, ihr die Tür zu öffnen. Im Vorbeigehen registrierte sie, dass er saubere Kleidung trug und seine Körperpflege nicht länger vernachlässigte. Sogar sein strähniges Haar schien geschnitten zu sein.

»Warst du beim Friseur?« Sie stellte das Bild auf das Sofa im Wohnzimmer und nahm auch hier eine Veränderung wahr: Lornas Handarbeitsutensilien waren verschwunden. Wenn Hamish den Tod seiner Frau zu akzeptieren lernte, war das mehr, als sie zu hoffen gewagt hatte.

Verlegen strich der alte Mann, der kaum siebzig Jahre alt sein konnte, über die frisierten grauen Haare. »Ich war kurz drüben bei Jean. Für fünf Pfund hat sie mir die Haare geschnitten und gesagt, wenn ich regelmäßig komme, kostet es nur drei Pfund!«

Neben dem Supermarkt gab es einen kleinen Friseursalon, den Hamish meinen musste. »Ich bin beeindruckt, ehrlich! Okay, jetzt schau dir das mal an.« Catherine wickelte das Gemälde aus der Decke und stellte es ins Licht.

Als Hamish es sah, wich alle Farbe aus seinem Gesicht. Mit unsicheren Schritten ging er rückwärts auf seinen Sessel zu und ließ sich hineinsinken. »Ist das eine Prüfung? Hast du mich wieder zum Leben erweckt, damit ich die Folter besser ertragen kann?«

»Um Himmels willen, Hamish, nein! Was ist denn nur mit diesem verdammten Bild los? Ich habe es hergebracht, weil innerhalb kurzer Zeit gleich zwei Männer es kaufen wollten, und einer von ihnen war Dougal McLachlan!«

»Dougal, natürlich. Was weißt du über das Bild? Hat Morven dir nichts gesagt?« Seine Hände umfassten angespannt die schmalen Knie.

»Morven ist nicht da, und nein, sie hat mir noch nie etwas über dieses Bild erzählt. Das ist es ja. Bisher ist es mir auch gar nicht aufgefallen. Im Grunde halte ich die Landschaftsdarstellung für zweitklassig, aber ich kenne mich da nicht so gut aus wie du. Also, Hamish, warum interessiert sich ein Mann wie Dougal für diesen alten Schinken?«

Erleichterung zeichnete sich in Hamishs Gesicht ab, und die Anspannung wich aus seinem Körper. »Dougal wollte schon immer haben, was Morven besaß. Vielleicht bewundert er sie sogar für ihre Willensstärke. Sie ist die Einzige hier in der Gegend, die nie vor ihm gekuscht hat.« Langsam erhob Hamish sich und betrachtete das Bild. Mit den Fingern strich er vorsichtig über den vergoldeten Rahmen. »Sehr kunstvoll … Aber das Bild, nein, da gebe ich dir Recht, ein zweitklassiger Maler, Schotte, frühes 18. Jahrhundert, möglicherweise beeinflusst von einer französischen Schule. Mehr kann ich dir dazu auch nicht sagen.«

Obwohl Catherine anderer Meinung war, beließ sie es dabei und wickelte das Bild wieder in die Decke. Als sie es später im Wagen verstaute, murmelte sie: »Du wirst mir dein Geheimnis schon noch verraten. Jetzt erst recht!« Energisch warf sie die Heckklappe zu.

Kapitel 4

> Freimaurerei ist ein eigenartiges System
> der Sittlichkeit, eingehüllt in Allegorien
> und erleuchtet durch Sinnbilder.
> *aus dem Katechismus des
> Lehrlingsgrades der Verfassung
> der Großloge von England*

In den geräumigen Stallungen eines ehemaligen Rinderzüchters waren das Loch-Fyne-Oyster-Restaurant, die zugehörige Räucherei und ein Fischgeschäft untergebracht. Weiß getünchte Wände, die von naturbelassenen Holzbalken untergliedert wurden, und schlichtes Mobiliar gaben dem erst kürzlich eröffneten Restaurant eine rustikale Note. Catherine war von den fangfrischen Fischen beeindruckt, die auf dem Eis in den Auslagen des Verkaufsraumes präsentiert wurden.

»Sind die Lachse alle von hier?« Sie deutete auf die zart rosafarbenen Filets im Tresen.

Rory, der Catherine an diesem Abend zum Dinner abgeholt hatte, lächelte sie an. »Ja, und die Austern und Muscheln werden auf der anderen Seite des Lochs bei Ardkinglas gezüchtet, erstklassige Ware, ich war schon öfters drüben.«

Catherine ließ sich von Rory in das Restaurant geleiten. Von ihrem Tisch aus konnten sie weit über das Wasser hinausblicken, um jedoch Ardkinglas am gegenüberliegenden Ufer ausmachen zu können, hätte es mehr Tageslicht bedurft. Es war ein warmer Abend, und Catherine trug eine schmal geschnittene weiße Bluse zu einer curryfarbenen Leinenhose. Rorys Blicke sagten ihr, dass sie attraktiv aussah, und sie hob ihr Weinglas, um ihm lächelnd zuzuprosten.

»Auf die alten Zeiten!«

»Und auf die neuen!«, ergänzte Rory.

»Der Chardonnay ist ausgezeichnet. Wenn das Essen genauso gut ist …«

Die Kellnerin brachte einen großen Teller mit Muscheln, die verführerisch nach Knoblauch dufteten und essfertig angerichtet waren. Rory nickte Catherine zu. »Bitte, greif zu. Ich habe die Muscheln einfach bestellt, weil sie göttlich sind und trotzdem nicht zu sehr füllen.«

Meeresfrüchte waren eine ihrer Lieblingsspeisen, weshalb sie sich nicht zweimal bitten ließ und die raffiniert abgeschmeckten Muscheln genoss.

»Hmm, großartig!« Sie dippte den Sud mit einem Stück Brot auf und dachte darüber nach, wie sie das Gespräch unauffällig auf das Bild lenken konnte. Rory sah in seinem etwas förmlichen Oberhemd heute älter aus. Bis auf wenige Kleinigkeiten war er Dougal sehr ähnlich, was nur ein Vorteil war, wenn Catherine sich an die eher unerfreuliche Begegnung mit Flora im Café erinnerte.

»Jetzt erzähl mir, wie es dir ergangen ist. Ich weiß, dass du einen Job hast, den du nicht sonderlich zu mögen scheinst, und es gibt keinen Ehemann in deinem Leben, aber das kann nicht alles sein.« Neugierig sah er sie an.

»Rory, mein Leben war nicht besonders aufregend, falls du das meinst. Erst kam das Studium, dann der Job, eine neue Stadt, neue Freunde, hier und da eine Beziehung, von der ich dachte, sie wäre etwas Besonderes und … na ja, hier bin ich!« Sie legte eine leere Muschelschale auf den Teller. »Erzähl mir lieber von dir. Wie kommt es, dass du ausgerechnet Forstwirtschaft studiert hast?«

»Na schön.« Rory stellte sein Glas ab und sah sie an. »Nach der Schule bin ich nach Philadelphia an die Universität gegangen, um Wirtschaft zu studieren, aber ob du es glaubst oder nicht – ich habe mich da drüben einfach nicht wohl gefühlt. Die Leute und ihre Einstellung zu vielen Dingen waren absolut nicht meine Welt. Nach einem halben Jahr habe ich die Segel gestrichen und bin wieder zurück. Mein alter Herr war nicht sonderlich erfreut, aber er hat meine Entscheidung akzeptiert. Allerdings wollte er mich nur weiter unterstützen, wenn ich eines seiner zwei Angebote annahm. Das eine war, hier zumindest einen Abschluss in einem Fach zu machen.«

»Und das andere?«

»In seinem Büro in Glasgow ganz unten anzufangen.«

»Verstehe«, antwortete sie, obwohl sie nicht ganz nachvollziehen konnte, was ihn an einer Eliteuni in Philadelphia gestört hatte. »Und jetzt bist du Förster?«

Er grinste. »Wir verkaufen das Holz, das wir hochziehen. Außerdem veranstalten wir große Jagden auf unseren Ländereien. Das ist ein einträgliches Geschäft. Du würdest nicht glauben, was diese reichen Amerikaner oder Russen dafür zu zahlen bereit sind, einen kapitalen Abschuss zu machen. Dazu gehört natürlich ein entsprechendes Ambiente, das wir ihnen hier in den Highlands bieten können.«

»Also ein Förster, der seine Tiere an den Meistbietenden verkauft und sich nebenher als Reiseveranstalter betätigt.« Die Bemerkung kam ihr über die Lippen, bevor sie darüber nachgedacht hatte.

Rorys Lippen wurden schmal. »Dass du Morvens Enkelin bist, ist nicht nur optisch allzu deutlich!«

»Entschuldige. Ist mir nur so herausgerutscht. Ich habe die Jagd schon immer verabscheut. Das ist es.«

»Ja, ich erinnere mich daran, dass du sogar Fische stundenlang beobachtet hast. Genau wie Finnean.« Er hielt inne und sah sie fest an. »Ich hätte dich nie so verlassen, Cathy.«

»Oh, nein, lass das. Das sagt sich leicht, aber du weißt nicht, warum er gegangen ist.« Ungeduldig sah sie zum Tresen, hinter dem die Küche lag.

»Du denn?«

Die Kellnerin brachte das Hauptgericht, und Catherine nutzte die Gelegenheit, um das Thema zu wechseln, denn Rorys Andeutungen waren ihr zu persönlich. »Warum will dein Vater Morvens Bild kaufen?«

Das Überraschungsmoment war auf ihrer Seite. »Was?«, fragte Rory, doch sie hatte das Gefühl, dass er genau wusste, wovon sie sprach, und nur versuchte, Zeit zu gewinnen.

»Dieses Gemälde aus dem 18. Jahrhundert mit dem goldenen Rahmen, das bei Clara und Morven im Wintergarten hängt. Hat Dougal dir davon nichts gesagt?«

Rory räusperte sich. »Ach, jetzt weiß ich, welches du meinst. Er hat es erwähnt.«

»Ja, und? Warum will er es haben? Der Maler ist keine Berühmtheit und die Landschaftsdarstellung eher mittelmäßig. Es steht noch nicht mal dabei, um welches Loch es sich handelt.« Der Lachs war ausgezeichnet, und wenn sie Rory von allzu privaten Themen ablenken konnte, mochte sie den jungen McLachlan ausgesprochen gern.

»Es hat mehr ideellen Wert für meinen Vater, soweit ich das verstanden habe.«

»Aber welche Beziehung kann Dougal zu einem Bild haben, das seit Ewigkeiten Morven gehört?«

»Eigentlich kann ich nicht mit dir darüber sprechen.« Um Verständnis bittend sah er sie an, und sie konnte keine Hinterlist in seinen Augen entdecken.

»Komm schon, Rory. Lass mich nicht so hängen.«

»Cathy, du bist eine Frau!«

»Aha ...«, sagte sie sarkastisch.

»Na schön, du bist kein Logenmitglied!« Er beugte sich zu ihr über den Tisch und flüsterte die letzten Worte.

Immer wieder die Loge – Hamish und Clara hatten sie erwähnt, was hatte es damit auf sich? »Welche Loge? Die Freimaurer? Aber das ist doch nur so ein Männerklub, in dem man Geld für wohltätige Zwecke sammelt und sich ansonsten zum Debattieren und Feiern trifft, oder nicht?«

»Du kannst es nicht wissen. Wie gesagt, du bist eine Frau.«

»Fehlt noch, dass du sagst, ›nur‹ eine Frau, Rory McLachlan«, unterbrach sie ihn ungehalten.

»Hör mir zu!« Dabei griff er nach ihrer Hand, die auf dem Tisch lag, und drückte sie sanft. »Ich mag dich, sehr sogar, das habe ich schon immer, und deshalb sage ich dir jetzt, dass du besser nicht weiter nach der Loge fragst. Es mag für den Uneingeweihten albern erscheinen, aber den Wissenden bedeutet sie sehr viel, sehr viel, verstehst du?« Seine Worte klangen so eindringlich, und aufrichtige Sorge schwang in ihnen mit, dass Catherine sich etwas beruhigte.

»Aber das Bild?«, fragte sie leiser.

»Farquar, Morvens Mann, war einer von uns, und wäre er nicht so früh gestorben, hätte er es sicher noch weit gebracht. Er und Dougal waren Freunde, und Farquar hatte meinem Vater das Bild versprochen.«

»Hatte er das?« Catherine trank einen Schluck Wein, denn ihr Mund war vor Anspannung ganz trocken.

Rory nickte. »Ja. Jedenfalls sagt mein Vater das. Er will es ja nicht einmal geschenkt von Morven.«

»War es denn Farquars Bild?« Catherine kannte ihren Großvater nur von Fotografien, denn er war in dem Jahr vor ihrer Geburt gestorben. Der eher unscheinbare Farquar hatte auf den Bildern immer etwas unsicher neben Morven gewirkt. »Vielleicht hat er ja etwas versprochen, das ihm nicht gehörte?«

»Das weiß ich nicht. Ich kann dir nur sagen, was mein

Vater mir erzählt hat. Aber lass uns über andere Dinge sprechen. Meinetwegen soll Morven das Bild behalten. Sie hat nur so eine verdammt sture Art, die meinen Vater zur Weißglut bringt ...«

Catherine lachte erleichtert. »Das liegt dann wohl in der Familie.« Den Rest des Abends sprachen sie über unverfänglichere Dinge, doch Catherine hatte sehr wohl registriert, dass Rory ebenfalls ein Logenmitglied war, und Geheimnisse würde auch er nicht ausplaudern. Von ihm würde sie weiter nichts erfahren, doch es gab jemanden, der weniger gut auf seine ehemaligen Brüder zu sprechen war. Sie hatte ohnehin vorgehabt, Hamish noch einmal zu besuchen.

Clara hatte das Licht in Flur und Küche für sie angelassen, bevor sie zu Bett gegangen war. Zu aufgewühlt, um gleich schlafen zu gehen, nahm Catherine sich ein Glas Wasser und ging in Morvens Arbeitszimmer. Rory hatte ihre Neugierde in Bezug auf Farquar geweckt, dem sie eigentlich nie besonders viel Beachtung geschenkt hatte. Morven erwähnte ihren verstorbenen Mann nur selten, und außer einigen wenigen Fotografien wies hier im Haus nichts auf ihn hin. Wenn es also Unterlagen von Farquar gab, dann würde Morven sie wohl am ehesten in dem chinesischen Lackkabinett aufbewahren. Zögernd stellte Catherine ihr Glas auf den massiven Mahagonischreibtisch ihrer Großmutter und wandte sich dem Schränkchen zu. Warum kam Morven nicht zurück, warum ließ sie sie hier allein mit all ihren Fragen? Catherine hatte diese Andeutungen und die Geheimnistuerei satt. Jetzt wollte sie genau wissen, welchen Rang Farquar in seiner Loge bekleidet hatte.

Sie konnte sich nicht vorstellen, dass Morven viel für Farquars Mitgliedschaft in diesem geheimnisumwehten Männerklub übrig gehabt hatte. Vielleicht war das Farquars Weg gewesen, sich seiner intelligenten und willensstarken Frau gegenüber zu behaupten. Immerhin war die Loge ein Bereich, in den Morven ihm nicht hineinreden konnte, weil sie ganz einfach keine Chance hatte, sich selbst einen Einblick zu verschaffen. »Gran, wärst du hier, hätte ich dich gefragt, so bitte ich dich einfach um Verzeihung für meine Neugier!«

Nacheinander zog Catherine die Schubladen des Kabinetts auf und durchsuchte die Briefe und Papiere nach einem Hinweis auf Farquar. Als sie auch nach dem letzten Fach keinen einzigen Beweis für Farquars Existenz gefunden hatte, legte sie unangenehm berührt die Papiere, die sie als Letztes herausgenommen hatte, wieder zurück. Da sich Morven nie zu ihrer Ehe äußerte, war es schwer zu sagen, wie es um sie gestanden hatte. Trotzdem fand Catherine es merkwürdig, dass noch nicht einmal Liebesbriefe oder Glückwunschkarten von Farquar zu finden waren, denn solche Dinge bewahrten die meisten Menschen auf. Catherine setzte sich vor den breiten Schreibtisch und berührte das schöne geflammte Holz, das vorwiegend in der Zeit George II. verwandt wurde. Auf der ledernen Schreibfläche lagen stapelweise Prospekte und Korrespondenzen, die sich mit Morvens Aktivitäten im Natur- und Tierschutz befassten.

Catherine stützte die Ellbogen auf die Tischplatte und legte ihr Kinn nachdenklich in die gefalteten Hände. Dabei fiel ihr Blick auf eine blaue Postkarte, die an die Schreibtischlampe gelehnt stand und zwei Delfine zeigte. Sie nahm die Karte in die Hand, drehte sie um und ließ sie, als sie die Schrift erkannte, aus den Fingern gleiten. Finneans Handschrift hatte sich wenig verändert, sie war breiter geworden, doch ihre Charakteristik hatte sie behalten. Im Grunde hätte sie nicht überrascht sein dürfen, denn hatte Clara ihr nicht erzählt, dass Finnean Meeresbiologe war? In freundschaftlichem Ton berichtete Finnean von einer Aufklärungskampagne gegen das Fischen mit Treibnetzen, in denen sich die Delfine auf der Suche nach Nahrung verfingen und qualvoll verendeten. Zusammen mit jungen Mallorquinern arbeitete Finnean an einem Projekt im Mittelmeerraum, wo er anscheinend auch Vorträge hielt. Obwohl sie noch immer wütend auf ihn war, freute sie sich über seine berufliche Entwicklung, in der er allem Anschein nach persönliche Erfüllung fand. Sie hatte ihm dabei wohl im Wege gestanden. Bedrückt wollte sie die Karte wieder an ihren Platz stellen, als ihr Blick auf einen Satz fiel, den Finnean an den Kartenrand gekritzelt hatte. Darin fragte er Morven, ob Catherine diesen Sommer in Inveraray sei.

Morven, Ränkeschmiedin, Drahtzieherin, Manipulatorin – hast du mich deshalb kommen lassen? Denkst du, ich bin eines deiner Projekte, das du dirigieren kannst, wie es dir gerade in den Sinn kommt? Catherine schlug mit der flachen Hand auf den Tisch, ließ die Karte liegen und stand auf. Sie hatte genug gesehen. Immerhin war sie jetzt gewarnt und würde nicht vor Überraschung erblassen, sollte Finnean die Unverfrorenheit besitzen, während ihres Aufenthaltes hier aufzutauchen. Sie schaltete das Licht aus, schloss die Tür zu Morvens Arbeitszimmer und ging auf ihr Zimmer. Ihre Gedanken fanden lange keine Ruhe, und sie wusste nicht, ob es an Rorys Andeutungen über Farquar oder der Karte von Finnean lag.

Als sie Clara am nächsten Morgen in der Küche begegnete, schaute die sie mitleidig an. »Du hast aber schlecht geschlafen. War der Abend mit Rory nicht nett?« Sie drückte Catherine einen Becher Kaffee in die Hand und deutete auf einen Stuhl vor dem gedeckten Tisch. Während sie Catherine zwei dünne Buttermilchpfannkuchen und hausgemachte Blaubeermarmelade hinstellte, wartete sie auf eine Antwort.

»Doch, doch, es war schön, mit Rory zu sprechen. Und aufschlussreich ...«, fügte sie hinzu.

»Inwiefern?«, fragte Clara und setzte sich zu Catherine.

»Weißt du, du und Morven, ihr seid beide ziemlich gut darin, anderen Leuten Fragen zu stellen, ohne selbst viel über euch zu verraten.« Catherine hatte das schärfer gesagt als beabsichtigt, und es tat ihr Leid, als sie Claras erschrockenes Gesicht sah.

»Ich habe nicht gewusst, dass du so empfindest.« Unglücklich zupfte sie an ihrer Schürze.

Catherine stand auf, ging um den Tisch herum und drückte Clara an sich. »Tut mir wirklich Leid, Clara. Im Grunde meine ich gar nicht dich, sondern Morven.«

Die ältere Frau tätschelte ihr den Arm. »Schon gut, Cathy. Ich verstehe das. Iss deine Pfannkuchen, bevor sie kalt werden.« Sie wartete, bis Catherine sich wieder gesetzt hatte, und fuhr dann fort. »Ich schätze, ich habe immer vorausgesetzt, dass für dich alles in Ordnung ist, weil du Morven so ähnlich bist.«

»Es war auch so, nur dieses Mal scheint vieles anders, verdreht, undurchsichtig. Ach, Clara, ich bin ja mit mir selbst nicht glücklich.« Dieser Satz war ihr herausgerutscht, obwohl sie darüber gar nicht hatte sprechen wollen. »Was heißt, nicht glücklich ... Glück ist sowieso ein Wort, das alles oder nichts bedeutet, ich meine, wer kann schon von sich sagen, dass er immer glücklich ist?«

Mitfühlend sah Clara sie an. »Meine arme Catherine, ich würde dir gern einen tröstenden Rat geben, aber ich bin eine einfache Frau, für die Glück aus kleinen Momenten der Freude und Zufriedenheit besteht. Dazwischen liegen Wege des Schmerzes und die Suche nach Antworten.«

»Das klingt nicht einfach.« In den Worten der Älteren lag ein tiefes Verständnis für das Leben und die Akzeptanz des Gegebenen. Nur so konnte man wahrscheinlich einen

Grad der Zufriedenheit erreichen, der einen innere Ruhe und Gelassenheit finden ließ. Catherine seufzte, denn davon war sie weit entfernt. »Rory hat mir gesagt, dass er zur Loge gehört und dass Farquar dort einen hohen Rang hatte. Gibt es da noch etwas, das ich nicht weiß und das eventuell Dougals Interesse an dem Bild erklärt?«

»Die alten Geschichten sollte man endlich ruhen lassen. Ich kann dir nicht mehr dazu sagen, Cathy. Frag deine Großmutter.« Clara goss Kaffee nach und winkte Nellie zu, die gerade zur Tür hereinkam.

»Guten Morgen! Hmm, Pfannkuchen und Kaffee …« Hungrig machte sich Nellie über die Portion her, die Clara ihr aufgefüllt hatte.

»Gut, oh sind die gut!«, stellte Nellie zwischen zwei vollen Gabeln fest. »Du warst gestern mit Rory aus, oder?«

»War ganz nett. Ich habe noch etwas zu erledigen. Falls ihr mich braucht, ruft kurz durch, ansonsten bin ich auf jeden Fall vor dem Mittagsansturm zurück.« Um weiteren Fragen der neugierigen Nellie zu entgehen, verabschiedete Catherine sich rasch, griff nach den Autoschlüsseln und fuhr in den Ort.

Sie hatte keinen Plan, wie sie bei ihrer Suche nach Antworten vorgehen sollte, und parkte den Wagen vorerst am Pier. Lange Spaziergänge hatten ihr schon immer geholfen, sich zu sammeln und den Kopf frei zu bekommen. Der Himmel war klar an diesem Morgen, und nur wenige Wolken zogen in der Ferne herauf. Loch Fyne lag dunkelgrün schimmernd zwischen den Bergen. Das Wasser klatschte mit kleinen schmatzenden Geräuschen auf die Steine am Ufer. Catherine drehte sich um und betrachtete die weißen Häuser, die dicht an dicht an der einzigen Straße standen, die Inveraray mit dem Rest der Welt verband. Rechts führte die Straße nach Glasgow, und links gelangte man auf einer schmalen Bundesstraße hinauf nach Oban, von wo man die Fähre nach Mull nehmen konnte, oder man fuhr die Halbinsel Kintyre hinunter bis nach Campbeltown. Kintyre war flacher und verfügte über geschützte Buchten mit weißen Sandstränden. An einigen Stellen ragten begrünte Felsen dicht an die Straße und grasende Schafe schauten den Autofahrern neugierig entgegen. Vielleicht würde sie morgen dorthin fahren.

Ein Lastwagen bog durch den engen Torbogen, der sich zwischen dem Argyll Hotel und der Woollen Mill befand, einem traditionell anmutenden Textilgeschäft, das längst zu einer großen Kette gehörte. Catherine bedauerte diese Entwicklung, die den ehemaligen Kleinunternehmern mehr und mehr die Existenzchancen nahm und aus ehemals persönlich geführten charmanten Läden durchgestylte Geschäfte machte, deren Produkte man in allen Filialen des Landes fand. Angesichts dieses oft verhängnisvollen Hangs zu radikaler Modernisierung und Profiterhöhung war es fast ein Wunder, dass das alte Tor noch an seinem Platz stand, denn es ließ nur ein Fahrzeug zur Zeit hindurch. Hinter dem Tor lagen am Fuß der bewaldeten Hügel die Häuser der weniger begüterten Einwohner Inverarays. Waren die Häuserfassaden an der Hauptstraße weiß getüncht und mit Blumenkästen und Rosenstöcken geschmückt, wirkten die Wände der zweistöckigen Häuserblocks am Ortsrand grau und vernachlässigt. Auf einem ihrer Spaziergänge durch das Viertel hatte Catherine matschige unbefestigte Wege und Abfall in den Gärten dieser Häuser gesehen. Sie wandte den Blick ab, ging am Museumsschiff vorbei und steuerte auf das Internetcafé zu.

Im Grunde war es nicht verwunderlich, dass der Ort langsam ausstarb, denn für die jungen Menschen gab es kaum Arbeit, außer in der Touristik, der Gastronomie oder in Familienbetrieben wie dem florierenden Hotel der Clarks. Außer natürlich, man hieß McLachlan und konnte auf den Ländereien der Familie den Laird spielen. Catherine öffnete die Tür des kleinen Cafés und wurde von einem jungen Mann freundlich begrüßt.

»Hi, ich bin Steve. Such dir einen Computer aus. Was möchtest du trinken? Frühstück haben wir nicht, aber Sandwiches und Kuchen.« Steves modischer Haarschnitt, trendige Sneaker, T-Shirt und Cargohose rundeten das Bild des aufgeweckten jungen Unternehmers ab, denn wie Catherine im Gespräch erfuhr, war der Laden in Inveraray eines von zehn Internetcafés, die er in den High- und Lowlands gegründet hatte.

Sie setzte sich vor einen der Bildschirme und dankte Steve für den Kaffee, den er ihr hinstellte. »Kommst du klar?«

»Ja, danke. Ich überlege nur, wo ich anfangen soll.«

»Wenn irgendwelche Probleme auftreten, ruf mich einfach.« Er ging hinter den Tresen, wo er sich auf einen Hocker setzte und die Morgenzeitung las.

Noch war es ruhig in Steves Café, in dem sich nur ein weiterer Gast befand, der ganz in ein Computerspiel vertieft zu sein schien. Catherine kümmerte sich nicht weiter um ihn und begann, nach Informationen über die Freimaurer zu suchen. Rorys geheimnisvolle Andeutungen hatten sie nur noch mehr dazu angestachelt, sich ein Bild von dem Bund zu verschaffen, in dem ihr Großvater eine nicht unwichtige Rolle eingenommen hatte und der auch heute noch von Bedeutung zu sein schien. »Dann wollen wir doch mal sehen, was wir über euch finden«, murmelte Catherine vor sich hin und wartete vor dem Bildschirm auf Ergebnisse.

Als nach wenigen Sekunden die Suchmaschine die entsprechenden Seiten anzeigte, war Catherine überrascht über die Fülle an Quellen, die ihr zu dem Thema Freimaurerei angeboten wurde. Unsicher, wie sie den besten Einstieg finden konnte, überflog sie die Listen. Steve schien sie beobachtet zu haben, denn er kam mit einem Glas Coca-Cola in der Hand zu ihr. Nach einem kurzen Blick auf den Bildschirm sah er sie interessiert an. »Willst du den Freimaurern beitreten? Keine Chance!« Er grinste.

Catherine lachte. »Nein danke, aber da mein Großvater und noch so einige Leute, von denen ich das nicht wusste, dazugehören, würde ich gern wissen, was es damit auf sich hat.«

»Kann ich gut verstehen. Mein alter Herr ist auch einer von ihnen.« Steve hob sein Glas. »Dem Herzen, das verhehlt, und der Zunge, die nicht müßig erzählt!«

Erstaunt sah Catherine ihn an. »Ist das ein Trinkspruch?«

»Genau, aber ich habe mit dem Verein nichts am Hut, zu viel traditionelles Getue, Versammlungen, das ganze zeremonielle Brimborium ...« Angewidert schüttelte Steve den Kopf.

»Vielleicht kannst du mir trotzdem helfen. Ich möchte ja nur einen Überblick über die Entstehung der Loge bekommen.«

»Gerne«, er zog sich einen Stuhl heran und tippte auf den Bildschirm. »Klick mal diese Seite an.«

Während sie tat, was er sagte, hatte sie das Gefühl, er widmete ihr mehr Aufmerksamkeit als dem Bildschirm. Sie räusperte sich. »Okay. Das hier ist die offizielle Seite der Grand Lodge of Scotland.«

Steve nickte und lehnte sich zurück. »Die kannst du dir ausdrucken, wenn du magst. Ein wichtiges Datum ist die Gründung der Großen Loge von England 1717 in London. Damals trafen sich der Theologe James Anderson, Théophile Désaguliers, ein Physiker, und der Kunsthistoriker George Payne.«

»Illustre Leute«, bemerkte Catherine.

»Durchaus. Anderson war schon in Aberdeen Freimaurer, bevor er nach London kam und durch die Abfassung der noch heute beachteten ›Constitutions‹ in Erscheinung trat. Damit hat er den Freimaurern die Grundform der ›Alten Pflichten‹ gegeben.«

»Aber wo ist der geistige Ursprung? Ich meine, was treibt so gebildete Leute, sich zu einem Bund zusammenzuschließen?«, fragte Catherine.

Steve hob die Schultern. »Wenn ich meinen alten Herrn anschaue, dann ist es wohl das gesellige Beisammensein.« Er grinste. »Aber hinter dem Freimaurergedanken steht natürlich mehr. Ursprünglich haben sich auf mittelalterlichen Baustellen die Steinmetze verbrüdert und ein ›Geheimnis der inneren Hütte‹ festgelegt. Sie haben eine Einteilung der Mitglieder in Grade vorgenommen.« Rasch klickte er auf dem Schirm verschiedene Links an.

Catherine las, dass Lehrlinge, Gesellen und Meister sich durch vereinbarte Worte und Zeichen verständigten und die Bauleute Zirkel, Winkelmaß, Kreis, Dreieck und andere Werkzeuge mit symbolischer Bedeutung füllten, wobei hinter allem der Wunsch nach moralischer Vervollkommnung des Menschen stand. Sie trommelte mit den Fingern auf dem Tisch. »Hmm, klingt immer noch zu geheimnisvoll.«

»Da geht es mir nicht anders, aber als Nichteingeweihter stößt man eben an Grenzen.« Steve leerte sein Glas und lächelte sie an.

»Mehr hat dir dein Vater also nicht verraten?«

»Nein. Da hat er seine Prinzipien. Wie gesagt, mehr erfährt man nur, wenn man Mitglied wird, und das ist auch nicht eben leicht.«

»Wieso nicht?«

Er strich sich durch die dunklen Haare. »Ohne einen Fürsprecher geht es nicht, und finanziell muss man auch gut dastehen. Aber das ist doch wirklich ein langweiliges

Thema für eine so attraktive Lady wie dich. Es gibt wesentlich angenehmere Dinge, über die wir reden könnten, bei einem Bier heute Abend im George?« Ein neuer Kunde kam zur Tür herein, und Steve stand auf.

»Danke, Steve, ein anderes Mal vielleicht.« Catherine lächelte entschuldigend.

Steve ging hinter den Tresen und warf ihr einen derart übertrieben schmachtenden Blick zu, dass sie lachen musste, bevor sie sich wieder dem Text auf dem Bildschirm zuwandte. Das Herumscrollen brachte sie jedoch nicht weiter, und so stand sie auf, bezahlte und verabschiedete sich von Steve, dem sie versprach, bei ihm vorbeizuschauen, sollte sie in der Nähe sein.

Es ging auf die Mittagszeit zu und die Sonne stand hoch am blauen Himmel. Die aufziehenden Wolken hatten sich ihrer Kraft gebeugt und sich hinter die Berge verflüchtigt. Aus dem Gespräch mit Steve war ihr klar geworden, dass sie mit Wissen aus Büchern nicht weiterkommen würde. Aus diesem Grund lenkte sie ihre Schritte die Straße hinauf und klingelte wenig später an der Haustür von Hamish McFadden. Während sie auf ihn wartete, betrachtete Catherine die Veränderungen in dem kleinen Vorgarten. Hamish hatte die Büsche vom Unkraut gereinigt, den Rasen von dem dichten Nadelbelag der Kiefern, die rings um das Haus standen, befreit, in einem größeren Holzkübel eine Rose und in einen kleineren Terrakottatopf rote und gelbe Petunien gepflanzt. Anscheinend hatte er ihr Klingeln nicht gehört. Diesmal drückte Catherine den Klingelknopf etwas länger. Ihr Blick fiel auf die Werkstatt, doch bis dorthin schien Hamish noch nicht vorgedrungen zu sein. Als er sich immer noch nicht meldete, befürchtete Catherine trotz der Fortschritte, die Hamish zu machen schien, dass er vielleicht wieder rückfällig geworden war.

Besorgt ging sie um das Haus herum und fand ihn schlafend auf einer Liege, die er vor der Küchentür in die warme Sonne gestellt hatte. Fast erwartete sie, eine leere Whiskyflasche neben ihm zu finden, doch sein Atem ging regelmäßig, seine Kleidung sah sauber und gebügelt aus und auf einem Schemel stand lediglich ein Becher mit Tee. Erleichtert nahm sie sich einen Klappstuhl und versuchte, ihn möglichst leise aufzustellen, um Hamish nicht zu wecken. Sie hatte sich gerade hingesetzt und die Augen geschlossen, um ebenfalls ein Sonnenbad zu nehmen, als er aufwachte.

»Cathy, hallo!« Er richtete sich auf, räusperte sich und strich sich über die grauen Haare. »Was verschafft mir denn die Ehre?« Mit einer Hand griff er nach dem Becher und schwenkte ihn hin und her. »Das hier?«

Sie runzelte die Stirn. »Ich freue mich wirklich, dass es dir besser geht. Nein, deswegen bin ich nicht hier.«

Hamish trank den Rest des Tees aus. »Möchtest du etwas trinken?«

»Nein danke.« Sie stand auf und zupfte an den Blättern eines Efeu, der über die kleine Mauer rankte, die Hamishs Grundstück von seinen Nachbarn abgrenzte. Das kleine weiße Cottage, das inmitten eines gepflegten Gartens stand, wurde als Feriendomizil von einer Glasgower Arztfamilie genutzt und stand die meiste Zeit des Jahres leer. Auch heute schien niemand dort zu sein. »Weißt du, Hamish, eine Sache will mir einfach nicht aus dem Kopf gehen. Ich war mit Rory McLachlan essen, und er erwähnte die Loge und dass sein Vater deswegen an Morvens Bild interessiert sei.« Sie unterbrach sich und wartete auf eine Reaktion, doch Hamish saß ruhig auf seinem Liegestuhl und blinzelte in die Sonne.

Eine schwarzweiße Katze sprang plötzlich auf die Mauer. Catherine hatte sie nicht kommen hören und zuckte erschrocken zusammen.

»Ah, Gemma, meine Hübsche. Na, komm her.« Ohne weiter auf Catherine zu achten, stand Hamish auf und ging in die Küche. Die Katze ignorierte Catherine, setzte sich vor die Küchentür und schaute erwartungsvoll in das Hausinnere, aus dem Hamish mit einer Schale Katzenfutter zurückkehrte. Liebevoll streichelte er die schlanke Katze und stellte die Schale vor ihr ab. Schließlich setzte er sich wieder in seinen Liegestuhl.

»Ich wusste nicht, dass du eine Katze hast«, meinte Catherine erstaunt.

»Habe ich auch nicht. Sie gehört nicht mir. Sie gehört niemandem. Ich finde das sehr schlau von ihr. Wenn man zu niemandem gehört, kann man auch niemanden verlieren. Aber ich füttere sie, wenn sie kommt, dann ruht sie sich eine Weile aus und verschwindet wieder.« Sein Gesicht, in das das Leben tiefe Spuren gegraben hatte, zeigte keine Regung.

»Du kannst nicht verhindern, jemanden gern zu haben. Selbst wenn sie dir nicht gehört, freust du dich, sie zu sehen, und wirst es bedauern, sollte sie irgendwann nicht mehr kommen.«

Hamish ballte seine Hände zusammen und beugte sich vor. »Was willst du, Catherine? Willst du einem alten Mann sagen, wie er leben soll? Nur weil du mir einmal geholfen hast, heißt das nicht, dass ich dir zu ewigem Dank verpflichtet bin. Vielleicht wollte ich auch gar nicht, dass man mir hilft!«

»Warum hast du mich dann nicht rausgeworfen? Du hast dich gefreut, mich zu sehen. Aber jetzt, wo der Alkohol dein Gehirn nicht länger vernebelt, kommen die Erinnerungen zurück, und vielleicht kannst du mich nicht ertragen, weil ich dich an deinen Sohn erinnere. Er hat mir auch wehgetan, aber ich lebe weiter. Was zwischen euch war, weiß ich nicht, und es geht mich nichts an. Danach habe ich nicht gefragt, verstehst du?« Erhobenen Hauptes stand Catherine vor ihm, die langen Haare fielen ihr über Schultern und Rücken und ihr zierlicher Körper war angespannt. Es war nicht ihre Absicht, sich mit Hamish zu erzürnen, denn er war der Einzige, der ihr überhaupt weiterhelfen konnte, und sie mochte den störrischen alten Mann, auch wenn er das nicht zulassen wollte.

»Du gibst nicht auf. Eine lobenswerte Einstellung, oder eine, die dich irgendwann zu Fall bringt. Man muss auch verlieren können.« Die blauen Augen blickten hart, aber nicht ohne Mitgefühl. »Er hat dir das Herz gebrochen, nicht wahr?«

»Hamish, bitte, das ist für mich Vergangenheit, eine die ich bewältigt habe.« Ein zweifelnder Blick traf sie, doch sie fuhr fort: »Was ich nicht verstehe, ist diese Geschichte mit dem Bild! Warum machen alle so ein Geheimnis um die Loge? Du warst doch dabei, worum geht es dort?«

Hamish schüttelte entschieden den Kopf. »Die Geschichte der Freimaurerei ist kein Geheimnis. Die kann man überall nachlesen. Wie gesagt, jeder stößt irgendwann an seine Grenzen ...«

»Das ist doch lächerlich. Ich habe mich über den Bund informiert. Was ist denn schon groß damit los? Moralische Vervollkommnung, ethische Werte und soziale Werke. Daran ist nichts, was man verheimlichen sollte. Also, warum könnt ihr nicht darüber sprechen?«

»Na, wenn alles so klar ist, warum reicht es dir nicht? Wir haben nichts zu verbergen, aber wie in jedem Klub gibt es Regeln, an die man sich halten muss.«

»Könntest du mir dann wenigstens verraten, warum Dougal ein persönliches Interesse an dem Bild hat, und ich meine nicht seine Rivalität mit Morven.« Catherine trat aus der prallen Sonne, die ihre Haut nicht gewohnt war.

Hamish sah sie lange nachdenklich an. »Hast du dir den Rahmen schon angesehen?« Die Katze hatte ihre Mahlzeit beendet, strich an Hamishs Beinen entlang und legte sich in den Schatten an der Mauer.

»Er ist vergoldet und wirkt ziemlich alt. Was genau meinst du?«

»Ich meine, du solltest dir mehr Zeit nehmen für das, was du tust. Manchmal sind es die kleinen Dinge, die einen weiterbringen. Ich bin müde.« Umständlich setzte sich Hamish wieder in der Liege zurück, ließ den Kopf gegen die Rückenlehne sinken und schloss die Augen.

Der Parkplatz war voller Wagen, und schon als sie sich dem Haus näherte, vernahm Catherine das Stimmengemurmel der Gäste von der Terrasse. Nellie empfing sie mit einem strahlenden Lächeln, während sie mit den Händen voller schmutziger Teller in die Küche lief.

»Habe mich selten so gefreut, dich zu sehen, Cathy!« Sie lachte, stellte die Teller in die Spüle und drückte Catherine eine Schürze in die Hand. »Clara ist im Keller und holt tiefgefrorene Kuchen nach oben. Meine Güte, die fressen uns heute die Haare vom Kopf.« Flink goss sie Limonade und Bier in Gläser und stellte Teetassen auf ein Tablett. Als sie nach dem Wasserkessel griff, ließ sie ihn enttäuscht sinken.

»Lass nur, ich mach das.«

Nellie sagte ihr, wie viele Portionen Tee und Kaffee sie benötigte, und eilte mit dem vollen Tablett zu den Gästen. Catherine wartete noch auf das langsam kochende Wasser, als Clara schnaufend in die Küche kam.

»Oh Clara, warum habt ihr nicht angerufen!« Sie nahm der schwitzenden Clara einen Stapel in Folie gewickelte Kuchenformen ab, die sie auf Vorrat eingefroren hatte.

»Du hast schließlich Urlaub, wir packen das schon. Lass

mich nur einen Moment verschnaufen.« Schwer atmend setzte sich Clara auf einen Stuhl.

Catherine reichte ihr ein Glas Wasser und strich ihr über den Rücken. »Jetzt ruh dich erst mal etwas aus. Ich gebe die Kuchen in den Ofen und mache hier weiter.«

»Ich danke dir, Cathy. Das Alter ... Sonst hat mir das alles überhaupt nichts ausgemacht.« Clara wischte sich über die Stirn. »Bevor ich es vergesse, Morven hat angerufen. Sie wollte dich sprechen und ruft heute Abend noch einmal an.«

Bis dahin würde sie hoffentlich Zeit gefunden haben, sich den Bilderrahmen genauer anzusehen. »Geht es ihr gut?«, fragte Catherine und stellte den Ofen ein.

»Ich denke schon. Vielleicht klang sie ein wenig besorgt, aber das wird sie dir heute Abend erklären. So, und jetzt bin ich wieder frisch wie der Morgentau. Die kleineren Pies müssen auf das oberste Blech.«

Clara war wieder ganz in ihrem Element, doch Catherine nahm sich vor, dafür zu sorgen, dass sie ihr Arbeitspensum ab dem nächsten Tag drastisch reduzierte, denn sie schien ihre Kräfte zu überschätzen.

Nachdem sie aufgeräumt und abgeschlossen hatten, ging Catherine in den Wintergarten und nahm das Bild von der Wand. Den ganzen Tag über hatte sie auf das Ölgemälde geschaut, wann immer sie daran vorüberging, doch sie hatte nichts Besonderes entdecken können. Clara nahm ein heißes Bad, und Nellie war zu Chris gefahren, weshalb Catherine die Zeit nutzte, um ungestört einen Blick auf den Rahmen zu werfen.

Sie legte das schwere Gemälde auf einen der Tische und richtete eine Stehlampe auf den golden schimmernden Rahmen. Mit einem weichen Tuch wischte sie langsam die aufwendig verzierten Leisten ab. Unter ihren Fingerspitzen fühlte sie deutlich die Blatt- und Blumenornamente, die sich üppig im äußeren Teil des Rahmens rankten. Nach innen hin wurden die Verzierungen von Stufe zu Stufe flacher, und als Catherine sich die beiden innersten Leisten genau anschaute, stockte ihr der Atem. Warum war ihr das nicht schon früher aufgefallen? Hamish hatte Recht gehabt!

Kapitel 5

> We are our father's dreams
> we are our mother's pride and joy
> and we will be the ones
> to tell you now that it's over.
> You have no hold on us
> like the fear you laid on them.
> We are the seeds they grew,
> it's we that you must answer to.
> *Dougie MacLean*

Hinter einem Wald verborgen lag Schloss Kilbride am östlichen Ufer von Loch Fyne. Catherine verlangsamte ihr Fahrzeug, um die gewaltige Schlossanlage aus dem 15. Jahrhundert zu betrachten, die sich in ihrer ganzen herrschaftlichen Pracht zwischen der Parkanlage und dem schmalen Uferstreifen von Loch Fyne erstreckte. Die karg begrünten und teilweise schroffen Felsen stiegen zu ihrer Linken aus dem dichten Nadelgehölz auf. Das dunkle Grün der Kiefern hob sich von den helleren Gräsern und den bräunlichroten Farnblättern ab, die die Hügel bedeckten. Aufgelockert wurde das Meer aus Grün- und Brauntönen vom warmen Gelb des Stechginsters, der auch in den kargen Böden Wurzeln schlug. Zwischen den grauen Wolken brach sich die Sonne ihre Bahn und tauchte Schloss Kilbride in ein unwirklich scheinendes Licht, das dem massigen Bollwerk, das einst die McLachlans vor den Engländern und angreifenden Clans geschützt hatte, den Zauber vergangenen Ruhms verlieh.

Hinter Catherine hupte jemand, und sie fuhr an den Straßenrand, um ein Cabriolet mit vier jungen Männern vorbeizulassen. Die Wirklichkeit ließ den Zauber verfliegen, und Catherine war sich wieder bewusst, welcher Anlass sie heute nach Kilbride führte. Hatte sie sich auf das Sommerfest der McLachlans gefreut, so war diese Freude einer gespannten Erwartung gewichen, nachdem Morven ihr am Telefon erklärt hatte, warum das Fest alljährlich am 24. Juni gefeiert wurde. Catherine hatte die drei Rosen, die jeder der jungen Männer in dem Cabriolet bei sich trug, wohl bemerkt, und ohne Morvens Aufklärung hätte sie nicht gewusst, dass es sich um die Johannisrosen handelte, die bei den Freimaurern Licht, Liebe und Leben versinnbildlichten. Am 24. Juni feierten die meisten Logen der Welt den Geburtstag von Johannes dem Täufer, dem Schutzpatron der Freimaurer. Morven hatte ihr gesagt, dass sie nur einmal in ihrem Leben auf dem Sommerfest der McLachlans gewesen war, und das nur, weil Farquar sie darum gebeten hatte. Als Catherine sie fragte, ob sie denn lieber nicht nach Kilbride fahren sollte, hatte Morven nüchtern bemerkt, dass jeder sich sein eigenes Urteil bilden sollte und dazu sei es manchmal notwendig, sich auch in die »Höhle des Löwen« zu begeben. Dann hatte sie gelacht und erklärt, dass Catherine sie nicht ernst nehmen solle, weil sie und Dougal eine persönliche Fehde austrügen, die nur sie beide anginge.

Die Straße verengte sich bis auf einen einspurigen Sandweg, der sie durch einen dichten Nadelwald führte. Nachdem sie den Wald durchquert hatte, kam sie an ein hohes schmiedeeisernes Tor, auf dessen steinernen Pfosten je eine große Marmorkugel ruhte. Sie fuhr durch den weiten Park, den sie von der Anhöhe aus gesehen hatte, und wurde von Männern in Jagdkleidung begrüßt, die in Gruppen auf dem Rasen standen. Schilder geleiteten sie auf den Parkplatz, auf dem nur noch wenige freie Plätze zu sehen waren. Das Fest schien gut besucht zu sein. Catherine schlug die Tür ihres Wagens zu und suchte mit den Augen nach dem Tor, doch es musste hinter der nächsten Wegbiegung liegen. Natürlich hatte sie schon des Öfteren Kugeln als Schmuck in Gärten und auf Säulen gesehen, und vielleicht ging ihre Fantasie mit ihr durch, doch nachdem Hamish sie auf den Rahmen mit seinen bedeutungsschweren Zeichen hingewiesen und Morven sie in der Entdeckung bestätigt hatte, war es nicht verwunderlich, wenn sie überall Symbole der Freimaurer zu sehen glaubte. Sie atmete tief ein und wollte sich auf den Weg zum Schloss machen, als eine Stimme, die ihr unangenehm bekannt vorkam, sie aufhielt.

»Cathy, hättest du nicht gedacht, dass wir uns hier sehen, was?« Bridget kam mit ihrem ältesten Sohn an der Hand zwischen den parkenden Wagen hervor, gefolgt von Fletcher Cadell, der den Wagen mit dem gemeinsamen Baby schob und nicht besonders erfreut darüber schien, wie Catherine seiner grimmigen Miene entnahm.

Fletcher war größer, als sie ihn in Erinnerung hatte. Seine geröteten Wangen und die rissigen Hände wiesen ihn als einen Mann aus, der viel im Freien arbeitete. Catherine roch seinen Atemalkohol, als er an ihr vorbeiging, seiner Frau den Kinderwagen in die Hand drückte und sagte: »Ich muss noch zu einer Besprechung. Wir sehen uns nachher.«

Er nickte Catherine kurz zu und ließ die beiden Frauen stehen. Einer der Männer kam über den Rasen auf ihn zu und begrüßte ihn, wobei Catherine fand, dass die Bewegungen, die die beiden Männer synchron mit den Händen ausführten, wie ein einstudiertes Ritual wirkten. Dass man auch Männer wie Fletcher Cadell hier antraf, wunderte Catherine, andererseits kannte sie die Kriterien nicht, nach denen man für die Loge ausgewählt wurde.

Bridget, die sich in ein weißes Kleid mit gelbem Blumenmuster gezwängt hatte, dessen weiter Ausschnitt mehr sehen als erahnen ließ, schob den Kinderwagen mit vorgeschobener Unterlippe vor sich her. »Immer ist er mit den Jungs zusammen. So habe ich mir das nicht vorgestellt, aber er hat schon eine Prüfung bestanden, vielleicht schafft er es einmal bis ganz nach oben!«

Catherine hatte ihre Zweifel, wenn sie an Fletchers grobe Gesichtszüge und seine Neigung zu Brutalität dachte. »Dann wünsche ich dir das Beste, Bridget. Was weißt du denn von dem, was Fletcher so mit den Jungs unternimmt?«, fragte sie möglichst beiläufig.

»Komm schon, Adie, nachher kannst du Karussell fahren.« Bridget zog den schmollenden Jungen hinter sich her. »Eigentlich nicht viel. Er darf mir ja auch nichts sagen. Sie machen gute Sachen, für die Armen und so was eben.« Ihre Stimme klang wichtig, während sie das sagte. »Ist das nicht ein schönes Schloss? Meine Güte, wenn man sich vorstellt, dass die tatsächlich darin wohnen ...« Mit ehrlicher Bewunderung betrachtete Bridget die hellgrauen Mauern von Schloss Kilbride.

Catherine betrachtete den mächtigen Bau aus der Tudorzeit, dessen An- und Umbauten von den verschiedenen Besitzern der vergangenen Jahrhunderte stammten. Vor allem der mächtige quadratische Eckturm fiel an dem verwinkelten Bau ins Auge. Zwischen zwei achteckigen Türmchen befand sich das Hauptportal und schon aus der Ferne war das dreiteilige, hohe und spitzbogige Tudorfenster zu erkennen, das die gesamte Mauerfront über dem Portal einnahm. An das dreigeschossige Haupthaus und die Stallungen grenzte der Hof mit einem Rosengarten. Die Gartenmauer zog sich weit bis an den Waldrand, wo zwischen den Bäumen ein Glockenturm zu sehen war, der zur Schlosskapelle gehörte.

Je näher sie dem Schloss kamen, desto mehr Gäste begegneten ihnen auf den frisch gemähten Rasenflächen. Kinder liefen mit Luftballons in den Händen hin und her, Hunde bellten und Mütter holten Eis und Waffeln von überdachten Ständen, hinter denen junge Frauen und Männer nicht nur weiteres Essen nachlegten, sondern auch Getränke ausschenkten. Catherine nahm die wohl durchdachte Organisation der Veranstaltung zur Kenntnis und fragte sich, ob sie ein Spiegel der von Dougal geleiteten Loge war, obwohl sie nur annahm, dass Dougal den Vorsitz innehatte. Im Internet hatte sie über unterschiedliche Gradbezeichnungen gelesen, doch die Vielzahl möglicher Einteilungen hatte sie verwirrt. Ihr Blick glitt über die Gäste, und sie hoffte, Rory zu entdecken, sah jedoch nur einige wenige Gesichter, die ihr von früheren Inveraray-Aufenthalten her bekannt vorkamen, denen sie aber keine Namen zuordnen konnte. Bridgets Sohn verlieh in diesem Moment seinem Verlangen nach Eiscreme deutlich und lauthals Ausdruck, was Catherine zum Anlass nahm, sich zu entschuldigen, denn sie hatte keineswegs vor, den Nachmittag in Begleitung der verdrossenen jungen Mutter zu verbringen.

»Wir sehen uns sicher noch, Bridget. Bis später!« Ohne auf die protestierende Bridget zu hören, entfernte sich Catherine freundlich lächelnd und strebte direkt auf das Hauptportal zu, hinter dem sie Dougal und seine Familie vermutete. Während sie über die weite Rasenfläche ging, bewunderte sie das gitterartiges Stabwerk der spitzbogigen Tudorfenster und die schön geschwungenen doppelten Traufleisten über dem Eingang. Mehr noch als die stilistischen Charakteristika faszinierten Catherine die Ornamente, die sie in den Abschlüssen der Zierleisten fand: eine Sanduhr und ein Tier. Sie trat näher, um die seltsame Form des Steins besser sehen zu können. Sollte hier ein Hahn dargestellt sein?

»Du kannst ruhig hereinkommen, oder findest du die Architektur unseres Hauses so interessant, dass du lieber draußen stehen bleiben möchtest?« Rory stand im Kilt seines Clans mit in die Hüften gestemmten Händen in der offenen Tür.

Der dunkelgrün und blau karierte Schottenrock ließ seine kräftigen Waden, die in dicken hellen, speziell für das Tragen zum Rock angefertigten Kniestrümpfen steckten, sehen. Unterhalb des Knies am Strumpf der rechten Wade trug Rory den traditionellen Dolch der Highlander. Robustes ledernes Schuhwerk, ein quer über der Brust gegürteter breiter Lederriemen, an dem ein Degen befestigt war, und der typische reich verzierte Lederbeutel unterhalb des Lendengürtels vervollständigten die Tracht der McLachlans, deren stolzer Träger Rory heute war. Es mochte Leute geben, die das Tragen von folkloristischen Trachten für überholt oder lächerlich hielten, doch der schottische Teil in Catherine wusste, dass viel mehr als nur eine Tradition hinter dem Tragen des Kilts stand. Genau wie die Landschaft, die zugleich hell und dunkel sein konnte, waren die Schotten eine Mischung aus in Zaum gehaltener Leidenschaft und Kultiviertheit, aus kämpferischer Historie und rauem Leben.

Für eine Sekunde fühlte sich Catherine Rory nahe, so wie man sich einem Seelenverwandten nahe fühlt, und in ihrer Stimme schwang Anerkennung mit, als sie sagte: »Rory Donachie vom Clan der McLachlans, kannst du mir sagen, was eine Sanduhr und ein Hahn an eurem Portal zu suchen haben?«

»Ich freue mich, dich zu sehen, Catherine, Enkelin von Morven Melville Mackay.« Er kam die Stufen zu ihr herunter und küsste sie auf die Wangen. »Du siehst blendend aus. Ich hoffe, du tanzt später mit mir.«

Dass Catherine auf Claras Rat gehört und ein dunkelgrünes Seidenkleid anstelle schwarzer Hosen angezogen hatte, schien sich auszuzahlen. Sie zog das ebenfalls seidene Schultertuch enger um sich. »Danke.« Dann sah sie Rory erwartungsvoll an.

Dieser deutete auf die Sanduhr. »Sie steht für die Kürze und Vergänglichkeit des Lebens, der Hahn dagegen für die

Morgenröte, den beginnenden Tag oder die Auferstehung aus dem Dunkel der Nacht.«

»Das klingt aber sehr düster. Warum hat man derartige Symbole gewählt? Sollen sie unwillkommene Reisende abschrecken?«

Rory nahm ihren Arm und wollte sie die Treppen hinaufgeleiten, als Dougal, gekleidet wie sein Sohn, nur glänzte an seinem Ledergürtel zusätzlich eine prächtige silberne Brosche, plötzlich vor ihnen stand. Er musste den Wortwechsel mit angehört haben, denn er sagte: »Sie sind so schön und, verzeihen Sie mir, wenn sich das chauvinistisch anhört, viel zu intelligent für eine derart schöne Frau. Die Geschichte hat oft gezeigt, dass diese Kombination Frauen den Kopf kosten kann.«

Catherine ließ sich von Dougal McLachlans stattlicher Erscheinung nicht einschüchtern. »Es gibt immer Ausnahmen von der Regel. War nicht Elisabeth I. eine solche?«

»Ein kühner Vergleich, wo wir uns doch in Schottland befinden«, erwiderte Dougal, wobei er sie bewundernd betrachtete. Sie war eine Mischung aus Morven und Briana, wobei er sich nicht sicher war, welcher Teil überwog.

Catherine hatte das Gefühl, als sähe er in ihr eher ein Kuriosum als eine Bedrohung. »Aber glücklicherweise gibt es keine Guillotinen mehr, weshalb ich um meinen Hals kaum zu fürchten brauche!« Sie lächelte unschuldig und drückte Rorys Arm. »Wolltest du mir nicht euer schönes Schloss zeigen?«

»Das Alter macht vor so viel Schönheit und Jugend gern Platz. Amüsieren Sie sich gut, Catherine. Und dass du mir Acht gibst auf unseren besonderen Gast, Rory.« Augenzwinkernd ging Dougal mit federnden Schritten die Treppen hinunter, wo er von einer Gruppe gerade eingetroffener Gäste begrüßt wurde.

Kopfschüttelnd betrat Rory mit ihr die festlich durch

riesige Kerzenleuchter erhellte Halle. »Es muss deine Ähnlichkeit mit Morven sein. So kenne ich ihn gar nicht. Tut mir Leid, wenn er dir zu nahe getreten ist.«

»Mach dir keine Gedanken, Rory. Erklär mir lieber, warum diese Symbole ...«, sie hielt inne und betrachtete den Totenkopf und die Sonne, die neben ihr an der Wand die Konsolen der dort endenden Gewölberippen zierten, »und diese hier in Kilbride angebracht wurden?«

Ein Seufzer entfuhr Rory. »Du gibst nie auf, oder? Also der Totenkopf steht für das Offensichtliche, nämlich den Tod oder eben die Vergänglichkeit, und die Sonne ist ein Ursprungssymbol.« Er zuckte die Schultern. »Die Leute damals hatten eben einen Sinn für Symbolik, daran ist nichts auszusetzen.«

»Oder sie hatten einen kranken Sinn für Humor. Sonne und Totenkopf, ein Hahn – ich komm schon noch dahinter, Rory McLachlan, verlass dich drauf.« Mit einer eleganten Drehung wollte sie sich in die Mitte des Raumes wenden, wurde jedoch von Rory festgehalten.

Eindringlich sah er sie an, und sie fand echte Besorgnis in seinen Augen, als er, nachdem er sich kurz umgesehen hatte, sagte: »Cathy, nicht alles ist ein Spiel, wie du vielleicht glaubst. Kannst du nicht einfach nur diesen Tag genießen? Hinter allem und jedem muss nicht immer eine zweite Wahrheit stecken!«

Sie zögerte einen Moment, doch einem Impuls folgend entschloss sie sich, Rory den Gefallen zu tun, und ließ ihren Seidenschal locker über die Schultern fallen. »Ich werde ein braves Mädchen sein. Nimm nicht alles so furchtbar ernst, was ich sage. Und jetzt würde ich sehr gern ein Glas Champagner trinken!«

Rory straffte seine Schultern und lächelte zwei vorübergehenden Männern zu. Der eine war höchstens zwanzig Jahre alt, hatte lange dunkelblonde, zu einem Zopf gebundene Haare und trug einen Kilt, dessen Hauptfarbe Zitronengelb in Verbindung mit karminroten und blassgrünen Karos war. Schwer auf seinen Arm gestützt, ließ sich der ältere Mann, dessen Körperfülle ihn nicht daran hinderte, einen Kilt in derselben Farbkombination wie sein junger Begleiter zu tragen, durch die Halle führen. Volles weißes Haar und ein silbrigweißer Vollbart gaben dem Alten das würdevolle Aussehen eines Patriarchen, wozu auch die blauweiße Schärpe mit verschiedenen Orden beitrug, die er quer über seinem Leib trug.

»Rory, kein Wunder, dass ich dich noch nicht gesehen habe.« Der junge Schotte grinste und sah erwartungsvoll zu Rory, der ihn auch vorstellte.

»Catherine, darf ich dir Nevin Buchanan vorstellen?« Ein Räuspern erinnerte Rory daran, dass Nevin nicht allein war. »Und seinen Onkel Calum Buchanan. Entschuldige, Calum.«

Catherine reichte beiden Männern die Hand, wobei Calum ihre Hand länger festhielt, und sie erkannte an seinen ziellos suchenden Augen, dass er blind war. »Es freut mich sehr.«

Calum ließ ihre Hand los und richtete seine blicklosen Augen auf sie, dass es ihr fast wie eine Prüfung vorkam. »Wie war Ihr Name?«

»Catherine Tannert.«

Er schien etwas anderes erwartet zu haben, enttäuscht wandte er den Kopf ab, doch Rory ließ ihn aufhorchen. »Sie ist die Enkelin von Morven Mackay.«

Ein Lächeln glitt über Calums Gesicht. Erneut griff er nach ihren Händen. »Ich hatte eine Ahnung, wissen Sie, aber meine Augen haben mich im Stich gelassen.«

»Deine Diabetes ist schuld daran, dass du nicht mehr sehen kannst, Onkel. Du vergisst ständig deine Medikamente«, schalt sein Neffe ihn liebevoll.

Calum ignorierte den Vorwurf und drückte Catherines Hände, bevor er sie wieder losließ. »Wir müssen miteinander sprechen. Ihre Großmutter und ich sind alte Bekannte. Nevin, gib ihr meine Karte.«

Nevin verdrehte die Augen, holte aber wie angewiesen eine Visitenkarte aus dem Lederbeutel, der auch seinen Gürtel zierte, und reichte sie Catherine.

»Hast du sie ihr gegeben?«, fragte Calum.

Catherine nickte und fügte laut hinzu: »Ja, danke. Bevor ich zurückfahre, melde ich mich bei Ihnen.«

»Warum fahren Sie wieder weg?« Der alte Mann verlagerte schwerfällig sein Gewicht, wurde aber von Nevin sorgsam gehalten.

»Tja, also ich lebe und arbeite in Deutschland. Ich bin nur zu Besuch hier.« Sie strich sich eine Locke aus dem Gesicht. Einen Teil der Haare hatte sie am Hinterkopf aufgesteckt, der Rest fiel auf ihren Rücken.

»Nicht jeder will eben in deinem geliebten Schottland leben. Es gibt auch noch genügend andere und sicher ebenso interessante Plätze auf diesem Globus.« Anscheinend hatte Nevin schon einen solchen gefunden, oder war zumindest auf der Suche danach.

Knurrend stützte sich Calum auf seinen Gehstock. »Ich bin auf dich angewiesen, und das nutzt du aus. Gehen wir! Vergessen Sie nicht, mich anzurufen!« Damit zog er seinen Neffen mit sich fort.

Rory hatte während des Wortwechsels ruhig neben Catherine gestanden. Jetzt deutete er auf einen der spitzbogigen Mauerdurchbrüche. »Wollen wir etwas trinken?«

Die Halle füllte sich mehr und mehr mit Gästen, von denen die meisten in den Farben ihres Clans erschienen waren. Da die Farben der Mackays Dunkelgrün und Dunkelblau waren, fand Catherine, dass sie zumindest farblich passend gekleidet war. Da ihre Mutter eine distanzierte Beziehung zu ihrer Familie pflegte, hatte sie Catherine auch nie mit den Bräuchen und Traditionen der Highlander vertraut gemacht. Seltsamerweise war dies auch nicht von Morven nachgeholt worden, die zwar eine tiefe Liebe zu ihrem Land hatte, sich aber jeder Art von Riten oder folkloristischen Bräuchen fern hielt. Irgendwann während ihrer Kindheit hatte Catherine Morven einmal nach den Clanfarben der Mackays gefragt und zur Antwort erhalten, sie solle sich ein Lexikon nehmen und nachsehen, wenn es sie so sehr interessiere. Seitdem wusste Catherine, dass die Mackays dem königlichen Haus Moray aus der Linie der Morgund von Pluscarden entstammten. Morvens Familie jedoch waren die Melvilles, Barone von Malaville in der Normandie. Aus dieser Linie stammten Parlamentarier des 17. Jahrhunderts, Gelehrte und ein Professor, der Rektor an den Universitäten von St. Andrews und Glasgow gewesen war, vier Jahre im Tower von London gesessen und sich schließlich nach Sedan in Frankreich zurückgezogen hatte. Lange hatte Catherine diese Einzelheiten vergessen, doch angesichts des Schlosses und der traditionsbewussten Clanmitglieder dachte sie unwillkürlich, dass auch sie, zumindest mütterlicherseits, Teil einer geschichtsträchtigen Familie war.

Sie waren durch den Mauerbogen gegangen und standen nun in einem Bankettsaal, in dem sich auf einer Empore einige Musiker einstimmten, an den Seiten üppige Buffets mit einer reichen Auswahl an einheimischen Speisen aufwarteten und Gruppen von Tischen und Stühlen zum Sitzen einluden. An einer improvisierten Bar gab es Champagner, Cocktails und Whisky, wie Catherine an den breiten Gläsern sah, die die meisten männlichen Gäste in den Händen hielten. Als Rory ihr ein schlankes Glas reichte, aus dem ihr der gekühlte Champagner entgegenperlte, konnte sie nicht umhin, ihn nach den beiden Männern zu fragen, die sie nachhaltig beeindruckt hatten.

»Ich kenne Nevin seit einigen Jahren. Er ist in Ordnung, aber seit er in den Staaten studiert, kommt er nur noch selten her. Der 24. Juni ist eine Pflichtübung für ihn. Wäre da nicht Calum, den er sehr schätzt, käme er wohl schon lange nicht mehr.« Eine hübsche junge Frau mit schwarzen Haaren, die zu einem Pagenkopf geschnitten waren, lächelte Rory im Vorbeigehen zu. Über ihrem türkisfarbenen Kleid trug sie eine Schärpe in grünblauem Tartanmuster. »Annabel Maitland, wichtige Familie, alter Adel.«

Catherine sah der hoch gewachsenen Aristokratin nach, deren Familienname nicht nur in den vergangenen Jahrhunderten eng mit den politischen Geschehnissen Schottlands verknüpft war. »Hmm, und Calum? Morven hat ihn nie erwähnt, jedenfalls erinnere ich mich nicht an ihn.« Und sie war sich sicher, dass sie den schwergewichtigen Mann mit dem markanten Gesicht nicht vergessen hätte.

»Calum Buchanan ist noch immer einer der einflussreichsten Brüder.« Rory lachte leise. »Er gehört zu den ›Weißen‹. Ein Grad, für den mein Vater alles tun würde.« Als er Catherines verständnisloses Gesicht sah, erklärte er: »Es gibt in der Loge verschiedene Ränge, die man erreichen kann. Nach dem Schottischen Ritus gibt es 33 Grade, angefangen mit den Blauen, dann die Roten, gefolgt von den höheren Schwarzen und schließlich den drei höchsten weißen Graden. Calum ist der hochrangigste Bruder hier und im gesamten Commonwealth.«

»Wie genau lautet denn sein Grad?«, fragte Catherine.

»Prinz des Königlichen Geheimnisses«, antwortete Rory, und bevor Catherine erneut nachfragen konnte, fügte er hinzu: »Vergiss es, ein Geheimnis ist eben ein Geheimnis. Aber man sollte es auch symbolisch verstehen. Calum ist ein sehr kluger Mann, ein Philosoph, ein Weiser, wie man früher gesagt hätte. Einen solchen Grad erlangt man nicht durch Beziehungen. Dafür braucht es weit mehr.« Rorys

Augen leuchteten, als er erklärte: »Es mag dir vielleicht fremd erscheinen, aber wir Freimaurer streben nach der Harmonisierung der Gegensätze, was eine Einigung der Seelenkräfte bedeutet, und das erreicht man nur auf meditativem Weg.« Er zuckte mit den Schultern. »Die meisten erreichen diesen Zustand nicht, aber Calum hat diesen Weg beschritten.«

Ehrfürchtig sah Catherine in die Richtung, in die der alte Mann verschwunden war. »Tatsächlich? Und er ist mit Morven bekannt?«

»Sie sind sogar sehr enge Freunde. Kannst du dir vorstellen, wie mein Vater das findet?« Rory grinste und leerte sein Glas in einem Zug.

Nachdenklich nippte sie an ihrem Champagner. Morven war mit einem der einflussreichsten Logenbrüder befreundet, hatte aber für die Mitgliedschaft ihres Mannes nie Verständnis gezeigt. Nun, möglicherweise hatte diese Freundschaft nichts mit der Loge zu tun, sondern war rein menschlich begründet, persönlicher Natur eben. »Ich danke dir für deine Offenheit, Rory. So hätte hier wohl kaum jemand mit mir gesprochen.«

Er strich sich mit beiden Händen durch die Haare und sah sie auf eine Weise an, die sie verunsicherte. »Du bist anders, Catherine, anders als jeder Mensch, den ich kenne. Ich meine, wir kannten uns von damals, aber da waren wir Teenager und du warst mit Fin zusammen. Außerdem war ich ein Idiot, ein Snob, nennen wir es doch beim Namen.« Er atmete tief ein. »Ich kann es auch nicht erklären, aber ich habe das Gefühl, dir alles sagen zu können, ohne dass du mich falsch verstehst.«

Sie wollte antworten, doch er grinste und nahm ihr das inzwischen leere Glas ab. »Ich brauche jetzt einen Whisky, möchtest du auch einen?«

»Wäre vielleicht nicht verkehrt. Habt ihr einen Bruichladdich da?« Sie mochte den weichen Geschmack des Whiskys von der Insel Islay.

Er schnalzte mit der Zunge. »Was denkst du denn ...«

Während sie wartete, dachte sie über seine Worte nach und konnte nicht umhin zuzugeben, dass er sich tatsächlich verändert hatte und sie ihn sogar mochte, was früher unvorstellbar für sie gewesen wäre. Manche Menschen konnten sich eben doch ändern. Die Musiker hatten sich auf der Empore formiert und spielten einen Reel. Automatisch begannen die Anwesenden mit den Füßen den Takt zu tippen, einige Kinder wagten sich sofort in die Mitte des Saales auf die Tanzfläche und zeigten, was sie in den Tanzstunden an keltischen Tänzen gelernt hatten. Rory kam mit den Gläsern zurück.

»Bitte, dein Whisky. Auf dein Wohl und danke, dass du heute hier bist!«

»Ich danke dir, Rory, dieses Fest hätte ich wirklich nur ungern versäumt.« Sie hob das Glas und probierte den Whisky, der weich und mit einem Hauch Rauchigkeit ihre Kehle herunterrann.

Annabel Maitland trat auf Rory zu, wobei sie Catherine bewusst ignorierte. Ihre graublauen Augen blitzten nur kurz auf, um zu signalisieren, dass sie die Konkurrenz wahrgenommen hatte. Catherine blieb gelassen.

»Rory, mein Lieber, Daddy wartet schon auf dich. Sie entschuldigen uns kurz?« Ohne auf eine Antwort zu warten, zog sie Rory mit sich.

Dieser hob jedoch kurz die Hand. »Annabel, wo sind deine Manieren? Darf ich dir Catherine vorstellen?« Die beiden Frauen nickten sich kühl zu.

»Ich habe dahinten gerade jemanden entdeckt, dem ich unbedingt guten Tag sagen muss. Wir sehen uns noch, Rory.« Catherine schenkte Rory ein verschwörerisches Lächeln und ging den nur vorgeschobenen Gast suchen. Ihr war es sogar ganz recht, ohne Begleitung durch das Schloss spazieren zu können, denn das gab ihr Gelegenheit, sich die ungewöhnlichen Dekorationen genauer anzusehen. Vom Ballsaal aus ging sie über einen langen Flur in einen Raum, in dem zuerst ein Cembalo ins Auge fiel, dessen kunstvoll verzierter Klangkörper warm im Licht der schwächer werdenden Sonne schimmerte. Catherine wollte dichter an das Instrument herantreten, als plötzlich die Tasten angeschlagen wurden und eine einfache, schöne Melodie erklang. Vorsichtig, um den oder die Spielende nicht zu stören, trat Catherine neben die üppigen Gardinen, deren dicker Brokatstoff die zaghaft gespielten Töne dämpfte und kaum nach draußen klingen ließ. Jetzt entdeckte sie hinter dem aufgeklappten Deckel des Cembalos ein zierliches Mädchen, das sieben oder acht Jahre alt sein mochte.

Konzentriert schaute die Kleine auf die Tasten. Erst als der letzte Ton verklungen war, hob sie den Kopf und schaute Catherine aus großen haselnussbraunen Augen an. Sie schien nicht verlegen, sondern nur neugierig, und etwas an der Art, wie das Mädchen sie ansah, berührte Catherine. Vielleicht war es der Raum mit seinen gedämpften Farben, den alten Möbeln und dem Licht, das gebrochen durch die dicken alten Glasscheiben hereinfiel, in dem das kleine Mädchen in seinem dunkelblauen Seidenkleid wie einem der alten Gemälde entstiegen schien.

»Du verrätst mich nicht. Ich kenne dich nicht, aber du wirst ihnen nichts sagen«, sagte die Kleine ernst.

Es war diese wissende Bestimmtheit, welche von dem Mädchen ausging und ungewöhnlich für ein Kind war. »Nein«, konnte sie gerade noch sagen, als das Mädchen hinter einen der Vorhänge schlüpfte, und im nächsten Moment hörte auch Catherine die eiligen Schritte einer Frau.

»Mairi! Wo steckst du schon wieder? Komm her! Ich

habe es satt, dauernd hinter dir herzulaufen!« Aileen McMillan rauschte aufgebracht durch die Tür. Sie hatte die schmalen Lippen ihrer Mutter Flora, die sich ebenso missbilligend nach unten zogen. Ihr herrisches Auftreten erinnerte Catherine an die wenigen Begegnungen, die sie mit Aileen vor vielen Jahren gehabt hatte. Ihre Figur war drahtig, die Bewegungen kantig, woran auch der sichtbar teure Stoff des roten Designerkleids nichts ändern konnte. Aileen stutzte. »Oh, entschuldigen Sie, haben Sie ein kleines Mädchen gesehen? Sieben Jahre, braunes Haar, blaues Kleid.«

Catherine schüttelte den Kopf. »Nein, tut mir Leid, Aileen. Deine Tochter?« Sie reichte der verdutzten Mutter die Hand. »Wir haben uns lange nicht gesehen.«

»Cathy? Ach ja, Rory erwähnte, dass du hier bist. Meine Güte, du siehst Morven erschreckend ähnlich. Ich hätte dich sofort erkennen müssen, aber Mairi bringt mich immer ganz aus dem Konzept. Sie ist völlig anders als Janet und Gilroy. Es ist zum Verzweifeln!« Sie drückte Catherine kurz die Hand. »Wenn du sie siehst, schick sie zu mir, ja?« Energischen Schrittes verließ sie den Raum, und Catherine hörte ihre Stimme auf dem Flur.

Langsam kam das Mädchen hinter dem Vorhang hervor. »Danke.« Mairi setzte sich auf die niedrige Fensterbank und schwang die Füße hin und her. »Ich mag Feste nicht.«

Catherine setzte sich auf den Cembalohocker. Die Kleine tat ihr Leid. »Was magst du denn lieber?«

»Den Garten und den Strand und das Meer! Kommst du mit mir an den Strand? Wenn wir an der Kapelle vorbeigehen, gibt es ein kleines Tor in der Mauer, durch das man direkt zum Strand kommt.« Erwartungsvoll sah sie Catherine an.

»Ein anderes Mal gern, Mairi, aber ich glaube, heute haben wir nicht die passenden Kleider an. Wenn du Musik so sehr magst, warum gehst du nicht in den Ballsaal, wo sie schon spielen? Einige Kinder haben sogar schon getanzt.«

»Wirklich? Dann gehe ich hin. Kommst du mit?« Mairi sprang von der Fensterbank herunter.

»Später, ich möchte noch einen Moment hier bleiben.«

Mairi schien an ihr vorbeigehen zu wollen, doch plötzlich fühlte Catherine, wie die schmalen Kinderhände über ihre langen Locken strichen. »Du hast schöne Haare. Mama sagt immer, ich soll meine abschneiden oder zusammenbinden. Eine Lady trägt nicht so lange Haare.«

Catherine lächelte. »Wahrscheinlich bin ich dann keine Lady.«

»Ich möchte auch keine sein. Auf Wiedersehen.« Mairi ging durch die Tür hinaus, wobei der Stoff ihres Kleides leise raschelte wie das trockene Schilf am Ufer von Loch Fyne, wenn es sanft von einer Brise gebogen wurde. Das ernste und sensible kleine Mädchen schien keinerlei Ähnlichkeit mit Aileen zu haben – wahrscheinlich hatte diese deshalb Schwierigkeiten, mit ihrer Tochter umzugehen.

Eine Gruppe älterer Herren kam in den Raum. Sie nickten Catherine kurz zu und setzten ihre Unterhaltung lautstark fort, was sie veranlasste, sich in den weitläufigen Räumlichkeiten des Schlosses weiter umzusehen. Auf ihrem Weg durch geschmackvoll eingerichtete Kaminzimmer und ein Billardzimmer gelangte sie in die riesige Bibliothek, in der die kostbar aussehenden Bände in hohen Bücherschränken standen. Bücherregale bedeckten alle Wände, stellenweise unterbrochen von Gemälden. Auf einem der Bilder grasten Highlandrinder inmitten der braunroten Heide, auf einem anderen zeigte sich Dougals Großvater in repräsentativer Pose als Clanchef der McLachlans, und auf einem kleinformatigen Bild fand sie eine Szene, die Morvens Gemälde sehr ähnlich sah. Catherine trat näher, um die Landschaft genauer zu betrachten.

Genau wie auf Morvens Bild lag auch hier eine Insel inmitten eines Sees, der von Bergen, deren Gipfel im Nebel verschwanden, umgeben war. Irgendetwas jedoch war anders. Die Berge waren es nicht, auch nicht der Himmel oder die Ufergestaltung, sondern, natürlich, jetzt sah sie es ganz deutlich – auf der Insel stand eine Abtei. Während auf Morvens Bild die Ruine einer Abtei oder Kirche zu sehen war, fand sich hier zwischen den Tannen eine Lichtung, in dessen Mitte zwei große Steine in den nächtlichen Himmel ragten. Die Steine erinnerten Catherine an solche aus den Steinkreisen, die sie früher mit Morven gesehen hatte, und sie waren so angeordnet, dass sie wie ein Tor wirkten, durch das man über die Lichtung schreiten konnte.

»Wie interessant«, murmelte Catherine vor sich hin. »Vielleicht ist es doch nicht der Rahmen, sondern das, was auf den Bildern zu sehen ist ...«

»Gefällt Ihnen unser Fest nicht?« Flora McLachlans Stimme durchschnitt scharf die Stille der Bibliothek.

Ruckartig drehte Catherine sich um. »Doch, sehr sogar. Verzeihen Sie meine Neugier, aber in Anbetracht der Tatsache, dass Ihr Mann derart interessiert an Morvens Bild ist, darf ich wohl überrascht sein, hier ein fast identisches Gemälde mit derselben Szene zu finden.«

Flora zog ihr aggressiv vorgestrecktes Kinn ein und bemühte sich um einen milderen Ton. »Er sammelt Landschaftsbilder. Wo er doch schon eines von diesem Künstler hat, möchte er eben auch noch das andere besitzen.«

»Ach, Sie wissen, wer die Bilder gemalt hat?« Catherine fand, dass Flora mit Aquamarinblau eine ungünstige Farbe für ihr Kleid gewählt hatte, denn es ließ ihren Teint blass erscheinen. Die breite Schärpe im Tartanmuster wurde von einer großen silbernen Brosche gehalten. Wenn Flora daneben auch einen Degen getragen hätte, wäre Catherine nicht verwundert gewesen, denn Dougals Frau strahlte noch weniger Weiblichkeit und Wärme aus als ihre älteste Tochter.

»Selbstverständlich. Der Maler heißt Leonidas Percy und ...«

»Flora!«, unterbrach Dougal seine Frau und durchmaß die Bibliothek mit weit ausholenden Schritten. »Ich suche dich schon. Die Kinder sind da, und wir wollen langsam anfangen.« Erst jetzt schien er Catherine wahrzunehmen, obwohl sie das Gefühl hatte, dass er seine Frau absichtlich unterbrochen hatte, bevor sie mehr über den Maler hatte preisgeben können. »Warum begleiten Sie uns nicht, Catherine? Das Bild kennen Sie ja schon.«

»Ein Detail unterscheidet die Bilder, und das finde ich doch bemerkenswert. Leonidas Percy, sagte Ihre Frau, heißt der Maler. Stammt er hier aus der Gegend?« Sie legte sich den Schal über die Arme und folgte Dougal und Flora, die langsam die Bibliothek verließen.

»Über den Maler ist eigentlich kaum etwas bekannt. Geboren wurde er im späten 17. Jahrhundert in Dalmally. Er liebte die Highlands und hat diese beiden Bilder gemalt.« Dougal zog die Schultern hoch. »Sicher kein großer Künstler wie Duncan Cameron oder John Knox, aber eben einer, der die Heimat malte.«

»Und ein Auge für Veränderungen hatte«, warf Catherine ein.

»Oder sehr viel Fantasie«, meinte Dougal trocken. »Es ist eher unwahrscheinlich, dass der Maler Zeuge wurde von Aufbau und Verfall einer Abtei, denn darauf spielen Sie doch an. Gregory, komm doch bitte mit deiner Familie in den Ballsaal«, rief er einem schlanken Mann im Kilt zu, der mit seiner Frau und zwei Kindern im Teenageralter im Billardzimmer stand.

»Ich finde das gar nicht so abwegig«, nahm Catherine das Gespräch wieder auf, ohne auf Floras gerunzelte Stirn zu achten.« »Warum soll nicht irgendein Klostervorsteher gemeint haben, es sei notwendig, genau auf der Insel eine Abtei zu gründen, um den keltischen Riten endlich den Garaus zu machen. Und dann ist die Abtei eben, wie so viele, überfallen und zerstört worden.«

»Eine schöne Theorie, liebste Catherine, aber haben Sie eine Idee, um welche Insel es sich überhaupt handeln könnte? Nein, nein, ich denke, dass es eine künstliche Szenerie ist. Percy hat mit den typischen Elementen schottischer Landschaft gespielt und sie in einer fantasievollen Komposition arrangiert.«

»Aber warum dann dieses Interesse an den Bildern?«, beharrte Catherine.

»Jetzt reicht es aber wirklich. Ihre Fragerei ist ungehörig. Dougal, wir haben anderes zu tun, als uns von dieser Person ausfragen zu lassen«, schnaufte Flora verärgert.

»Ja, ja, Flora, warum gehst du nicht schon vor und achtest darauf, dass alle versammelt sind.«

Flora zögerte einen Moment, ging dann jedoch voraus, als sie den freundlichen und gleichzeitig unerbittlichen Blick ihres Mannes wahrnahm. An Catherine gewandt sagte Dougal: »Ihre Beobachtungs- und Kombinationsgabe ist bewundernswert. Wir sollten uns irgendwann einmal ausführlicher unterhalten. Rory scheint ja einen Narren an Ihnen gefressen zu haben.« Er lächelte. »Was ich durchaus verstehen kann. Aber heute, Catherine, heute feiern wir. Seien Sie Gast in meinem Haus, und amüsieren Sie sich. Vielleicht schenken Sie mir später sogar einen Tanz.« Dougal reichte ihr seinen Arm, den Catherine als Angebot zum Waffenstillstand ansah, und so schritt sie an Dougal McLachlans Seite in den nunmehr überfüllten Ballsaal, wo hunderte Augenpaare jeden ihrer Schritte verfolgten, bis Dougal sie schließlich Rory übergab, der an der Seite von Annabel Maitland stand und sie fragend ansah.

1331

Am Fuß des Berges Herodom bei Kilwinning

> Sie tranken denselben Wein
> wie Kabbalisten und Sufis
> *Giovanni Boccaccio*

Lautlos verließen die Männer die kleine Kapelle, die sich am Fuß des Berges zwischen den alten Eichen und Tannen im nächtlichen Dunkel kaum von ihrer Umgebung unterschied. Die silberne Mondsichel warf ein schwaches Licht auf die Pferde, die gesattelt und unruhig schnaubend darauf warteten, der Kälte durch Bewegung zu entkommen. Der Atem der Tiere war als weißer Nebel zu sehen.

»Pierre, wir sind stolz, dass du bei uns bist. Die verdammten Papisten glauben zwar, euren Orden vernichtet zu haben, aber du bist hier bei uns in Sicherheit. Das hat deine heutige Wahl zum Großmeister bestätigt.« Der hünenhafte Mann mit den schulterlangen rotblonden Haaren, den ein Plaid, welches er um die Hüfte gegürtet und über die Schulter geworfen trug, als Highlander auswies, schlug einem kleineren Mann wohlwollend auf die Schulter.

Pierre Hussey war mindestens einen Kopf kleiner als der schottische Laird, dessen Fürsprache er die Ernennung zum Großmeister der Loge von Kilwinning verdankte. Dunkles Haar, das ihm weich ins Gesicht fiel, feine Gesichtszüge und eine geschmeidige Gestalt ließen ihn nicht wie einen Krieger, sondern eher wie einen Aristokraten aussehen, doch Pierre war weder das eine noch das andere. Er war ein Gelehrter. Zusammen mit Jacques de Molay, dem letzten Großmeister der Tempelritter, war er im Heiligen Land gewesen, hatte die

Schriften von Jabir ibn Hayyan, dem Begründer der »al-kimiya« studiert und die Werke von Arnaldo da Villanove, Raimundus Lullus und Roger Baco gelesen. Es war ihm gelungen, mit den Rabbinern einer kleinen jüdischen Gemeinde im Osten die Kabbala zu studieren, die Geheimlehre der Juden, die nur von Mund zu Mund überliefert wurde. Der hebräische Schriftzeichensatz war nach kabbalistischer Tradition der Grundstein, auf dem die gesamte Schöpfung beruht. Er beinhaltete die Gematria, die Kunst, mit Hilfe der Zahlenwerte der einzelnen Buchstaben den geheimen Sinn der Texte zu entziffern, das Notarikon, welche die Bildung neuer Worte aus Anfangs- und Endbuchstaben gegebener Worte meint, und die Themurah, die Versetzung der einzelnen Buchstaben eines Wortes, um ein neues zu bilden.

Fasziniert von der Grundidee der Templer, den Pilgern auf ihrer Reise nach Jerusalem Schutz zu gewähren, hatte er bald einsehen müssen, dass der Ritterorden mit zunehmender Anhäufung von Ländereien, Burgen und Abgaberechten eine Macht erlangte, die manchen Tempelritter korrumpierte. Es war nur eine Frage der Zeit gewesen, wann der sagenhafte Reichtum der Templer das Misstrauen von Papst Clemens V. erregte. In König Philippe fand der Papst einen Verbündeten, und gemeinsam betrieben sie die systematische Zerstörung und Verfolgung des Ordens, deren Höhepunkt die Hinrichtung von Jacques und vielen anderen Templern im Jahre 1314 war. Pierre war den Folterknechten und Häschern des Papstes durch seine Flucht nach Schottland entkommen, in der Hoffnung, auf die langjährige Freundschaft von Conall Buchanan vertrauen zu können.

Dankbar sah er seinen hoch gewachsenen Freund an, der ihn mit offenen Armen aufgenommen hatte, obwohl es auch hier Gegner der Templer gab. Conall war ein Krieger, der seinen Körper in unzähligen Kämpfen gegen aufrührerische Clans und die Engländer gestählt hatte. 1314 hatte er an der

Seite von Robert the Bruce in der Schlacht von Bannockburn das übermächtige Heer von Edward II. besiegt. Noch heute erzählte Conall gern von den betrunkenen walisischen Bogenschützen und den disziplinlosen Engländern, die ziellos über das Schlachtfeld gerannt waren und sich wie die Hasen hatten abschießen lassen.

»Ich danke dir, mein Freund«, erwiderte Pierre, doch trotz der Ehre, die ihm mit der Ernennung zum Großmeister zuteil geworden war, hatte er Zweifel an der Loyalität aller Brüder. Man hatte ihm den ehrenvollen Titel des Chevalier d'Orient in Anerkennung seiner Verdienste im Osten und seiner französischen Herkunft verliehen und ihn damit zu einem der ranghöchsten Brüder der hiesigen Loge gemacht. Doch auch wenn Conall und dessen Freunde und Gefolgsleute auf seiner Seite waren, wusste Pierre um die Ränke, die der Anführer des Campbell-Clans und die MacPhuns gegen ihn schmiedeten. Duncan Campbell, der gerade sein Pferd bestieg, warf Pierre einen Blick zu, der ihm eisige Schauer über den Rücken trieb, und das Gefühl verstärkte sich, als Gillies MacPhun an ihm vorüberging und ihm ins Ohr zischte: »Irgendwann erwischen wir dich, Franzose, und dann ist Conall nicht da, um dich zu beschützen.«

Conall legte eine Hand an sein Schwert. »Lass ihn in Ruhe, Gillies. Er ist rechtmäßig gewählt worden und einer von uns.«

Duncan Campbell drängte sein Pferd an Conall heran und neigte ihm sein kantiges, vernarbtes Gesicht zu. »Ob er einer von uns ist, wird sich noch zeigen. Sag ihm, dass er uns sein Geheimnis verraten soll. Erst wenn er das tut, ist er einer von uns!«

»Es gibt kein Geheimnis! Ich weiß nicht, wie du darauf kommst!«, wehrte sich Pierre. »Alle unsere Schätze wurden von Philippe oder dem Papst beschlagnahmt. Sie haben uns nichts gelassen!«

Mit einem verschlagenen Grinsen sagte Duncan: »Das mei-

ne ich nicht. Verkauf mich nicht für dumm, Hussey. Was ich haben will, befindet sich in deinem Kopf. An deiner Stelle würde ich gut darauf aufpassen ...« Er wendete sein Pferd und rief den anderen Männern, die noch warteten, zu: »*Lasst uns verschwinden, bevor die verfluchten Engländer hier auftauchen!*«

Mit hängenden Schultern verharrte Pierre an seinem Platz, bis er mit Conall und dessen Waffengefährten, Fergus und Kieran Graham, allein war. Trotz des dicken Wollumhangs fror er erbärmlich. An das schottische Klima würde er sich nie gewöhnen können. Sie gingen zu ihren Pferden und führten sie an den Zügeln tiefer in den Wald hinein, bis sie sie vor einem Felsblock stehen ließen. Pierre ging voraus, denn er schien sich trotz der Dunkelheit genauestens orientieren zu können. »Hier trefft ihr euch? Meine Güte, man sieht ja die Hand vor den Augen nicht«, flüsterte Conall, der Fergus und Kieran gebeten hatte, vor der Kapelle auf ihn zu warten und Zeichen zu geben, falls sich englische Späher näherten.

Pierre lachte leise. »Wenn man so lange auf der Flucht war wie wir, dann lernt man, auch im Dunkeln zu sehen.«

»Dein Wissen bedeutet eine große Verantwortung und Last auf deinen schmalen Schultern, mein Freund. Ich beneide dich nicht darum. Wie muss es erst deiner Gefährtin gehen?« Conall bewunderte Pierre, der in der Heilkunst bewandert war, mehr als zehn Sprachen beherrschte und sich die Erkenntnisse der Alchimie angeeignet hatte. Allein dafür hätte man ihn liebend gern der Folter unterzogen. Duncan, der Papst und manch machthungriger Fürst waren jedoch an einem weitaus älteren und gut gehüteten Wissen interessiert, ein Wissen, das weder Pierre noch seine Gefährtin jemals preisgeben würden.

Hinter einer vom Blitz gespaltenen Tanne ahmte Pierre den Schrei eines Kauzes nach. Wenige Augenblicke später trat eine zierliche Frau, die in einen dunklen Umhang gehüllt war, aus den dicht stehenden Tannen hervor.

»Pierre!«, flüsterte sie und warf sich dem Templer in die Arme.

Dabei rutschte ihr die Kapuze vom Kopf, und Conall erblickte im schwachen Licht des zunehmenden Mondes eine Fülle dunkelbrauner Locken, die seidig schimmerten. Die Frau hatte ein fein geschnittenes Gesicht mit intelligenten dunklen Augen. Sie war nicht mehr jung, aber auch nicht älter als vierzig Jahre. Pierre, der jetzt an die Fünfzig gehen musste, hatte sie auf seiner ersten Reise ins Heilige Land kennen gelernt. Sie war die Tochter eines Bretonen und einer Ägypterin, und Pierre hatte angedeutet, dass sie eine Art Priesterin war, deren Vorfahren seit Jahrhunderten ein Geheimnis hüteten. Als er sie das erste Mal in einem Tempel am Nil gesehen hatte, lebte ihre Familie noch, doch bei seinem nächsten Besuch hatte man alle Frauen aus ihrer Familie getötet. Es kostete ihn viel Gold und mehrere Monate angestrengten Suchens, sie in einem heruntergekommenen Beduinendorf in der Nähe der Oase Baharija zu finden.

»Malamhìn, du hast mir so gefehlt. Es hat dich doch niemand verfolgt?«, fragte Pierre angstvoll, während er ihr über die Haare strich.

»Nein. Ich habe gewartet, bis es dunkel war, und erst dann die Scheune verlassen. Unterwegs habe ich mehrere Pausen eingelegt, doch ich habe niemanden gesehen.« Sie sah ihn und Conall fragend an.

Pierre nickte. »Ja, das ist mein Freund, Conall Buchanan, dem ich mein Leben verdanke.«

»Er hat mir schon viel über Euch erzählt, und ich fühle mich geehrt, Euch endlich kennen zu lernen.« Conall deutete eine Verbeugung an.

»Ich stehe tief in Eurer Schuld, Conall Buchanan. Was ist heute Abend geschehen? Warum spüre ich Angst bei Pierre?«

Conall fühlte ihren durchdringenden Blick, dem nichts zu entgehen schien. »Er macht sich zu viele Sorgen. Sie haben ihn zum Großmeister gewählt, damit ist er einer von uns. Duncan würde es nicht wagen, ihm etwas anzutun. Er ist nur ein Großmaul. Ich denke, Ihr könnt jetzt Euer Versteck verlassen. Ich werde Euch offiziell als seine Frau vorstellen.«

Liebevoll sah Pierre auf das schöne Gesicht seiner Geliebten. »Ich wünsche mir nichts sehnlicher als das, aber sie werden uns nie in Frieden lassen, und dann ist auch dein Leben in Gefahr. Noch weiß niemand, dass sie hier ist.« Pierre fasste Conall an den Schultern. »Aber wenn mir etwas zustößt, wirst du sie beschützen, mein Freund, versprichst du mir das?«

Bevor Conall zustimmen konnte, ertönte ein Schrei von der Kapelle her. »Das war Fergus!« Conall zog sein Schwert. »Ihr bleibt hier, ich komme sofort zurück. Versteckt euch. Hier wird euch niemand finden.«

Ohne auf die Zweige zu achten, die ihm ins Gesicht schlugen und seine Haut blutig rissen, stürmte er durch den dichten Wald. Den Weg zu erkennen, war ihm unmöglich, doch er hörte weitere Schreie und folgte dem Lärm. Plötzlich erstarben die Geräusche und eine schreckliche Ahnung beschleunigte Conalls Schritte. Als er endlich durch die Tannen auf die Lichtung trat, schrie er ohnmächtig vor Wut auf. Vor ihm lagen Fergus und Kieran, die ihr Leben bis zum letzten Blutstropfen verteidigt hatten, doch der Feind musste übermächtig gewesen sein. Eine tiefe Wunde klaffte auf Fergus' Stirn, der seitlich neben seinem jüngeren Bruder Kieran am Boden lag. Kieran hielt noch das Schwert in der Hand, doch der Arm lag schlaff am Boden, weil man ihn am Schultergelenk durchtrennt hatte. Ein schwaches Röcheln quälte sich aus Kierans Brust, und Conall beugte sich nieder.

»Wer war das? Kieran, sag mir, welche Hunde euch das angetan haben?« Conall hob den Kopf des jüngeren Mannes an, der ihm mehr als einmal das Leben gerettet hatte.

»Nicht, geh ... Pierre ...«, dann sackte sein Kopf zur Seite und seine Brust senkte sich mit dem letzten Atemzug.

Das war nur ein Ablenkungsmanöver, schoss Conall die Erkenntnis siedend heiß durch den Kopf. Man musste sie die ganze Zeit über beobachtet haben und hatte ihn nur von Pierre und Malamhìn fortlocken wollen. Während er sich zurück durch den Wald kämpfte, überlegte er, dass ein hinterhältiger Meuchelmord wie dieser nicht Duncans Art war. Gillies MacPhun wäre eine solche Tat eher zuzutrauen, doch ohne Duncans Einverständnis würde er es nicht wagen, oder doch? Konnte es möglich sein, dass der Papst tatsächlich seine Häscher hierher gesandt hatte? Außer Atem, mit vor Schmerzen brennender Brust preschte Conall Buchanan durch den nächtlichen Wald und wusste schon, bevor er die gespaltene Tanne erreichte, dass er zu spät kam.

Sie mussten ihnen lautlos gefolgt sein und nur darauf gewartet haben, dass er sich wie ein Anfänger zur Kapelle locken ließ. Pierres Gesicht lag bleich im silbernen Mondlicht. Conall kniete sich neben ihm nieder und schlug den Mantel zurück, der die Einstichwunde unter seinem Herzen verdeckte. Die Tränen rannen ihm über die Wangen, als er seinem langjährigen Freund mit der Hand über das Gesicht strich und ihm die blicklosen Augen schloss. Genau wie auf der Lichtung gab es auch hier keine Spuren von den Mördern, die so lautlos verschwunden waren, wie sie gekommen waren.

»Es ist meine Schuld! Ich hätte auf dich hören sollen!« Dieser großartige Mann, der ihm erklärt hatte, was es bedeutete, Mensch zu sein, der die tiefsten Zusammenhänge der menschlichen Existenz ergründet und ihm nahe gebracht hatte, dieser edle Geist sollte für immer erloschen, von der Hand gedungener Meuchelmörder heimtückisch umgebracht worden sein? In den wenigen Sekunden, die er neben Pierres Leichnam verbrachte, zogen Erinnerungen an nächtelange Gespräche an ihm vorüber, in denen Pierre ihm verständlich gemacht hatte, dass es die Aufgabe eines jeden Menschen sein muss, sich von Vorurteilen zu befreien und sich die entschei-

denden Fragen zu stellen: »Wer bin ich? Woher komme ich? Und wohin gehe ich?« Um Antworten auf diese existenziellen Fragen zu erlangen, musste man sich auf lange Reisen der Selbstprüfung und -erfahrung begeben und verstehen, dass das Streben nach Wahrheit immer und überall ein Teil der menschlichen Bestimmung war. Conall deckte seinen Freund weinend zu. War das die Wahrheit, die er lernen sollte? Dass Machtgier die Menschen zum Morden verführte? Voll Bitterkeit presste er die Lippen zusammen und hob den schmalen Körper Pierre Husseys vom Boden auf.

Als die Zweige neben ihm sich bewegten, zuckte er zusammen. Kamen sie zurück, um auch ihn zu töten? Doch sein Herzschlag beruhigte sich, denn Malamhìn trat aus dem Dunkel auf ihn zu. Mit versteinerter Miene zog sie den Umhang von Pierres Gesicht zurück und küsste ihn auf die kalten Lippen. Leise murmelte sie einige Worte in einer Sprache, die Conall nicht verstand, und deckte Pierres Gesicht sorgfältig wieder zu.

»Euch trifft keine Schuld«, sagte sie mit tonloser Stimme, als hätte sie seine Gedanken erraten. »Es war seine Bestimmung, nur dass es heute sein würde, ahnte er nicht. Sie waren uns seit Portsmouth auf der Spur.«

»Wer sind die? Wie seid Ihr ihnen entkommen?« Während er das sagte, bedeutete er Malamhìn, ihm zu den Pferden zu folgen.

Mit erhobenem Haupt schritt sie über den weichen Waldboden. »Wir sind immer getrennt gereist, haben uns an abgesprochenen Orten getroffen, und niemand außer Euch wusste, dass Pierre und ich zusammen sind. Er hat mir damals in Ägypten das Leben gerettet, und er ist der einzige Mensch gewesen, mit dem ich mein Geheimnis, dessen Träger die Frauen meiner Familie seit Generationen waren, geteilt habe.«

Conall, der Pierres Gewicht kaum spürte, antwortete leise: »Er hat mir erzählt, wie sie alle Frauen Eurer Familie getötet *haben. Waren es dieselben, die für seinen Tod verantwortlich sind?«*

»Ich habe große Angst, Conall. Jetzt bin ich ganz allein und ...«

»Seid Ihr nicht, Malamhìn. Von heute an steht Ihr unter meinem Schutz.« Sie waren an der Lichtung vor der Kapelle angekommen, und Conall legte den Leichnam über den Sattel seines Pferdes.

Malamhìn berührte Conalls Hand, die noch auf Pierres Rücken ruhte, und sagte: »Ich werde Euch einweihen, Conall Buchanan, denn sollte mir etwas zustoßen, werdet Ihr dafür sorgen, dass nicht verloren geht, was wir über viele Jahrhunderte bewahrt haben. Irgendwann kommt der Tag, und es wird jemand da sein, der würdig ist, und dann haben wir unsere Pflicht erfüllt.« Ihre dunklen Augen füllten sich mit Tränen, doch mit gestrafften Schultern stand sie wie eine Hohepriesterin neben dem Pferd, das ihren Geliebten zu seiner letzten Ruhestätte tragen sollte.

Die Pferde von Kieran und Fergus kamen mit auf dem Boden schleifenden Zügeln angelaufen. Conall wuchtete die Körper seiner Waffengefährten auf eines der Tiere und hieß Malamhìn auf dem anderen hinter sich aufzusitzen. »Wir haben einen langen Weg vor uns, aber ich kenne einen Ort, an dem Ihr sicher seid.«

Er nahm die Zügel der anderen Pferde in eine Hand und lenkte sein Tier aus dem Wald heraus. Einmal hatten sie ihn überlistet, ein zweites Mal würde es ihnen nicht gelingen. Langsam zog die Dämmerung herauf. Bis zum Tagesanbruch konnten sie es an die Küste nach Ardrossan schaffen, um von dort ein Schiff hinauf in den Norden zu nehmen. Die Insel im Herzen des Campbell-Landes war ein Platz, an dem niemand nach ihr suchen würde, denn er gehörte nach unausgesprochenem Recht dem alten Volk.

Kapitel 6

> You hae stown my very heart
> I can die – but canna part.
> *Robert Burns*

Die Sonne schien durch die heruntergelassenen Jalousien in Morvens Arbeitszimmer, in dem Catherine konzentriert auf den Rahmen starrte, den sie neben sich auf einen Stuhl gestellt hatte. Mehrere Tage waren vergangen, seit sie auf Schloss Kilbride das Pendant zu Morvens Landschaftsbild gesehen hatte, von dem Dougal sie so rasch hatte ablenken wollen oder zumindest den Anschein erwecken wollte, es handele sich um ein unbedeutendes Gemälde. Dougal war kein Sammler, der sich mit Zweitklassigem abgeben würde, das hatte sein erlesen ausgestattetes Schloss nur zu deutlich gezeigt. Allein die kostbaren Stoffe, farblich genau auf jeden Raum abgestimmt, waren eine kleine Wertanlage. Sie rückte näher an das Gemälde heran, um die in den vergoldeten Rahmen eingravierten Zeichen genau erkennen zu können.

Sorgfältig kopierte sie die bildhaften Zeichen aus dem äußeren Band des Bilderrahmens. Auf einen Totenschädel folgte eine Säule, auf der eine Kugel ruhte, und Catherine notierte sich in Gedanken die Ähnlichkeit mit dem, was sie auf Schloss Kilbride gesehen hatte. Die erste Säule stand auf der untersten von drei angedeuteten Stufen, die von einer Art Altar abgeschlossen wurden. Am Ende der Stufen stand eine zweite Säule, ebenfalls von einer Kugel geziert, auf der ein Buchstabe, der einem I oder einem J ähnelte, dargestellt war. Zwischen den Säulen über dem Altar war ein Dreieck eingraviert, in dem sich ein Auge befand. Catherine hielt inne und musste unwillkürlich lächeln, denn als Webdesignerin hatte sie in Werbeanzeigen schon öfter das Symbol des allsehenden Auges gefunden und es immer als pathetisch und zweideutig abgetan, denn zu oft war es von dubiosen Sekten verwendet worden.

Interessanter kamen ihr die Winkelwaage, ein Senkblei und der Zirkel vor, die zwischen den Säulen angeordnet waren. Zentrum der Darstellung schien ein fünfzackiger Stern zu sein, in dessen Mitte ein Buchstabe schwach zu erkennen war. War das tatsächlich ein G? Catherine betrachtete ihre Zeichnung und stellte fest, dass sie einen Halbmond und eine Sonne übersehen hatte, die jeweils außerhalb der sorgfältig angeordneten Zeichen neben den Säulen standen. Mit etwas, das wie eine Kordel aussah, wurden alle Symbole als zusammengehörig eingefasst. Catherine prüfte die übrigen drei Leisten des Rahmens, fand aber überall dieselbe Anordnung der Symbole.

Sie lehnte sich zurück und trommelte mit den Fingern auf der Tischplatte. Was die Symbole zu bedeuten hatten, war ihr nach wie vor ein Rätsel, selbst in dem Wissen, dass sie etwas mit den Freimaurern zu tun hatten. Vielleicht gab die innerste Leiste mehr Aufschluss, auf der sich ein seltsames Muster, das mehr wie eine altertümliche Schrift wirkte, befand. Das Kopieren der hieroglyphenartigen Zeichen stellte sich als sehr viel komplizierter heraus, als sie angenommen hatte. Unzufrieden verglich sie ihre ungelenke Aufzeichnung mit den schön geschwungenen Linien und Strichen und legte den Stift zur Seite.

Clara steckte den Kopf zur Tür herein. »Möchtest du etwas essen? Es ist fast Mittag, und ich habe Käsesandwiches und Pickles, falls du magst.« Sie trat näher und legte Catherine die Hände auf die angestrengten Schultern.

Catherine seufzte. »Sieh dir diese komischen Zeichen an – die kann ich niemals naturgetreu kopieren. Ich will herausfinden, was sie bedeuten, weißt du. Vielleicht freut sich Morven sogar darüber, meinst du nicht?«

»Wer weiß ... Warum fotografierst du sie nicht einfach? Die Kameras heute sind so gut, und du kannst dir Vergrößerungen in jedem Format machen lassen.«

»Warum bin ich nicht selbst darauf gekommen? Natürlich, das mache ich, Clara! Dann komme ich jetzt mit dir essen. Ich liebe Pickles, die bekommt man in Deutschland nicht, jedenfalls schmeckte alles, was man mir dort unter diesem Namen angeboten hat, scheußlich.« Sie warf einen letzten Blick auf ihre Zeichnung und folgte Clara in die Küche. Catherine war stolz auf Clara, die das Café jetzt nur noch von Freitag bis Sonntag öffnete.

Claras rundliches Gesicht strahlte, ihre Wangen hatten eine gesunde Farbe und sie hatte eingestanden, dass sie die Ruhe mehr gebraucht hatte als angenommen. Für Nellie war die Umstellung nur insofern hart gewesen, als sie gern mit Clara gearbeitet hatte, doch inzwischen war sie im Restaurant des George Hotels beschäftigt und hatte sich an den Rhythmus dort gewöhnt. Außerdem sah sie Chris so den ganzen Tag, was sie über die mürrische Art des Kochs hinwegsehen ließ.

»Komm, wir setzen uns nach draußen, es ist ein herrlicher Tag. Wir haben dieses Jahr Glück mit dem Sommer.«

Catherine nickte und nahm die Teller und Gläser in die Hände, als ihr Mobiltelefon klingelte. »Ich komme gleich, Clara. Ja?«, sagte sie ins Telefon.

Unbewusst hatte sie gehofft, Morven würde sie anrufen und ihr mitteilen, dass sie auf dem Weg hierher sei, doch es war ihre Mutter. »Na, meine Kleine, geht es dir gut? Wir wollten eigentlich nur hören, ob der Regen dich noch nicht wieder zurückgetrieben hat.«

Catherine lachte. »Ganz im Gegenteil, wir haben bestes Wetter. Clara und ich sind gerade dabei, unser Lunch auf der Terrasse einzunehmen. Übrigens war ich bei den McLachlans, auf diesem Sommerfest. Erinnerst du dich? Das feiern sie schon seit ewigen Zeiten am 24. Juni.«

»Tatsächlich?« Brianas Stimme klang verhalten. »Verstehst du dich denn mit denen?« Sie räusperte sich. »Ich meine nur, sie kamen mir immer ziemlich hochnäsig und versnobt vor.«

»Flora ist das auch, Dougal teilweise, aber er ist nicht uninteressant. Warum er eine Frau wie Flora geheiratet hat, verstehe ich wirklich nicht!«, rutschte es Catherine heraus.

»Sie stammt aus einem der reichsten Clans Schottlands«, sagte Briana nüchtern. »Für manche ist das schon mehr als Grund genug.«

»Hmm, ich schätze, darin ist ihm Rory dann wohl ziemlich ähnlich, denn er hat sich von Annabel Maitland sehr beeindruckt gezeigt, obwohl wir uns vorher recht nett unterhalten haben.«

»Wieso? Cathy! Du und Rory, ihr seid doch nicht …?« Atemlos wartete Briana auf eine Antwort.

»Nein, also wirklich. Und selbst wenn. Ich bin alt genug, um selbst zu entscheiden, mit wem ich ausgehe«, erwiderte Catherine trotzig und überrascht, denn noch nie hatte sich ihre Mutter in ihr Liebesleben eingemischt.

»Natürlich. Also dann ist da nichts, ich meine, er ist nicht interessant für dich, in diesem Sinne?« Es fiel Briana hörbar schwer, sich zurückzuhalten.

»Wenn es dich beruhigt – nein, überhaupt nicht, aber ich mag ihn. Ich muss ihm schon zugestehen, dass er sich verändert hat. Tja, mehr aber auch nicht. Ansonsten genieße ich die gute Luft. Ich merke mehr und mehr, wie mir die Landschaft hier gefehlt hat. Auch wenn alles ziemlich schnell ging, ich bin sehr froh, hier zu sein. Kannst du das verstehen, Ma?«

Es dauerte einige Augenblicke, bis Briana antwortete. »Ja, Cathy, das kann ich sogar sehr gut verstehen, aber sieh dich vor, so schön es dir erscheinen mag, es hat auch seine dunkle Seite.« Sie zögerte und fügte dann hinzu: »Wie alles auf der Welt, nehme ich an.«

»Ich passe auf mich auf. Ihr braucht euch keine Sorgen um mich zu machen. Ich weiß genau, was ich will.«

»Weißt du das wirklich? Manchmal merkt man es erst, wenn es zu spät ist.« Briana schwieg.

»Wenn du mir etwas sagen willst, Ma, warum sagst du es dann nicht? Hat es mit Morven zu tun? Ich habe sie noch nicht einmal gesehen. Sie ist unterwegs.« Catherine konnte ihre Mutter förmlich vor sich sehen, wie sie sich durch die kurz geschnittenen dunklen Haare fuhr, die von ersten grauen Strähnen durchzogen wurden. »Ma? Wusstest du eigentlich, dass Großvater ein Freimaurer war?«

Ein Seufzer erklang, dann sagte Briana: »Ja, aber ich mochte es nie, wenn er auf die Versammlungen ging.«

»Warum nicht?«

»Es gab dann immer Streit zwischen ihm und Morven. Ich hatte das Gefühl, damit wollte er sich vor ihr beweisen. Über die Versammlungen hat er kein Wort verloren, keiner von ihnen. Das hat mich auch gestört. Hoffentlich steckst du deine neugierige Nase nicht in die Angelegenheiten der McLachlans, denn inzwischen dürfte dir bekannt sein, dass Dougals Einfluss auch bei den Freimaurern beträchtlich ist.«

Die unterschwellige Warnung schreckte Catherine jedoch nicht, sondern bestärkte sie vielmehr in ihrem Wunsch, herauszufinden, was das Bild mit den Logensymbolen für Morven und Dougal bedeutete.

»Wann kommst du zurück, Cathy?«, fragte Briana fast ängstlich.

»Was ist denn nur los? Dieser Besuch fing schon seltsam an, dann diese Sache mit Morvens Bild, Hamish und das Gerede über die Loge, und jetzt benimmst du dich fast so, als würde ich nach Tasmanien auswandern ...«

Briana lachte leise. »Das wäre mir lieber, als dich dort bei den McLachlans zu wissen. Sieh dich vor, ja?«

»Sag mir doch einfach, warum, das macht es einfacher«, meinte Catherine trocken.

»Wenn du wieder hier bist. Wir vermissen dich, Kleine, Johannes hat schon überlegt, ob wir dich nicht besuchen sollten, aber ich habe ihm das ausgeredet ...«

»Natürlich«, unterbrach Catherine ihre Mutter.

»Nein, nicht wegen Morven. Ich denke nur, dass du die Zeit für dich brauchst. Die wenigen Male, die wir dich in letzter Zeit gesehen haben, schienst du nicht glücklich. Du bist ein so positiver Mensch, voller Energie, und dich antriebslos und ausgelaugt zu sehen, hat uns Sorgen gemacht, auch wenn wir das nicht direkt ausgesprochen haben.«

Catherine schluckte schwer, es tat gut, die vertraute Stimme ihrer Mutter zu hören, die sie besser kannte, als sie angenommen hatte, und gleichzeitig meldete sich Catherines schlechtes Gewissen, weil sie öfter mit ihr hätte sprechen sollen und sie nicht ständig mit Morven vergleichen durfte.

»Wir sollten mal wieder eine schöne Tour planen. Wenn ich zurück bin, werde ich einiges ändern.«

»Wir freuen uns auf dich, Cathy. Johannes lässt dich lieb grüßen. Er ist für zwei Tage zum Angeln gefahren.«

Clara kam in die Küche, als Catherine gerade aufgelegt hatte. »Meine Mutter«, erklärte Catherine. »Sie lässt dich grüßen.« Ihr Magen gab ein knurrendes Geräusch von sich, das Clara mit einem Lächeln quittierte.

»Draußen steht alles bereit. Wir brauchen nur noch Teller und Gläser.«

»Und einen Schluck Prosecco!« Spontan holte Catherine eine Flasche aus dem Kühlschrank und ging mit zwei Gläsern in der anderen Hand nach draußen.

Warme Luft schlug ihr entgegen, und die Sonne blendete

sie, sodass sie für Sekunden nicht sehen konnte, an welchem Tisch Clara gedeckt hatte.

»Etwas weiter links, Cat.«

Sie erstarrte und umklammerte die Gläser so fest, dass sie zu zerbrechen drohten. Als sich ihre Augen an das helle Sonnenlicht gewöhnt hatten, erkannte sie Finnean, der zwischen den Stühlen auf sie zukam.

»Gib mir die Gläser und die Flasche, bevor du sie nach mir wirfst.« Damit nahm er ihr die Gegenstände aus den Händen und küsste sie sanft auf die Wange.

»Du Mistkerl! Spazierst hier einfach so herein und denkst, alles sei in Ordnung ...« Ihr Herz raste, und aufgestaute Wut und Enttäuschung brachen sich ihre Bahn.

Er stellte Flasche und Gläser auf einen Tisch. »Das habe ich nicht gesagt, oder?«

Mit verschränkten Armen stand Catherine zwischen den Kaffeetischen und fühlte sich genauso verletzt und unsicher wie in den Tagen und Wochen, nachdem er sie verlassen hatte. Dass sie ihre Gefühle so wenig unter Kontrolle hatte, machte es nur noch schlimmer. Sie atmete tief durch und zwang sich zu der Gelassenheit, die ihrem Alter angemessen war, obwohl sie bezweifelte, dass es für diesen Fall ein angemessenes Verhalten gab. Zu einer ausgewaschenen Jeans trug Finnean Flip-Flops und ein blassgrünes T-Shirt mit dem Aufdruck eines Delfins. Seine Haare waren von Sonne und Salzwasser ausgeblichen und sahen aus, als wären sie vor kurzem geschnitten worden. Von einem Leben, das sich vorwiegend an Bord von Forschungsschiffen abspielte, zeugte auch seine gebräunte Haut, die um Augen und Mund erste Falten aufwies.

Finnean öffnete den Prosecco und goss den leicht sprudelnden Wein in die Gläser. Zaghaft lächelnd reichte er ihr eines der Gläser. »Bitte, Cat, mach es mir nicht noch schwerer. Ich wollte dich unbedingt sehen.«

Sie nahm das Glas entgegen, trank jedoch nicht. »Warum hast du dich dann nicht an mich gewandt, anstatt Morven auszufragen, wann ich eventuell hier bin, damit du wie zufällig vorbeischneien kannst?«, schnappte sie bissig zurück.

Seine blauen Augen verdunkelten sich. »Hättest du mich sehen wollen?«

»Nein.« Sie stellte das Glas auf den Tisch neben sich. Ihr Magen krampfte sich zusammen, was sie darauf zurückführte, dass sie Hunger hatte. Sie griff nach einem der Sandwiches, die Clara vorbereitet hatte, und strich die hausgemachten Pickles auf den Käse. Warum kam Clara nicht wieder?

Finnean zuckte die Schultern und setzte sich an den Tisch, wobei ihr seine durchtrainierten Arme auffielen. Schreibtischarbeit schien jedenfalls nicht seine Hauptbeschäftigung zu sein.

»Bedien dich, bitte. Clara scheint uns hier allein lassen zu wollen. Ich weiß zwar nicht, warum, aber bitte ...« Catherine setzte sich ebenfalls und hob ihr Proseccoglas an. »Auf ein unverhofftes Wiedersehen ...« Dann trank sie einen Schluck und lehnte sich abwartend zurück.

»Möchtest du nicht zumindest wissen, warum ich gegangen bin?«, fragte Finnean.

»Um ehrlich zu sein – nein! Das hätte ich damals gern gewusst, aber jetzt verstehe ich nicht, warum du dich nicht einmal in all den Jahren bei mir gemeldet hast! Mit Morven hattest du doch Kontakt, warum verdammt noch mal nicht mit mir? Und hast du dir deinen Vater mal angesehen?« Ihre Stimme war lauter geworden, und jetzt war sie froh, dass Clara nicht dabei war.

»Mein Vater hat damit überhaupt nichts zu tun! Vielen Dank trotzdem für deine Mühe, aber ich hätte mich schon selbst um ihn gekümmert.« Seine Augen funkelten, als er das sagte.

Catherine stand auf, wobei sie ihren Stuhl gerade noch abfangen konnte, bevor er nach hinten wegkippte. »Na, dann hast du ja alles ganz wunderbar im Griff, Finnean McFadden.« Sie drehte sich um und ging auf das Haus zu.

»Weglaufen ist zu einfach, Cat«, hörte sie ihn sagen.

Sie hielt inne und sah ihn an. »Du musst es wissen, darin kann ich dir wohl kaum etwas vormachen.« Damit ließ sie ihn zurück und ging ins Haus. Als sie durch die Küche kam, stand Clara am Tisch und schnitt Gemüse in feine Streifen.

Catherine wischte sich rasch über die Augen, um den Tränen nicht freien Lauf zu lassen, denn in ihrem Innern stritten die widersprüchlichsten Gefühle miteinander, über die sie jetzt keinesfalls sprechen wollte.

»Cathy, was ist denn? Ich dachte, du würdest dich freuen, ihn zu sehen?« Clara schaute sie schuldbewusst an. »Es tut mir Leid, ich hätte dir sagen sollen, dass er da ist.«

»Du kannst nichts dafür. Ich muss nur ein wenig allein sein.« Sie ging in Morvens Arbeitszimmer und stellte sich vor den Schreibtisch. Mit vor der Brust verschränkten Armen betrachtete sie das Gemälde, dessen Szenerie sie mehr und mehr faszinierte. Bewusst verbannte sie Finnean aus ihren Gedanken, denn er hatte kein Recht, sich wieder in ihr Leben zu drängen.

Minutenlang versenkte sie sich in die dargestellte Landschaft, die überall in Schottland, auch hier am Loch Fyne, existiert haben könnte. Problematisch war, dass man die Bergkuppen nicht erkennen konnte, dann wäre es vergleichsweise einfach gewesen, die Namen der Berge anhand ihrer Umrisse herauszufinden. Ein Motor wurde angelassen, dann fuhr ein Wagen vom Parkplatz. Sie atmete erleichtert auf, denn das musste Finnean gewesen sein. Zufrieden war sie mit ihrer Reaktion auf sein Erscheinen nicht. Ihre Wut hatte nur zu offensichtlich gemacht, dass sie eben nicht mit ihm abgeschlossen hatte, wie sie es sich immer vorgemacht hatte. Mit zusammengekniffenen Lippen ging sie die Treppen hinauf, um ihre Kamera zu holen. Es gab weitaus interessantere Dinge, als sich mit Fin zu beschäftigen, der wahrscheinlich gerade Zeit für ein kleines sommerliches Intermezzo hatte und deshalb nach Inveraray gekommen war.

»Deine Stirn in so unansehnliche Falten zu zwängen, steht dir gar nicht, Cathy.« Clara kam aus einem der Badezimmer. »Vielleicht möchte er nur mit dir reden.«

»Das fällt ihm aber mächtig spät ein. Nein, Clara, wusstest du, dass er mit Morven in Kontakt war, all die Jahre – aber mit mir nicht?«

Claras runde Augen weiteten sich erstaunt hinter ihren Brillengläsern. »Ach wirklich? Nein, das war mir nicht bewusst. Morven hat so viele Bekannte.« Sie machte eine fahrige Handbewegung. »Er ist schon wieder weg, aber er kommt sicher wieder.«

»Warum? Hat er das gesagt?«

»Nicht direkt, aber er sieht aus wie jemand, der nicht so schnell aufgibt.« Clara zwinkerte mit den Augen.

Weil sie wusste, dass Clara es sicher nur gut mit ihr meinte, beschränkte Catherine sich auf die Bemerkung: »Das wäre neu.« Sie deutete auf ihr Zimmer. »Ich wollte eben meine Digitalkamera holen, um den Rahmen abzulichten.«

»Ich habe auch irgendwo eine alte Kamera.« Die rundliche Frau ging die Treppen hinunter. »Wozu ich einen Apparat habe, weiß ich gar nicht. Seit Jahren habe ich keine Aufnahmen gemacht ...«

Der letzte Satz hatte wehmütig geklungen, so als vermisse Clara jemanden, für den es sich gelohnt hätte, Schnappschüsse in Alben zu kleben und sie aufzubewahren. Irgendwann, dachte Catherine, würde sie Clara nach ihrer Vergangenheit fragen. Sie trat in ihr Zimmer und suchte nach der Digitalkamera. Clara, Briana und Morven – drei Frauen, die sie seit Jahren kannte und in ihr Herz geschlossen hatte, und dennoch gab es bei jeder von ihnen einen dunklen Punkt, über den sie sich beharrlich ausschwiegen. Die aus alten Holzbohlen gezimmerten Stufen der Treppe knarrten unter ihren Schritten. Zumindest ihre Mutter schien endlich bereit zu sein, mit ihr zu sprechen.

Catherine stellte die Fototasche auf den Schreibtisch und begann, den Apparat einzustellen. Während sie die Objektive tauschte, dachte sie an das Gespräch mit ihrer Mutter. Hatte sie sich eigentlich jemals bemüht, Briana zu verstehen? Es war immer selbstverständlich für sie gewesen, dass ihre Mutter für sie da war – für ihre kleinen kindlichen Sorgen und auch später, nachdem Fin sie verlassen hatte. Wochenlang hatte sie sich apathisch verkrochen und sich schließlich trotzig, wie um es sich und allen anderen zu beweisen, ins Leben gestürzt. Seufzend hob sie die Kamera ans Auge und lichtete die innere Leiste ab. Was es mit siebzehn bedeutete, sich ins Leben zu stürzen, kam ihr heute lächerlich vor, denn keine der vielen Partys und Affären, die ihr damals wie Trophäen erschienen waren, hatte sie über ihren Kummer hinwegtrösten können. Fins Verhalten hatte sie tiefer verletzt, als sie es sich eingestehen wollte, das wusste sie jetzt. Als er vor ihr auf der Terrasse gestanden hatte, die Haare wie damals von der Sonne gebleicht und mit einer Verletzlichkeit in den Augen, die sie nicht hatte sehen wollen, hatte sich ihr Magen zusammengezogen und der Teil ihres Herzens, in dem sie ihren Schmerz für immer vergraben geglaubt hatte, meldete sich mit einem Stechen, das sie ignoriert hatte.

Sie ließ die Kamera sinken. War das nicht verständlich? Hatte er mehr erwartet? Unwillkürlich schaute sie aus dem Fenster, wo zwischen den Bäumen ein Stück heller Sand und das grüne Wasser von Loch Fyne im Sonnenlicht schimmerten. Damals war eine Berührung von ihm alles für sie gewesen. Wenn sie Seite an Seite auf dem warmen Sand lagen, sie zufällig mit den Fingerspitzen seine Haut berührte und sie sich küssten, dann war das, als ob zwei Hälften einer Einheit zusammenfanden. Sie hatte Rodins Skulptur *Der Kuss* gesehen und verstanden, dass der Künstler genau dasselbe gefühlt haben musste, dieses Verschmelzen zweier Körper zu einem. Und doch war es viel mehr gewesen. Die erste Liebe ist immer etwas Einzigartiges, denn plötzlich tut sich einem die neue Welt der Sinnlichkeit auf, man lernt, was es heißt zu begehren. Alles scheint auf einmal eine andere Bedeutung zu haben, und der einzige Grund, warum wir existieren, scheint die bloße Anwesenheit des anderen zu sein. Das muss Glück bedeuten, hatte sie damals gedacht und sich in warmer Glückseligkeit gewähnt.

Jäh wurde sie aus ihren Träumen gerissen und in die kalte Welt der Realität zurückgeworfen. Und wenn ich von meiner ersten Liebe nicht loskomme und ihr immer noch nachtrauere, hatte sie dann nicht eine größere Bedeutung? Muss sie für mich dann nicht mehr gewesen sein als eine körperliche Erfahrung? Catherine wandte sich vom Fenster ab. Sie konnte hier noch länger ihren Gedanken nachhängen oder sich endlich eingestehen, dass sie eben nicht über ihn hinweggekommen war, weil sie sich lieber in unerfüllbare Träume flüchtete, als sich der Realität zu stellen. Andere mochten sie als energiegeladene Powerfrau kennen, die ihren Job bravourös meisterte und selbst ihren Chef mit ihrem Perfektionismus manchmal zum Wahnsinn trieb, eine Frau, die sich dem Leben stellte. Doch nur sie selbst wusste um die ungestillte Sehnsucht in sich, die sie rastlos machte und sie schließlich hierher getrieben hatte, auf die Suche nach einem Weg, sich selbst zu erkennen. War das nicht Teil des legendären Satzes, der am Giebel des Apollo-

Tempels in Delphi stand? »Erkenne dich selbst, und du wirst das Universum und die Götter erkennen.« Catherine verzog den Mund. Wie sollte sie begreifen, was schon tausende Jahre vor ihr ein Mysterium gewesen war?

Und dennoch fühlte sie sich hier in der uralten Landschaft der schottischen Highlands ihrem Selbst, wie immer es auch geartet sein mochte, näher als in der hektischen Großstadt, dem Büro ihrer Agentur, dem Taunus oder sonst irgendwo. Morvens angebliches Verschwinden war ein willkommener Vorwand gewesen, allem den Rücken zu kehren, und langsam begann sie zu begreifen, dass Morven weitsichtiger war, als sie gedacht hatte. Sie strich über einen gläsernen Briefbeschwerer aus Muranoglas, der vor ihr auf dem Schreibtisch lag. Fin war nur ein Teil ihrer Sehnsucht, der andere Teil lag noch vor ihr, und sie hatte eine dunkle Ahnung, dass es weitaus schwieriger sein würde, an das Ziel ihrer Suche zu gelangen, als sich ihren Gefühlen für Fin zu stellen.

Bis spät in den Nachmittag hinein saß sie an ihrem Laptop und isolierte die Zeichen, die sie fotografiert hatte, und die altertümliche Schrift, denn als solche sah sie die verschnörkelte Reihung von Halbbögen und Windungen an, und versuchte, einen Sinn in ihrer seltsamen kleinen Sammlung zu sehen. Jetzt ärgerte sie sich, dass sie sich nicht eine dieser neuen Karten gekauft hatte, mit denen man drahtlosen Zugang zum Internet hatte, andererseits waren die Gebühren noch relativ hoch, und ihr Urlaub war zwar unbefristet, aber auch unbezahlt, ein Zustand, den Tom nicht mehr lange hinnehmen würde. Anfangs hatte sie die Aussicht, ihren Job zu verlieren, in eine milde Form von Panik versetzt, die inzwischen einer Gleichgültigkeit gewichen war, die nicht weniger bedenklich war.

Sie drehte und wendete die Symbole auf dem Bildschirm hin und her, doch ein Winkelmaß blieb ein Winkelmaß und ein fünfzackiger Stern mit einem G in der Mitte eben ein Stern mit einem Buchstaben, den sie nicht zu deuten wusste. Der Bund entstammte dem Steinmetzhandwerk, soweit sie sich an die Erläuterungen aus dem Internet erinnerte, also hatten die Symbole vielleicht nur die schlichte Bedeutung dessen, was sie darstellten, doch das wäre zu einfach. Catherine legte einen Finger auf ihre Lippen und betrachtete die Säule mit dem Buchstaben, bei dem sie sich nicht schlüssig war, ob es ein I oder ein J sein sollte, und versuchte sich an Gemälde zu erinnern, auf denen sie Säulen gesehen hatte, was sich als müßig erwies, denn Säulen oder deren malerische Reste waren auf vielen alten Gemälden als Dekorationselemente zu sehen. Vage Vermutungen führten in diesem Fall nicht weiter. Sie speicherte die Symbole und den Schriftzug ab und kopierte sich die Datensätze auf eine CD-Rom.

Mit der CD in der Hand ging sie hinunter in die Küche, wo sie Clara bei der Arbeit vorfand. Catherine hatte sich die Haare nach hinten gebunden, wie sie das meistens tat, wenn sie am Computer arbeitete, und trug einen schmalen Rock und ein schlichtes weißes Shirt.

»Clara«, sie legte der kleineren Frau den Arm um die Schultern, »tut mir Leid, dass ich vorhin so schroff war, aber das mit Fin ist eine komplizierte Sache ...«

Mit einem warmen Lächeln unterbrach Clara sie und streichelte Catherines Hand. »Du musst mir nichts erklären. Für die Liebe gelten eigene Spielregeln.«

»Aber ich ...«, wollte Catherine erwidern.

»Du hast nie aufgehört, an ihn zu denken, und wenn du mich fragst, liebst du ihn noch und er dich auch, so wie er dich angesehen hat.« Sie füllte weiter gekochtes Gemüse in kleine Pieformen.

»Du hast uns beobachtet!«

Clara zuckte mit den Schultern. »Ich habe nur einmal

kurz nachgesehen, ob ihr allein sein wollt – das schien der Fall, auch wenn ihr euch gestritten habt. Aber seine Augen, Cathy, seine Augen haben etwas ganz anderes gesagt als sein Mund. Glaub mir oder nicht. Ich will mich nicht einmischen. Nur eines noch.« Sie drehte sich um und sah Catherine mit ihren melancholischen Augen an. »Es gibt Menschen, die sagen, man kann mehrmals im Leben lieben. Das mag ja sein, aber die eine große Liebe gibt es eben nur einmal, das ist meine feste Überzeugung. Da kann man suchen oder warten oder sich vergraben, aber dasselbe Gefühl, das man für diesen einen besonderen Menschen hatte, wird man nie wieder empfinden. Und wenn dir die Möglichkeit gegeben ist, es wieder zu finden, dann würde ich zumindest einen Moment auch auf mein Herz hören, denn sein Schicksal sollte man nicht herausfordern.« Clara seufzte tief, strich Catherine, die ihr erstaunt zugehört hatte, liebevoll über die Wange und deutete dann auf die Pieformen. »Ich habe bestimmt zu viele gemacht, aber du isst auch etwas, oder?«

Catherine betrachtete die rundliche Frau nachdenklich. »Wer war deine große Liebe, Clara?«

Ein seltsamer, schwer zu deutender Ausdruck erschien auf Claras Gesicht und weckte Zweifel in Catherine, ob sie diese Frau überhaupt richtig kannte. »Vielleicht erzähle ich es dir einmal«, sagte die Ältere abwehrend, »aber nicht heute. Du liebe Güte, sieh dir an, wie viel Gemüse ich noch übrig habe! Morgen gibt es einen Eintopf.« Sie war wieder ganz die liebenswürdige Clara und schaute auf die CD in Catherines Hand. »Hast du noch etwas vor? Ich stelle dir eine Portion in den Kühlschrank, die brauchst du später nur in den Ofen zu schieben.«

»Du bist ein Schatz, Clara.« Catherine drückte ihr einen Kuss auf die Wange. Sie wollte tatsächlich nach Inveraray fahren und dort Steve im Internetcafé über die Symbole befragen, denn er schien bei dem Thema zumindest kein Eigeninteresse zu verfolgen. »Morven hat nie über das Bild gesprochen?«, wagte sie Clara noch zu fragen, doch sie ahnte die Antwort bereits.

»Nein. Über manche Dinge spricht sie nicht, und ich frage nicht. Außerdem ist mir das Gemälde ganz ehrlich nie besonders aufgefallen. Oh, ich habe die Visitenkarte von dem aufdringlichen Antiquitätenhändler aufgehoben, falls du sie noch brauchst.« Sie kramte in einem Kästchen, das Kleingeld, Rechnungen und Stifte enthielt, und zog die Karte hervor. »Hier, bitte.«

»Danke.« Catherine wusste zwar noch nicht, was sie damit anfangen sollte, aber wegwerfen wollte sie die Karte auch nicht, also steckte sie sie in ihre Tasche und verabschiedete sich von Clara, die ihr wieder einmal eine neue Seite von sich gezeigt und damit bewiesen hatte, dass man einen Menschen nie voreilig in eine Schublade stecken sollte.

Es war noch immer warm, als Catherine den Wagen durch den Ort lenkte. Sie hatte das Verdeck heruntergeklappt und fuhr langsam, um die abendliche Stimmung über Loch Fyne zu genießen. Nirgendwo sonst kannte sie einen solchen Himmel, der sich ständig in neuen Farben zeigte. Heute Abend zogen über den östlichen Hügeln Wolken auf, die weder grau noch weiß erschienen, sondern ein Violett mit sich brachten, das in den Himmel aufstieg und sich im Wasser widerspiegelte. Ein Segelboot steuerte gemächlich auf einen der kleinen Häfen am östlichen Ufer zu, ein Fischerboot lag ruhig in der Mitte des Meerarms. Vielleicht schlief der Fischer und wartete darauf, dass auch die letzten Touristen sich an Land begaben, damit das Loch wieder ganz ihm gehörte. Catherine drückte auf das Gaspedal, denn hinter ihr begannen sich die Autos zu drängen, die alle auf der einzigen Straße nach Inveraray oder weiter nach Glasgow unterwegs waren.

Im Radio spielten sie ein Lied von Dougie MacLean, das sie lauter drehte, denn MacLeans Vertonung des Robert-Burns-Gedichtes *Ca' the Yowes* war eines ihrer Lieblingsstücke. Mit seiner faszinierenden Stimme sang der Schotte das melancholische Lied, dessen Zeilen von der Schönheit der schottischen Landschaft und einer verzweifelten Liebe erzählten. Sie summte noch immer die Melodie des schwermütigen Liedes vor sich hin, als sie die Tür zu Steves Internetcafé aufstieß und feststellte, dass sie heute ohne Wartezeit nicht an einen der Computer gelangen würde, denn jeder der Plätze war belegt. Steve ließ die Zeitung sinken, die er gerade las, und begrüßte sie erfreut. Makellos weiße Zähne, ein kräftiges Kinn sowie ein bewundernder Blick aus braunen Augen ließen Catherine überlegen, ob sie seine Einladung ins George nicht vorschnell ausgeschlagen hatte.

»Hi, Catherine! Immer noch hinter den alten Freimaurern her?« Er zwinkerte ihr zu und deutete auf die Flaschen hinter der Bar. »Durst?«

»Eine Coke wäre nicht schlecht, mit Eis und Zitrone bitte.«

Er wartete, bis sie getrunken hatte, und bemerkte dann: »Hast du etwas auf dem Herzen? Du wirkst bedrückt, wenn ich das sagen darf.«

»Hmm, es gibt eine Menge offener Fragen in meinem Leben, eine Reihe von Menschen, die mir keine Antworten geben wollen oder können, und einen Mann aus meiner Vergangenheit, der plötzlich auftaucht und erwartet, dass ich voller Verständnis bin.« Bei den letzten Worten setzte sie das Glas geräuschvoll auf den Tresen.

Die unverbindliche Heiterkeit war aus seiner Stimme verschwunden, als er sie teilnehmend ansah. »Das hört sich kompliziert an. Wenn es etwas gibt, wobei ich dir helfen kann …?« Er lächelte. »In Beziehungsfragen bin ich nicht die richtige Adresse, jedenfalls laut meiner Exfreundinnen, aber sonst ...?«

Seine Stimme wirkte beruhigend, und sie nickte, während sie eine Pfundnote aus ihrer Tasche zog. Dabei fiel Donaldsons Visitenkarte auf den Boden, die sie rasch aufhob und auf den Tresen legte. Nachdenklich starrte sie auf den Namen des Antiquitätenhändlers.

»Alles in Ordnung?«

»Oh, entschuldige. Ja, aber ich denke, ich werde mit diesem Herrn hier beginnen. Ist ein Computer frei?«

Steve sah sich kurz um und zeigte auf einen Tisch am Fenster. »Dan steht gerade auf.«

Catherine schob ihm das Geld zu, doch Steve lehnte ab. »Lass mal, heute bist du mein Gast, du stehst ja ganz neben dir.«

Wahrscheinlich hatte er Recht. »Danke, und auch für ...«

Er winkte ab. »Schon gut, aber meine Einladung ins George steht noch! Hey, Dan«, Steve wandte sich einem dicklichen Teenager zu, der von einem der Computerplätze aufgestanden war.

Catherine ging an den Rechner und gab, als die Maske auf ihrem Schirm erschien, Donaldsons Namen und seinen Beruf als Suchbegriffe ein. Tatsächlich gab es eine Website zu John Donaldsons Antiquitätengeschäft in Edinburgh, die sehr diskret gestaltet war, was bedeutete, dass man davon abgesehen hatte, Preise für die anscheinend hochwertigen Antiquitäten anzugeben. Catherine ging den Bestand an angebotenen Stücken durch und musste überrascht erkennen, dass Gemälde nicht darunter waren. Warum gab der Mann vor, an dem Bild interessiert zu sein, wenn er doch auf Möbel, Silber, Skulpturen und Spiegel, aber keinesfalls auf Gemälde spezialisiert war? Zurück auf der Homepage klickte sie auf den Button Filialen und stellte fest, dass Donaldson noch ein Geschäft in London und ein weiteres in Paris betrieb. Das Angebot dieser Geschäfte unterschied sich kaum vom Hauptgeschäft in Edinburgh. Abgesehen von einigen Radierungen, die in der Pariser Filiale angeboten wurden, gab es auch hier keine Gemälde. Als letzte Quelle möglicher Informationen über das Unternehmen blieb die Geschichte des Antiquitätenhändlers.

Was Catherine unter diesem Button fand, war immerhin bemerkenswert; denn wie sie dem Text entnahm, ging das Unternehmen auf einen schottischen Vorfahren des 18. Jahrhunderts zurück, der durch die Unterstützung eines Pariser Kardinals zu Wohlstand und einem florierenden Unternehmen gekommen war. Die katholische Kirche war schon damals eines der reichsten Unternehmen der alten Welt gewesen und es bis heute geblieben. Händler für einen Kardinal gewesen zu sein, war wohl das Beste, was einem damals passieren konnte. Und heute wahrscheinlich auch, dachte Catherine, denn warum sollte die Kirche nicht immer noch Kunstwerke an- oder verkaufen? Donaldson war eine Gestalt, an die es sich zu erinnern lohnte. Sie notierte sich die Pariser Adresse und Stichworte zum historischen Hintergrund. Mit Hilfe der Daten sollte es möglich sein, auch den Namen des Kardinals herauszubekommen, der Vollständigkeit halber. Sie fühlte sich plötzlich wie einer dieser Spürhunde, die Blut geleckt haben und nicht mehr von ihrer Fährte abzubringen sind.

Ihr Magen knurrte. Das koffeinhaltige Getränk hatte sie aufgemuntert, aber Hunger hatte sie trotzdem, denn seit dem Bissen von dem Sandwich, das sie in Fins Gegenwart halbherzig gegessen hatte, waren Stunden verstrichen. Sie ging zu Steve an den Tresen.

»Vielen Dank!« Lautstark meldete sich ihr Magen erneut.

»Du brauchst etwas zu essen. Im George gibt es auch

hervorragendes Essen. Darf ich dich einladen?« Steve lächelte sie an.

»Warum eigentlich nicht?« Sie mochte den unkomplizierten Steve, und Ablenkung konnte ihr nur gut tun.

Er sah auf die Uhr. »Gib mir eine halbe Stunde. Dann habe ich jemanden, der mich hier vertreten kann. Treffen wir uns dann oben?«

»Ja, gern. Ich mache noch einen kleinen Spaziergang. Bis gleich.«

Auf der Straße streckte sie sich, drückte die Fingerspitzen nach außen, um die vom Tippen verspannten Hände zu dehnen, und atmete tief die salzige Luft ein, die vom Wasser heraufstieg. Ein junges Paar schlenderte den Strand hinauf, und ein Elternpaar war damit beschäftigt, seine Kinder davon abzuhalten, alle Muscheln in die Taschen zu stecken. Catherine lehnte sich an die Steinmauer, die den Sand vom Gehweg trennte, und ließ den Blick über das Wasser und die Hügel wandern. »*Ca' them were the heather grows, you hae stow my very heart*«, summte sie wieder eine Strophe aus Dougie MacLeans Lied vor sich hin. Mein Herz gestohlen, dachte sie bitter, ja das hast du, Fin, und ich war dumm genug, es zuzulassen.

»Catherine«, unterbrach eine bekannte Stimme jäh ihren Gedankengang.

Dougal McLachlan kam aus der schmalen Straße, die zum historischen Gefängnis führte, auf sie zu. »Hallo, wie schön, Sie zu sehen!« Er hätte sie unter allen Frauen wiedererkannt. Ihre stolze Haltung, der schlanke Hals und die Art sich zu bewegen waren Briana ähnlich. Natürlich glich sie auf den ersten Blick ihrer Großmutter, aber er, der Briana kannte, sah deren Verletzlichkeit und ihre Skepsis allem Fremden gegenüber auch in Catherines Augen. Wie lange mochte es her sein, dass er Briana zuletzt gesehen hatte?

Zwanzig Jahre oder länger? Sie war verschwunden und hatte sich nie wieder gemeldet. Und er hatte nicht nach ihr gefragt. Vielleicht hätte er das tun sollen, vielleicht wäre dann alles anders gekommen, aber er hatte seinen Weg gewählt und ihn mehr als einmal bereut. Doch das war sein Problem, und für Reue blieb ihm keine Zeit. Er deutete auf das Wasser. »Heute wirkt es friedlich. Ich mag es am liebsten, wenn die Gischt gegen die Kaimauer peitscht und man sich festhalten muss, um nicht umgeworfen zu werden.«

Argwöhnisch betrachtete sie ihn von der Seite. In dem dunkelgrünen Polohemd, hellen Sommerhosen und Wildlederslippern wirkte er jünger und weniger machthaberisch, doch sie konnte sich täuschen. »Hmm, ich mag es zu allen Jahreszeiten, aber vielleicht liegt das daran, dass ich nicht oft hier bin.«

»Was hat Sie so lange fern gehalten?« Er wollte sich mit ihr unterhalten, um ihre Stimme zu hören und darin nach Ähnlichkeiten mit Briana zu suchen. Seit jenem Nachmittag in Morvens Haus hatte er den Gedanken an Briana nicht mehr verdrängen können. Catherine hatte eine Seite in ihm berührt, die er vergessen glaubte, und er hatte begonnen, über sein Leben nachzudenken, etwas, das er vor langer Zeit hätte tun sollen. Er hatte viele Fehler begangen und Menschen verletzt, die ihm nahe standen, und sich der Wahrheit zu stellen, war schmerzlich.

Erstaunt sah sie ihn an. Wollte er das wirklich wissen, oder war das nur ein neuer Versuch, an Morvens Bild zu gelangen? »Ich möchte Sie nicht aufhalten, und wenn es um das Bild geht, dann ...«

Er hob eine Hand und lächelte. »Bitte, glauben Sie mir, Catherine. Über das Bild spreche ich mit Morven, wenn sie wieder hier ist. Das hat mit uns nichts zu tun.«

Unruhig spielte sie mit den Füßen im Sand. »Auf einmal?«, fragte sie und sah ihn an.

Dougal räusperte sich und sagte schließlich: »Ich denke, ich sollte Ihnen etwas erklären. Gehen wir ein Stück, dann spricht es sich leichter.«

Langsam schritten sie über den Sand am Spülsaum des Wassers entlang. Catherine kam diese Begegnung seltsam vor. Was wollte Dougal von ihr? Doch er ließ die Erklärung folgen.

»Hat Ihre Mutter nie über ihre Zeit hier in Inveraray gesprochen?«

Catherine schüttelte den Kopf. »Nein, nur sehr wenig. Morven und sie haben sich vor meiner Geburt im Streit getrennt und seitdem kaum Kontakt gehabt. Mein Vater hat mich schließlich hergebracht.« Sie lächelte. »Er hat wohl gewusst, wie gut meine Großmutter und ich uns verstehen würden. Vielleicht hat er auch gehofft, dass sie über mich wieder zueinander finden.« Ihre Hände beschrieben einen leeren Halbkreis.

»Das war sehr einfühlsam von Ihrem Vater.« Fast beneidete er den Mann um diese Tochter, die seine hätte sein können. Seine Kinder waren anders, als er es sich gewünscht hatte, aber die Schuld daran gab er zum größten Teil Flora und ihrer Hartherzigkeit. Er holte tief Luft und sagte: »Ihre Mutter und ich haben uns einmal geliebt.«

Kälte stieg in Catherine hoch. »Was?« Davon hatte Briana nie gesprochen, mit keinem Sterbenswörtchen hatte sie eine solche Nähe zu Dougal erwähnt. Wie konnte sie das für sich behalten, wo sie doch wusste, dass Catherine ihm begegnen würde.

»Ich habe lange überlegt, ob ich es Ihnen sagen soll, aber nachdem ich Sie jetzt wiedergesehen habe ... Ich meine, Sie sind erwachsen und können mit der Wahrheit umgehen, und die Wahrheit ist, dass ich Ihre Mutter sehr geliebt habe.«

Ungläubig starrte sie Dougal an. Die Kälte in ihrem Innern verstärkte sich und fröstelnd schlang sie die Arme um ihren Körper. »Was ist geschehen? Warum haben Sie sich getrennt?« Sie blieb stehen und suchte in seinem Gesicht nach dem jungen Mann, in den ihre Mutter verliebt gewesen war.

»Das ist sehr kompliziert, und mich trifft die Schuld. Wissen Sie, wir sind hier noch sehr traditionell, und zwischen meinem Clan und dem der McAlistairs gab es seit Jahren die Abmachung, dass ich Flora heiraten würde ...«

»Oh, bitte!«, unterbrach Catherine ihn. »Traditionell nennen Sie das? Berechnend würde ich sagen. Es ging doch sicher um Geld und Einfluss – Land zu Land, Geld zu Geld. Da passte die arme Briana wohl nicht hinein. Kein Wunder, dass meine Mutter Sie nicht erwähnt hat.« Zornig sah sie ihn an.

»Catherine, deshalb habe ich Ihnen das nicht erzählt. Ich wollte Sie nicht gegen mich aufbringen. Es war wirklich komplizierter, und es ist eine Menge passiert damals. Ich wollte Flora nicht heiraten, aber dann verschwand Briana Hals über Kopf, und mein Vater und Bruce McAlistair setzten mich unter Druck. Ich war eben nicht stark genug, um mich durchzusetzen.« Mehr konnte und wollte er ihr nicht sagen, denn alles andere betraf nur Morven und ihn. Catherine schien nichts über Farquars Todesumstände zu wissen, und er wollte nicht derjenige sein, der es ihr sagte. Stattdessen nahm er ihre Hand. »Ich möchte, dass Sie das wissen, und vielleicht sagen Sie es Briana, nicht jetzt, irgendwann einmal. Versuchen Sie, einen Mann zu verstehen, dessen Lebenszeit begrenzt ist, und der zumindest einige seiner Fehler wieder gutmachen will.«

Sie spürte den Druck seiner Hand, der seine eindringlichen Worte bekräftigte, und fühlte, dass er es tatsächlich ernst meinte, auch wenn sie seine Gründe weder ganz verstand noch billigen konnte. Doch in seiner Stimme lag etwas Flehentliches, wie sie es ihm niemals zugetraut hätte. Er ließ sie los und sah auf das Wasser hinaus. Schweigend standen sie eine Weile nebeneinander, bis Catherine sagte: »Wieso sagen Sie, dass Ihre Lebenszeit begrenzt ist? Sie sind kein alter Mann.«

Es gibt Gesetzmäßigkeiten, denen sich jeder unterordnen musste, denen sich niemand entziehen konnte, Geld und Einfluss waren hier wirkungslos, hätte er sagen können. Stattdessen lächelte er traurig. »Vielleicht wollte ich nur das hören.« Er warf einen schnellen Blick auf seine Uhr. »So spät schon! Wir geben heute Abend ein Essen auf Kilbride, Geschäftsleute, langweilig, aber notwendig. Ich würde Sie gerne noch einmal sehen, bevor Sie uns wieder verlassen. Darf ich Sie irgendwann zum Essen einladen?«

In ihrem Kopf überschlugen sich die Gedanken, und sie nickte nur, immer noch fassungslos über das eben Gehörte.

»Ja dann?« Er reichte ihr die Hand, die sie abwesend schüttelte. »Machen Sie es gut, Catherine. Sie haben Brianas Lächeln, wissen Sie.« Damit drehte er sich um und ging langsam den Weg zurück, bis er an der Mauer ankam, an der er Catherine getroffen hatte. Dort drehte er sich noch einmal um und sah ihre schmale Gestalt am Wasser stehen. Es tat ihm fast Leid, dass er sie mit seiner Vergangenheit belastet hatte, aber sie verdiente die Wahrheit. Sie war so geradlinig, ihre Neugier auf dem Fest war ohne Hintergedanken, denn sie versuchte nur zu verstehen, und sie war einer der wenigen Menschen, vor denen er Respekt hatte. Großen Respekt zollte er auch Morven, doch ein tragisches Unglück lastete auf seiner Beziehung zu ihr, und er wusste noch nicht, wie er ihr jemals beweisen sollte, dass sie sich in ihm getäuscht hatte.

Kapitel 7

Was verloren ging war wenig.
Es war aber das, was ich am meisten liebte.
Henriqueta Lisboa

Als Catherine mit Steve aus dem George Hotel trat, hatte sie ein reichhaltiges Essen genossen und fühlte sich entspannt und gut gelaunt. Steves kurzweilige Unterhaltung war daran nicht unschuldig, und Nellie, die Chris Gesellschaft leistete, hatte mehrmals viel sagend zu ihr hin gelächelt.

»Danke, Steve ...« Sie zögerte, doch Steve kam ihr zuvor.

»Ich danke dir. War ein schöner Abend.« Er zog seine Visitenkarte aus der Tasche und reichte sie ihr. »Ruf mich an, auch wenn dir nur nach Reden ist. Ich würde mich freuen.«

Sie nahm die Karte entgegen. »Ich war vielleicht nicht in der allerbesten Verfassung.«

»Dein Ex ist ein Idiot, wenn du mich fragst. Tja, dann ...« Er nickte und ging die Straße hinunter zum Pier.

Catherine wartete, bis er nicht mehr zu sehen war, dann ging sie zu ihrem Wagen und setzte sich hinein. Nachdem sie zweimal tief durchgeatmet hatte, nahm sie ihr Mobiltelefon in die Hand und wählte die Nummer ihrer Eltern.

Ihr Vater war am Apparat. »Hallo, Cathy! Geht es dir gut? Tom hat einmal bei uns angerufen, aber wir konnten ihm natürlich auch nicht sagen, wie du dir deine Zukunft vorstellst. Hast du schon Pläne?«

Das war Johannes, mitfühlend, vorsichtig, er würde sie nie zu einer Entscheidung drängen, und dafür liebte sie ihn. »Nein, Pa, aber es geht mir gut. Ich brauche nur Zeit, aber nach Köln werde ich wohl nicht zurückgehen, so viel kann ich schon sagen. Vielleicht sollte ich Tom anrufen. Ist Mutter in der Nähe? Ich möchte sie nur kurz etwas fragen.«

»Ja sicher. Mach's gut, meine Kleine.«

Kurz darauf hörte sie die vertraute Stimme ihrer Mutter. »Cathy? Alles in Ordnung?« Sie klang besorgt.

»Tja, also es ist sicher nicht schön, dir das am Telefon zu sagen, aber ich hatte ein interessantes Gespräch mit Dougal McLachlan und würde einfach nur gern wissen, was ich davon halten soll.« Es blieb still in der Leitung. »Er hat mir von euch erzählt. Ich meine, er behauptet, dass ihr zusammen wart und dass du ihm sehr viel bedeutet hast. Ist das wahr?«

Es dauerte einige Augenblicke, in denen Catherine ihre Mutter einen leisen schnellen Wortwechsel mit Johannes führen hörte. Dann räusperte sich Briana und sagte laut: »Ja, das stimmt. Kleines, das ist es, was ich dir sagen wollte, und leider ist das nicht alles.« Erneut machte sie eine Pause. Es fiel ihr offensichtlich sehr schwer, zu sprechen. »Dougal ... also Dougal ... ist dein Vater. Oh Gott, ich hätte dir das früher sagen sollen, aber ich konnte nicht.«

Erschüttert ließ Catherine das Telefon sinken. Gedanken und Bilder aus ihrer Kindheit überschlugen sich in ihrem Kopf und verzweifelt fragte sie sich, warum ihre eigene Mutter ihr nicht genug vertraut hatte, ihr die Wahrheit zu sagen. Sie hatte ein Recht auf diese Wahrheit, auch wenn ihr bisheriges Leben dadurch in Frage gestellt wurde. Hörte es denn nicht auf? Hatten sie alle ihre Geheimnisse, die sie nun erfahren musste? Langsam nahm sie das Telefon wieder an ihr Ohr und sagte leise: »Deshalb hast du dich so aufgeregt, als ich von Rory gesprochen habe ...«

»Ja, oh Liebling. Es tut mir so furchtbar Leid. Ich hätte mit dir darüber reden sollen ...«

»Aber du konntest nicht«, ergänzte Catherine trocken.

»Nein, aber versuche mich zu verstehen, uns zu verstehen. Du bist unsere Tochter, er hat nichts, aber auch gar nichts mit unserem Leben zu tun.«

»Außer, dass er mein biologischer Vater ist.«

Brianas Stimme klang hart. »Das macht keinen Unterschied, nicht für uns.«

Ihr Vater hatte es also auch gewusst. Wie musste er sich gefühlt haben, als er sie mit nach Schottland genommen hatte, um sie Morven vorzustellen? Was mussten sie gedacht haben, als sie von ihren Begegnungen mit Dougal und seiner Familie erzählt hatte? »Aber Dougal weiß es nicht, oder?«

Ein bitteres Lachen entrang sich Briana. »Oh nein! Niemals hätte ich ihm das gesagt, niemals! Nicht nach allem, was vorgefallen ist. Ich begreife auch nicht, was in ihn gefahren ist, dass er dir das erzählt hat. Nein, wirklich nicht ...«

Catherine starrte durch die Windschutzscheibe auf das Wasser. Tränen liefen ihr die Wangen hinab, doch sie kümmerte sich nicht darum. Es gab zu viele Ungereimtheiten, zu viel Unausgesprochenes. »Gib mir Pa noch einmal, bitte.«

»Natürlich, Kleines.« Sie hörte ihre Mutter schluchzen, dann kam ihr Vater ans Telefon.

»Pa, ich ... ich will dir nur sagen, dass das gar nichts ändert. Ich liebe dich, und du bist mein Vater und ...« Sie weinte und hielt das Telefon mit zitternden Händen weiter an ihr Ohr.

»Das brauchst du mir nicht zu sagen, Cathy, Kleines. Du bist immer wie mein eigen Fleisch und Blut für mich gewesen. Ich habe deine Mutter unter denkbar schwierigen Umständen kennen gelernt, aber daran, dass du unsere Tochter bist, bestand nie ein Zweifel, hörst du?!«

»Ja«, schluchzte sie.

»Cathy, ich liebe deine Mutter, und du bist mein größtes Glück, unser größtes Glück! Es ist schwer für deine Mutter, darüber zu sprechen, immer noch. Ich weiß, wie sehr sie darunter leidet, aber du kennst sie, wenn sie sich für etwas entschieden hat, bleibt sie bei ihrem Entschluss. Ich musste ihr Schweigen akzeptieren, und wenn ihr euch einmal ganz in Ruhe ausgesprochen habt, wirst du sie besser verstehen.« Johannes Tannerts Stimme war sanft und eindringlich zugleich, so sehr war er darauf bedacht, Verständnis bei Catherine für das Verhalten ihrer Mutter hervorzurufen.

»Hmm«, sie schluckte die Tränen hinunter und versuchte, sich auf die neue Situation zu konzentrieren. »Aber wie ist es denn so weit gekommen, ich meine, wie habt ihr euch kennen gelernt?«

Ihr Vater klang bedächtig, als er zu einer Erklärung ansetzte: »Ich war schon länger in deine Mutter verliebt. Sie war nicht nur sehr schön, sondern auch anders als alle Frauen, die ich kannte. Wenn ich in ihre Augen sah, dann spiegelte sich darin die Landschaft, in der sie lebte, und ohne ihre geliebten Berge konnte ich sie mir nicht vorstellen. Ich arbeitete auf einer Baustelle in Oban und sah sie das erste Mal auf einem Folkfestival. Sie war unglücklich und erzählte mir sofort von Dougal, in den sie verliebt war, der sie aber enttäuscht hatte.« Er machte eine Pause und fuhr fort: »Wir trafen uns dann öfter, und sie erzählte mir, dass sie schwanger sei, aber nicht abtreiben wollte. Nun, dann starb ihr Vater plötzlich bei diesem furchtbaren Unfall, und sie kam eines Nachts zu mir und sagte, dass sie unmöglich wieder zu Morven zurück könne. Ich habe nicht weiter nachgefragt und sie mit nach Deutschland genommen, wo wir geheiratet haben. Und ich habe es nie bereut, nicht eine Sekunde.«

Ihr Vater klang so sicher, so zufrieden und ohne Zweifel, dass ein Teil von Catherines aufgewühltem Inneren sich beruhigte. »Warum konnte sie nicht zurück zu Morven?«

Ein tiefer Seufzer entfuhr Johannes. »Das, meine Kleine,

ist eines der Dinge, über die Briana auch mir gegenüber beharrlich schweigt. Es ist mir nicht gleichgültig, keineswegs, aber es raubt mir auch nicht den Schlaf. Aber ich verstehe, dass du anders bist. Du willst Antworten. Darin bist du wie Morven, deshalb habe ich dich zu ihr gebracht. Mein Schatz, du weißt jetzt, wie es um uns steht, alles andere solltest du Morven fragen. Ich schätze sie als außergewöhnliche, starke und eigenwillige Person. Das Leben war sicher nicht einfach für sie nach dem Tod ihres Mannes. Du kennst sie besser als ich, frag sie.«

»Pa?«

»Ja, Cathy?«

»Ich liebe dich.«

»Ich dich auch, und deine Mutter liebt dich über alles, vergiss das nicht.«

»Nein. Bis bald.« Es gab nichts mehr zu sagen, nicht in diesem Moment. Catherine legte auf und war froh, dass niemand sah, wie sie über das Lenkrad gelehnt hemmungslos weinte.

Das Wochenende verbrachte Catherine mit der Arbeit im Café und war dankbar für die zahlreichen Gäste, die sie davon abhielten, ständig über ihre eigene Situation nachzugrübeln. Nellie kam für mehrere Stunden und neckte Catherine, die des Öfteren in plötzliches Schweigen verfiel, trotz ihrer angestrengten Bemühung, heiter und freundlich zu wirken. Es war Sonntagabend, und nur an zwei Tischen saßen noch Gäste. Nellie stand mit Catherine auf der Terrasse und säuberte die Tische.

»Ich habe einen großen blonden, gut aussehenden Mann bei Hamish ein und aus gehen sehen, und, sei ihr nicht böse, Clara hat mir gesagt, wer er ist. Ist er der Grund für deine schlechte Laune?« Nellie putzte angestrengt die klebrigen Tischplatten und sah Catherine nicht an.

»Zum Teil«, gab Catherine wortkarg zurück. Sie betrachtete den wolkenverhangenen Himmel. »Das Wischen hätten wir uns sparen können, es fängt gleich an zu regnen.«

Tatsächlich platschten die ersten dicken Tropfen auf die Terrasse. Fluchtartig verließen nun auch die letzten Gäste das Café, was Nellie mit einem breiten Grinsen quittierte. »Wir sollten immer gegen Ende des Tages Regen bestellen.«

Aus dem Regen wurde eine Wasserflut, die verschwenderisch auf die trockene Erde und die durstigen Pflanzen niederprasselte. Die beiden jungen Frauen waren schnell bis auf die Haut durchnässt und sahen sich lachend an. Catherine deutete auf den Steg. »Lust auf ein Bad?«

Nellie nickte, und gemeinsam rannten sie zu dem alten Bootssteg, entledigten sich der nassen Kleider und sprangen in das kühle Wasser von Loch Fyne. Sie schwammen ein gutes Stück in den Meerarm hinaus und kamen außer Atem zurück an den Steg. Inzwischen hatte der Regen aufgehört und die Abendsonne schenkte ihnen ihre Wärme. Da weit und breit niemand zu sehen war, legten sie sich nebeneinander auf den Steg und ließen sich trocknen.

Nellie murmelte: »War das herrlich! Ich habe wirklich schon wunderschöne Strände gesehen, aber das hier hat auch seinen Reiz!«

»Hmm. Wer noch nie bei Regen geschwommen ist, hat wirklich etwas versäumt. Schau dir den Himmel an, als ob nichts gewesen wäre!« Sie blinzelte in das warme Abendlicht, das einen Streifen Blau zwischen sich auflösenden Wolken zeigte.

»Magst du mir jetzt sagen, was dich bedrückt?« Nellie drehte ihren Kopf, um Catherine anzusehen, die mit weit geöffneten Augen in den Himmel starrte. Ihre helle Haut hatte seit ihrer Ankunft einen zarten Olivton angenommen, der sie mit ihren dunklen Haaren und Augen südländisch aussehen ließ. »Ich kann verstehen, dass er dich wiedersehen will, du bist wunderschön, Cathy«, sagte Nellie mit neidloser Bewunderung.

»Wenn es nur das wäre«, seufzte Catherine. »Das allein ist schon kompliziert genug, denn ich weiß gar nicht, was ich eigentlich will oder fühle, nur dass ich ihn nicht vergessen konnte. Aber da ist noch etwas ...« Sie setzte sich auf, drehte die Haare zusammen und griff nach ihren nassen Kleidungsstücken. »Irgendwann, Nellie, irgendwann ...« Sich das nasse T-Shirt überstreifend stand sie auf. »Na komm, spring schnell unter die Dusche, bevor du gehst, sonst erkältest du dich. Trockene Sachen kannst du von mir haben.«

Nachdem Nellie gegangen war, klopfte Catherine an Claras Zimmertür, denn in der Küche war sie nicht.

»Komm nur rein, Cathy, ich habe mich hingelegt, schlafe aber nicht.«

Catherine trat in den Raum, der mit seinen geblümten Vorhängen und hellen Farben Claras freundliche Persönlichkeit widerspiegelte. Sie lag auf einer Chaiselongue am Fenster und blätterte in einer Illustrierten, die sie zur Seite legte, als sie die Enkelin ihrer Freundin sah. Auf der Fensterbank stand eine blühende Zierrose, deren schwacher Duft Catherine in die Nase stieg, während sie aus dem Fenster in den Garten schaute.

»Wusstest du immer, was du tun musstest, Clara?«

Clara zögerte kaum merklich. »Oh nein, aber wer kann das schon von sich sagen? Ich habe immer getan, was sich wie die richtige Entscheidung anfühlte. Zugegeben, ich bin ein Bauchmensch.« Clara machte eine Pause. »Aber du nicht. Du denkst, drehst und wendest jedes Problem in deinem Kopf, bis du glaubst, alle seine Facetten zu kennen, aber das ist unmöglich.«

»Warum?«, sagte Catherine leise und fast trotzig.

»Weil Gefühle nicht logisch sind, und niemand kann seine Gefühle ausschalten, einfach so, jedenfalls glaube ich das nicht. Ist es wegen Fin?«

»Nein.«

Mit gesteigerter Aufmerksamkeit sah Clara sie an. Ihre kleinen Augen blinzelten wachsam.

»Es ist – meine Familie ...« Bitter verzog Catherine ihren Mund. Das Wort Familie hatte plötzlich eine neue Bedeutung bekommen. War Dougal jetzt ein Teil ihrer Familie? Wollte sie das? Aber hatte sie denn eine Wahl? Egal, ob sie es ihm sagte oder nicht, in ihrem Kopf würde es nie wieder wie vorher sein. Wenn sie Dougal jetzt begegnete, würde sie nach Ähnlichkeiten suchen, die sie mit ihm verbanden, nach Äußerlichkeiten, aber auch nach Charaktereigenschaften, die sie womöglich von ihm geerbt hatte. Vielleicht hätte sie im Biologieunterricht besser aufpassen sollen, als es um Mendels Vererbungslehre ging. Aber prägt nicht das Umfeld den Menschen? Ihre Eltern, sie stockte, würde sie jemals wieder an ihre Eltern denken können, ohne gleichzeitig an die Existenz ihres leiblichen Vaters erinnert zu werden? Ihr Vater war und blieb Johannes Tannert, daran änderte sich nichts. Sie drückte einen Finger gegen ihre Lippen.

»Einen Penny für deine Gedanken«, sagte Clara.

»Entschuldige. Ich bin unhöflich. Ach Clara, ich glaube, ich werde noch ein bisschen spazieren gehen, um wieder einen klaren Kopf zu bekommen.«

»Mach das und grüble nicht zu viel. Wenn es etwas ist, das du nicht ändern kannst, versuche es anzunehmen, auch wenn es dir schwer fällt.« Clara streckte ihre Arme aus und Catherine ließ sich einen Moment von ihrer Wärme einhüllen, die sie beruhigte und ihr neue Kraft gab.

Zum Abschied küsste sie Clara auf die Wange. »Ich bin wirklich froh, dass Morven eine Freundin wie dich hat.«

Clara räusperte sich verlegen.

Nachdem Catherine eine Weile den Strand entlangspaziert war, kam sie zu dem Schluss, dass Grübeln nicht weiterhalf. Sie musste etwas tun, und was lag näher, als dem Geheimnis des Bilderrahmens auf die Spur zu kommen? Rory wusste noch nicht, dass er ihr Halbbruder war, doch er mochte sie, war mit der Freimaurerei vertraut und scheute sich nicht, auch mit ihr darüber zu sprechen. Kurz entschlossen rief sie ihn an. Wenn er Zeit hatte, würde er sich freuen, sie zu sehen. Er hatte sich für den Abend noch nichts vorgenommen und fragte nicht nach, als sie ihn bat, ein Nachschlagewerk über die Symbolik der Freimaurer mitzubringen. Nun saßen sie am Pier von Inveraray im Sommergarten von Sids Pub und Catherine betrachtete Rory verhalten von der Seite, wobei sie sich fragte, warum sie nie etwas gemerkt hatte, wenn sie sich früher begegnet waren.

»Was ist los, Cathy?«, fragte Rory, hob sein Bierglas und prostete ihr zu. Sein hellblaues Oberhemd und die italienischen Slipper bildeten einen eleganten Kontrast zu seiner Jeanshose.

Sie zögerte fast unmerklich, bevor sie antwortete: »Immer noch die Sache mit dem Bild. Es lässt mich nicht los! Ich habe mir die Symbole auf dem Rahmen angeschaut und brauche dein Fachwissen, denn ich kann damit nichts anfangen.«

Er lächelte ergeben. »Nur mein Fachwissen? Schade, ich dachte schon, du hättest es vor Sehnsucht nach mir nicht ausgehalten ...«

Seine Bemerkung versetzte ihr einen Stich und sie beeilte sich scherzhaft, aber nachdrücklich zu sagen: »Dann kann ich dich wohl nicht wieder anrufen ...«

»Schon gut. Freunde?«

Sie nickte, prostete ihm ebenfalls zu und holte einen Zettel hervor, auf dem sie sich die Symbole notiert hatte, zu denen sie Rory befragen wollte. »Die Säulen. Auf der einen steht ein J und auf der anderen ein B. Warum?«

Rory runzelte kurz die Stirn. »Solange es um ganz allgemeines Wissen geht, kann ich dir Auskunft geben.« Er tippte mit dem Finger auf ein schmales Buch, das er mitgebracht hatte. »Das ist ein Begriffslexikon, falls dir meine Erklärungen nicht reichen.«

Sie nickte und sah ihn abwartend an.

»Du bist wirklich hartnäckig. Na schön, also die Säulen kommen aus Salomons Tempel. Vielleicht hast du schon einmal von der Hiram-Legende gehört?«

»Nein.« Aber sie notierte sich den Namen auf ihrem Zettel.

»Hiram war der biblische Baumeister, der von König Salomon für den berühmten Tempel ausgewählt wurde. Tausende von Arbeitern waren an dem Bau beteiligt, und Hiram hat sie in drei Grade eingeteilt: Lehrlinge, Gesellen und Meister.«

Die Bezeichnungen waren Catherine geläufig.

»Jedenfalls hat er der Legende nach auf die Säule, an der sich die Lehrlinge versammeln sollten, den Buchstaben B schreiben lassen, auf die Säule für die Gesellen den Buchstaben J. Die Meister versammelten sich in einem Gebiet, das mittlerer Raum genannt wird.«

»Und wofür stehen die Buchstaben?«

Seufzend meinte Rory: »Du willst es aber ganz genau wissen. J steht für ›jakin‹, ein hebräisches Wort, das so viel wie Beständigkeit bedeutet. B bedeutet ›bohaz‹ im Hebräischen und steht für Ausdauer und Stärke.«

»Und diese Zeichen hier?« Catherine reichte ihm den Zettel.

»Die Winkelwaage ist ein Zeichen für den ersten Aufseher, bedeutet auch Gerechtigkeit, und die Schnur, die von der Waage hinunterreicht, symbolisiert die Tiefe der Selbsterkenntnis. Cathy, ich glaube nicht, dass du damit viel anfangen kannst. Es geht immer um die übertragene Bedeutung, die man aber erst als Eingeweihter und durch das Teilnehmen an den Ritualen erfahren kann.« Rory schaute sie zweifelnd an.

Sie ließ sich nicht beirren und deutete auf den Winkel.

»Der Winkel steht für den Meister vom Stuhl oder auch für Gerechtigkeit. Der Zirkel zeigt den Kreis der ewigen Wiederkehr an. Sonne und Mond bedeuten Ursprung, beziehungsweise das weibliche Prinzip, die Empfänglichkeit, und die drei Stufen sind die drei Ebenen, auf der der Lehrling arbeiten muss.« Rory sah sich unter den Gästen um, schien aber niemanden Bekanntes zu entdecken, und fuhr fort: »Das G ist eine knifflige Sache, weil es in vielen Quellen auf die unterschiedlichste Art interpretiert wird.« Er blätterte kurz in seinem Buch. »Bei Prichard ist das G im fünfzackigen Stern die fünfte Wissenschaft, die Geometrie. Genauso gut kann es für Gott, Gnosis, Gloire oder Grandeur stehen.« Rory klappte das Buch zu und sah sie mit hochgezogenen Augenbrauen an.

Unwillkürlich lachte Catherine. »Schon gut. Ich habe zugehört, aber der große Zusammenhang erschließt sich mir nicht. Trotzdem danke.«

Zwischen den Bäumen entdeckte sie Fins schlanke Gestalt am Pier. Er drehte sich um, und ihre Blicke trafen sich. Es war zu spät, um ungesehen zu verschwinden, und so fügte sie sich in das Unvermeidliche. In denselben verwaschenen Jeans und Flip-Flops, die er auch bei ihrer ersten Begegnung getragen hatte, schlenderte er auf sie zu. Statt des T-Shirts trug er ein dunkelblaues Sweatshirt, das lose über der Jeans hing. Lässig reichte er Rory die Hand.

»Lange her. Du bist dünner geworden, treibst doch nicht etwa Sport?« Er grinste, und Catherine warf ihm einen bösen Blick zu, denn sie fand ihn unhöflich.

Doch Rory ließ sich nicht aus der Ruhe bringen. Mit einem abschätzigen Blick auf Finneans nachlässige Kleidung meinte er: »Manche können eben nicht aus ihrer Haut, andere entwickeln sich weiter. Setz dich doch zu uns. Was möchtest du trinken?«

Fin bedachte Catherine mit einem langen Blick und nickte. »Danke. Ein Lager bitte.«

Gutmütig stand Rory auf, um an der Bar das Gewünschte zu bestellen. Während sie auf Rory warteten, sagte Catherine zu Finnean: »Warum musstest du so unhöflich zu ihm sein? Er hat dir doch nichts getan!«

»Er geht mit dir aus, und ich möchte wirklich gern mit dir sprechen, nur reden, Cat, es gibt eine Menge Dinge, die du nicht weißt.« Sein Blick fiel auf das Begriffslexikon. »Hat er dich damit zugetextet?«, fragte er scharf.

»Ganz im Gegenteil, ich habe ihn gebeten, mir einige Fragen zu beantworten. Aber vielleicht hätte ich dich auch fragen können, schließlich ist Hamish einer von ihnen.«

Eine Mischung aus Abwehr und Sorge spiegelte sich in seinem Gesicht, und Catherine fragte sich einmal mehr, ob sie Fin überhaupt jemals richtig gekannt hatte. Es gab zu viele Dinge, die sie nicht wusste. Rory war ihr Halbbruder. Ein trockenes Lächeln umspielte ihren Mund.

»Warum lächelst du?«, fragte er.

»Aus keinem bestimmten Grund. Vielleicht finde ich es ja nur besonders nett, hier mit euch zu sitzen und über die guten alten Zeiten zu plaudern ...«

Zweifelnd betrachtete Finnean sie. Rory kam mit den Gläsern zurück und stellte sie auf den Tisch. Als jeder sein Bier in den Händen hielt, hob er sein Glas und sagte: »Auf den Zufall, der uns heute hier zusammengeführt hat! Lassen wir Vergangenes vergangen sein und genießen wir die Zukunft!«

»Hört, hört!«, stimmte Catherine zu.

Finnean nickte und nahm einen tiefen Schluck aus seinem Glas. Allein Rorys unterhaltsamer Art war es zu verdanken, dass aus dem anfänglich schleppenden Gespräch eine muntere Unterhaltung wurde, zu der auch die weiteren Runden an Pints nicht unerheblich beitrugen, die Catherine, Finnean und Rory abwechselnd spendierten. Um Mitternacht läutete die große Glocke, die den Gästen bedeutete, die letzte Runde zu bestellen, weil kurz darauf geschlossen wurde. Catherine erhob sich, um sich gleich wieder auf ihren Stuhl fallen zu lassen.

»Uhhps, das war wohl ein Glas zu viel. Gebt mir einen Moment, Jungs, und vielleicht ein Glas Wasser.«

Finnean und Rory wollten gleichzeitig aufstehen, um ihrem Wunsch nachzukommen. Mit einem Blick auf Catherine, die sich die Schläfen massierte, setzte Finnean sich wieder hin. »Bitte, Rory, ich bleib bei ihr.«

Rory nickte und verschwand. Besorgt legte Finnean ihr seine Hand auf die Schulter. »Kannst du fahren? Sonst bringe ich dich nach Hause, oder möchtest du, dass Rory dich fährt?«

Trotz des Alkohols nahm Catherine deutlich seinen scharfen Unterton wahr. Sie starrte Finnean an, brach plötzlich in Lachen und Weinen zugleich aus und ließ dann ihren Kopf in ihre Hände fallen. »Du Idiot, falls du eifersüchtig bist, kann ich dich beruhigen – er ist mein Halbbruder!« Sie hatte die letzten Worte mehr geflüstert als gesprochen und wischte sich die Tränen aus dem Gesicht.

Fin sah sie überrascht und mitfühlend an und wollte etwas sagen, doch Rory kam mit einem Glas Wasser an den Tisch.

Das Wasser half ihr, sich wieder zu fangen, und sie folgte Finnean und Rory auf die Straße hinaus. Dort legte Finnean ihr seinen Arm um die Schultern. »Ich fahr sie nach Hause, Rory. Danke, Mann, war ein netter Abend.«

»Ja, fand ich auch, fast wie in alten Zeiten. Mach's gut, Cathy. Schlaf dich aus. Ich ruf dich an. Wiedersehen, Fin. Wir laufen uns sicher noch über den Weg.«

»Lässt sich kaum vermeiden in unserem kleinen Kaff. Na komm, Cat, ganz langsam, tief einatmen.«

Rory wandte sich ab und ging die schmale Straße hinauf zum historischen Gefängnis, hinter dem er seinen Wagen abgestellt hatte. Auf Fin gestützt ging Catherine die Straße hinunter zum Pier. Plötzlich wurde ihr schlecht, und sie machte sich von Fin los.

»Lass mich!« Sie ging so schnell sie konnte an die Mauer, die die Straße vom Strand trennte, und hatte das Gefühl, sie müsste sich übergeben. Erschöpft stützte sie sich an der halbhohen Mauer ab, fühlte sich miserabel und, was noch viel schlimmer war, sie schämte sich, dass Fin sie in diesem Zustand sah. Sie schob es auf den Alkohol, dass sie erneut weinen musste. Langsam richtete sie sich auf und spürte, wie ihr etwas Kaltes in den Nacken gelegt wurde.

»Was …?«

»Lass es ein paar Sekunden liegen, das bringt den Kreislauf wieder in Schwung.« Er deutete in Richtung des Pubs. Nach einer Weile fragte er: »Geht's wieder?« Dann nahm er das feuchte Handtuch und brachte es zurück.

Catherine ging bis zum Ende der Steinmauer und setzte sich auf die Reste eines Steges, der zum Wasser hinunterführte. Es war inzwischen ganz dunkel, doch der Mond und die Lichter vom Pier warfen ein schwaches Licht herüber. Das Wasser schlug sanft auf den Strand. In der Ferne nahm sie die Silhouette eines Anglers wahr. Wann sie das letzte Mal zu viel getrunken hatte, musste Ewigkeiten her sein. Schuld an ihrem Zustand war nur ihre Mutter. Hätte sie ihr Geheimnis nicht für sich behalten können? Und Dougal, warum hatte er überhaupt davon anfangen müssen? Was musste Fin bloß von ihr denken, aber vielleicht hatte er den letzten Satz gar nicht verstanden.

Seine Flip-Flops klapperten auf dem Holzsteg, und sie spürte, wie er sich neben sie setzte, doch sie schaute weiter auf die nächtliche Kulisse von Loch Fyne.

»Kannst du mir das von vorhin jetzt bitte erklären? Ich hatte nicht den Eindruck, dass Rory im Bilde war.«

Er streichelte ihr sanft über den Rücken, und sie ließ es geschehen. Sie suchte nach den richtigen Worten. »Ich habe es selbst erst vor einigen Tagen erfahren.« Sie atmete tief ein und ließ die Luft mit einem langen Seufzer entweichen. »Meine Mutter hatte ein Verhältnis mit Dougal McLachlan, bevor sie meinen Vater kennen lernte. Jedenfalls hat sie mir mitgeteilt, dass Dougal mein leiblicher Vater ist. Das Komische ist nur, er weiß es nicht, und ich wusste es nicht.«

»Und dein Vater?«

»Oh, der wusste es, aber es hat ihn nie gestört. Er ist so verständnisvoll ...« Wieder begann sie zu schluchzen. »Er liebt meine Mutter und nimmt das so hin, aber mich fragt keiner. Seit ich hier bin, passieren solche Sachen. Ich weiß auch nicht – vielleicht ist das der Sommer der Verkündungen ... Und dann kommst du zurück und ...« Schluchzen schüttelte ihren Körper. Die ganze Anspannung der letzten Tage brach aus ihr heraus.

Fin legte seinen Arm um sie und zog sie an sich. Immer noch weinend legte Catherine ihren Kopf an seine Schulter und hielt sich an ihm fest. Seine Wärme zu spüren tat gut, obwohl es nur ein schwacher Trost war, denn die Vergangenheit stand noch immer zwischen ihnen.

Sanft küsste er ihre Haare und murmelte: »Du hast mir so gefehlt, wenn du wüsstest, wie sehr ...«

»Nein, nein, hör auf!« Sie machte sich von ihm los, wischte sich die Tränen von den Wangen und sah ihn an.

Es wäre so einfach, zu einfach, und am Ende stände sie wieder allein da. Das Mondlicht beschien Fins Züge, in denen sie Spuren gelebten Lebens sah, die sie nicht deuten konnte. Wie konnte sie ihm vertrauen? Sie wusste nichts von ihm. Was sie hatte, waren verblasste Erinnerungen, Gefühle und unerfüllte Träume. Es fiel ihr schwer, die Hände von seinem Köper zu nehmen, und das machte sie nur noch wütender. »So funktioniert das nicht«, brachte sie mit brüchiger Stimme hervor.

»Nein.« Der Mond und das dunkle Wasser von Loch Fyne spiegelten sich in seinen Augen, als er sich zu ihr neigte und sie küsste, zaghaft, suchend und gebend, als sie seinen Kuss erwiderte, gegen jeden Verstand, entgegen jeder Logik.

Seine Lippen fühlten sich weich an und ließen warme Schauer durch ihren Körper rieseln. »Fin?« Sie öffnete die Augen und setzte sich auf ihre Fersen.

»Hmm?«

»Ich muss gehen.« Sie stand auf und strich ihren Rock glatt.

Finnean erhob sich ebenfalls, nahm wie selbstverständlich ihre Hand und ging schweigend mit ihr zum Pier, wo Morvens Geländewagen stand. Sie öffnete die Autotür.

»Ich kann fahren, danke, es geht schon wieder.«

Er bedachte sie mit einem Blick, in dem so viel Zärtlichkeit lag, dass sie wieder hätte weinen können. »Gut. Sehen wir uns morgen?«

»Ich weiß nicht.«

»Verstehe.« Er schloss die Autotür, nachdem sie eingestiegen war, und sah ihr nach, bis sie hinter der nächsten Kurve verschwunden war.

Gar nichts verstehst du, dachte sie, während sie mit tränenverschleierten Augen in den Rückspiegel sah und mit einer Hand wütend auf das Lenkrad schlug.

Kapitel 8

Die Wahrheit ist eingeschränkt,
deswegen kümmert sich niemand darum,
sie ist unmöglich.
Die Wahrheit blamiert die Gesellschaft.
Arja Tiainen

Blinzelnd öffnete sie erst ein Auge, dann vorsichtig das zweite. Helle Sonnenstrahlen stahlen sich durch die Vorhänge und ließen ahnen, dass es weit nach Mittag sein musste. Stöhnend drehte Catherine ihren schmerzenden Kopf und zog die Bettdecke schützend über sich. Da ihr Mund jedoch trocken war und sich ein unangenehmer Geschmack bemerkbar machte, hob sie schließlich langsam ihren Oberkörper, darauf bedacht, ihren Kopf, in dem zwei Blasorchester gegeneinander zu spielen schienen, nicht zu erschüttern. Nach einer kalten Dusche ging es ihr erheblich besser, und zwei Kopfschmerztabletten taten ein Übriges. So gestärkt schlug sie die Vorhänge zurück und ließ das viel versprechende Sommerwetter hinein. Von der Terrasse klangen Stimmen zu ihr herauf. Leise öffnete sie das Fenster, denn eigentlich war das Café geschlossen und Clara hatte nicht erwähnt, dass sie Besuch erwartete. Vorsichtig lugte sie aus dem Fenster und entdeckte einen schwarz gekleideten Mann in angeregtem Gespräch mit Clara.

Rasch zog Catherine sich Shorts und ein weißes T-Shirt an, schlüpfte in ihre Riemchensandalen und wagte erneut einen Blick aus dem Fenster. Clara kam gerade mit einem Tablett voller Kaffeegeschirr und Gebäck zurück, das sie auf den Tisch stellte. Dabei sah sie kurz nach oben und erblickte Catherine, die winkte, um nicht allzu neugierig zu erscheinen.

»Guten Morgen, Cathy! Wir haben Besuch, Pater Lunel aus Paris! Ist das nicht nett? Komm herunter, du musst doch Hunger haben.«

Das erklärte den unpassenden schwarzen Aufzug, dachte Cathy, als der Pater freundlich nickend zu ihr aufsah und sie den weißen Kragen seines Berufsstandes erkannte. Neugierig, denn sie konnte sich nicht vorstellen, was Clara mit einem Priester gemeinsam hatte, lief sie die Treppen hinunter, hielt aus einem Impuls heraus vor Morvens Arbeitszimmer und sah das Gemälde noch auf dem Schreibtisch, wo sie es nach dem Fotografieren hatte liegen lassen. Obwohl es unwahrscheinlich war, dass ausgerechnet ein französischer Priester sich für ein schottisches Landschaftsgemälde interessierte, hob sie das Gemälde auf und stellte es hinter das chinesische Lackkabinett. Nach allem, was sie erlebt hatte, vertraute sie niemandem mehr.

»Guten Morgen, Clara. Oder vielmehr guten Tag.« Sie küsste Clara auf die Wangen. »Tut mir Leid, dass ich so eine Schlafmütze bin, aber gestern ist es später geworden, als ich gedacht hatte.«

»Das macht doch nichts, Cathy, wir sind alle einmal jung gewesen, nicht wahr, Pater Lunel?«

Höflich erhob sich Pater Jean Lunel aus seinem Stuhl, um Catherine die Hand zu geben. Er war kaum so groß wie sie selbst, hatte kurz geschorene Haare, den Körper eines Sportlers, was Catherine erstaunte, und eng stehende braune Augen, die sie interessiert musterten. Sie schätzte ihn auf fünfzig Jahre. Möglicherweise war er jünger, doch seine scharfen Gesichtszüge, die gerade Haltung und sein selbstbewusstes Auftreten ließen ihn älter erscheinen.

»Mademoiselle, es freut mich, Sie kennen zu lernen. Ich bin nur auf der Durchreise und ganz zufällig hier vorbeigekommen.«

»Er hat das Schild übersehen, dass wir heute geschlossen

haben, aber weil ich gerade Kuchen gebacken hatte, habe ich ihn eingeladen.« Clara schien ganz angetan von ihrem Gast. Eifrig deckte sie das Kaffeegeschirr auf und stellte einen großen Teller mit Shortbread, Scones und Muffins auf den Tisch. Es folgten Schalen mit frischer Butter und Marmelade.

Hungrig zerteilte Catherine einen Scone, den sie dick mit Butter und Marmelade bestrich und gleich darauf verzehrte. Clara lächelte.

»Wo warst du denn?«

»Ich habe mich mit Rory getroffen und dann kam Fin zufällig dazu. Wir haben uns verquatscht.« Der Kaffee war noch zu heiß. Sie stellte die Tasse wieder ab.

»Rory und Fin? War das ein lustiger Abend?«, fragte Clara leicht erstaunt.

»Oh, ja, na ja, nach Startschwierigkeiten.« Sie wischte sich die Finger mit einer Serviette ab. »Was macht denn ein französischer Priester in Inveraray? Haben Sie Urlaub?«

Pater Lunel zögerte eine Sekunde. »Ja, Urlaub, genau. Auch wenn Geistliche für den Herrn tätig sind, führen wir doch ein überaus irdisches Dasein.« Er hob lächelnd die Schultern. »Obwohl ich mich berufen fühle und meine Priestertätigkeit keineswegs als Arbeit im herkömmlichen Sinne ansehe, freue ich mich doch auf die wenigen Tage im Jahr, an denen ich von meinen Pflichten in der Gemeinde entbunden bin.«

»In welcher Gemeinde sind Sie denn tätig?«, fragte Catherine und nahm sich einen zweiten Scone.

Wieder zögerte Pater Lunel kaum merklich, doch Catherine fand das irritierend, denn die Geistlichen, die sie kannte, waren offene Menschen, die nichts lieber taten, als über ihre Berufung und ihr soziales Engagement zu reden.

»Sie werden es nicht kennen, ein kleines Dorf zwischen Mantes und Paris, direkt an der Seine, sehr hübsch, aber sehr klein. Vorher war ich in Roscoff.« Wieder lächelte er. »Schon als junger Mensch bin ich gern gereist, und Schottland hat mich von jeher fasziniert.«

Clara schenkte ihm Kaffee nach. »Roscoff, das liegt in der Bretagne, nicht wahr? Die Bretagne hat so viel Ähnlichkeit mit Schottland – die rauen Küsten, die Menhire. Dann lieben Sie unsere Highlands?«

»Oh ja, sehr schön, überall die Berge, Kintyre, ja, wunderschön.« Er hob seine Tasse.

»Kintyre ist flach, Pater Lunel, nur Schafe, Sand und ein paar Felsbrocken«, bemerkte Catherine kritisch.

»Natürlich, ich erinnere mich. Es ist eben schon lange her. Vielleicht ist der Kardinal sogar der bessere Schottlandkenner. Er sammelt Landschaftsdarstellungen, müssen Sie wissen«, fügte er mit wichtiger Miene hinzu.

Während Clara von seinem weichen Akzent ganz angetan zu sein schien, war Catherine jetzt wachsam geworden. Mit beißendem Sarkasmus sagte sie: »Jetzt sagen Sie bloß, dass Sie von einem Bild gehört haben, das Sie hier zu finden glauben?«

»In der Tat, aber die Sache hat sich wohl erledigt, denn der Antiquitätenhändler des Kardinals …«

»Donaldson aus Edinburgh«, unterbrach Catherine ihn.

Jetzt war es an Pater Lunel, irritiert zu schauen, doch er fuhr fort: »Donaldson, ja, wir vertrauen ihm seit vielen Jahren. Er hat uns mitgeteilt, dass ein gewisses Gemälde, an dem der Kardinal Interesse hatte, nicht zum Verkauf steht. Also, glauben Sie mir, ich hätte Sie nicht noch einmal danach gefragt.« Seine Augen glitten von Catherine zu Clara, wo er mehr Zustimmung zu erwarten schien.

»Ach, dieses alte Bild, essen Sie doch etwas. Wollen Sie sich noch mit dem Geistlichen unserer kleinen katholischen Gemeinde treffen? Ich könnte für Sie anrufen«, erbot sich Clara.

Pater Lunel winkte ab. »Nein, lassen Sie nur. Ich muss ohnehin weiter.«

»Ich dachte, Sie hätten Urlaub ...«, kam es von Catherine.

Mit schmalem Lächeln fixierte er Catherine. »Spüre ich Zweifel an meinen Worten?«

»Gesunde Skepsis, würde ich sagen. Wie heißt denn Ihr Kardinal? Ich kenne eine ganze Reihe berühmter Sammler«, log Catherine.

»Tatsächlich? Nun, der Kardinal verfügt nur über bescheidene Mittel, Sie werden seinen Namen kaum gehört haben«, wand sich der Priester.

»Jetzt bin ich aber neugierig«, sagte Clara und legte Lunel ein Stück Shortbread auf den Teller.

Er räusperte sich. »Bottineau. Danke, aber ich kann das nicht essen.«

»Stéphane Bottineau?«, fragte Catherine überrascht, denn den Namen des Kardinals hatte sie tatsächlich schon gehört, allerdings in einem anderen Zusammenhang, da war sie sich sicher.

»Sie sind wirklich eine aufgeweckte junge Dame, Mademoiselle. Nun ...« Er erhob sich, ohne den Kuchen angerührt zu haben. »Ich danke Ihnen für Ihre Gastfreundschaft, Madame. Für heute muss ich mich verabschieden, denn auch im Urlaub gibt es Verpflichtungen, denen es nachzukommen gilt.« Nach einem Blick auf seine Uhr nickte er. »Ich muss noch nach Glasgow und in einen kleinen Ort namens Kilwinning.«

Clara schien enttäuscht. »Wie schade, aber wann immer Sie wieder durch Inveraray kommen, sind Sie herzlich willkommen.«

»Merci, Madame. Mademoiselle ...« Er hob eine schmale lederne Aktentasche auf, die er neben seinem Stuhl abgestellt hatte, und ging mit federndem Schritt über die Terrasse auf den Parkplatz zu.

Clara stieß Catherine an. »Warum warst du denn so unhöflich zu ihm? So ein charmanter Mann, aus Paris!«

»Aus einem Dorf bei Paris, Clara, außerdem wusste ich gar nicht, dass du katholisch bist.« Fragend schaute sie die rundliche Frau an, deren Wangen vor Aufregung glühten.

Fast schroff erwiderte Clara: »Natürlich bin ich katholisch, aber ich bin keine Kirchgängerin.« Als sie Catherines überraschten Blick bemerkte, fügte sie weicher hinzu: »Sein Akzent, ich mag eben seinen schönen Akzent.«

»Hat es vielleicht mit einer verflossenen Liebe zu tun? Das ist es?«

Verlegen knetete Clara ihre Serviette. Es dauerte einen Augenblick, bis sie sagte: »Ja, genau, eine verflossene Liebe, jetzt weißt du es.« Sie räusperte sich. »Ich war mal in einen Franzosen verliebt. Das heißt, wir waren sogar verlobt und wollten im Dezember heiraten. Antoine war Konditor. Wir haben uns auf einem Lehrgang in London kennen gelernt.« Sie lehnte sich zurück und schloss die Augen. »Er war nicht besonders schön, aber ein Zauberer in der Backstube und ein sehr liebevoller Mann.« Sie schwieg und hing ihren Erinnerungen nach.

»Was ist passiert?«

»Wir hatten das Aufgebot bestellt. Die Einladungen für unsere Hochzeitsfeier in Paimpol waren verschickt. Wir wollten gemeinsam in seinem Heimatort, Paimpol, leben und ein Café aufmachen. Ein zauberhafter kleiner Ort, direkt am Atlantik in der Bretagne. Roscoff ist gar nicht weit davon entfernt. Wir hatten schon einen Architekten bestellt, der die Pläne für den Umbau des Hauses machen sollte.« Sie seufzte schwer. »Eines Morgens passierte es. Er war auf dem Weg zum Juwelier, um unsere Ringe abzuholen, und war abgelenkt. Den Bus hat er nicht kommen sehen.« Clara wischte sich die Augen. »Er war sofort tot. Oh Gott, es war schrecklich, als sie mich holten. Das ganze

Blut, alles war voller Blut. Ich werde diesen Anblick nie vergessen ...«

Catherine stand auf und legte ihr die Arme um die Schultern. »Es tut mir so Leid für dich, Clara.«

Doch Clara tätschelte ihre Hände. »Das muss es nicht. Ich habe gelernt, damit zu leben. Morven hat mir damals sehr geholfen. Weißt du, ich hatte das Glück, zu lieben und geliebt zu werden.« Sie legte ihre rechte Hand auf ihr Herz. »Das kann mir niemand nehmen.«

»Nein«, flüsterte Catherine und verstand plötzlich, woher Claras inneres Strahlen rührte, und sie begriff auch, dass es noch viel gab, das sie lernen musste.

Gemeinsam brachten sie das Geschirr in die Küche. »Aber der Priester war seltsam«, konnte Catherine nicht an sich halten. »Ich habe mich nach diesem Donaldson erkundigt. Schon dessen Ururgroßvater und noch länger zurück hat mit einem französischen Kardinal zusammengearbeitet. Den Namen bekomme ich auch noch heraus.«

»Aber das heißt doch nur, dass Lunel nicht gelogen hat«, meinte Clara sachlich.

»Das sind mir zu viele Zufälle. Und ein Sammler wie der Kardinal – und der hat Geld, da gehe ich jede Wette ein – soll sich ausgerechnet für dieses drittklassige Landschaftsbild interessieren? Phh, das glaube ich im Leben nicht!« Sie stellte die Teller in die Spülmaschine. »Hast du mit Morven gesprochen?«

Kopfschüttelnd hüllte Clara den Kuchenteller in Zellophanpapier. »Nein. Sie bleibt lange weg diesen Sommer, aber sie wird ihre Gründe haben. Was soll ich machen? So ist sie eben.«

»Ja, so ist sie eben. Gedankenlos finde ich das. Wir könnten sie ja brauchen!«, murrte Catherine.

»Dann wäre sie längst hier«, sagte Clara schlicht.

»Aber ich brauche sie!«

»Dann fahr doch zu ihr. Sie ist auf Mull, wenn sie nicht noch auf den Hebriden ist.«

Ungeduldig spülte Catherine die Kaffeekanne aus. »Na toll, dann fahre ich den ganzen Weg nach Mull, und sie ist nicht da.«

Clara lächelte. »Sie wird da sein, wenn du kommst.«

Vor Claras Zuversicht musste Catherine kapitulieren, dabei spürte sie, dass Clara Recht hatte und sie sich einfach nur dem Unmut über ihre eigene Unzufriedenheit Luft machen wollte.

Sie trocknete die Kanne und dann ihre Hände ab. Zu Morven wollte sie jetzt auf keinen Fall rennen, auch wenn das ihr erster Impuls gewesen war. Morven gehörte auch zu den Geheimniskrämern, genau wie ihre Mutter und ihr Vater, und zudem hatte sie die vage Ahnung, ihre Großmutter machte sich absichtlich rar. Was immer hier vor sich geht, ich werde es herausfinden, Morven Mackay, schwor sich Catherine. Zu Clara sagte sie: »Ich möchte dir etwas zeigen.«

Verwundert klappte Clara die Spülmaschine zu und drückte auf den Einschaltknopf. »Ja?«

Vor Morvens Arbeitszimmer blieb Catherine stehen. »Ich finde, wir sollten dieses Zimmer jetzt immer abschließen, jedenfalls so lange, bis wir wissen, was es mit dem Bild auf sich hat.«

Sie trat an das Lackkabinett, holte das gerahmte Gemälde hervor und legte es auf Morvens Schreibtisch. »Bin gleich wieder da.« Catherine rannte nach oben in ihr Zimmer und kam mit ihrem Laptop zurück, den sie neben dem Bild aufstellte und einschaltete.

Clara stützte sich auf die Schreibtischplatte und betrachtete das Gemälde. »Ach, Cathy, du machst dir viel zu viele Gedanken wegen des alten Bildes.«

Auf dem Bildschirm erschienen die Freimaurersymbole,

die Catherine isoliert hatte. »Erkennst du diese Symbole? Die siehst du hier in der Rahmenleiste.«

Sich dicht über das Bild beugend, nickte Clara, immer noch ratlos. Catherine gab die Zeichenreihe ein, die sie für einen Schriftzug hielt. »Jetzt sieh dir das an.«

»Oh, wie schön! Sieht wie eine alte Schrift aus, die von rechts nach links geschrieben wurde«, bemerkte Clara. »Wirklich gut, Cathy. Ich habe das nie bemerkt und immer nur einen hübschen Rahmen gesehen.«

»Von rechts nach links, sagst du …«, nachdenklich knetete Catherine ihre Unterlippe. »Und wenn das nur ein Trick ist … Leonardo da Vinci hat spiegelverkehrt geschrieben, um seine Erkenntnisse zu verschlüsseln.« Sie markierte die Textstücke und ließ sie spiegelverkehrt auf dem Bildschirm erscheinen. Plötzlich nahmen die Zeichen Formen an, die zumindest einzelne Buchstaben erkennen ließen. Hieroglyphen oder Runen waren es nicht, was die Entschlüsselung des Textes einfacher machen sollte.

»Das ist Gälisch!«, rief Clara. Aufgeregt deutete sie auf die Rahmeninnenleiste. »Da hat jemand etwas in Gälisch geschrieben. Ich erinnere mich an Briefe, die meine Großmutter geschrieben hat. Das sah ganz ähnlich aus.«

»Wirklich?« Catherine war des Gälischen nicht mächtig und daher war ihr diese Ähnlichkeit nicht aufgefallen. »Ich dachte, es handele sich um irgendeine ausgestorbene Sprache oder einen Geheimcode.«

»Nein, nein, je länger ich mir das ansehe, desto sicherer bin ich mir. Das ist Gälisch! Die Buchstaben sind extrem verschnörkelt, aber das erste Wort lautet *Air,* dann kommt ein *a* oder *o* und dann *dhion.* Ist wirklich schwer zu lesen. Du solltest jemanden fragen, der sich damit auskennt.«

»Clara, du bist ein Genie! Weißt du, was die Worte bedeuten?« Catherine schaute gebannt auf den Bildschirm.

»Nein, tut mir Leid. Ich habe es nie sprechen gelernt. Außer *Tpadh leibh,* was danke heißt, und *Madainn mhath,* guten Morgen, habe ich nichts behalten. Ich war noch klein, als meine Großmutter starb, in unserer Familie spricht niemand Gälisch, und dann bin ich von zu Hause weggegangen.« Sie zuckte mit den Schultern. »Morven spricht Gälisch, wie sie ja überhaupt viele Sprachen spricht: Französisch, Spanisch, Portugiesisch, Russisch und Arabisch. Vielleicht habe ich sogar noch eine Sprache vergessen.« Clara sah Catherine an.

»Oh nein. Jetzt erst recht nicht. Ich werde das allein herausfinden. Wenn sie meint, sie muss sich in irgendeine verdammte Einsamkeit zurückziehen, soll sie das machen. Arabisch auch, sagst du? Das wusste ich gar nicht.«

»Ja, ja, sie steckt voller Überraschungen, unsere Morven.«

»Wem sagst du das ...«, murmelte Catherine und schaltete den Computer wieder aus. »Aber jetzt verstehst du, warum ich denke, dass tatsächlich mehr an dem Bild oder seinem Rahmen dran ist?«

»Hmm, ich hätte es wohl nicht in den Wintergarten hängen sollen.«

»Wo hing es denn vorher?« Catherine konnte sich nicht entsinnen, es anderswo gesehen zu haben.

»Es hing gar nicht. Es stand in einem Raum, den wir als Abstellkammer nutzen. Ganz eingestaubt war es, und ich hielt es für eine gute Idee, damit den Wintergarten zu schmücken. War wohl kein so guter Einfall ...«, setzte Clara kleinlaut hinzu.

»Also hast du es erst aufgehängt, nachdem Morven fort war?«

»Ja, aber sie hat nie gesagt, dass wir es nicht aufhängen sollen!«, verteidigte sie sich.

»Schon gut, ist nicht deine Schuld.« Sie hatte Mitleid mit Clara, die in kritikloser Bewunderung an Morven glaubte und ihr in ewiger Dankbarkeit verbunden schien. Doch es war nicht ihre Aufgabe, und vor allem stand es ihr nicht zu, über Clara zu urteilen, die sich eine Lebensnische geschaffen hatte, in der sie zufrieden leben konnte. Wie es um Morven stand, hätte sie nicht mit Sicherheit sagen können, doch es würde der Tag kommen, an dem sie sich sehen und aussprechen konnten. Bis dahin wollte sie dieses Rätsel, in das so viele unterschiedliche Menschen verstrickt schienen, für sich selbst lösen, denn sie spürte, dass auch ihr Schicksal auf irgendeine Weise mit dem Gemälde verbunden war. Mit dem Zufall konnte man es halten, wie man wollte, Catherine war immer eine Skeptikerin gewesen, aber ihre Intuition sowie ihr logischer Verstand gleichermaßen bekräftigten sie in dem Glauben, dass sie nicht rein zufällig ausgerechnet zu diesem Zeitpunkt nach Inveraray gekommen war.

»Gälisch wird wohl mehr von der älteren Generation gesprochen?«, fragte sie Clara, die bedrückt auf das Bild starrte.

»Das denke ich, obwohl es wieder in Mode gekommen ist und sogar Lehrstühle für die Gälische Sprache an einigen Universitäten eingerichtet worden sind. Vielleicht fragst du so einen Professor? Bestimmt findest du einen in Glasgow oder Edinburgh.« Sie strich mit den Fingern vorsichtig über den Rahmen. »Wo verstecken wir es denn jetzt?«

Morvens Arbeitszimmer lag im Erdgeschoss, und die dekorativen, aber altertümlichen Riegel der Fenster wirkten nicht Vertrauen erweckend. »Kann man die Abstellkammer oben abschließen?«

Clara nickte. »Ich habe sie natürlich nie verschlossen, aber das könnten wir machen.«

»Dann lass es uns einfach wieder zurückbringen, denn wenn jemand danach sucht, dann bestimmt zuerst hier. Habt ihr noch mehr Gemälde? Wir sollten ein anderes aufhängen. Sonst fällt es so auf, wenn im Wintergarten plötzlich nichts mehr hängt.« Sie hob das schwere Bild an und ging mit Clara die Treppen in den ersten Stock hinauf.

Bei der Abstellkammer handelte es sich tatsächlich um ein unbenutztes Zimmer. Auf einem Himmelbett, dessen Baldachin sich verdächtig zu senken begonnen hatte, stapelten sich Decken, Kissen und Vorhangstoffe. Auf verschiedenen Stühlen und Sesseln, die unterschiedlichen Stilepochen entstammten, lagen Zeitungsstapel, Kleiderbügel und Gardinenstangen. Catherine berührte staunend einen Lehnstuhl aus dunklem Holz, dessen verblichener blaugrüner Bezug mit einem Vogel- und Blattmuster sie an William Morris erinnerte. »Ist der echt?«

»Aber ja. Alles, was du hier siehst, ist im Originalzustand. Morven hat nur keinen Platz für die Sachen. Schau dir mal diese Uhr an, Samuel Denton, 18. Jahrhundert, wunderschön, aber Morven hasst Uhren.«

»Jetzt, wo du es sagst ...« Catherine konnte sich tatsächlich nicht entsinnen, jemals eine Armbanduhr an ihrer Großmutter oder eine Stand- oder Wanduhr bei ihr gesehen zu haben. Staunend betrachtete sie das gleichmäßig gemaserte Mahagoni des Uhrengehäuses, die fein gearbeiteten Messingbeschläge und das in präziser Handarbeit eingesetzte Ziffernblatt. Irgendwie passte es zu Morven, keine Uhren zu mögen. Zeit zu messen bedeutete, sich dieser Maßeinheit unterzuordnen, und Morven würde sich nie irgendjemandem oder irgendetwas unterordnen, dachte Catherine und nahm eines der Weingläser in die Hand, die neben der Uhr auf einer klassizistischen Kommode standen. »Weißt du, wo die herkommen?«

Catherine betrachtete kopfschüttelnd die Sammlung antiquarischer Kostbarkeiten, die in dem Raum unter dicken Staubschichten verkümmerte. »Meine Güte. Ihr solltet diese Sachen besser schützen. Das sind echte Schätze.«

Neben der Vitrine standen auf dem Boden mehrere Bilder, gerahmte und ungerahmte. Catherine stellte das Landschaftsbild dazu und suchte ein Stillleben heraus, das einen Fruchtkorb und Blumen zeigte. »Das passt doch ganz hübsch nach unten.«

Das Bild war etwas kleiner und der Rahmen weniger prachtvoll, doch die Darstellung des Obstes war von malerischer Brillanz. Mit einem Taschentuch wischte sie notdürftig den Staub vom Rahmen und blies über die Bildoberfläche, die sie mit einem feinen Pinsel reinigen wollte. Voller Zweifel sah sie sich in dem Zimmer um, dessen Fenster ebenfalls nur einen einfachen Riegel hatten. »Einbruchsicher ist das hier nicht, aber viel tun können wir wohl nicht.«

»Es gibt keinen Balkon, und ein Baum steht auch nicht so dicht am Haus, dass jemand daran heraufklettern könnte«, sagte Clara beruhigend und spähte durch die Gardinen. »Aber wenn das Bild wirklich so besonders ist, wie du denkst, warum hat Morven es dann nicht schon vor Jahren irgendwo sicher verwahrt? Wir nehmen das Früchtebild mit runter und schließen hier ab, und dann wird schon nichts passieren. Ich werde von jetzt an auch die Hintertür abschließen. Wer etwas stehlen wollte, hätte das schon immer tun können. Warum also jetzt?« Sie hielt Catherine die Tür auf und wartete, bis diese mit dem Bild in den Händen hindurchgegangen war, bevor sie die Zimmertür sorgfältig abschloss. Anschließend hielt sie den Schlüssel hoch. »Soll ich den jetzt in einen Blumentopf stecken?«

Ohne zu antworten, trug Catherine das Gemälde die Treppen hinunter. Noch war sie nicht verrückt, und etwas Vorsicht konnte nicht schaden. Das Stillleben passte gut in den Wintergarten, und da das Landschaftsgemälde nur kurze Zeit dort gehangen hatte, waren keine Ränder an der Tapete zu sehen. Während sie die Ausrichtung des Gemäldes überprüfte, dachte sie angestrengt darüber nach, in welchem Zusammenhang sie den Namen von Kardinal Bottineau gehört hatte. Sie rückte eine Ecke des Bildes nach unten und betrachtete es aus der Entfernung. »Jetzt fällt es mir ein!«, rief sie aus.

»Was denn?«, fragte Clara und stellte zwei Grünpflanzen, die neben dem Bild stehen sollten, um.

»Bottineau, dieser französische Kardinal. Er hat einen Bruder, der in der Telekommunikationsbranche ist. Wir sollten damals eine Werbekampagne für das deutsche Schwesterunternehmen machen. Also dieser Bruder, Yves, hieß der, glaube ich, bin mir aber nicht sicher, jedenfalls kamen Zweifel an der Herkunft seines Vermögens auf. Eine Überprüfung wurde eingeleitet, und plötzlich fiel der Name von Kardinal Bottineau. Kurz darauf zog Tele-Bottineau sein Angebot zurück, und die ganze Sache verschwand aus den Medien. Ich fand das ziemlich erstaunlich und dachte, dass die Kirche immer noch überall mitmischt. Der Auftrag ging uns dann verloren, weil die deutsche Firma Pleite ging.« Tom, ihr Boss, war damals ziemlich sauer gewesen, weil sie für ihre intensiven Vorarbeiten keine Entschädigung erhalten hatten.

»Na und? Vielleicht wollte der Kardinal seinem Bruder helfen. Was ist dabei?«, meinte Clara.

»Ein hoher Kirchenvertreter vermischt persönliche Interessen mit Kirchengeldern. Die ganze Sache muss illegal gewesen sein, warum sonst hätte Tele-Bottineau sein Angebot zurückgezogen?«

Die Pflanzen in die perfekte Position rückend sagte Clara: »So etwas passiert heutzutage doch fast jeden Tag. Die katholische Kirche hat schon immer Ländereien gehabt und Geschäfte gemacht. Nur mit Spenden hätten sich die wunderschönen Kirchen ja kaum bezahlen lassen.«

»Phhh, Spenden, ich möchte nicht wissen, wo die überall ihre Finger drin haben. Aber das ist auch nebensächlich, jedenfalls muss Kardinal Bottineau ein einflussreicher Mann sein, wenn sein Name so schnell aus den Medien verschwinden konnte. Und jetzt stellt sich mir die Frage, was so ein Mann ausgerechnet mit unserem Bild will, und erzähl mir nicht, der Pater sei hier rein zufällig vorbeispaziert.« Catherine verschränkte die Arme vor dem Körper und betrachtete zufrieden das Arrangement von Bild und Pflanzen über einem der Tische. »Perfekt.«

»Ja, wirklich schön, aber Pater Lunel hatte einen so netten Akzent …«, seufzte Clara.

»Warum fährst du dann nicht einfach mal nach Frankreich?«, entfuhr es Catherine, doch es war zu spät. Ein verletzter Blick von Clara traf sie, und ihre sofortige Entschuldigung konnte die unbedachten Worte nicht unausgesprochen machen.

»Schon gut. Du bist gereizt, und dann hast du gestern Fin gesehen. Ich wünsche dir mehr Glück, als ich es hatte.« Claras traurige Augen schienen durch sie hindurchzusehen, was Catherine mehr schmerzte, als wenn sie wütend geworden wäre. Hilflos blieb Catherine im Wintergarten stehen und hörte Clara langsam die Treppe hinaufgehen.

Erst das Zuklappen von Claras Zimmertür riss Catherine aus ihrer Erstarrung. Sie schämte sich für ihr unsensibles Verhalten, wusste aber nicht, was sie jetzt hätte tun können. Die Kopfschmerzen stellten sich wieder ein. Sie trat nach draußen und betrachtete den bewölkten Himmel, der wenig Hoffnung auf einen sonnigen Nachmittag machte. Sie zog die Sandalen aus und ging über den grobkörnigen Sand. Unter ihren Fußsohlen spürte sie kleine Steine und Kiefernnadeln, die ständig von den umstehenden Bäumen herunterfielen. Das Meerwasser wusch die Nadeln bei hohem Tidenstand aus dem Sand. Heute jedoch war der dunkle Rand zu sehen, den das Wasser hinterließ, wenn es aus dem Meerarm in die See strömte. Seetang, Muscheln und schlickige Sedimente lagerten sich dann auf dem hellen Sand ab und verströmten ihren charakteristischen Geruch, der Catherine immer an die Ursprünglichkeit der Natur gemahnte. Fin hatte sich ganz dem Meer, seinen verborgenen Schönheiten und Problemen verschrieben, und sie fragte sich, ob er endlich dort angekommen war, wohin es ihn vor Jahren getrieben hatte.

Die Sandalen schlugen leicht gegen ihre Beine, doch sie spürte das Kratzen des Leders auf ihrer Haut nicht. Ihre Gedanken wanderten weiter, und sie setzte einen Fuß vor den anderen, ohne darauf zu achten, dass sie den Weg nach Inveraray eingeschlagen hatte. Was war los mit den Menschen, die sie zu kennen geglaubt hatte? Oder lag es an ihr, hatte sie Anzeichen übersehen, die sie aufmerksam hätten machen sollen? Aber worauf? Ihre Mutter war eine eigenwillige Person, bei der man nie das Gefühl hatte, sie wirklich zu kennen, weil sie einen Teil von sich zurückzuhalten schien. Immerhin wusste sie jetzt, was es war. Oder doch nicht? Liebte Briana ihren Mann so, wie sie Dougal geliebt hatte? War sie ein Kind der Liebe oder nur ein Unglücksfall? Sie bückte sich, um eine dunkle Muschel aufzuheben, deren Innenfläche perlmuttartig schimmerte. Vielleicht war es letztlich egal, unter welchen Umständen es zu ihrer Existenz gekommen war, denn ihre Eltern hatten an ihrer rückhaltlosen Liebe zu ihr nie einen Zweifel gelassen. So falsch war es vielleicht nicht gewesen, ihr den leiblichen Vater zu verschweigen. Aber jetzt, da sie es nun einmal wusste, konnte sie nicht ignorieren, dass ihre Beziehung zu Dougal eine andere geworden war. Das schloss auch Rory mit ein. Sie erinnerte sich gut an das Sommerfest und Rorys Worte, mit denen er ihr deutlich zu verstehen gegeben hatte, dass er sie mehr schätzte, als es für eine lose Bekanntschaft, wie die ihre, normal gewesen wäre. Es musste an den Genen liegen, die sie gemeinsam hatten, und sie würde von jetzt an darauf bedacht sein, ihm keinerlei Anlass zu weiteren Vertraulichkeiten zu geben, denn sie hatte nicht vor, irgendjemandem von ihrer Herkunft zu erzählen.

Sie hob einen Stein auf und warf ihn ins Wasser. Fin war nicht irgendjemand, und sie meinte, ihn zumindest so gut zu kennen, dass er mit dem, was sie ihm gesagt hatte, vertraulich umging. Der Strand machte eine Biegung, und sie sah sich der Mauer gegenüber, die das historische Gefängnis gegen das Meerwasser schützte. Hier konnte sie nicht länger am Wasser entlanggehen und hoffte, als sie die Stufen zum Parkplatz hinaufstieg, dass weder Hamish noch Fin gerade vorbeikamen. Beruhigt bog sie nach einem raschen Seitenblick auf das Haus der McFaddens, das schräg gegenüber lag, in die kleine Straße hinter dem Gefängnismuseum, in dem sich seit kurzem auch eine Galerie befand, und betrat das George.

Sie fand Nellie an der Bar, hinter der Chris den Flaschenbestand prüfte. »Hi, Cathy!«, begrüßte die Australierin sie gut gelaunt und klopfte auf einen freien Barhocker neben sich. »Setz dich.« Nach einem Blick in Catherines Gesicht fragte sie: »Kopfschmerzen?«

Catherine nickte und rieb sich die Schläfen.

»Chris, zauber doch mal was Gesundes!«

Nellies Freund lächelte Catherine freundlich an, nahm ein großes Glas in die Hand und begann, Verschiedenes zusammenzumischen. Nachdem Catherine einige Schlucke des undefinierbaren Gebräus getrunken hatte, ging es ihr deutlich besser. An einem der Tische hinter ihr vernahm sie Gesprächsfetzen in einer Sprache, die sie als Gälisch einordnete. Sie spitzte die Ohren.

Nellie hatte sie beobachtet und lachte leise. »Vergiss es. Ich habe am Anfang auch versucht, sie zu verstehen, aber das ist unmöglich. Sie sprechen Gälisch.«

Beschämt drehte Catherine den Kopf. »Ich wollte nicht so auffällig lauschen, aber ich habe kürzlich einen gälischen Schriftzug gesehen und mich gefragt, wie die Sprache wohl klingt.«

»Hier in Schottland hört es sich anders an als in Irland, wo sie auch Gälisch sprechen. Chris hat sich mit einem der Einheimischen hier unterhalten.«

Chris nickte und legte seinen Lappen zur Seite. »Ich finde es gut, dass das Gälische endlich wieder mehr gepflegt wird. Nach der berühmten Schlacht bei Culloden 1746 haben die Engländer sich alle Mühe gegeben, die keltische Kultur auszulöschen. Sogar Dudelsäcke und Tartans haben sie verboten und versucht, die Clankultur durch neue Landbesitzer zu zerstören.«

Nellie ergänzte: »Es hat lange gedauert, bis das keltische Erbe wieder eine Lobby hatte. Erst in den letzten zwanzig Jahren wird es wieder in den Schulen gesprochen und auch an den Universitäten gelehrt. Was ich besonders schön finde ist, dass im gälischen Alphabet jeder Buchstabe nach einem Baum benannt wurde.«

»Das passt zu diesem alten Volk«, sagte Catherine und stellte sich die schattenhaften Pikten vor, die in den vergangenen Jahrhunderten die alten Wälder bewohnt und dort ihre heidnischen Bräuche zelebriert hatten.

»Fühlst du dich etwas besser?«, fragte Nellie.

»Ja, vielen Dank. Ihr habt mich gerade auf eine Idee gebracht.« Sie würde sich mit ihrer Inschrift an einen Dozenten wenden. Ein Spezialist für keltische Sprachen konnte ihr am ehesten weiterhelfen.

Nellie sah sie erwartungsvoll an, doch Catherine lächelte und erzählte von Claras Vorliebe für französische Priester. Eine Weile plauderte sie noch mit Nellie und Chris, dann verließ sie die beiden und wollte hinter dem George gerade die Treppe zum Strand hinuntersteigen, als sie Fin vor dem

Haus seines Vaters sah. Eine Leiter lehnte an der Werkstatt, und die dunklere Farbe ließ darauf schließen, dass Fin dem Holzbau einen neuen Anstrich gegeben hatte. Sie wusste nicht, ob er sie gesehen hatte, senkte den Blick und sprang die Stufen hinunter. Die Steine am Strand machten schnelles Laufen unmöglich, und Catherine verlangsamte gezwungenermaßen ihren Schritt. Außerdem fragte sie sich, ob es Sinn machte, vor sich selbst davonzulaufen.

Kapitel 9

> Es gibt eine bittere Wurzel
> und eine Welt mit tausend Terrassen.
> *Federico García Lorca*

Seit über einer Stunde fuhr sie jetzt schon im Schneckentempo hinter einem Reisebus her. Hinter ihr hatte sich eine unübersehbare Autoschlange gebildet, die sich geduldig die kurvige und meist einspurige Straße um Loch Lomond entlangschlängelte. Clara hatte ihr geraten, viel Zeit für die Strecke nach Balmaha einzuplanen, und Catherine war ihr dankbar für den Rat, der sich als hilfreich erwiesen hatte. Seit dem Zwischenfall mit Pater Lunel hatte sich Clara verhaltener gezeigt, und Catherine fühlte eine unterschwellige Reserviertheit bei ihr, die sie sich nicht erklären konnte und die sie befremdlich fand. Erst seit gestern war sie wieder etwas fröhlicher und schien Catherine nichts nachzutragen, doch ein Schatten lag nun auf ihrer Beziehung. Catherine hatte ihr die Übersetzung der Glasgower Professorin gezeigt, die sich umgehend mit dem Problem befasst hatte. Professor Graìnne Aylock, der Catherine einen Tag nach ihrem Gespräch mit Nellie und Chris eine E-Mail geschickt hatte, teilte ihr mit, dass es sich um schottisches Gälisch handelte und aller Wahrscheinlichkeit nach im 18. Jahrhundert verfasst worden war. Sprachgeschichtliche Erklärungen ersparte sie sich, bot Catherine jedoch an, für eventuelle Rückfragen zur Verfügung zu stehen, da sie den Inhalt der beiden Sätze für hochgradig interessant hielt.

Catherine holte den Zettel, auf dem sie sich die Übersetzung notiert hatte, aus ihrer Handtasche vom Beifahrersitz. Wie oft sie die seltsamen Zeilen, deren Sinn sich ihr verschloss, inzwischen gelesen hatte, konnte sie nicht sagen: »Von Bohaz und Jakin bewacht, zeigt Raphziel dir den Weg. Du findest Wahrheit im Licht, das Anfang, Mitte oder Ende ist.« Clara hatte die ersten Worte richtig erkannt, denn auf Gälisch lautete der Satz: »*Air a dhion le Bohaz is Jakin bidh Raphziel a'sealtainn an slighe dhut. Gheibh thu an fhirinn anns an t-solas a tha na thùs, na mheadhan neo na chrìoch.*«

Ein Straßenschild verhieß nur noch wenige Kilometer nach Balmaha, das direkt am Ufer des in vielen Liedern besungenen Sees lag. Die Schönheit der Landschaft war überwältigend und die *bonnie, bonnie banks of Loch Lomond* zu Recht gerühmt, als sie auf die weite blaugrüne Wasserfläche sah, die von malerischen kleinen Inseln und einigen Ausflugsbooten unterbrochen wurde.

Loch Lomond war Schottlands größter Süßwassersee, und an den Sommerwochenenden bevölkerten Besuchermassen die schönen Uferbänke und kleinen Sporthäfen, die sich rings um den See befanden. Für den leicht bewölkten Himmel und das erst am morgigen Tag beginnende Wochenende war Catherine dankbar. Sie mochte sich nicht vorstellen, wie die Verkehrslage bei noch mehr Besuchern aussah. Es schien Jahre her, seit sie mit Morven zum Wandern hergekommen war. Damals waren sie nicht nach Balmaha, sondern weiter bis nach Rowardennan gefahren. Beide Orte lagen am Ostufer des Sees und eröffneten einen Blick von dramatischer Schönheit auf die majestätisch aufsteigende Bergkette.

In Balmaha parkte sie ihren Wagen an der Straße, stieg aus und streckte sich ausgiebig, denn nach der langen Autofahrt fühlten sich Rücken und Glieder verspannt an. Der Himmel ließ nur noch an wenigen Stellen die Sonne durchscheinen, und Catherine zog sich einen Pullover über ihre kurzärmelige Bluse. Ein Blick auf die Uhr zeigte ihr, dass noch Zeit für einen kurzen Spaziergang war, bevor sie sich mit Calum Buchanan treffen würde. Ratlos hatte sie stundenlang die Übersetzung betrachtet, doch die Worte ergaben einfach keinen erkennbaren Sinn. Bohaz und Jakin waren die Namen der Säulen aus der Symbolik der Freimaurer, wie Rory ihr gesagt hatte, doch das Gemälde zeigte keine Säulen. Sie hatte sogar Morven angerufen. Weder sie noch ihre Freundin Gillian waren in deren Haus auf Mull, und sie hatte nur eine Nachricht auf dem Anrufbeantworter hinterlassen können.

Dann hatte sie Calums Karte herausgesucht und den blinden alten Mann, den Rory so schätzte, angerufen. Er schien erfreut, dass sie ihn sprechen wollte, und lud sie für den nächsten Tag zu sich nach Balmaha ein. Sein Neffe war für einige Tage in Edinburgh, sonst wäre er mit seinem Onkel nach Inveraray gefahren. Catherine kam der Ausflug gelegen, gab er ihr doch die Möglichkeit, zumindest eine räumliche Distanz zwischen sich und Fin zu bringen. Er hatte sie nicht angerufen und war auch nicht wieder bei ihr vorbeigekommen, was sie weit mehr beschäftigte, als sie wollte. Hatte er sie nur aus einer Laune heraus aufgesucht? Sie hätte sich ohrfeigen können für ihre Schwäche an jenem Abend nach dem Besuch im Pub. Wie hatte sie ihm nur von Dougal erzählen können?

Der Kies knirschte leicht unter ihren Laufschuhen. Eine Brise kam auf und kräuselte das Wasser des Lochs, das leise rauschend ans Ufer rollte. Sie lehnte sich an einen der Bäume, die dicht am Wassersaum standen, und betrachtete die Berggipfel, von denen der letzte Schnee im April geschmolzen war. Eine Familie mit zwei kleinen Kindern kam an ihr vorbei. Eines der Kinder wollte sich eine Hand voll Kiesel in den Mund stecken, was die Mutter lachend unterband. Der Vater nahm alles mit einer Videokamera auf. Eine Idylle, alles schien perfekt. Wussten die jungen Eltern, wie zerbrechlich ihr Glück war? Eine winzige Kleinigkeit, ein Fehltritt, konnte alles zerstören. Wenn sie es recht bedachte, war das Leben nichts anderes als eine merkwürdige Aneinanderreihung von mehr oder weniger zufälligen Begegnungen und wie man letztlich damit umging. Oder sollte es einen Sinn hinter allem geben?

Tief die klare Luft einatmend drehte sie sich um und ging zurück zur Straße. Vor ihr lag der kleine Ort Balmaha mit seinem Hafen. Zwischen den dicht belaubten Bäumen sah sie in der Ferne die weißen Boote und Segel schimmern. Das Haus von Calum Buchanan lag am Ortsrand etwas abseits und mit Blick auf die Insel Clairinch. Catherine ging zurück zu ihrem Wagen und von dort weiter, bis sie einen unbefestigten Sandweg fand. Der Weg führte direkt am Ufer entlang und endete nach zehn Minuten zügigen Gehens vor einem kleinen Tor, das zwischen zwei steinernen Pfosten hing. Ein schmiedeeiserner Zaun, überwuchert von wilden Rosen und Brombeersträuchern, grenzte ein zum Land hin ansteigendes Grundstück vom hier steiler abfallenden Ufer ab. Catherine öffnete die Pforte, die laut quietschte und nicht richtig schloss. Buchanans Cottage lag inmitten eines stark vernachlässigten Gartens.

Das Geräusch schien ihm seine Besucherin angekündigt zu haben, denn die Tür des weiß getünchten einstöckigen Hauses ging auf, und Buchanan trat heraus. Bedächtig setzte er einen Fuß vor den anderen, bis sein massiger Körper schwerfällig zum Stehen kam. Auch ohne den festlichen Kilt wirkte er Ehrfurcht gebietend, wie er mit gestrafften Schultern, eine Hand auf einen knorrigen Gehstock gestützt, vor seinem Haus stand. Er trug dunkle Cordhosen, ein blaues Hemd und darüber eine mit Lammfell gefütterte Lederweste. Der stärker werdende Wind blies ihm die weißen Haare aus dem Gesicht, als er sich in Richtung des Gartentores drehte und laut fragte: »Catherine, sind Sie es?«

»Ja, Sir, Catherine Tannert, wir hatten telefoniert.« Sie kam das letzte Stück des mit Steinplatten befestigten Weges herauf und trat auf ihn zu. Obwohl er sie nicht sehen konnte, ordnete sie automatisch ihr Haar, das nur durch eine Spange lose am Hinterkopf zusammengehalten wurde.

»Sie sehen so aus wie Ihre Großmutter, nicht wahr?« Seine tiefe Stimme klang rau, seine Aussprache kehlig.

Unwillkürlich dachte Catherine an vergangene Zeiten, in denen Männer wie Buchanan Clanführer und Krieger gewesen waren, deren Wort Macht bedeutet und die Geschicke Albas, so der gälische Name Schottlands, mitbestimmt hatte. Sie räusperte sich. »Das sagt man, ja.«

Er lächelte. Blicklos blinzelten seine braunen Augen. »Das dachte ich mir. Sie hat mir viel von Ihnen erzählt.«

Zwischen den Steinen der Terrasse wuchsen Gras und Unkraut, die Rosenbüsche an der Hauswand und im Garten mussten gestutzt werden und der Rasen schien zwar vor kurzem gemäht worden zu sein, doch an vielen Stellen hatte sich Moosbewuchs ausgebreitet. Hohe Kiefern und verschiedene Laubbäume umstanden das Cottage, das trotz seines vernachlässigten Zustandes ländlichen Charme und gemütliche Rustikalität ausstrahlte. Calums Neffe schien jedenfalls kein Freund von Gartenarbeit zu sein.

»Wie lange kennen Sie meine Großmutter schon?«

»Eine Ewigkeit, ja, eine Ewigkeit ...« Gedankenverloren strich er sich über seinen Bart, verlagerte das Gewicht und deutete mit einem Kopfnicken auf das Haus. »Mein bescheidenes Heim. Obwohl meine Vorfahren bis auf die Pikten zurückgehen, haben wir es nicht geschafft, unser Clangebiet zu halten. Die Insel ist alles, was noch da ist.« Er zeigte auf Loch Lomond, wo Clairinch zwischen den Bäumen zu sehen war. »Lassen Sie uns reingehen, es wird gleich anfangen zu regnen.«

Sie wollte erstaunt fragen, wie er das voraussagen konnte, doch er lächelte und kam ihr zuvor.

»Wenn einem die Augen ihren Dienst versagen, schärfen sich die übrigen Sinne. Ich kann die Feuchtigkeit in der Luft riechen, und außerdem kommt fast immer Regen, wenn der Wind an einem wolkenverhangenen Tag wie diesem auffrischt. Kommen Sie, Aggie, meine Haushälterin, hat Kuchen und Sandwiches vorbereitet. Sie ist nicht mit Clara zu vergleichen, aber es wird Ihnen trotzdem schmecken.«

Durch die Haustür, die für den großen Calum fast zu niedrig schien, folgte Catherine ihm in das Innere des Hauses. Die Küche war ein schmaler Raum gleich rechts neben dem Eingang. Vom gefliesten Korridor gingen sie in ein geräumiges Wohnzimmer, das von wuchtigen dunklen Ledermöbeln beherrscht wurde, die vor einem Kamin standen, in dem ein kleines Feuer brannte. Calum deutete auf einen Sessel. »Nehmen Sie Platz. Ich liebe den Duft von brennendem Holz. Außerdem tut die Wärme meinen alten Knochen gut. Das Essen müsste auf dem Tisch stehen.« Er setzte sich ihr gegenüber in einen Sessel, lehnte seinen Stock gegen das Sofa neben ihm und tastete nach den Tellern und appetitlich angerichteten Platten.

»Danke, es sieht alles sehr gut aus. Soll ich Tee einschenken?« Sie nahm die silberne Kanne in die Hand, in der sie den Tee vermutete.

Calum nickte, nahm sich mit erstaunlicher Gewandtheit ein Stück Kuchen von einem der Teller und begann zu essen. »Ich muss meinen Blutzuckerspiegel halten«, erläuterte er. »Diese lästige Krankheit ...« Mit der Hand scheuchte er den Gedanken an seine Diabetes wie eine störende Fliege fort.

Catherine trank den goldbraunen Tee, der ein würziges Aroma hatte. Prüfend sog sie den Duft ein. »Zimt, Kardamom und ...?«

»Sie haben eine feine Nase! Safran, ein Hauch von Safran. Ich habe einige Jahre im Fernen Osten verbracht. In Kaschmir bin ich dieser wohlschmeckenden und anregenden Teekreation begegnet. Die Kaschmiris kochen das Wasser zusammen mit den Zimtstangen und dem Kardamom und geben erst zum Schluss den Safran dazu.« Genüsslich trank Calum Buchanan seinen Tee und streckte seine Beine zum Feuer.

Draußen war es merklich dunkler geworden, und Regentropfen prasselten gegen die Fenster. Ähnlich wie Morven schien Calum ausgefallene Antiquitäten zu sammeln, die allerdings vermehrt indischen oder asiatischen Ursprungs waren. Ein riesiger Buddha thronte lächelnd auf einem marmornen Tischchen neben dem Kamin. In den Regalen standen Bücher und indische Götterstatuen, soweit sie das aus der Entfernung und bei dem schwachen Tageslicht sehen konnte. Neben ihrem Sessel bemerkte sie erst jetzt ein handgeschnitztes Jadeschachspiel. Die Figuren waren von erlesener Schönheit und dürften ein kleines Vermögen wert sein.

»Sie schauen sich um? Ja, genießen Sie den Anblick meiner kleinen Souvenirsammlung. Ich weiß genau, wo alles steht und wie die Dinge aussehen. Wenn ich das Gefühl habe, etwas zu vergessen, nehme ich sie in die Hand. Die Jadefiguren ... Sie sind kühl und so fein gearbeitet, dass ich die Gesichter von Dame und König fühlen kann. Ein Geschenk des Maharadschas von Udaipur.«

»Des Maharadschas von Udaipur ...«, wiederholte Catherine ungläubig, aber hatte Rory ihr nicht gesagt, dass Calum Buchanan einer der hochrangigsten Mitglieder der Freimaurer im gesamten Commonwealth war? »Waren Sie mit ihm befreundet, oder warum hat er Ihnen dieses wundervolle Schachspiel geschenkt? Ich bin wirklich nur neugierig.«

Ein tiefes Lachen dröhnte aus dem mächtigen Leib Buchanans. »Wir haben gewettet, er hat verloren, und der Preis war das Schachspiel.«

»Und was war Ihr Einsatz?«

»Mein Leben«, sagte er schlicht.

»Wie bitte?«

»Das liegt lange zurück und ist eine noch längere Geschichte. Deshalb sind Sie nicht hergekommen. Sie wollten mit mir über Morvens Bild sprechen.« Seine Worte duldeten keinen Widerspruch, und Catherine fragte nicht weiter nach dem ungewöhnlichen Wetteinsatz.

»Sie haben gesagt, Sie wüssten, um welches Gemälde es geht.«

»Natürlich. Morven hat eines, und das Gegenstück hängt in Dougals Bibliothek. Nur ist Morvens Version die weitaus interessantere …«, fügte er verschmitzt lächelnd hinzu.

»Dann wissen Sie auch von der Inschrift auf dem Rahmen?«

»Oh ja. *Air a dhion le Bohaz is Jakin bidh Raphziel*«, begann er in fließendem Gälisch zu rezitieren. Machte er sich über sie lustig? Warum hatte er nicht schon am Telefon gesagt, dass er genau wusste, worum es ging?

Er schien ihre Verärgerung zu spüren. »Seien Sie nicht zornig, Catherine. Es gibt Zeiten des Lernens und Zeiten des Lehrens, Zeiten des Redens und Zeiten des Schweigens.«

»Das habe ich bereits gemerkt. Morven hat sich noch nicht einmal die Mühe gemacht, mich zu sehen. Sie verkriecht sich irgendwo auf den Inseln und hüllt sich in Schweigen. Dabei kann sie mir sicher eine ganze Menge erklären.« Lauter als beabsichtigt stellte Catherine ihre Teetasse ab. »Es gibt so viel, was ich wissen möchte. Ich suche nach Antworten und finde keine! Erst Dougal, und dann kommt auch noch dieser komische Priester bei uns vorbei, aber ...«

Augenblicklich umfasste Calum die Sessellehnen mit beiden Händen und beugte sich vor. Konzentriert sah er in ihre Richtung, und jeglicher Schalk war aus seinem Gesicht verschwunden. »Wie war das?«, unterbrach er sie schroff. »Ein Priester? Davon haben Sie am Telefon nichts gesagt.«

»Woher sollte ich wissen, dass es von Bedeutung für Sie ist?«

Ungeduldig winkte Calum ab. »Ja, ja. Erzählen Sie mir genau, wie der Mann hieß, wie er aussah und was er gesagt hat.«

Ausführlich und darauf bedacht, kein noch so unwichtiges Detail auszulassen, berichtete Catherine von der Begegnung mit Pater Lunel. »Ach ja, und der Name von diesem Kardinal war Bottineau. Und wissen Sie was? Ich weiß genau, dass der Kerl seine Finger in unsauberen Geschäften hatte.« Sie erwähnte den Skandal um Bottineaus Bruder. Als sie geendet hatte, sah sie Calum aufmerksam an.

Bei der Erwähnung von Bottineaus Namen hatte er keine Überraschung gezeigt und murmelte jetzt vor sich hin: »Es fängt also wieder an. Ich hätte wissen müssen, dass es beginnt, als ich Sie auf dem Sommerfest traf, ich hätte es wissen müssen ...«

Ein warnender Unterton in Calums Stimme ließ Catherine frösteln. »Was beginnt?«, flüsterte sie heiser.

»Das Leben, Catherine, das große Spiel des Lebens.« Seine blinden Augen füllten sich mit Tränen. »Komm her, Catherine, bitte, lass mich dein Gesicht sehen.«

Erschüttert stand sie auf und kniete sich vor ihm hin. Sie nahm seine Hände und führte sie zu ihrem Kopf. Sanft tastete er die Linien ihres Gesichts nach und strich ihr schließlich über die Haare.

»Ja, du bist ihr sehr ähnlich, und doch spüre ich eine

Sanftheit an dir, die dich von Morven unterscheidet. Du musst noch viel lernen, Catherine, und gebe Gott, dass dir die Zeit dazu bleibt.« Er lehnte sich zurück, und Catherine stand auf.

»Calum, Sie können mich jetzt nicht einfach so hier allein lassen, ich meine, was zum Teufel geht hier vor?«

Er nickte langsam. »Du, bitte, lassen wir die Förmlichkeiten. Wir konnten nicht ahnen, dass es jetzt schon beginnen würde.«

Ergeben setzte sich Catherine wieder in den Sessel. »Wir, das sind Morven und du?«

»Ja. Sie hat lange auf dich gewartet, vielleicht zu lange. Daran lässt sich jetzt nichts ändern. Was weißt du über die Säulen?«

»Gar nichts. Ich habe ganz von allein begonnen, mich mit dem Bild zu beschäftigen, und bin dabei auf die Freimaurer gestoßen. Hamish war der Erste, den ich gefragt habe, aber er wollte mir nichts sagen, und Rory beschränkt sich auf sachliche Informationen, die mir nicht weiterhelfen.« Ihr Mund war trocken, und sie trank den Tee aus.

»Die Freimaurer machen ein großes Geheimnis, wo keines ist.« Ein Lächeln umspielte seine Lippen.

»Aber du bist doch ein sehr wichtiger Logenbruder?«

»Wichtig? Nun, ich bekleide einen hohen Grad, aber mein Wissen ist älter als die Bruderschaft. Es geht hier um viel mehr, um sehr viel mehr als eine Geheimloge, Catherine. Wo soll ich beginnen?« Er strich über seinen dichten weißen Bart. »Stell dir vor, du bist eine Schachfigur und die Welt ist das Spielfeld. Morven ist die weiße Königin, und Bottineau ist der schwarze König. Lunel ist sein Springer. Die übrigen Kämpfer seiner Truppe kennen wir noch nicht.«

Entgeistert starrte Catherine ihn an. Welche Rolle spielte sie in diesem Spiel, und welcher Zug wurde von ihr erwartet? »Dann bist du der weiße König?«, sagte sie leise.

»Wenn du es so willst, aber Morven ist die Regentin, ich bin nur ihr Beschützer.«

»Und wer bin ich?«, flüsterte sie.

»Das wird sich noch zeigen. Es hängt von dir ab, von deiner Stärke. Du hast sie in dir, nur musst du sie finden, Catherine. Dass du nach Schottland gekommen bist, war der erste Schritt auf deinem Weg. Vielleicht musst du ihn schneller gehen, als dir lieb sein kann, aber ich vertraue dir, so wie Morven dir vertraut.«

»Morven glaubt an mich? Aber warum spricht sie nicht mit mir?« Verzweifelt sah Catherine den weißhaarigen Mann an, der mit seinen orakelhaften Worten ihre gesamte Welt auf den Kopf stellte.

»Es ist nicht die Zeit dafür. Du musst lernen, die Dinge zu akzeptieren, wie sie geschehen, und sie zu verstehen, wenn sie geschehen. Das ist schwer, und vielleicht lernst du es niemals, aber das wäre …« Traurig senkte er den Kopf.

Was hatte das alles zu bedeuten? Wer war Bottineau? Bedrohte er Morven? So viele Fragen und keine Antworten. »Calum, was will der schwarze König von der weißen Königin haben? Warum verfolgt er sie?«

»Sie ist mächtiger als er.«

»Aber warum?«

»Das ist das Geheimnis ihrer Macht.«

»Aber wenn es dieses Bild ist, dann hätte der Kardinal es doch sicher schon längst stehlen lassen können?« Sie verstand noch immer nicht.

»Das Bild ist nur ein Teil des Geheimnisses. Allein nutzt es niemandem etwas. Das weiß auch der Kardinal. Er ist schlau, er wird warten und im richtigen Moment zuschlagen, um die Gegenseite zu schwächen.«

»Dougal wollte das Bild ebenfalls haben«, entfuhr es Catherine leise. Fast bereute sie, es ausgesprochen zu haben. »Er gehört doch nicht …?«

»Zum schwarzen König? Ich bin mir dessen nie sicher gewesen. Manche Menschen sind sehr schwer zu durchschauen. Ich habe lange gedacht, dass Geld und Macht die einzigen Dinge sind, die ihn interessieren, aber er hat sich verändert. Ich kann mich täuschen.«

Sie brachte es nicht über sich, Calum von ihrer besonderen Beziehung zu Dougal zu erzählen. Schweigend sah sie in das Feuer, das leise prasselte und eine Wärme verbreitete, die sie tröstend umfing. »Was macht ein Mann wie Fletcher Cadell bei den Freimaurern? Ich dachte, es geht dort um Ehrenhaftigkeit und moralische Vervollkommnung«, sagte sie schließlich, um das Schweigen zu brechen.

Calum hatte die Hände über seinem Bauch gefaltet und die Augen geschlossen, doch er schlief nicht. Seine Sinne waren hellwach, obwohl ihm die Kontrolle über seinen schwächer werdenden Körper in letzter Zeit immer schwerer fiel. Seine Zeit neigte sich dem Ende zu. Er war seiner Aufgabe nicht länger gewachsen, und Bottineau schien das zu spüren. Der Kardinal hatte in seinem Bau gelauert. Lunel war sein Späher, andere würden folgen, und sie würden sich nicht zu erkennen geben. Der Pater war eine Warnung gewesen, und Calum hatte zum ersten Mal in seinem langen Leben Angst, ein Gefühl, das er nicht zu kennen geglaubt hatte, und das machte es noch schlimmer, denn er durfte sich keine Blöße geben. Morven brauchte eine Nachfolgerin. Diese junge Frau war ihre einzige Hoffnung und durfte nicht erfahren, in welcher Gefahr sie schwebte, je weiter sie sich vorwagte auf ihrem Weg. Angst würde sie davon abhalten, an ihre Grenzen zu gehen, um ihrer Bestimmung zu folgen. Angst war kein guter Lehrmeister. Abschätzig sagte er: »Cowan. Fletcher Cadell ist ein Cowan, eine Art Hilfsarbeiter, wenn man so will. Er wird nie ein Meister werden, jedenfalls nicht, solange ich etwas zu sagen habe.«

Er machte eine wegwerfende Handbewegung. »Es gibt immer wieder solche Männer, die zwar durch einen Fürsprecher Eingang in die Loge finden, aber dennoch nie über den Lehrlings- oder Gesellengrad hinausgelangen. Früher, als es noch Bauhütten gab, wurden so genannte Cowans, in der Regel unausgebildete Maurer, in den Werklogen nicht gern gesehen. Sie durften nur dann zur Arbeit zugelassen werden, wenn es an zünftigen Bauleuten mangelte. Die Cowans selbst hatten Gradeinteilungen, und man vermied es peinlichst, selbst Meistercowans künstlerische Steinmetzarbeiten zu überlassen.«

»Aber es gibt doch keine Bauhütten mehr. Was bedeutet es, wenn du heute jemanden so bezeichnest?« Sie lehnte sich in ihrem Sessel zurück und beschloss, so viel wie nur möglich von Calum zu erfahren. Zur Not konnte sie hier sicherlich irgendwo in einem Bed & Breakfast übernachten.

»Wenn du Fletcher auch nur ein wenig kennst, weißt du, wovon ich spreche. Er ist ein Tagedieb, ein Nichtsnutz und einer, der seine Frau schlägt. Aber er ist nicht vorbestraft, hat erheblich von seinem Vater geerbt und ist mit Lennox Reilly befreundet, der wiederum eng mit Rory McLachlan befreundet ist, oder sagen wir besser, sein Schatten ist.« Calum schnaubte verächtlich durch die Nase.

»Sein Schatten?«

»Reilly ist zwar in Aberdeen geboren, hat aber irische Vorfahren. Auf der Universität war er so etwas wie der Leiter von Rorys Fanclub. Rory genoss die Bewunderung, immerhin ist er der Sohn eines der mächtigsten schottischen Clanchefs; und er hat den mittellosen Reilly mit hergebracht und ihm Arbeit besorgt. Wahrscheinlich hat Rory das schon bereut, denn Reilly ist ein windiger Charakter, der sich überall seine Vorteile verschafft.« Stirnrunzelnd schloss Calum: »Jetzt hat Reilly selbst einen, der ihm wie ein Hund nachläuft – Fletcher Cadell.«

»Also ist Reilly Fletchers Fürsprecher in der Loge gewesen?«, fragte Catherine.

»Ganz genau, und weil jeder weiß, dass er zu den McLachlans gehört, haben sie ihn aufgenommen. Ich habe dagegen gestimmt, aber mit nur einer Gegenstimme konnte ich die Wahl nicht verhindern.« Ein resigniertes Lächeln huschte über sein Gesicht. »Die Zeiten haben sich geändert. Was vor Jahren unmöglich war, ist heute normal. Mit den richtigen Kontakten kommt man weit. Tust du mir einen Gefallen, tu ich dir einen, so läuft es – alles ist nur noch Geschäft ...«

Catherine erkannte Enttäuschung auf dem Gesicht des intelligenten Mannes, der seine Ideale verraten sah. »Aber was bedeuten all die Symbole, die Einweihungsrituale, um die ein so großes Geheimnis gemacht wird, und überhaupt diese Zurückhaltung, wenn jemand nachfragt? Was sind die Ziele der Loge?«

Es dauerte eine Weile, bis Calum antwortete, und er wählte seine Worte sorgfältig aus. »Ich werde dir erklären, was es im Idealfall bedeutet. Es hätte keinen Zweck, dir einzelne Rituale zu erklären, die durch ihre Symbolik überladen sind und erst demjenigen verständlich werden, der diese geistig durchdrungen hat. Im übertragenen Sinne bedeutet Freimaurer zu werden nicht das Erreichen eines Zustandes, sondern die lebenslange Arbeit an sich selbst, indem man eine kritische Haltung einnimmt und sich ständig hinterfragt, um letztlich die Frage der menschlichen Existenz zu verstehen.«

»Ein großartiger Gedanke, aber ...«, ließ sie ihren Satz als Frage in der Luft stehen.

Calum Buchanan nickte, wobei sein weißer Bart auf seinem Körper zu liegen kam. »Aber, ganz genau. Aber wie lerne ich zu verstehen, was schon seit tausenden von Jahren die größten Denker und Philosophen nicht ergründen konnten? Hier liegt für mich das Problem in der praktischen Ausführung. Gewollt komplizierte und daher geheimnisvolle Rituale sollen den Lehrling auf seiner Sinnsuche leiten und auf höhere Erkenntnisstufen bringen. Nach den ›Alten Pflichten‹ sollen die Brüder gute und ehrenhafte Männer sein, Freiheit, Brüderlichkeit und Toleranz üben. Das ist viel. Aber ...«, mit geschlossenen Augen seufzte Calum tief.

»Schon wieder ein Aber?«

»Der Mensch ist voller Widersprüche, und leider geht mit dem Wunsch nach Vervollkommnung der Hochmut einher, die Annahme, man sei besser als jene, die sich noch auf der Ebene der Unkenntnis befinden. Eine Elite bildet sich, hebt sich ab und arbeitet an eigenen Zielen, die längst nicht mehr nur zum Wohl aller sein können, weil sie in erster Linie dem Vorteil derer dienen, die sich ihnen verschrieben haben. Das passiert, wo immer du hinsiehst. Nimm die Religionen. Die Grundidee ist immer großartig gewesen – nur was die Menschen daraus gemacht haben, ist weit davon entfernt, großartig zu sein, weil Neid, Gier, Habsucht und der Wunsch zu beherrschen stärker waren als Menschlichkeit, Güte und der Respekt vor dem Leben.« Er hielt inne. »Ich rede zu viel. Ein alter Mann, der zu viel gesehen und erlebt hat, macht seiner Enttäuschung über die Unzulänglichkeit der menschlichen Natur Luft. Dabei ist sie alles, was wir haben.«

Wieder schwiegen sie, jeder seinen Gedanken nachhängend. *Dum spiro spero* – Solange ich atme, hoffe ich – stand als Leitspruch auf dem Wappen der Buchanans, das über dem Kamin hing. Catherine konnte verstehen, dass Calum von einzelnen Menschen enttäuscht war, die seine Ideale missbraucht hatten. Nur, was war mit Morven, und welche Rolle spielte der Kardinal? »Und Bottineau?«

Calum rieb seinen Arm. »Aggie müsste gleich kommen. Ich brauche meine Injektion.«

Draußen war es wieder heller geworden, und der Regen hatte aufgehört. Wollte Buchanan sie jetzt einfach so gehen lassen, ohne ihr zu erklären, um was es hier eigentlich ging? Andeutungen und nebulöse Erklärungsansätze waren alles, was sie gehört hatte. Sollte sie womöglich an seinem Geisteszustand zweifeln müssen? Doch der große weißhaarige Mann schien ganz genau zu wissen, was er sagte, und es für richtig zu halten, sie weiter in Unwissenheit zu belassen. Die Gartenpforte quietschte laut. Energische Schritte erklangen auf den Steinen.

»Du musst Morven sehen. Fahr zu ihr. Ich kann dir jetzt nicht mehr sagen. Aggie weiß nichts. Sie ist eine liebe Seele, würde mich aber für verrückt erklären, wenn sie wüsste, worüber wir gesprochen haben.«

Die Haustür wurde schwungvoll aufgestoßen, und eine drahtige kleine Frau in mittleren Jahren kam herein. Sie zog eine Plastikmütze von ihren kurzen braunen Haaren, strich sich die letzten Regentropfen von einem Tweedrock und sagte mit einer Stimme, die darauf schließen ließ, dass sie es gewohnt war, mit Kranken umzugehen: »Guten Abend, mein lieber Mr Buchanan. Ich hoffe, Sie haben nicht zu viel Kuchen gegessen. Die reizende junge Dame dort ist sicherlich Miss Tannert?«

Rasch stand Catherine auf und drückte der energischen Frau die Hand. »Freut mich ...«

»Aggie, ich bin für alle hier Aggie.« Sie legte ihre Sachen auf das Sofa und holte von einem Tisch ein dunkles Etui, dem sie eine Spritze entnahm. »Erst ein Tröpfchen Blut, damit wir wissen, wie es steht.« Im Handumdrehen hatte sie Calum mit einer Nadel einen Tropfen Blut aus seinem Ohrläppchen entnommen und es mit einem Teststreifen aufgefangen. Sie murmelte etwas, injizierte das Insulin und ging dann in die Küche.

Calum wirkte blass und müde. »Ich habe unser Gespräch sehr genossen. Vielleicht sehen wir uns wieder, es würde mich aufrichtig freuen, Catherine.« Er wollte aufstehen, doch Catherine hinderte ihn daran, indem sie rasch auf ihn zutrat und ihm eine Hand auf seine Schulter legte.

»Wir werden uns wiedersehen, und ich werde beherzigen, was du mir geraten hast.«

Er nickte und legte für einen Moment seine Hand auf die ihre. »Du wirst begreifen. Nur pass auf dich auf, denn du bist nicht länger eine Randfigur ...«

Aggie kam mit einer Kanne Tee herein. »Was reden Sie wieder für düsteres Zeug? Sie sollen der jungen Dame doch keine Angst machen!« Kopfschüttelnd verschwand sie wieder.

»Ich habe keine Angst. Zuerst werde ich Morven besuchen, vorausgesetzt, sie ist da, wenn ich komme«, sagte Catherine leise zu Calum.

Ein wissendes Lächeln glitt über sein zerfurchtes Gesicht. »Sie wird da sein. Schau dir die Kabbala an, Catherine. Raphziel ist nicht nur ein Name. Jeder Buchstabe, jede Zahl hat eine Bedeutung. Das Universum besteht aus Millionen Verknüpfungen. Man muss nur lernen, sie zu sehen.«

Sie küsste ihn auf die Wange. »Danke.« Seine letzten Worte klangen ihr noch in den Ohren, als sie den Weg zum Tor hinunterging, es quietschend hinter sich schloss und, ohne auf den vom Regen aufgeweichten Weg zu achten, am Ufer von Loch Lomond zu ihrem Wagen ging.

1739

London

Ein Leben lang sich treu bewahren,
um eines einzigen Versprechens willen,
Einsamkeit auf sich nehmen,
um einer einzigen Hingabe willen.

Shu Thing

Drei Männer traten aus dem Wirtshaus heraus. Laternen erhellten spärlich die nächtliche Straße nahe des Hyde Park. Auf dem Kopfsteinpflaster lagen Unrat und Pferdedung. Der größte der drei, ein hünenhafter rothaariger Highlander, spähte in die Dunkelheit. Eine Hand am Knauf seines Degens wandte er sich an seine Begleiter.

»Wir können uns hier nicht länger treffen. Erst diese Bulle von Papst Clemens, dem alten Narren, und nun das Edikt von Kardinal Firrao. Jetzt wird sogar jeder bestraft, der von uns weiß und uns nicht anzeigt, und die Wirte, die ihr Lokal für unsere Zusammenkünfte zur Verfügung stellen, sollen eine Geldbuße zahlen. Das ist doch lachhaft!«

Ein schlanker Mann mittleren Alters, dessen dunkles Haar durch ein Band im Nacken gehalten wurde, hob beschwichtigend seine Hand, die in einem eleganten Gehrock steckte. »Camran Buchanan, jetzt beruhige dich. Erstens gilt das Edikt hauptsächlich für den Kontinent, und zweitens wird sich die Aufregung bald legen, wenn wir uns eine Weile bedeckt halten.«

»Du hast gut reden, Richard, du bist ein Anwalt der Krone und deine Schwester ist mit einem Cousin des Königs verheiratet...«, wandte Camran Buchanan ein, doch er wurde von dem Mann unterbrochen, der bisher geschwiegen hatte.

Joseph Fraser sprach genau wie Camran mit starkem schottischem Akzent, trug jedoch nicht die Tracht der High-

länder, sondern Kniebundhosen wie Richard Hughes und einen schlichteren Gehrock. Er war Kaufmann und von Natur aus diplomatisch, was ihm bei Verhandlungen um neue Verträge zum Vorteil gereichte. »Das hat gar nichts zu sagen, Camran, alter Hitzkopf. Die Intrigen am Hof sind mörderischer als eine Armee. Du solltest deine Herkunft nicht so zur Schau stellen, zumindest nicht hier in London.«

Camran umfasste den Griff seines Degens fester. »Ich bin stolz auf meine Herkunft, und jeder verdammte Rotrock kann das wissen.« An der Schärpe über seinem Lederwams war eine silberne Brosche befestigt, die einen Totenschädel, eine Urne, eine Leiter und einen zweiköpfigen Adler, eingerahmt von einer Distel, zeigte.

Der Anwalt stimmte Joseph zu und tippte auf Camrans Brosche. »Die solltest du auch nicht so auffällig tragen. Es muss ja nicht jeder gleich sehen, wem wir angehören.«

»Ihr seid Feiglinge!«, schnaubte Camran.

Richard legte seinen Kopf auf die Seite und bemerkte sarkastisch: »Es wird sich zeigen, wer in diesen Zeiten länger lebt, und zu viel Mut nenne ich Dummheit!«

Wütend machte Camran einen Schritt auf Richard zu, doch Joseph stellte sich ihm in den Weg. »Hör schon auf. Er hat Recht, Camran. Wir können es uns nicht leisten, aufzufallen. Hast du nicht selbst gelesen, wie sie uns nennen? Ketzer, Rebellen, Hochverräter. Man droht uns mit Todesstrafe, will unsere Güter konfiszieren, und alles nur, weil wir einen Eid schwören, der uns zu Verschwiegenheit verpflichtet!«

Camran strich sich die Locken aus dem Gesicht und atmete tief ein. »Es ist ja wahr. Verdammtes Katholikenpack. Die Sicherheit des Kirchenstaates glauben sie durch uns bedroht. Ha – sie sehen ihre Macht bedroht, weil Leute, die kritisch denken, ihnen nicht mehr bedingungslos folgen. Wir sind toleranter, als die Kirche es je sein wird, denn wir tolerieren jede Konfession, die mit unserer Ethik im Einklang ist.«

Doch auch wenn sie im Recht waren, standen sie jetzt unter vermehrter Beobachtung, und Camran wusste nur zu gut, dass der Kardinal seine Häscher nun mit der vollen Unterstützung der Kirche ausschicken konnte. Malvina befand sich in großer Gefahr. England und Schottland waren nicht länger eine sichere Zuflucht.

Eine Kutsche ratterte lärmend vorüber. Zwei Huren steckten ihre geschminkten Gesichter zum Fenster heraus und machten anstößige Bemerkungen. Richard wandte sich ab und sagte zu seinen Freunden: »Lasst uns hier verschwinden. Wir sollten uns von heute an nur noch privat treffen.«

Wiederholt warfen die drei Männer prüfende Blicke in die Umgebung, während sie zum Hyde Park gingen, wo sich ihre Wege trennten. Fraser und Hughes lebten nicht weit voneinander am vornehmen Belgrave Square, während Buchanan ein kleines Haus in einer weniger repräsentativen Straße in Knightsbridge gemietet hatte. In Gedanken versunken ging er durch die dunklen Gassen, den Gestank aus den Abwasserrinnen nahm er nicht wahr. Einige zwielichtige Gestalten drückten sich in Hauseingängen herum, verschwanden aber, sobald sie den kräftigen bewaffneten Mann sahen. Buchanans Gedanken waren bei einer zierlichen Frau mit langen rostbraunen Haaren und olivfarbener Haut, die seit Tagen in dem kleinen Haus mit den verwitterten Fensterläden auf ihn wartete. Er hatte sie nicht mitnehmen wollen, doch Malvina hatte ihm so lange in den Ohren gelegen, dass er schließlich nachgegeben hatte. Im Grunde war er froh darüber, denn die Insel Shenmòray war kein sicheres Versteck mehr, seit die Pikten, das alte Volk, von den Christen verdrängt worden waren.

Verärgert stieß er einen zerbrochenen Holzeimer an die Seite, schreckte damit eine Ratte auf, die quiekend fortlief, und glaubte plötzlich, Schritte hinter sich zu hören. Er hielt inne und lauschte in die Nacht, konnte jedoch nur die Geräusche der schlafenden Stadt wahrnehmen. Mit den Augen des geübten Jägers und Kriegers versuchte er, die Dunkelheit zu durchdringen, doch wer immer ihm eventuell gefolgt war, hatte sich schnell genug versteckt. Wachsamer als vorher setzte er seinen Weg fort, bemerkte aber dennoch den Schatten des Mannes nicht, der ihm lautlos folgte.

Jahrhundertelang hatte Shenmòray dem alten Volk gehört. Niemand von den Clans hatte gewagt, ihnen die kleine Insel in Loch Fyne streitig zu machen. Man hatte sich gegenseitig stillschweigend toleriert. Zuerst waren einzelne Mönche gekommen und hatten die Leute mit ihren frommen Sprüchen verrückt gemacht. Plötzlich waren Klöster und Kirchen wie Pilze aus dem Boden geschossen, und eine reiche französische Diözese hatte dem Drängen ihres Kardinals nachgegeben, der es sich in den Kopf gesetzt hatte, auch die letzten heiligen Plätze des alten Volkes zu zerstören und zu diesem Zweck auf Shenmòray eine Abtei zu errichten. Camran schnaufte. Die Mönche zerschlugen viele der reich mit alten Symbolen verzierten Piktensteine, doch die Steinkreise blieben bestehen, und in manchen Nächten trafen sich dort noch immer Männer und Frauen des alten Volkes, deren Haut mit mystischen Tätowierungen geschmückt war, und zelebrierten ihre jahrhundertealten Bräuche.

Durch die gelehrte Malvina wusste er um die Bräuche der Pikten und deren altes Wissen, das nur mündlich überliefert wurde. Genau wie bei uns Brüdern, dachte Camran. Der Schwur beinhaltete auch, dass unter Androhung drakonischer Strafen nichts, was das Geheimnis verraten könnte, schriftlich festgehalten werden durfte. Bevor er dreimal kurz gegen die Haustür eines niedrigen Backsteinhauses klopfte, sah er sich noch einmal auf der Straße um, konnte jedoch nichts Verdächtiges entdecken. Ein Bettler schlief zwischen zwei Fässern an eine Hauswand gekauert, Ratten huschten über das feuchte Pflaster, und aus dem gegenüberliegenden Haus drang der Schein einer Kerze auf die Straße. Ein junger

Komponist arbeitete dort Tag und Nacht an seinen Werken. Ab und zu hörte man ihn auf einem Cembalo spielen.

Neben der Tür wurde an einem kleinen Fenster ein Vorhang vorsichtig zur Seite gezogen. Dunkle Augen spähten auf die Straße, dann ließ man Camran hinein.

»Endlich«, sagte Malvina leise, betrachtete Camran eingehend und ging ihm voraus in einen engen Wohnraum, der von einem Holzfeuer erwärmt wurde. Ein zerschlissenes Sitzmöbel, zwei Flechtstühle und ein Tisch waren die spärliche Möblierung des kargen Raumes. Vor dem offenen Kamin lag ein weicher Teppich, der einzige luxuriöse Gegenstand. Camran schnallte den Degen ab, warf ihn in eine Ecke und ließ sich in einen der Flechtstühle fallen, den er dicht an das Feuer zog.

Malvina, deren lange Haare offen über ein dunkelrotes Gewand fielen, das ihren zierlichen Körper umspielte, goss Wein aus einer Karaffe in zwei Gläser, von denen sie Camran eines reichte. Dann kniete sie sich vor dem Feuer auf dem Teppich nieder und schaute lange in die Flammen, bevor sie sagte: »Wir müssen gehen.«

Camran nickte und fuhr sich mit der Hand über die müden Augen. »Ja. Ich kann hier nicht mehr für deine Sicherheit garantieren. Die Bulle des Papstes ist durch ein neues Edikt noch gefährlicher geworden. Jeder könnte uns verraten, denn der Preis ist gestiegen.«

»Deine Brüder?«

»Nein. Keiner von ihnen, niemals. Für die lege ich meine Hand ins Feuer. Joseph und Richard werden uns helfen, da bin ich mir sicher. Wir werden uns eine Weile nicht mehr öffentlich treffen.« Er nahm einen großen Schluck des schweren Weines und goss sich ein weiteres Glas ein. Den ganzen Weg über hatte er gegrübelt, wohin er sie bringen konnte, jetzt wusste er es. »Wir werden nach Russland gehen.«

»Nach Russland? Oh nein! Warum dorthin? Dort ist es noch kälter als hier. Ich werde erfrieren!«

»Schöne Malvina, nein, du wirst nicht erfrieren. Ich weiß, dass du die Sonne liebst, aber wir können weder nach Frankreich noch nach Spanien oder gar Italien. Die Macht des Papstes reicht weit. Aber in Russland hat er keine Macht, dort sind die Orthodoxen, und ich habe Freunde in Sankt Petersburg, die uns helfen werden.« Es tat ihm Leid, dass er nicht über die nötigen Mittel verfügte, ihr ein besseres Leben zu ermöglichen, doch sein Onkel hatte den Rest des Vermögens durchgebracht, und das Haus und die Ländereien der Buchanans waren an den Marquis von Montrose, den Clanchef der Grahams, verkauft worden. Geblieben waren ihm ein Titel und ein kleines Cottage am Ufer von Loch Lomond. »Ich schäme mich, dass ich meiner Aufgabe als dein Beschützer nicht besser nachkommen kann ...«

»Hör auf, Camran, ich könnte mir niemand Treueren und Ergebeneren als dich wünschen. Deiner gesamten Familie bin ich zu unendlichem Dank verpflichtet. Ohne euch hätten sie mich längst gefunden, gefoltert und getötet.«

Traurig sah er sie an. »Sie würden dich niemals töten, denn dann wärst du nutzlos für sie.«

Der rote Wein schimmerte im Licht des Feuers. Sie nippte an ihrem Glas. Leise sagte sie: »Töten würden sie mich nicht, schlimmer ... Hast du Leonidas' Bilder schon gesehen?«

»Ja. Sie sind nicht besonders gut, aber das war auch nicht zu erwarten. Leonidas Percy hat noch nicht einmal an der Royal Academy ausgestellt.«

Sie strich über den weichen Flor des Teppichs. »Das ist gut so. Die Bilder sollen nicht durch ihre Qualität auffallen, sondern durch die Genauigkeit der landschaftlichen Darstellung. Shenmòray muss zu erkennen sein. Ich fühle mich noch immer nicht wohl bei dem Gedanken, einen Teil meines Wissens auf diese Weise festzuhalten, aber ich habe keine Wahl. Sollten sie mich finden, gibt es immer noch diese Spur von mir.«

Camran stellte sein Glas ab und kniete sich neben sie auf

den Teppich. Sanft umarmte er sie und legte ihren Kopf an seine Schulter. »Sie werden dich nicht finden, nicht solange ich lebe.«

»Nein.« Sie hielt sich an ihm fest, die Nähe und Wärme seines Körpers suchend. »Manchmal wünschte ich mir, mein Schicksal wäre ein anderes, Camran. Dann wäre ich nur eine Frau und du nur ein Mann.«

»Dann lass uns heute Nacht unsere Bestimmung vergessen.« Zärtlich glitten seine rauen Kriegerhände über den feinen seidigen Stoff ihres Gewandes. Sie war alles, was er sich je gewünscht hatte, und sie konnte sich seiner Liebe sicher sein wie seiner Treue, auch wenn sie sich ihm nicht hingab. Geheiratet hatte er vor einigen Jahren eine Frau aus einem benachbarten Clan. Es war eine Vernunftehe gewesen, und beide hatten das akzeptiert. Sie zog seine Söhne auf und lebte in dem Cottage bei Loch Lomond. Der Garten gab genug zum Leben her, die Fische aus dem Loch bereicherten die Speisekarte, und einer seiner Söhne hatte in dem Marquis einen wohlwollenden Gönner gefunden, der ihm das Studium der Rechtswissenschaften ermöglichte. Diese Gedanken zogen im Bruchteil einer Sekunde vorüber, doch als er Malvina küsste, verlor alles andere an Bedeutung.

Der April schickte erste Frühlingsboten, aber noch immer war es kalt und nass in Sankt Petersburg. Die Temperaturen konnten kaum mehr als sechs Grad betragen, und Malvina zog den wollenen Schal dichter um ihren Mantel. Camran hatte eine Schiffspassage für die beste Reiseart gehalten, doch der Skagerrak hatte sie Tage gekostet, denn er war durch Eisgang nur schwer passierbar gewesen und ein Sturm hätte den Dreimaster fast auf eine Sandbank auflaufen lassen. Sie hatten beide große Erleichterung verspürt, als sie wieder festen Boden unter den Füßen hatten, auch wenn er russisch war. Camrans Freund Andrej entstammte einem alten Fürsten-

geschlecht, das eng mit den Romanows befreundet war, ein Umstand, der in den unbeständigen Zeiten von Kaiserin Anna Iwanowas Herrschaft nicht unwichtig war. Annas ehemaliger Fürsprecher Dolgorukow war mit seiner ganzen Familie nach Sibirien verbannt worden.

Ein kalter Wind wehte von der Ostsee herüber und ließ Malvina frösteln. Andrej und Camran hatten ihr versprochen, dass die Sommer hier warm und schön sein würden, doch von Andrejs Frau hatte sie erfahren, dass dann die Mücken eine richtige Plage wurden. Sie verließ die Terrasse von Andrejs Stadtpalais und ging zurück in die Werkstatt, in der ein Kunsthandwerker dabei war, den Rahmen für eines der Landschaftsbilder zu fertigen, das sie mit sich genommen hatte. Das andere Bild hatte Leonidas Percy Richard Hughes übergeben, der es bis zu ihrer Rückkehr aufbewahren wollte. Da ihr Russisch noch bruchstückhaft war, benutzte sie Gesten, um dem russischen Künstler zu erklären, wie sie sich den Rahmen für das Bild vorstellte. Nach ihren Zeichnungen hatte er einen üppigen äußeren Rahmen geschaffen, der zur Bildmitte hin abgestuft war. Camran hatte ihr die Symbole seiner Loge erklärt, die sie sorgfältig aufgemalt hatte und welche sie nun von dem Künstler detailgetreu umgesetzt fand. Jetzt fehlte nur noch das Herzstück.

Während der gesamten Überfahrt hatte sie überlegt, wie sie einen Teil des Geheimnisses verschlüsseln konnte, ohne einem Nichteingeweihten zu viel zu verraten und einem Suchenden zu wenig. Mit dem Ergebnis zufrieden hatte sie Iwan, dem Kunsthandwerker, schließlich die in Spiegelschrift verschlüsselten Worte notiert und ihm gezeigt, wie er sie auf der innersten Rahmenleiste einzufügen hatte. Der Rahmen war vergoldet worden, und heute begann Iwan mit dem Eingravieren des Geheimcodes. Malvina stand stumm neben dem kleinen Mann und sah zu, wie er mit sicherer Hand die Schnörkel und Striche setzte, die sie zuvor aufgeschrieben hatte. Andrej hatte sich wiederholt für ihre Sicherheit in seinen Räumen verbürgt und war der Überzeugung, dass niemand auf die Idee kommen würde, sie hier zu suchen. Es gab einige englische Kaufleute und Offiziere in Sankt Petersburg, doch die verkehrten nicht in Fürst Andrejs Palais, und seinen Dienstboten hatte er unter Androhung des Todes verboten, auch nur ein Wort über die Anwesenheit seiner Gäste verlauten zu lassen.

»Air a dhion le Bohaz is Jakin bidh Raphziel a'sealtainn an slighe dhut«, murmelte sie, während Iwans Stichel unwissend die Zeichen in das Blattgold ritzte. »Gebe der Allmächtige, dass ich das Richtige getan habe«, sagte sie leise zu sich.

Irritiert hob Iwan den Kopf, doch sie winkte ab und sagte in gebrochenem Russisch, dass sie manchmal mit sich selbst spräche. In diesem Moment betrat Camran den Raum und gab ihr mit seiner kraftvollen Gestalt und seinem zuversichtlichen Lächeln neues Selbstvertrauen. An seiner Seite würde sie auch ihr Exil in Russland überstehen.

Von einem an diesem Morgen in den Hafen von Sankt Petersburg eingelaufenen französischen Schoner, unter dessen Passagieren sich auch ein Priester befand, hatte man ihnen noch keine Nachricht gegeben. Der unscheinbare Priester bahnte sich seinen Weg durch den belebten Hafen, wo er unter den vielen neu angekommenen Passagieren nicht auffiel. Unbehelligt gelangte er in ein bescheidenes Gasthaus, das in jenem Viertel lag, in dem die Dienstboten der reichen Adligen ihre Einkäufe tätigten. Nach dem ermunternden Aufblitzen von einer Goldmünze gab der Wirt ihm bereitwillig Auskunft über die Gäste von Fürst Andrej, die dieser vor neugierigen Augen zu beschützen versuchte. Dem Personal jedoch entging nichts, und es war nur eine Frage seiner Geduld, mit der der Priester gesegnet war, und einer angemessenen Belohnung, bis er erfahren würde, ob es sich bei dem geheimnisvollen Paar tatsächlich um die von ihm Gesuchten handelte.

Kapitel 10

Einsamkeit ist die Schwester der Tränen
oder die Mutter der Kraft.
Margarete Seemann

Als Catherine ihren Wagen erreichte, begann es erneut zu regnen. Sie setzte sich in den Geländewagen, stellte die Scheibenwischer und das Gebläse an und sah auf das Wasser hinaus, das, durch den Wind in Bewegung versetzt, an den mit Kieseln übersäten Uferstreifen schlug. Calums Worte hatten sie nicht nur beunruhigt, sondern gleichzeitig irritiert und ihre Nervosität bis zu einem kaum zu ertragenden Maß gesteigert. Zu groß war die Ungewissheit, was von ihr erwartet wurde, und noch gab es zu viele Fragen, auf die sie keine Antwort wusste. Sie drehte den Zündschlüssel im Schloss, als ihr Mobiltelefon läutete. Sie sah auf das Display und erkannte Toms Nummer. Ihr schlechtes Gewissen meldete sich.

»Hallo, ja, entschuldige, ich hätte mich längst melden sollen«, sagte sie, um ihm zuvorzukommen.

»Ist schon okay, Catherine, ich verstehe zwar nicht ganz, auf was für einem Trip du gerade bist, aber wenn es das ist, was dir fehlte, dann nur zu. Allerdings kann ich deine Stelle nicht länger mit Zeitarbeitern ausfüllen. Seit einigen Tagen habe ich einen wirklich guten neuen Mann hier ...«

»Schon klar, Tom, du willst, dass ich gehe.« Eine Kündigung war unausweichlich geworden, das wusste sie selbst. Er konnte die Agentur nicht mit ständig wechselnden Mitarbeitern führen, schon gar nicht, wenn es um die Position eines Webdesigners ging.

»Tut mir wirklich Leid, Cathy, schon weil du ein echter

Verlust für die Firma bist, aber so kann ich nicht arbeiten. Lass uns trotzdem in Kontakt bleiben, und wenn du wieder zurückkommst, reden wir noch einmal miteinander ...«

»Das ist sehr lieb von dir. Ich kann dir auch nicht erklären, was mit mir los ist. Irgendwann vielleicht. Es hat sich einiges geändert. Ich habe Dinge erfahren, die mein Leben völlig auf den Kopf gestellt haben.« Sie seufzte.

»Aber du bist nicht krank oder so?«, fragte er vorsichtig.

»Oh nein. Mach dir keine Sorgen. Es sind mehr familiäre Dinge.«

»Alles klar, da mische ich mich nicht ein. So was kann einen ziemlich mitnehmen. Ich versuche ja immer, meine Familie nur einmal im Jahr zu Weihnachten zu sehen. Selbst dann bin ich froh, wenn meine Schwester und mein Bruder mit ihren Kindern und Angetrauten wieder weg sind. Habe ich dir mal erzählt, dass mein Schwager Präsident einer Schrebergartenkolonie in Bochum ist?« Er lachte.

Catherine konnte sich den coolen Tom kaum in der Gesellschaft eines Kleingartenkolonisten vorstellen und musste ebenfalls lachen. »Nein, hast du nicht. Danke für dein Verständnis«, fügte sie hinzu.

»Ich habe dich gerade gefeuert, vergiss das nicht«, meinte er mit scherzhaftem Unterton.

»Trotzdem, danke, Tom, für alles. Du warst immer verständnisvoll und ...«

»Halt, halt!«, unterbrach er sie. »Das ist ja wohl kein Abschied für immer. Ich schick die Papiere und alles an deine Kölner Adresse, aber wenn du wieder hier bist, gehen wir essen. Das schuldest du mir!«

»Natürlich. Bis dann.« Sie legte auf, denn ganz gegen ihre Gewohnheit schluckte sie aufkeimende Tränen herunter. Sie fühlte sich, als hätte jemand sie auf ein Karussell gesetzt, das sich immer schneller zu drehen begann, und sie hatte den Zeitpunkt für einen Absprung schon lange verpasst. Aber hatte es einen solchen Moment je gegeben? Entschlossen ließ sie den Wagen an und verließ Balmaha.

Der Regen wurde jedoch immer stärker, und der Wind peitschte die dicken Tropfen mit einer solchen Wucht gegen die Scheiben, dass sie kaum noch die Straße erkennen konnte. Als sie nach einer halben Stunde Fahrt im Schneckentempo ein Schild mit der Aufschrift Bed & Breakfast am Straßenrand sah, setzte sie den Blinker und steuerte das kleine Landhotel an, das sich beim Näherkommen als modernisierter Komplex mit drei Restaurants und Golfplatz entpuppte. Catherine sah den Zimmerpreis bereits ein erhebliches Loch in ihr Portmonee reißen, doch das düstere Wolkengebirge am Himmel versprach keine Besserung des Wetters in absehbarer Zeit, also parkte sie kurz entschlossen den Geländewagen neben einer gepflegten Limousine und ging in das Hotel.

Wider Erwarten bot man ihr ein erschwingliches Zimmer an, in das sie sich dankbar zurückzog. Nach einem Bad fühlte sie sich entspannter und rief Clara an, die gleich wissen wollte, wo sie blieb und wie das Gespräch verlaufen war.

»Cameron House, kurz hinter Balloch. Ich konnte kaum noch die Hand vor Augen sehen bei dem Regen, und wenn es dann ganz dunkel ist, hätte ich mich womöglich noch verfahren. Morgen erzähle ich dir mehr.«

Clara stimmte ihr zu. »Nein, nein, das hast du ganz richtig gemacht. Für heute Nacht haben sie Sturm vorausgesagt. Ich habe furchtbare Kopfschmerzen, werde jetzt eine Tablette nehmen und mich dann schlafen legen. Bis morgen, Cathy.«

»Gute Besserung, Clara.«

Nach dem Essen lag Catherine noch lange wach in ihrem

Bett. Irgendwann fiel sie in einen unruhigen Schlaf, der ihr Albträume bescherte, in denen sie hilflos mit ansehen musste, wie der in eine purpurne Robe gekleidete Kardinal, dessen Gesicht grotesk verzerrt war, ihre Großmutter in die Krypta einer Abtei schleppen ließ. Als seine klauengleiche Hand sich Morvens Gesicht näherte, wachte Catherine schwitzend und mit einem stummen Schrei auf den Lippen auf. »Der schwarze König«, murmelte sie.

Früh am nächsten Morgen brach sie nach einem ausgedehnten Frühstück auf. Der Sturm hatte sich gelegt, nur abgerissene Zweige und Geröll von den felsigen Hügeln zeugten von dem nächtlichen Unwetter. Der Himmel riss langsam auf, und als sie Arrochar hinter sich gelassen hatte, schien die Sonne viel versprechend von einem blauen Himmel auf die nur stellenweise noch regennasse Straße. Die düsteren Bilder ihrer Träume kamen ihr albern vor, und sie fragte sich langsam, ob sie alles, was Calum gesagt hatte, auch ernst nehmen sollte. Immerhin war er ein kranker und vom Leben enttäuschter Mann. Vielleicht dramatisierte er gern, um sich interessant zu machen, und schließlich war nicht jeder katholische Geistliche eine potenzielle Bedrohung, obwohl der Gedanke etwas Sarkastisches an sich hatte.

Sie lenkte den Geländewagen auf den schon gut gefüllten Parkplatz von Balarhu. Von der Terrasse drang das Stimmengemurmel der vormittäglichen Gäste herüber. Catherine betrat die Küche durch den Hintereingang.

»Guten Morgen! Ihr seid schon so fleißig. Wo braucht ihr mich am dringendsten?« Sie sah Nellie fragend an, die sich gerade ein Tablett mit Bestellungen belud. »Wo ist Clara? Geht es ihr nicht gut?«, fragte Catherine besorgt, als sie Nellies bedrückte Miene bemerkte.

»Gesundheitlich schon, es ist … sie wird es dir sagen. Sie ist in Morvens Arbeitszimmer.« Rasch nahm Nellie ihr

Tablett auf und verschwand durch die Tür in den Wintergarten.

Mit einer unguten Vorahnung ließ Catherine ihre Handtasche auf einen Küchenstuhl fallen und ging über den Flur in Morvens Arbeitszimmer. Die Tür war nur angelehnt und machte ein leise quietschendes Geräusch, als sie sie vorsichtig aufdrückte. Clara stand mit dem Rücken zu ihr vor dem Fenster und bewegte sich nicht.

»Clara! Was ist denn passiert?«

Langsam drehte Clara sich um und sah sie schuldbewusst an. »Oh Catherine, ich weiß auch nicht, wie das passieren konnte.« Kraftlos hob die sonst so energiegeladene Frau die Schultern. »Das Bild ist weg.«

»Aber wie ...?«, brachte Catherine fassungslos heraus.

Claras Haare sahen wirr aus, und sie machte einen so niedergeschlagenen Eindruck, dass Catherine auf sie zuging und ihr tröstend über ihren Kopf strich. »Erzähl doch einfach, was geschehen ist, egal was es ist, dich trifft bestimmt keine Schuld.«

Eine Träne rollte unter ihrer Brille hervor, als Clara sagte: »Hätte ich gestern die Tabletten nicht genommen, hätte ich sicher etwas gehört! Aber bei Sturm habe ich oft so starke Kopfschmerzen. Jedenfalls sehe ich heute Morgen, dass die Terrassentür offen steht. Alles war ganz nass! Wir mussten die Tischdecken abnehmen!« Sie nestelte an der weißen Schürze, die schon Spuren der morgendlichen Arbeit in der Küche zeigte. »Zuerst habe ich hier nachgesehen, aber anscheinend gab es nichts, was die Diebe interessiert hätte. Aus der Küche haben sie die Blechdose mit unserem Wechselgeld mitgenommen, aber dann sind sie wohl nach oben und haben die Abstellkammer aufgebrochen und durchwühlt. Einige Silberstücke fehlen und eben das Bild, das wir so schön dort versteckt hatten.« Betreten sah sie auf den Boden.

»Aber du hättest doch gar nichts machen können, Clara«, tröstete Catherine sie. »Sei bloß froh, dass du nicht aufgewacht bist, sonst wärest du dem Dieb begegnet und er hätte dir womöglich etwas angetan.«

»Hmm, kann schon sein. Aber was machen wir jetzt?«

»Gar nichts!«, erklang eine entschiedene Stimme hinter ihnen.

Augenblicklich fuhr Catherine herum. »Morven!«

Lächelnd stand ihre Großmutter in der halb offenen Tür. Sie hatte sich seit ihrer letzten Begegnung kaum verändert. Vielleicht durchzogen mehr graue Strähnen ihre dunklen Haare, doch ihre Augen hatten noch denselben Glanz, auch wenn ein Meer von zarten Linien sie umgab, ihre Figur war die einer jungen Frau, ihre Haltung gerade und ihre Ausstrahlung voller Energie. Sie trug eine weiße Leinenhose, eine langärmelige weiße Bluse und Wildlederslipper. Ihre gebräunte Haut nahm in der Sonne denselben Ton an wie Catherines, und Morvens einziger Schmuck waren ein goldener Armreif und ein rundes goldenes Medaillon, das an einem Lederband an ihrem schlanken Hals hing.

»Nanna!«, sagte Catherine erfreut und umarmte ihre Großmutter.

Morven hielt Catherine fest umschlungen und küsste sie auf Haar und Wangen. Schließlich hielt sie sie eine Armeslänge von sich ab und betrachtete sie liebevoll. »Du hast dich verändert, Cat, und du bist eine schöne junge Frau. Briana und Johannes dürfen sehr stolz auf dich sein.«

Ein Schatten glitt über Catherines Gesicht. Sie löste sich von Morven und wollte etwas sagen, doch ihre Großmutter kam ihr zuvor, indem sie zu ihrer langjährigen Freundin ging und diese ebenfalls herzlich begrüßte. »Arme Clara, was hast du durchmachen müssen. Aber Cat hat ganz Recht, du hättest nichts tun können, selbst wenn du wach gewesen wärst. Das Bild ist weg. Daran können wir nichts ändern.«

»Aber ich hätte es niemals aufhängen dürfen! Das war ein Fehler, den ich ...«, wollte Clara sich entschuldigen, doch Morven winkte ab.

»Das erscheint dir nur so, Clara. Es war ein äußerer Anlass, sonst nichts. Wir hätten so oder so Besuch bekommen.« Morven sah Erleichterung in den Augen ihrer Freundin aufkeimen. Es lag ihr fern, Clara Kummer zu bereiten, und sie bemühte sich immer darum, alles, was sie betrüben oder beunruhigen könnte, von ihr fern zu halten. Auch wenn sie nicht so auf andere wirkte, Clara war ein äußerst sensibler Mensch und viel zerbrechlicher, als es den Anschein hatte. Morven erinnerte sich deutlich an das Häuflein Elend, das sie vor vielen Jahren an der Bushaltestelle am Pier von Inveraray aufgelesen hatte. Ihr Verlobter war kurz zuvor verstorben und hatte alle Träume und Pläne der jungen Clara mit sich ins Grab genommen. Sie selbst war nach Farquars Tod nicht eben in der besten Verfassung gewesen, doch weit davon entfernt, sich gehen zu lassen. Tod und Leben waren untrennbar miteinander verbunden, das hatte sie vor langer Zeit begriffen und die Furcht vor dem, was die meisten Menschen als unbekannte Bedrohung von sich wiesen, aufgegeben. »Ich habe furchtbaren Hunger. Die Fahrt von Oban hier herunter war grauenvoll. Könntest du uns nicht etwas zaubern?« Sie hielt inne, denn es klapperte laut in der Küche. »Oder etwas später. Ihr habt reichlich Gäste, glaube ich.«

Clara strich sich über ihre Schürze. »Du meine Güte, die arme Nellie ist ganz allein! Wenn wir den Mittagsansturm überstanden haben, könnten wir alle zusammen essen, ja?« Hastig eilte sie in die Küche und ließ Catherine und Morven zurück, die sich sekundenlang in verlegenem Schweigen gegenüberstanden.

»Ich war bei Calum«, fing Catherine an. Wenn sie Morven mit Calum verglich, konnte sie kaum glauben, dass beide ungefähr gleich alt waren.

»Deshalb bin ich hier. Er hat mich gestern angerufen und klang ziemlich durcheinander.« Liebevoll sah sie ihre Enkelin an. »Er hat dich mit seinem Gerede vom Kardinal und unserer kleinen Fehde hoffentlich nicht zu sehr verunsichert?« Ein innerer Kampf aus Zweifel, Zorn und Angst war in Catherines Gesicht zu lesen, und Morven war sich im Klaren darüber, dass sie ihre Enkelin damit nicht allein lassen konnte.

»Verunsichert ist eine milde Version von dem, was ich gerade durchmache.« Hilflos hob Catherine die Schultern. »Ich höre einen Haufen Andeutungen, mysteriöse Verknüpfungen von Logen und einem Bild, das nun doch nicht der Schlüssel zu sein scheint, und dann ist die Rede von einem Kardinal, der der schwarze König in einem seltsamen Spiel ist. Ehrlich, Morven, was denkst du, würde jeder normale Mensch von all dem halten?«

Morven lachte leise. Ihre Stimme war rauchig und melodiös. »Was heißt schon normal? Komm mit, Cat, wir machen einen kleinen Ausflug.« Ohne auf eine Antwort zu warten, ging sie voraus.

Catherine folgte ihr zwar, steckte aber den Kopf in die Küche, um zu sehen, ob Clara und Nellie ihre Hilfe brauchten, doch die beiden schafften es auch ohne sie, denn das Café war nicht vollständig besetzt. Auf dem Parkplatz steuerte Morven auf einen dunklen Allradwagen zu. »Gillians«, sagte sie und öffnete die Türen.

Catherine stieg ein. »Wie geht es ihr?«

»Nicht so besonders. Sie war sehr krank, und ihre einzige Tochter ist nach Neuseeland gezogen.«

»Du bist wohl für alle der barmherzige Samariter ...«, bemerkte Catherine, und Kritik schwang in ihrer Stimme mit.

Morven warf ihrer Enkelin einen kurzen Blick zu, bevor sie sich wieder auf die Straße konzentrierte. »Ja, Cat, ich helfe gern, wenn ich gebraucht werde, und jetzt bin ich hier.«

»Wo fahren wir eigentlich hin?« Es hätte wenig Sinn gehabt, Morven jetzt mit Vorwürfen zu überhäufen.

»Nicht weit von hier ist ein Stück Wald, das ich immer besonders gemocht habe. Der Strand dort, oder das, was man als solchen bezeichnen könnte, ist sehr schmal und für Gäste unattraktiv, deshalb ist die Natur noch ziemlich ursprünglich.«

»Waren wir schon einmal dort?« Durch Crarae und Minard waren sie bereits hindurchgefahren. Catherine sah ein Hinweisschild nach Minard Castle, welches auf einer kleinen Landzunge in den Meeresarm hineingebaut worden war.

»Nein. Es gibt noch eine Menge Orte, die du nicht kennst, aber bisher warst du auch immer nur Feriengast.« Doch das konnte sich ändern, denn sie hatte den Eindruck, dass Catherine sich wohl fühlte in Balarhu und keine Verpflichtungen in Deutschland hatte, die sie von hier fortzogen. »Gibt es niemanden, der dich drüben vermisst, Cat?«

Überrascht sah Catherine zu ihrer Großmutter hin. »Wie kommst du darauf?«

»Nur so, es ist doch nicht abwegig zu vermuten, dass eine so schöne Frau wie du einen Verehrer hat.«

»Zu kompliziert, es hat nie lange gehalten«, antwortete Catherine knapp.

»Wer ist zu kompliziert, du?«

»Wahrscheinlich.«

»Kann ich mir nicht vorstellen. Du bist nur zu ehrlich, und der Richtige war nicht dabei.« Der Wagen wurde von Morven auf einen engen Waldweg gelenkt, der sie durch ein dicht bewachsenes Stück Nadelwald direkt hinunter an das Ufer von Loch Fyne führte.

Unwillkürlich dachte Catherine an die letzte Begegnung mit Fin. Wenn sie sich ihren Gefühlen nicht stellte, würde sie nie erfahren, ob sie noch eine Chance hatten oder nicht. Nachdem Morven den Wagen zwischen den Bäumen abgestellt hatte, stieg sie aus und streckte sich, wobei sie die salzige Luft einatmete. »Schön!« Catherines Blick streifte über das dichte Grün des Nadelwaldes und von dort auf die ruhig in der Sonne liegende Wasserfläche, in der sie mehrere kleine Inseln entdeckte. »Was sind das für Inseln?«

Morven sah sie prüfend an. »Du hast sie noch nie gesehen, nicht wahr?«

»Nein. Wir waren bisher nicht hier.« Die kleinen Landstücke erhoben sich felsig und teilweise mit Bäumen bestanden aus dem Wasser.

»Sie haben nicht alle einen Namen, aber eine von ihnen heißt Shenmòray.« Ehrfurcht klang in Morvens dunkler Stimme, als sie den Namen aussprach. Sie konnte sich kaum noch erinnern, wann sie zuletzt einen Fuß auf das Eiland gesetzt hatte.

»Welche?«

»Welche denkst du?«, fragte Morven und schaute in erwartungsvoller Spannung zu Catherine.

»Ich weiß nicht. Die da vorn vielleicht? Sie sehen alle ziemlich ähnlich aus«, meinte Catherine und wurde langsam ungeduldig, denn sie hatte unendlich viele Fragen, die sie Morven stellen wollte.

Enttäuscht den Kopf schüttelnd setzte sich Morven in das warme Gras, zog ihre Slipper aus und bedeutete ihrer Enkelin, es ihr gleichzutun. Die Sonne hatte den Sand und die Kieselsteine erwärmt, die auch hier den schmalen Sandstreifen bis hinunter ins Wasser größtenteils bedeckten. Ungeduld war auch bei ihr nicht angebracht, denn sie konnte nicht das Unmögliche von Catherine erwarten. Als Catherine neben ihr saß, betrachtete sie ihr markantes Profil mit der kleinen, leicht gebogenen Nase von der Seite. Sie entdeckte erste Sorgenfalten im Gesicht ihrer Enkelin und wünschte sich, sie wäre da gewesen, als Catherine sie gebraucht hatte. Es war ihr bewusst, dass das Leben für sie nicht einfach sein konnte, nicht mit ihrer Bestimmung, deren sie sich erst jetzt langsam gewahr wurde.

Catherine begann mit dem, was ihr als Erstes in den Kopf schoss. »Hast du gewusst, dass Dougal mein Vater ist?«

»Ist das denn wichtig? Du hast Eltern, die dich lieben. Ändert die Tatsache, dass du auf einmal weißt, wer dich gezeugt hat, etwas daran, wer du bist?« Warum hatte Briana ihr das ausgerechnet jetzt gebeichtet, fragte sich Morven ärgerlich.

Sekundenlang blitzte Zorn in Catherines Augen auf, der von Resignation abgelöst wurde. »Ich weiß es nicht«, sagte sie schließlich. »Und das macht es eigentlich noch schlimmer.«

»Wie kann es das?«

»Wie? Weil es mein ganzes bisheriges Bild von meinem Leben, meiner Familie und mir auf den Kopf stellt! Stell dir vor, ich hätte mich in Rory verliebt, er ist mein Halbbruder!«

»Du hast dich nicht in ihn verliebt.«

»Aber es hätte doch passieren können!«

»Nein.«

»Verdammt, wie kannst du dir da so sicher sein?«

»Er ist nicht für dich bestimmt«, sagte Morven schlicht.

Catherine gab es auf, gegen diese Art der Argumentation war sie machtlos. »Das steht wohl alles im Buch des Lebens«, sagte sie zynisch.

»Gib mir deine Hände«, forderte Morven sie auf und hielt ihr die eigenen Hände geöffnet entgegen.

Mit fragendem Blick, doch ohne zu zögern, legte Catherine ihre Hände in die ihrer Großmutter.

»Jetzt schließ deine Augen und lass deinen Ärger und deinen Kummer los. Du bist hergekommen, weil du tief in deinem Inneren unzufrieden mit deinem Leben warst. Ich war nur ein Vorwand.«

»Aber das ist nicht ...«, protestierte Catherine.

Morven verstärkte den Druck ihrer Hände. »Es ist so, auch wenn deine Entscheidung unbewusst war. Dass Dougal dein leiblicher Vater ist, hat dich verletzt, verunsichert und zornig gemacht, weil du denkst, man hätte dich betrogen. Jeder Mensch hat seinen eigenen Weg, deine Mutter hat ihren gewählt. Sie hat sich gegen das alte Wissen und die Bürde, die seit Generationen von den Frauen unserer Familie getragen wird, gesperrt.« Morven seufzte. »Schon als Kind war sie ganz anders als du. Als wir uns jedoch das erste Mal begegneten, habe ich sofort gespürt, dass du die Nächste sein wirst. Nur dieses Vertrauen in dich hat mich all die Jahre warten lassen, aber jetzt ist es so weit, Cat. Die Zeichen stehen auf Kampf. Wir können uns nicht länger verstecken.«

»Welche Bürde, Morven? Gegen wen kämpfen wir und was gilt es zu verteidigen?« Ungeduldig sah Catherine ihre Großmutter an.

Morven fühlte, wie Catherines Hände zitterten, und gleichzeitig spürte sie die unbändige Energie, die von ihrer Enkelin ausging und mit der diese noch nichts anzufangen wusste. »Wenn es so leicht wäre ... Horche in dich hinein, Cat. Bevor du die Wahrheit sehen kannst, musst du dich selbst erkennen, denn darin liegt der Anfang der Weisheit. Bücher, Philosophen oder Priester können dabei nicht helfen, sie können dir die Frage, ob es einen Gott gibt, wie die Wahrheit oder die Wirklichkeit aussehen, nicht beantworten. Niemand außer dir selbst kann das. Es führt kein Pfad zur Wahrheit. Aber wenn du den Schritt getan hast, verstehst du, was ich dir jetzt nicht sagen kann.« Morven dachte an Krishnamurti, den indischen Freigeist, der diese Erkenntnis so treffend formuliert hatte. »Niemand kann dir ein Lehrer sein. Wenn du begreifst, dass im Verstehen deiner eigenen Verzweiflung, deiner Trauer, deiner Hoffnungen, die Wirklichkeit liegt, dass sie etwas Lebendiges ist, dann siehst du die Wahrheit. Verbitterung, Zynismus und Selbstmitleid lassen dich im Dunkeln. Du allein bist für dich und die Welt verantwortlich. Diese Erkenntnis macht dich einsam, aber sie gibt dir auch Kraft und Stärke.« Es gab noch viele Dinge, die sie Catherine sagen wollte, aber Morven spürte die Zweifel und den Widerstand ihrer Enkelin, die sich gegen die schmerzhafte Wahrheit ihrer Worte sperrte. Es musste schwer sein für Catherine, die in einer rationalen Zeit aufgewachsen war, in der es auf alles eine Antwort zu geben schien, zu akzeptieren, dass Wissenschaft nicht alles erklären konnte, und dass erlernte Traditionen und Konventionen den Menschen Zwänge auferlegten und eine nur scheinbare Freiheit gewährten.

Ihre Hände ruhten noch immer in denen ihrer Großmutter, die ihr nie geheimnisvoller und zugleich näher als in diesem Moment erschienen war. Sie öffnete die Augen und fand den Spiegel ihrer Seele in den dunkelbraunen Augen Morvens. Ein Frösteln überkam Catherine. Verunsichert zog sie ihre Hände zurück und wandte den Blick ab. »Ich werde darüber nachdenken, Morven.« Zu mehr war sie jetzt nicht in der Lage.

Morven deutete auf das vor ihnen liegende Wasser, in dessen Hintergrund sich die Berge türmten. Nur einige wenige Wolken ließen noch auf das schlechte Wetter der letzten Nacht schließen, denn die Sonne schien mit ihrer ganzen sommerlichen Kraft auf das Land herab. »Ist das nicht schön?« Sie stand auf, breitete ihre Arme aus und hielt ihr Gesicht in die Sonne.

Zögernd folgte Catherine ihr, denn sie wusste nicht, was Morven als Nächstes vorhatte. Doch diese schien das Gespräch völlig vergessen zu haben, knöpfte sich die Bluse auf und glitt, nachdem sie sich ihrer gesamten Kleidung entledigt hatte, in das kühle Wasser von Loch Fyne. Erleichtert lachend folgte Catherine ihrem Beispiel und musste feststellen, dass Morven noch immer die bessere Schwimmerin war. Als sie später erschöpft auf ihren Kleidern am Ufer lagen und sich trocknen ließen, sagte Catherine: »Du bist unglaublich. Niemand würde mir glauben, dass du meine Großmutter bist.«

Morven verzog ihren Mund. »Großmutter klingt auch furchtbar alt. Ich bin einfach nur Morven.«

»Einfach nur Morven« war ein Widerspruch in sich, fand Catherine, denn wenn jemand alles andere als einfach war, dann Morven. Es war später Nachmittag, als sie zurückfuhren. Ihre Kleidung war noch nass und Catherine hatte das Fenster heruntergedreht, damit der Fahrtwind ihr T-Shirt trocknen konnte. »Bleibst du hier?«

»Nein, Gillian wartet in Inveraray auf mich. Wir fahren heute noch zurück.« Morven drehte ihre nassen Haare mit einer Hand nach hinten.

»Warum könnt ihr denn nicht wenigstens einen Tag bleiben, dann könnten wir reden«, bat Catherine.

»Cat, es gibt nichts, was ich dir jetzt noch sagen könnte. Zuerst musst du deinen Weg finden.« Es fiel ihr schwer, die sichtbar verzweifelte Catherine mit sich allein zu lassen, aber es gab keine andere Möglichkeit.

»Aber was soll ich denn machen?« Ihre Hände umklammerten einander, während sie das unbewegte Gesicht ihrer Großmutter ansah.

»Was hättest du denn getan, wenn ich nicht gekommen wäre?«

»Ich hätte dich gesucht!«

»Schön, und wenn du mich nicht gefunden hättest?«

»Weitergemacht wie bisher. Fragen gestellt, nach Antworten gesucht und versucht, hinter das Rätsel deines Bildes zu kommen.« Erst jetzt fiel ihr wieder ein, dass das Gemälde gestohlen worden war.

»Dann tu das.«

»Und du? Hast du keine Angst? Immerhin hat Calum gesagt, ›es fängt wieder an‹.«

»Calum übertreibt gerne«, versuchte Morven die Aussage ihres Freundes zu relativieren. »Immerhin weißt du nun, dass du auf dem richtigen Weg bist.«

»Und was meint er mit dem ›Spiel des Lebens‹?« Rasch stellte Catherine die Fragen, die ihr auf der Seele brannten, denn sobald sie in Inveraray waren, würde Morven keine Zeit mehr haben.

»Eine Metapher, Cat, eine schöne Metapher. Ist das Leben nicht ein Spiel, in dem das Gute im ewigen Kampf gegen das Böse liegt?« Während sie das sagte, wanderten ihre Gedanken in eine Vergangenheit, die voller Kämpfe und Zweifel gewesen war, und sie hätte ihrer Enkelin den beschwerlichen Weg, der noch vor ihr lag, gern abgenommen, doch das lag außerhalb ihrer Möglichkeiten. Obwohl Catherine noch zweifelte, war Morven der festen Überzeugung, dass sie stark genug war, ihrer Bestimmung zu folgen, und das gab ihr die nötige Gewissheit, sie jetzt allein lassen zu können. Nicht ganz allein. Sie fuhr auf den Parkplatz von Balarhu, auf dem Finnean gegen einen Wagen gelehnt stand.

Catherine öffnete die Wagentür, stieg aus und erwartete, dass Morven ebenfalls ausstieg, doch diese blieb im Wagen. »Willst du gleich wieder weg?«

»Ich hole Gillian ab und komme auf dem Rückweg noch einmal vorbei. Außerdem wartet jemand auf dich!« Langsam fuhr sie vom Parkplatz und grüßte Finnean durch das offene Fenster. »Wie war es auf Abaco? Habt ihr etwas erreicht?«

Er machte eine vage Handbewegung. »Teilweise. Immerhin musste die Navy zeitweise eine Sendepause einlegen.«

»Gut so! Bis dann!« Morven verließ den Parkplatz und bog auf die Straße nach Inveraray ein.

Mit verschränkten Armen stand Catherine auf dem Parkplatz und musterte Fin, der keine Anstalten machte, sich zu rühren. »Willst du da Wurzeln schlagen, oder warum bist du hier?«

Er grinste. »Du siehst wirklich zum Anbeißen aus, Cat, besonders in dem nassen T-Shirt.«

»Ich hatte vergessen, dass du so auf Äußerlichkeiten fixiert bist«, gab sie schnippisch zurück.

»Und wenn schon, ich bin eben nur ein Mann«, meinte er und betrachtete ihre schlanke Figur.

»Also, was willst du?«

»Komm schon, Cat, sei nicht so borstig. Ich möchte mit dir reden. Nach der Nacht im Pub hatten wir noch keine Gelegenheit, uns zu sehen, obwohl ich ja glaube, dass du mir bewusst aus dem Weg gehst.«

In seinen blonden Haaren steckte eine Sonnenbrille, die verwaschenen Shorts waren irgendwann einmal olivgrün gewesen, und sein kurzärmeliges Hemd wies ein hawaiianisches Blumenmuster auf. »Ich bin dir nicht aus dem Weg gegangen«, log sie. »Außerdem hätte ich dich in dem Hemd kaum übersehen können.«

»Tolle Farben, oder? Und die Insel selbst ist ein Traum. Warst du schon mal dort?«

»Nein. Mir wird kalt. Ich gehe mich jetzt duschen und umziehen. Wenn du willst, kannst du ja etwas essen. Clara und Nellie freuen sich bestimmt, dich zu sehen.« Sie drehte sich um und wollte zum Haus gehen, doch er holte sie ein, bevor sie an der Haustür war.

»Du nicht?« Er stand direkt hinter ihr und drehte sie an den Schultern zu sich herum.

Wie konnte sie ihm sagen, dass in ihrem Inneren ein Chaos herrschte und sie sich selbst nicht mehr kannte? Sie fühlte sich erschöpft und einsam, und sie hatte Angst, sich ihm anzuvertrauen, obwohl sie nichts lieber täte. Aber was geschah, wenn er sie wieder im Stich ließ? »Doch, Fin, ich müsste lügen, wenn ich sagen würde, dass ich dich nicht gern sehe, aber ich bin momentan nicht in der besten Verfassung ...«

»Ich habe mich geändert, Cat. Ich bin nicht gekommen, um dir wehzutun. Wenn du nur eine Schulter zum Anlehnen brauchst, dann möchte ich für dich da sein.« Seine kräftigen Händen strichen ihr über den feuchten Rücken.

»Und dann? Dann bist du wieder weg, nein, ich kann das nicht!« Sie wollte sich von ihm losmachen, doch er hielt sie fest und sah ihr in die Augen.

»Ich bleibe, so lange du möchtest, Cat. Gib uns eine Chance.«

»Es gibt kein uns.«

»Dann gib mir eine Chance.«

Sie drückte sich an ihm vorbei und sagte, bevor sie ins Haus ging: »Wir können nachher reden, aber versprich dir nicht zu viel davon.«

Als sie die Treppen zu ihrem Zimmer hinaufging, hörte sie ihn unten in der Küche Clara begrüßen, und nach dem Duschen nahm sie sich mehr Zeit für Frisur und Kleidung, als sie es normalerweise tat. Mit lose aufgesteckten Haaren und in einem nussfarbenen Rock mit passendem ärmellosem Top kam sie in zart bestickten Pantoletten in die Küche.

»Wow! Wen willst du denn heute noch verführen?«, begrüßte Nellie sie, was der kessen Australierin einen strafenden Blick einbrachte.

»Ups, habe ich mir den Mund verbrannt, aber ganz ehrlich, du siehst klasse aus, Cathy!«

»Danke. Wo ist Finnean? Schon wieder weg? Würde mich nicht wundern.« Sie zupfte an ihrem Rock.

Nellie grinste. »Dafür, dass er dir nichts bedeutet, bist du aber ziemlich nervös.« Dann nahm sie zwei Teller in die Hand und verschwand mit gekonntem Schwung durch die Tür.

Kapitel 11

Ich will nichts von ihm hören, keine Silbe.
Er wird doch an mich denken.
Ist er denn nicht mehr der, der er einst war?
Hŏ Nansŏrhŏn

Finnean saß mit Clara und einigen Gästen in ein Gespräch vertieft auf der Terrasse. Als er Catherine sah, stand er auf und verabschiedete sich von Clara und den Gästen, unter denen zwei junge Mädchen waren, die ihm mit sehnsuchtsvollen Blicken nachstarrten.

»Ich entreiße dich nur ungern deinen Fans«, sagte Catherine süffisant.

Doch Finnean ignorierte ihre Bemerkung, nahm ihre Hand und zog sie gegen ihren Protest zu sich heran. »Hör auf damit. Es gibt nur einen Grund, warum ich hier bin, auch wenn du das nicht wahrhaben willst, Cat.« Rasch küsste er sie auf die Wange und flüsterte ihr zu: »Du siehst toll aus, und ich komme mir vor wie ein abgerissener Landstreicher. Willst du trotzdem mit mir losziehen?«

Gegen ihren Willen musste Catherine lachen. »Um der alten Zeiten willen.«

Sie gingen durch den Wintergarten, wo Fin auf das Stillleben deutete. »Ein schönes Bild, hängt aber noch nicht lange hier, oder?«

»Nein«, antwortete Catherine, ohne weitere Erklärungen abzugeben, zu denen sie nicht in der Stimmung war. In der Küche klingelte das Telefon und sie nahm das Gespräch entgegen, da Clara auf der Terrasse saß. »Steve!«, sagte sie überrascht und strich sich automatisch über die Haare. Seit ihrem Essen im George hatte sie ihn zweimal nur zufällig getroffen, freute sich jedoch, seine Stimme zu hören.

»Geht es dir gut? Ich hätte dich gern noch einmal ausgeführt, wenn du Zeit hast.« Im Hintergrund zischte die Espressomaschine, die sie aus dem Internetcafé kannte.

»Ja, im Prinzip schon, nur momentan ist es ungünstig.« Catherine warf Fin einen raschen Blick zu, doch dieser widmete sich scheinbar unbeteiligt einem liegen gebliebenen Muffin. »Ich rufe dich an, in Ordnung?«

»Sicher, mach's gut!« Steve hängte ein, und Catherine bedauerte, nicht freundlicher gewesen zu sein.

Fin wischte sich die Hände an einem Handtuch ab und sagte: »Können wir?«

Seine Selbstsicherheit grenzte an Überheblichkeit, und ohne ein Wort folgte sie ihm auf den Parkplatz, wo er direkt auf den blauen Wagen zusteuerte, an den er sich noch vor kurzem gelehnt hatte. »Ein Mietwagen. Hamish fährt seit Jahren kein Auto mehr.«

»Da tut er gut dran«, meinte Catherine mit einem schiefen Lächeln.

»Warum kommst du nicht mal wieder vorbei? Er hat sich wirklich über deine Hilfe gefreut, auch wenn er das nicht zugeben würde.« Fin öffnete ihr die Beifahrertür. »Oder hattest du keine Zeit mehr?«

Catherine hatte die Füße noch nicht ins Auto gezogen und war im Begriff, wieder auszusteigen. »Wenn du Streit willst, bleibe ich hier. Ich habe wirklich genug um die Ohren. Das brauche ich nicht.«

»Sei doch nicht so empfindlich. So war das nicht gemeint. Bitte, Cat …« Noch immer hielt er die Tür, wobei er sie entschuldigend ansah.

»Außerdem wollte Morven auf dem Rückweg noch vorbeischauen.« Sie wollte jetzt wirklich aussteigen, doch Fins Miene ließ sie innehalten.

Er kramte in seiner Hosentasche und holte einen leicht knittrigen Briefumschlag heraus, den er ihr hinhielt. »Hatte ich ganz vergessen. Morven war nur kurz hier, als du unter der Dusche warst. Da hat sie das für dich aufgeschrieben und mich gebeten, es dir zu geben. Tut mir Leid«, fügte er hinzu, als er ihr enttäuschtes Gesicht sah.

Den Tränen nahe nahm Catherine den Umschlag entgegen und ließ sich in den Sitz des Wagens sinken. Still öffnete sie den Umschlag, während Fin ebenfalls einstieg und den Wagen vom Parkplatz lenkte. Sie zog den schlichten weißen Bogen hervor, auf den Morven eilig einige Zeilen in ihrer seltsam altertümlichen Handschrift geworfen hatte, die, wie Catherine jetzt erkannte, der Inschrift auf dem verschwundenen Bilderrahmen ähnelte:

Vielleicht ist es besser so, Cat, ich kann dir jetzt nicht helfen. Vertrau in dieser Sache nur Calum, Fin und mir. Nicht allein das Äußere, sondern auch das Innere musst du schauen. Es gibt kein Ziel, das du erreichen musst, nur den ersten Schritt, aber der währet ewig.
In Liebe
Morven

»Oh Morven, warum machst du es mir so schwer?«, murmelte Catherine, faltete den Brief sorgsam zusammen und schaute dann verstohlen zu Fin. Ihm sollte sie vertrauen, hatte Morven geschrieben. Kannte sie ihn so gut? Warum hatte sie ihr nie davon erzählt? Anscheinend war sie wirklich zu lange fort gewesen. Das Bild. Sie musste herausfinden, was es mit der Inschrift auf sich hatte. Darin hatte Morven sie bestärkt. Das war ihr einziger Anhaltspunkt. Vielleicht kam sie auf diesem Umweg auch dahinter, wer sich die Mühe gemacht hatte, das Bild stehlen zu lassen, denn der Priester war es sicher nicht gewesen, der Antiquitätenhändler vielleicht, aber das wäre nicht sehr klug gewesen, wenn man bedachte, wie leicht sich Spuren heutzutage zurückverfolgen ließen. Das hieß, wenn man sich daranmachte, den Täter zu finden, was Morven ja nicht wollte.

»Cat? Wo bist du mit deinen Gedanken? Ist alles in Ordnung?«, fragte Fin mitfühlend und drosselte das Tempo des Wagens. »Möchtest du, dass ich anhalte?«

»Was? Nein, nein.« Sie sah ihn jetzt direkt an. »Weißt du, was in dem Brief steht?«

»Nein, natürlich nicht! Sie hat ihn für dich geschrieben und verschlossen. Aber selbst, wenn sie das nicht getan hätte, käme es mir nicht in den Sinn, deine Post zu lesen.« Ein Lastwagen nahm fast die gesamte Breite der Straße ein, so dass Fin auf den Grünstreifen ausweichen musste. »Das war knapp.« Er grinste. »Was steht denn drin?«

Sie verstaute den Brief in ihrer Handtasche. »Nichts weiter. Morven hatte nur nicht genug Zeit, sich von mir zu verabschieden, was mich enttäuscht hat, wenn ich ehrlich bin.«

»Morven ist schon eine eigene Person. Entweder man mag sie, oder man kommt überhaupt nicht mit ihr klar. Das ist meine Erfahrung. Ich habe sie eigentlich erst in den letzten Jahren besser kennen gelernt. Durch meine Arbeit.«

Catherine schaute aus dem Wagenfenster und stellte fest, dass sie keine Ahnung hatte, wohin sie unterwegs waren. »Hast du einen Plan, oder fahren wir nur so durch die Gegend?«, fragte sie Fin deshalb.

»Wir fahren nach Crinan, dort gibt es ein sehr nettes Fischrestaurant. Ich habe noch nicht viel gegessen und du sicher auch nicht.« Das klang eher nach einer Feststellung als nach einer Frage.

»Hmm, nein. Eigentlich habe ich seit dem Frühstück nichts mehr gegessen.« Morven hatte Mineralwasser im Auto gehabt, aber das war tatsächlich alles gewesen, was sie zu sich genommen hatte, und wenn sie es recht bedachte, fühlte sich ihr Magen flau an. »Crinan. Das ist ein hübscher kleiner Ort am Wasser, soweit ich mich erinnere. Gibt es dort nicht einen alten Kanal mit einem Treidelpfad?« Jetzt fiel ihr wieder ein, woher sie den Ort kannte – irgendwann war sie mit Morven dort gewesen, weil es ganz in der Nähe Kilmarten Glen, ein stilles grünes Tal, und den vorzeitlichen Steinkreis von Templewood gab. Steinkreise. Wie viele dieser vorgeschichtlichen Zeugen einer unbekannten Kultur hatte sie mit Morven gesehen? War nicht auch ein Megalith auf dem Pendant zu Morvens Bild zu sehen, das in Schloss Kilbride hing? In ihrem Kopf begann sich alles zu drehen, Bilder und Gehörtes überschlugen sich, und sie lehnte sich matt in ihrem Sitz zurück.

Sie musste eingeschlafen sein, denn als sie die Augen öffnete, stand der Wagen, die Beifahrertür war geöffnet, und vom Meer, das sich direkt vor ihr erstreckte, wehte eine salzige Brise herüber, die ihren erschöpften Geist belebte. Auf einem moosigen Felsen, der den Sandplatz, auf dem der Wagen stand, vom Wasser trennte, wuchsen kleine rosafarbene Blumen, die wie Strandnelken aussahen, aber sicher einen anderen Namen hatten. Morven hätte ihn gewusst. Schlagartig wurde Catherine wieder klar, warum sie hier war. Ihr Mund fühlte sich trocken an. Auf Fins Sitz stand eine halb leere Wasserflasche, aus der sie gierig einen großen Schluck trank. Als sie die Flasche absetzte und durch die Windschutzscheibe sah, entdeckte sie Fin, der mit einem Mann auf einem Fischkutter sprach. Fin schien bemerkt zu haben, dass sie aufgewacht war, denn er winkte sie lächelnd zu sich herüber.

Neben dem Wagen führten einige ausgetretene Stufen zu den Felsen hinunter, hinter denen es einen Grünstreifen gab, der das Ufer des Kanals bildete. Hier stand Fin, während der Fischer ihm seinen Fang zeigte und über die riesigen Trawler schimpfte, die mit ihren industriellen Anlagen den traditionellen Fischfang kaputtgemacht hatten.

»Hallo, Cat, geht es dir besser? Du sahst so müde aus, da habe ich dich einfach schlafen lassen.« Er strich ihr flüchtig über die Haare und beendete das Gespräch. »Du hast ganz Recht mit deinen Beschwerden, Taran, aber du siehst ja, wie schwer auch wir es haben, selbst wenn alle Beweise auf unserer Seite sind. Mach's gut.«

»Aye, Mann.« Taran, der Fischer, nickte und sagte grinsend mit einem Blick auf Catherine: »Wünsche dir und deiner schönen *lass* einen netten Abend.«

Bevor Catherine etwas sagen konnte, hatte Fin seinen Arm um ihre Schultern gelegt und ging mit ihr den Kanal entlang. Nach einigen Metern schob sie seinen Arm von sich.

»Entschuldigung, nur weil irgend so ein Fischer meint, ich wäre deine hübsche *lassie* müssen hier keine falschen Gedanken aufkommen ...«

»Wenn du *lassie* sagst, klingt das gar nicht nett«, meinte Finnean mit spöttischem Unterton.

»Ich bin vielleicht auch nicht nett«, erwiderte Catherine prompt.

»Oh doch«, und ohne auf ihren Protest zu achten, nahm er sie in die Arme.

»Lass das«, sagte sie ärgerlich. »Ich bin nicht mitgekommen, weil ich auf ein Schäferstündchen aus war.«

»Ich auch nicht, Cat. Das könnte ich nämlich leicht und unkomplizierter woanders haben.« Fin schien jetzt wirklich verärgert und trat von ihr zurück.

»Dann hol's dir doch woanders!«, rief Catherine und begann, den alten Treidelpfad neben dem Kanal entlangzulaufen. Doch schon nach wenigen Schritten hatte Fin sie eingeholt und hielt sie an einer Hand fest. »Cat! Hör auf mit dem Unsinn! Du brauchst nicht vor mir wegzulaufen.

Ich werde dich nicht mehr anrühren. Können wir jetzt essen gehen? Ich habe Hunger.«

Als sie den Kopf hob, trafen sich ihre Augen, und für einen Augenblick glaubte sie, Verletzlichkeit in seinem Blick zu sehen, doch sofort gewann der spöttische Ausdruck die Oberhand. Sie breitete die Arme aus und sah sich um, doch außer dem Kanal und einigen Cottages in der Ferne gab es nur die Schönheit der Natur. »Wo ist dein Restaurant?«

Er zeigte dorthin, wo der Wagen stand, und sie folgte ihm über den sandigen Parkplatz auf die tiefer gelegene Seite der Bucht, in deren felsiger Umarmung ein zweistöckiges windschiefes Haus dem Wetter trotzte. »Hotel« und »Restaurant« las sie auf dem Schild über dem Eingang. Als sie an einem Tisch mit Blick auf das Wasser saßen, sagte Fin:

»Was kann ich sagen oder tun, damit du deine Meinung über mich änderst, Cat?« Er trank einen Schluck Chablis und griff nach einem Stück Brot, das er jedoch nicht aß.

Warum war ihm das plötzlich so wichtig? Nach all den Jahren tat er so, als bedeute ihre Zuneigung sein Seelenheil. »Keine Ahnung. Warum jetzt? Warum nicht damals? Was ist jetzt anders, Fin?«

»Ich habe geahnt, dass es schwierig werden würde, aber nicht wie sehr ... Wir waren so jung, und ich hatte so viele Zweifel«, begann er.

Sie lehnte sich vor. »An uns oder mir? Dann brauchst du gar nicht weiterzusprechen, denn ich hatte sie nicht.«

Seine graublauen Augen schimmerten im Licht der gedimmten Beleuchtung. »Ich weiß, und es tut mir unendlich Leid. Nein, es hat nicht an dir gelegen. Du warst und bist immer die einzige Frau für mich gewesen, Cat, auch wenn du das nicht glauben magst, was ich sogar verstehen kann.« Er räusperte sich, aß ein Stück Brot und spülte es mit dem Wein hinunter. »Ich habe es einfach nicht mehr ausgehalten, den Druck, die Erwartungshaltung von allen

Seiten. Hamish wollte, dass ich seine Werkstatt übernehme, meine Mutter war krank – ich wollte niemandem wehtun ...«

Catherine meinte trocken: »Darum bist du weggelaufen und hast gleich alle verletzt.«

»Nein, ja, verdammt, heute weiß ich, was für ein Idiot ich war. Aber was hätte ich dir denn bieten können? Ich hatte mein Studium hingeschmissen und kam aus einem Nest in den Westhighlands, und du warst wunderschön, begabt und hattest eine viel versprechende Zukunft vor dir.«

»Ich war ein ganz normales Mädchen, das in dich verliebt war und sich eine Zukunft mit dir hätte vorstellen können.« Sie schaute in das vertraute und doch so fremde Gesicht Finneans und wünschte sich, ihn zu verstehen, damit sie ihm verzeihen konnte. Hatte Morven nicht gesagt, dass sie das Sehen lernen musste? Zu sehen, ohne zu werten, ohne die Bitterkeit der Vergangenheit einfließen zu lassen. »Erzähl mir vom Meer, Fin. Erzähl mir, was dich so daran fesselt«, sagte sie, und ihre Stimme klang weich und versöhnlich.

Er schloss die Augen, atmete tief ein und wandte den Blick auf das geöffnete Fenster, vor dem sich die Bucht in der Abendsonne erstreckte. Einzelne Positionslichter blinkten auf dem Wasser, und in der Hügelkette auf der anderen Seite der Bucht sah man die Lichter der Ferienhäuser und Cottages.

»Seit ich schwimmen gelernt habe, gibt es für mich keinen schöneren Ort als das Meer. Ich liebe den Geruch von Salz und Seetang oder wie die Gischt einem ins Gesicht spritzt, wenn man bei rauem Wetter mit dem Boot hinausfährt. Wasser kann wie Seide über die Haut gleiten, einen umspielen und tragen oder fallen lassen, wenn man seine Gesetze nicht respektiert. Das Wunderbarste aber ist sein unendlicher Reichtum an Leben.« Fin schaute Catherine an. »Ich bin damals rauf zu den Orkneys, habe eine Saison auf einer Bohrinsel gearbeitet, dann auf einem Frachter angeheuert und bin zwei Jahre durch die Weltmeere geschippert.« Unbewusst rieb er sich über seinen kräftigen Unterarm, auf dem eine lange Narbe zu sehen war.

Auf Catherines fragenden Blick erklärte er: »Ein Andenken an einen stürmischen Nachmittag auf einem Containerschiff. Ein verrotteter alter Seelenverkäufer. Die Mannschaft war aus zehn verschiedenen Nationen zusammengewürfelt und kaum einer sprach Englisch. Keiner hat mich verstanden, als ich gesagt habe, dass sie mir einen anderen Schraubenschlüssel geben sollten, damit ich ein defektes Ventil reparieren kann. Jedenfalls ist das Ding geplatzt, und ich habe mir an dem messerscharfen Metall den Arm aufgeschnitten. Das hat letztlich den Ausschlag gegeben.« Er trank einen Schluck Wein und sah wieder aus dem Fenster. »Ich habe wirklich viel Schönes gesehen unterwegs. Zum Beispiel die riesigen Sardinenschwärme vor der Ostküste Südafrikas, die von weitem aussehen wie ein Ölteppich. Wale, die dich anzusehen scheinen. Du meinst, in eine andere Welt zu blicken, aber das Leben an Bord, nein, das konnte ich nicht ertragen.« Es zuckte kurz in seinem Gesicht, und Catherine wagte nicht, sich vorzustellen, was Fin alles erlebt hatte.

»Jedenfalls habe ich in Kanada abgeheuert, mir in Monterey einen Job in einem Aquarium gesucht und bin mit der Unterstützung von einem der dortigen Wissenschaftler an einen Studienplatz für Meeresbiologie gekommen. Im experimentellen Bereich war ich ziemlich gut, nur mit der Theorie hat es lange gehapert.« Er grinste. »Aber auch das habe ich irgendwann gepackt.«

»Du hast eine Menge auf dich genommen, um das zu erreichen«, sagte Catherine bewundernd.

Fin zuckte mit den Schultern. »Ich hätte es einfacher haben können, wenn ich hier geblieben wäre, aber da war Hamish und seine …« Er unterbrach sich und fuhr stattdessen fort: »Wir konnten einfach nicht mehr miteinander reden, ohne sofort in Streit zu geraten. Aber das ist Schnee von gestern. Selbst Hamish McFadden hat es fertig gebracht, sich zu ändern. Meine Güte!« Er lachte verhalten. »Wer hätte das gedacht. Weißt du, wer mir mehr Vater als irgendjemand sonst war?«

»Nein.«

»Calum Buchanan. Ein großartiger Kerl. Er und Morven haben mir unglaublich geholfen. Du kennst ihn?«

»Ja. Ich habe vor einigen Tagen mit ihm gesprochen«, sagte sie erstaunt.

»Dann weißt du, was für ein schlauer Kopf er ist. Er kennt einen Meeresbiologen vom Dunstaffnage Marine Laboratory, für das ich jetzt arbeite.«

Sie hob die Augenbrauen, und Fin sagte: »Ich bin nicht der Einzige, der durch Kontakte an einen Job gekommen ist. Außerdem hätte ich auch nach Plymouth an die Universität gehen können, aber das wollte ich nicht. In Dunstaffnage arbeite ich an verschiedenen Projekten. Das letzte war eine Untersuchung des Zusammenhangs von Sonargeräten und dem Tod gestrandeter Wale auf Abaco, einer Insel der Bahamas.«

Dunstaffnage war ihr nur bekannt, weil es dort oberhalb von Oban ein Schloss gab, was bedeutete, dass Fin nur eineinhalb Stunden Fahrtzeit entfernt von Inveraray arbeitete, zumindest zeitweise. »Auf den Bahamas? Was für ein reizender Arbeitsplatz.«

»Unter anderen Umständen sicher. Wir mussten den Kadavern die Köpfe abtrennen, ein Restaurant finden, das sie freundlicherweise für uns eingefroren hat, bis wir die gefrosteten Schädel einige Tage später mit einer Transportmaschine nach Harvard in die medizinische Abteilung des

Woods Hole Oceanographic Institutes fliegen konnten. Bei der Autopsie haben wir Blutergüsse und Gewebeschäden im Innenohr der Tiere festgestellt, die nur von sehr starken Schall- und Druckwellen stammen können.«

»Daran sind die Wale gestorben?« Sein Einsatz für die Tiere war bewundernswert, und um vieles sinnvoller als ihre Arbeit in der Werbebranche.

»Nicht unmittelbar, aber an den Folgen, denn durch die Organschäden haben sie die Orientierung verloren. Zeitgleich mit den Walstrandungen hat die US-Navy in der Meerenge von Great Babaco ein Sonargerät zur U-Boot-Jagd getestet.«

»Und natürlich leugnen sie den Zusammenhang«, vermutete Catherine.

»Nicht mehr. Immerhin geben sie das gleichzeitige Auftreten von Walstrandungen und Sonareinsatz jetzt zu. Das ist ein riesiger Fortschritt, denn bisher haben sie immer behauptet, dass die tiefen Schallfrequenzen für Meeressäuger nicht schädlich wären.« Fin strich sich die blonden Haare aus dem Gesicht und lehnte sich vor, um Catherines Hand zu ergreifen. Sie entzog sie ihm nicht, sondern ließ geschehen, dass er sie umdrehte und mit den Fingern die Linien ihrer Handinnenfläche nachzog. »Jetzt verstehst du, was mich immer wieder hinaustreibt. Das Meer ist einzigartig, wundervoll – und wir, die wir kein Recht dazu haben, zerstören sein Gleichgewicht und das Leben, das genauso wertvoll ist wie unseres.«

Sie strich mit ihrer freien Hand über die Narbe auf seinem Unterarm, die sich hell von der gebräunten Haut abhob. »Du hast einen weiten Weg hinter dir, Fin, aber du bist angekommen.« Langsam entzog sie ihm ihre Hände und fügte leise hinzu: »Und ich weiß noch nicht einmal, wohin ich gehen soll ...«

»Doch, Cat, du weißt es.« In seinen Augen lagen Zuversicht und Wärme, und etwas von dem beklemmenden Gefühl der Einsamkeit und Verzweiflung, das sie noch vor kurzem gespürt hatte, machte einem zaghaften Vertrauen Platz.

Sie nahm sich die Speisekarte und schlug sie auf, doch bevor sie zu lesen begann, sagte sie: »Wie machst du das nur, Fin McFadden? Es ist kaum eine halbe Stunde her, da war ich so unglaublich wütend auf dich ...«

»Kein Geheimnis, Cat, muss ich es dir wirklich sagen?« Sein Lächeln ließ ein flaues Gefühl in ihrem Magen entstehen, und sie vergrub sich hinter ihrer Speisekarte, bis sie ihre Nervosität wieder im Griff hatte.

Während des Essens, der frische Fisch stammte aus der Bucht und war delikat zubereitet, erzählte Finnean von den Walen, die sie untersucht hatten. Er und seine Kollegen waren sich der Tatsache bewusst, dass Walstrandungen schon seit Jahrhunderten geschehen, vermehrt allerdings in den vergangenen Jahren, was deutlich auf den Einfluss des Menschen hinweise. Während Catherine ihm zuhörte, begann sie, Fin von einer neuen Seite kennen zu lernen. Zwar waren sie beide jung gewesen, doch seine Ambitionen als Wissenschaftler hatte sie nie wahrgenommen, und vielleicht hatte er selbst die Erfahrungen sammeln müssen und die Zeit gebraucht, um die Meeresbiologie für sich zu entdecken. Womöglich hätte sie ihm dabei im Weg gestanden, andererseits hätten sie auch gemeinsam ihr Leben planen können. Ein letzter Rest Zweifel blieb bestehen, denn sie konnte sich des Verdachts nicht erwehren, dass er ihr nur die halbe Wahrheit gesagt hatte. Sein Zögern, vor allem wenn es um Hamish ging, ließ sie annehmen, dass weit mehr vorgefallen war, doch über diesen dunklen Punkt bewahrte er Stillschweigen.

»Wie hast du Calum eigentlich kennen gelernt?«, fragte Catherine unvermittelt und riss Fin aus seinem Redefluss.

Fin schwieg, lehnte sich zurück und fixierte sie. »Meine Erfahrungen interessieren dich nicht?«

»Doch, aber gerade jetzt wüsste ich gern, was du mit Calum zu tun hast.«

Die Servererin brachte ihnen Kaffee und einen Dessertteller. Mit ihrem Löffel stach Catherine in ein Stück cremiger dunkler Schokoladentorte und erwiderte Fins Blick, während die süße Cremefüllung auf ihrer Zunge zerging.

»Durch die Freimaurer, Cat. Sie haben meinem Vater geholfen, aber irgendwann waren sie als Freunde überfordert und haben mich um Hilfe gebeten.«

»Ach ja, da bist du dann über den Atlantik geflogen oder wo du gerade warst, hast Hamish ein finanzielles Polster angelegt und nebenbei den blinden Calum getroffen, und eine tiefe Freundschaft hat sich entwickelt. Ich bitte dich ...« Verärgert legte Catherine den Löffel weg.

»Auch wenn du es nicht glauben willst, aber so ähnlich war es schon«, meinte Fin gedehnt.

»Calum hat dir, seinem Freund, nichts über den Kardinal oder die weiße Königin erzählt? Nach dem Gemälde frage ich ja gar nicht ...« Sie war wütend und gleichzeitig enttäuscht, dass er ihr gegenüber genauso verschlossen blieb wie Morven.

Schweigend schüttelte er den Kopf, und Catherine warf ihre Serviette auf den Tisch. »Schon gut. Ich komme noch dahinter. Das Essen war sehr gut, danke. Etwas mehr Vertrauen und Offenheit mir gegenüber hätte den Abend retten können, aber wie du willst ...« Sie bedeutete der Servererin, ihnen die Rechnung zu bringen.

Fin bezahlte und sie verließen das Restaurant schweigend. Inzwischen war es dunkel, und nur die Lichter der Häuser und der klare Sternenhimmel erhellten die Nacht. Vorsichtig folgten sie dem felsigen Weg hinunter zum Ufer, bis sie den alten Treidelpfad erreicht hatten. Die alte Schleuse lag hinter ihnen, als sie stehen blieben, um auf das Wasser zu schauen, das sich schwarz in der Bucht erstreckte, nur wenige Lichter reflektierte und in regelmäßigen Abständen leise plätschernd gegen das Ufer schlug. Catherine rieb sich die fröstelnden Arme und brach das Schweigen: »Wozu bist du mit mir hergefahren, wenn du nicht ehrlich zu mir sein kannst?«

»Wenn ich dir jetzt sage, was mich mit Morven und Calum verbindet, hasst du mich.« Sein Profil zeichnete sich gegen das Mondlicht ab, als er neben ihr auf das Wasser hinausblickte.

»Hör schon auf. Ich hasse dich nicht. Du dramatisierst die Situation, weil du etwas vor mir verbirgst. Ich bin erwachsen, ich vertrage die Wahrheit! Dass du mich verlassen hast, habe ich doch auch ganz gut weggesteckt, oder etwa nicht?« Ihre Stimme war lauter geworden, als sie beabsichtigt hatte, und sie wandte sich ab.

Doch Fin erwiderte nichts, sondern legte stattdessen seine Arme um ihre Schultern. »Ich weiß, ich weiß, Cat. Wir alle haben einen Part in diesem Spiel, und meiner ist nicht unbedingt der rühmlichste. Ich bin darüber nicht glücklich, aber ich kann es auch nicht ändern. Wenn du mir nur zugestehst, dass ich einen Fehler gemacht habe, damals, den ich bitter bereue, wäre das ein Anfang.«

Seine Wärme hatte etwas Tröstliches, seine Worte nicht. »Es gibt Männer, die ehrlich sind, weißt du ...«, sagte sie und machte sich los.

Fin folgte ihr den Weg zurück zum Restaurant und bemerkte bissig: »Solche wie Steve? So hieß er doch, oder? Was weißt du denn über ihn?«

»Hör auf! Das geht dich überhaupt nichts an. Nebenbei bemerkt ist Steve ein anständiger, hart arbeitender Mann mit einem gesunden Geschäftssinn, und verständnisvoll ist er auch.« Außer Atem kam sie an Fins Wagen an und stellte sich wartend neben die Beifahrertür.

Wütend, das sah sie an seinen zusammengekniffenen Lippen, schloss Fin das Auto auf und ließ den Motor an. Auf der Rückfahrt suchte Catherine nach einem unverfänglichen Thema, um das drückende Schweigen zu brechen. Als sie Fins düstere Miene sah, sagte sie jedoch nichts und lehnte sich stattdessen mit vor der Brust verschränkten Armen zurück.

Schwungvoll fuhr er auf den Hof vor Morvens Café, stellte den Motor ab und drehte sich abrupt zu ihr um. »Cat, ich habe einen Fehler gemacht, aber ich werde ihn nicht noch einmal machen, das verspreche ich dir. Wie lange du brauchst, um mir zu glauben, weiß ich nicht, aber ich werde warten. Ich habe gelernt, dass es sich lohnt, auf das zu warten, was einem am meisten bedeutet.«

Müde sah sie ihn an. »Ich will nicht mit dir streiten, und ich will nicht gegen meine Gefühle kämpfen, aber ich will auch nicht noch einmal so leiden müssen.« Bei den letzten Worten hob sie den Kopf und sah Tränen in seinen Augen.

Fin legte eine Hand unter ihr Kinn und küsste sie zärtlich auf die Lippen. »Es tut mir so Leid, glaub mir doch bitte, Cat, wenn ich es ungeschehen machen könnte, würde ich es tun.«

Mit dem Salz seiner Tränen auf den Lippen sagte sie leise: »Ich komme morgen Abend bei euch vorbei. Hamish soll nicht denken, ich hätte ihn vergessen. Soll ich etwas zu essen mitbringen?«

Fin schüttelte den Kopf, schluckte und antwortete mit brüchiger Stimme: »Auf Schiffen lernt man eine Menge, sogar Kochen.«

In seinen Worten hatten Einsamkeit, Trauer und Sehnsucht mitgeklungen, und in dieser Nacht stand Catherine noch lange auf dem leeren Parkplatz von Balarhu und starrte gedankenverloren in die Dunkelheit.

Kapitel 12

Wenn eine Spur mich leitet, will ich finden,
wo eine Wahrheit steckt, und steckte sie auch
recht im Mittelpunkt.
William Shakespeare

Mit übernächtigten Augen stand Catherine am Fenster ihres Schlafzimmers und atmete die frische Morgenluft ein. Es war Sonntag, und bald würden die ersten Gäste eintreffen. Sie rieb sich das Gesicht und fuhr durch ihre vom Schlaf verhedderten Locken. Geschlafen hatte sie eigentlich kaum, denn ihre Gedanken kamen nicht zur Ruhe, auch jetzt nicht. Ein Blick in den Spiegel im Badezimmer riet ihr zu einer ausgiebigen Dusche. Eine Stunde später ging sie hinunter in die Küche, um sich einen starken Kaffee zu machen. Wie immer war Clara schon mit Vorbereitungen für den Tag beschäftigt. Sie trug eine weiße Schürze über ihrem aprikotfarbenen Kleid und schälte Äpfel, die für die mit Teig gefüllten Formen bestimmt waren, wie Catherine vermutete.

»Guten Morgen, Clara!« Sie drückte ihr einen Kuss auf die geröteten Wangen, die nach Zimt und Äpfeln dufteten. »Hmm, du riechst so gut wie deine Kuchen.«

Clara lächelte. »So früh schon auf? Ihr wart lange fort gestern. Du hättest ruhig ausschlafen können.« Ein Teller mit Scones stand auf dem Tisch, und Clara schob ihn zu Catherine. »Nimm dir, sie sind noch warm.«

Mit einem Becher Kaffee setzte sie sich an den Tisch und griff nach einem der Rosinenscones. »Ich habe eine Menge über Fin gelernt. Hätte ich nicht gedacht, dass er sich tatsächlich gewandelt hat.« Ein dick mit Butter bestrichenes Stück wanderte in ihren Mund.

»Ich schon.« Claras Mimik war nicht zu entnehmen, was sie dachte.

Catherine trank einen großen Schluck Kaffee und beobachtete Clara, die weiter konzentriert Äpfel schälte und in Scheiben schnitt. »Warum? Immerhin war ich mit ihm zusammen, obwohl das Jahre her ist.«

»Aber ihr beide habt es nie vergessen können und nie eine neue Liebe zugelassen, du genauso wenig wie Fin.«

Catherine aß ihren Scone auf, holte sich ein Obstmesser und half Clara beim Schälen der Früchte. »Vielleicht ist das so, aber das heißt nicht, dass wir einfach da weitermachen, wo wir aufgehört haben.«

»Das ist auch gar nicht möglich, schließlich ist das Leben nicht spurlos an euch vorübergegangen. Ich will dir keinen Rat geben, du weißt selbst am besten, was gut für dich ist.« Clara lächelte sie an. »Jedenfalls musst du nicht enden wie ich. Für mich ist das in Ordnung, aber nicht für eine so schöne und intelligente junge Frau wie dich.«

Aufmerksam sah Catherine zu ihrer älteren Freundin, denn als solche betrachtete sie Clara. Etwas in deren Ton hatte sie aufhorchen lassen. War es Verbitterung oder Enttäuschung gewesen? Wenn sie mit ihrem Leben unzufrieden war, warum änderte sie nichts daran, denn schließlich hatte Morven sie nicht gebeten zu bleiben, sondern ihr nur Hilfe angeboten. »Ich dachte, du bist hier glücklich?«, sagte sie deshalb vorsichtig.

»Natürlich, das bin ich auch«, versicherte Clara rasch. »Ich meinte doch nur, dass du dich aus Angst vor neuer Enttäuschung hier nicht vergraben und dein Herz verschließen sollst.«

»Das hast du wirklich lieb gesagt, Clara, aber mach dir keine Sorgen. Es braucht nur Zeit. Übrigens sehe ich Fin heute Abend.« Catherine warf ihre Apfelschnitzel in die große Schale zu den übrigen.

»Dann geh nur. Nellie kommt später, und wir haben hier alles im Griff. Das mit den drei Tagen pro Woche war eine gute Idee von dir«, meinte Clara augenzwinkernd.

Catherine räumte ihr Geschirr zusammen und stellte es in die Spülmaschine. »Danke. Ich will einiges nachlesen und bin in Morvens Arbeitszimmer, falls etwas ist.«

Mit einem frischen Becher Kaffee begab sie sich an Morvens Schreibtisch, wo ihr Blick wieder auf Fins Postkarte fiel. Dunstaffnage, dachte sie, ganz in der Nähe, und er arbeitet am Institut für Meeresbiologie, und er ist mit Calum befreundet. Das hatte sie am meisten überrascht und irritiert, oder eifersüchtig gemacht, wenn sie ehrlich war, denn sie hatte den scharfsinnigen Mann mit seiner bewegten Vergangenheit ins Herz geschlossen und wollte ihn bald wieder besuchen. Aber zuerst musste sie seinen Rat befolgen und zumindest versuchen, das Rätsel des Bildes zu lösen. Raphziel ist nicht nur ein Name, hatte Calum gesagt und sie auf die Kabbala verwiesen. Die Kabbala, diese sagenhafte, mythenumwobene jüdische Geheimlehre, die neuerdings von Popstars und Schauspielern, die mit ihrem Luxusleben anscheinend nichts anzufangen wussten, als Allheilmittel zur Selbstfindung oder Ähnlichem missbraucht wurde.

Catherine ging an Morvens Bücherregal und stöberte nach einem Titel, der ihr womöglich weiterhelfen konnte. Sie brauchte nicht lange zu suchen, denn auf einem abgewetzten ledernen Buchrücken stand in verblichenen goldenen Buchstaben das Wort Kabbala. Hätte Morven kein Buch zu dem Thema gehabt, hätte Catherine sich gewundert. Neugierig zog sie den schmalen Band heraus. Es handelte sich um eine Sammlung von Aufsätzen französischer Gelehrter, die von Encausse Gérard Papus 1903 zusammengefasst und veröffentlicht worden waren. Was sie in der Hand hielt, war die deutsche Übersetzung von Julius

Nestler, die kurz darauf erschienen war. Mit dem Buch in den Händen setzte sie sich an den Schreibtisch ins Licht und begann, die Einleitung zu lesen.

Nach wenigen Seiten verstand Catherine, dass die traditionell mündlich überlieferte Lehre so umfassend und kompliziert war, dass selbst jemand, der des Hebräischen mächtig und mit der jüdischen Religion vertraut war, Jahre, wenn nicht Jahrzehnte brauchte, um ein tieferes Verständnis für die kabbalistische Lehre zu entwickeln. Das konnte weder Morven noch Calum von ihr erwarten, denn für das Studium der Kabbala, das einer Wissenschaft gleichkam, brauchte man Lehrer. Und lehren, hatte Morven gesagt, konnte sie Catherine nicht, was sie von ihr zu erwarten schien.

Seufzend lehnte sich Catherine zurück und blätterte das Buch durch. Jeder Buchstabe und jede Zahl hat eine Bedeutung. Zweiundzwanzig Buchstaben hatte das hebräische Alphabet, und jeder Buchstabe hatte einen Namen und dieser wiederum eine besondere Bedeutung. Es gab die praktische und die theoretische Kabbala und verschiedene Tabellen, mit denen der Eingeweihte arbeiten sollte. Sogar die einzelnen Stunden eines jeden Tages waren mit Zeichen versehen, die erklärten, ob sie günstig oder ungünstig zu den Planeten standen. Die Tierkreiszeichen wurden den Tages- und Nachtstunden zugeordnet, und schließlich gab es den kabbalistischen Baum, ein baumartiges Gebilde, in dessen Mitte sich mehr als sieben Kreise nach innen verjüngten und mit unzähligen Zeichen und Buchstaben gefüllt waren.

Entmutigt betrachtete Catherine die komplizierte Abbildung. Im vierten Kreisring von außen, so las sie, waren die zweiundvierzig Attribute Gottes enthalten, denen im fünften und sechsten Ring zweiundvierzig Zahlen und Buchstaben entsprachen. Die Übersetzung der gälischen Formel hatte sie sich in die Tasche gesteckt, holte sie nun hervor und las sie sorgfältig durch: »Von Bohaz und Jakin bewacht zeigt Raphziel dir den Weg. Du findest Wahrheit im Licht, das Anfang, Mitte oder Ende ist.« Bohaz und Jakin waren die Säulen aus Salomons Tempel, die in den Symbolismus der Freimaurer eingegangen waren, aber Raphziel? Nestlers Buch gab eine ausführliche Liste der Attribute an, und unter der Nummer einunddreißig fand sie Lux, das Licht, unter der fünfunddreißig Medium, die Mitte, und unter sechsunddreißig Principum, den Anfang. Sie las weiter, denn dort stand, dass der mystische Baum die sieben Planeten, Körperglieder und Engelsnamen enthielt und die siebte Tafel war Os, dem Mund, oder auch Raphziel gewidmet. Hinter dem Namen Raphziel war ein Halbmond abgebildet.

Immerhin hatte sie die Bestandteile des verschlüsselten Satzes gefunden, was sie bedeuteten, blieb weiterhin ein Rätsel, doch sie notierte sich die Zahlenwerte und die doppelten Bedeutungen und betrachtete den Kode erneut. In diesem Moment hörte sie, wie die Tür aufging und Clara ihr kurz darauf über die Schulter sah.

»Die Kabbala? Meine Güte, du beschäftigst dich ja ungefähr mit dem Kompliziertesten, was es so gibt«, sagte Clara und schaute auf Catherines Aufzeichnungen.

»Ach, du kennst dich mit der Kabbala aus? Bis vor kurzem hatte ich noch nicht einmal eine Ahnung, dass es so etwas gibt, geschweige denn, was es damit auf sich hat.«

»Ich habe darüber in einem Magazin gelesen.« Sie strich sich über ihre Schürze und lächelte. »Eigentlich wollte ich nur wissen, ob du zu Mittag hier bist?«

»Ich weiß es noch nicht, vielleicht fahre ich in den Ort. Mach dir keine Umstände meinetwegen«, bat Catherine sie.

»Aber du machst mir doch keine Umstände. Du weißt, wie gern ich dich hier habe. Es ist sowieso genügend da.

Melde dich, wenn du Hunger hast. Bis später.« Mit einem Tuch, das sie beim Hereinkommen in der Hand gehabt hatte, wischte sie kurz über einige Möbelstücke und verließ das Arbeitszimmer, ohne die Tür hinter sich zu schließen.

Gedanklich schon wieder bei dem Gemälde und seiner rätselhaften Inschrift, holte Catherine ihre Notizen hervor und betrachtete sie. Doch egal, wie sie es drehte und wendete, für sie ergaben die Zahlen und doppelten Bedeutungen keinen Sinn. Raphziel konnte Mund bedeuten, und das passende Symbol war ein Halbmond, aber was hatte ein Mund mit dem Mond zu tun? Es hatte keinen Zweck. Ihr fehlte das Hintergrundwissen, um zu verstehen. Sie faltete ihre Zettel zusammen, steckte sie in ihre Hosentasche und stellte das Buch zurück ins Regal. Selbst wenn sie sich die Mühe machen würde, das gesamte Buch zu lesen, würde ihr das nicht helfen, denn dafür war die Materie zu schwierig und vielschichtig. Wie sollte sie in wenigen Stunden begreifen, wofür andere Jahre brauchten?

Nein, ein anderer Ansatzpunkt war notwendig. Das Gemälde war gestohlen worden. War es da nicht vernünftig, sich zu fragen, wessen Interesse so groß war, ein Verbrechen für ein wenig bedeutsames Landschaftsgemälde zu begehen? Dougal hatte es haben wollen, obwohl sie nach ihrer letzten Begegnung nicht daran glaubte, dass er es hatte stehlen lassen. Doch wenn es für ihn bedeutsam war, warum nicht auch für einen seiner Logenbrüder, wie Rorys unsympathischen Freund Lennox oder den brutalen Fletcher? Calum hatte sich abfällig über die beiden geäußert. Vielleicht erhofften sie sich Vorteile, wenn sie ein Werk, auf dem die Symbolik ihrer Loge zu sehen war, stahlen? Da ihr nichts Besseres einfiel, wählte Catherine Rorys Nummer.

Er schien erfreut, von ihr zu hören. »Hallo, Cathy! Was gibt es Neues?«

Sie schilderte ihm ihren Verdacht, denn sie konnte nicht

glauben, dass er oder sein Vater so weit gehen würden, in Morvens Haus einzubrechen oder einbrechen zu lassen. »Hast du irgendetwas über das Bild gehört?«, schloss sie ihre Erklärung.

»Nein, absolut nicht! Das tut mir sehr Leid für Morven, ganz ehrlich. Ich werde mich umhören. Aber es passt gut, dass du anrufst. Wenn du heute Nachmittag noch nichts vorhast, würde ich dich gerne zu uns nach Kilbride einladen. Meine Schwestern sind hier, und Mairi quält uns ständig mit Fragen nach dir. Sie hat einen Narren an dir gefressen, seit du sie auf unserem Sommerfest getroffen hast. Was sagst du?«

»Gern, aber wenn die Familie da ist, wollt ihr doch sicher unter euch ...«, warf sie ein.

Doch Rory lachte. »Nur Familie meinst du? Wir haben immer Besuch, und heute Abend findet ein Symposium bei uns statt, auf dem übrigens jemand sprechen wird, der dich interessieren dürfte.« Er machte eine bedeutsame Pause.

»Wer denn? Komm schon, Rory, mach es nicht so spannend.«

»Ralphe de Polminhac, ein hochrangiger französischer Logenbruder. Das muss aber unter uns bleiben. Auch das Symposium ist nicht offiziell, also nicht für die Nichteingeweihten, na, du weißt schon. Also, ich dürfte dir gar nicht so viel erzählen ...«

»Mach dir keine Sorgen, ich werde niemandem etwas sagen. Ich schweige wie ein Grab«, sagte sie mit dunkler Stimme.

»Ja, mach dich nur lustig. Du kannst das nicht verstehen!«

»Rory, jetzt hör schon auf. Ich mache nur Spaß. Verlass dich auf mich. Ich bin dir für deine Informationen dankbar und werde sie nicht durch die Gegend posaunen, okay?«

Hörbar erleichtert atmete er aus. »Dann komm vorbei, wann immer du magst, wir sind hier, es gibt reichlich zu essen und zu trinken, und du wirst Greer nicht wiedererkennen, glaube mir. Bis später!« Er legte auf, und Catherine hatte das Gefühl, dass er froh war, wenn sie ihn besuchen käme.

Sie ging nach oben, um sich umzuziehen, denn in Shorts und Trägerhemd konnte sie kaum auf Schloss Kilbride erscheinen. Bevor sie in ihr Zimmer ging, wollte sie einen Blick in den Raum werfen, aus dem das Bild gestohlen worden war. Sie drückte die Klinke herunter, eigentlich in der Erwartung, die Tür verschlossen zu finden, doch sie ließ sich leicht öffnen. Erstaunt trat Catherine ein und war überrascht, alles in demselben Zustand vorzufinden, in dem sie das Zimmer zum ersten Mal mit Clara angesehen hatte. Aber wahrscheinlich hatte Clara aufgeräumt, denn es war ihr noch immer unangenehm, dass sie nichts von dem Einbruch mitbekommen hatte. Langsam ließ Catherine ihren Blick über die Sammlung antiquarischer Raritäten gleiten. Bei den Silberpokalen und Tellern verharrte sie, hatte aber nicht das Gefühl, dass Stücke fehlten, doch sie mochte sich täuschen, denn sie hatte das Zimmer schließlich nur einmal flüchtig gesehen. In dem muffigen Raum wurde die Hitze unerträglich, und Catherine war froh, als sie die Tür hinter sich zuziehen konnte.

Für die nächsten Tage war eine Hitzewelle angekündigt, und der Himmel sah strahlend blau aus, was die Prognose bestätigte. Catherine zog sich eine weiße Hose aus fließendem Stoff und ein hellgrünes Chiffontop an und griff nach ihrer cognacfarbenen Handtasche. Ihre Lockenmähne bändigte sie im Nacken mit einem weißen Tuch und ging nach einem letzten kritischen Blick in den Spiegel nach unten. Die Ringe unter ihren Augen würden hoffentlich im Lauf des Tages verschwinden.

Nellie und Clara saßen gemeinsam am Küchentisch und probierten die erste fertige Applepie.

»Köstlich! Probier mal, Cathy!« Nellie wollte ihr ein Stück abschneiden, doch diese lehnte dankend ab.

»Ich bin nach Kilbride eingeladen. Die gesamte Familie ist da, und Rory wollte mich seiner Schwester vorstellen«, umschrieb sie den Grund ihres Besuches, ohne die Unwahrheit zu sagen. »Clara, das Zimmer mit den Antiquitäten war offen. Sollten wir es nicht lieber abschließen?«

»Oh, aber natürlich. Das werde ich sofort nachholen. Ich werde wirklich langsam alt.« Kopfschüttelnd stand sie auf, strich Catherine über die Wange und sagte: »Du siehst bildschön aus. Verdreh dem armen Rory nicht zu sehr den Kopf.«

Lachend verabschiedete sich Catherine. »Macht euch keine Gedanken, bis heute Abend!«

Nellie grinste. »Nicht wegen Rory. Ich denke da an einen gut aussehenden Blonden, der heute Morgen zum Großeinkauf im Supermarkt war …«

»Hmm. Er wollte heute Abend kochen. Das ist doch eine nette Idee«, meinte Catherine, schon halb auf dem Weg nach draußen.

»Sehr nett …« Nellie schnitt sich ein weiteres Stück Pie ab und kicherte.

Als Catherine die Haustür öffnete, schlug ihr die Hitze mit voller Wucht entgegen, und sie war dankbar, dass sich das Verdeck des kleinen Geländewagens öffnen ließ. Im Radio spielten sie sanfte Jazzsongs, die das Gemälde und alles, was damit zusammenhing, in den Hintergrund rückten und Catherine an jemanden denken ließen, dem sie bis gestern keinen Platz mehr in ihrem Leben eingeräumt hätte. Die Straße, die auf der Ostseite von Loch Fyne nach Kilbride führte, war heute kaum befahren, sodass sie sich Zeit nehmen konnte, das prächtige Panorama der eindrucksvollen Schlossanlage zu betrachten. Der Duft des Stechginsters stieg ihr in die Nase, als sie langsam den Hügel hinunterfuhr und vor dem Tor der Auffahrt ankam. Die eisernen Torflügel standen weit geöffnet, und sie fuhr bis auf den Parkplatz. Heute standen dort nur drei Wagen, und die weiten Rasenflächen vor dem Schloss lagen friedlich in der Sonne vor ihr. Ohne die vielen Menschen und Partyzelte wirkte der Bau noch gewaltiger und düsterer. Die McLachlans mussten einmal große Macht in diesem Landesteil besessen haben, und Catherine stellte sich vor, wie die Pächter oder andere Bittsteller den langen Weg heraufgekommen waren, um Gnade oder einen Aufschub bei dem herrschenden Clanchef zu erlangen. Nun, Dougal wäre vielleicht gar kein so übler Laird gewesen, dachte Catherine. Sie hatte ihn falsch eingeschätzt, nur Flora war leider so, wie sie sich gab, arrogant und kaltherzig.

Die Sonne brannte vom mittäglichen Himmel herunter, was Catherine dazu bewog, sich unter den ausladenden Laubbäumen zu halten. Bald stand sie vor dem spitzbogigen Portal mit seinen interessanten Verzierungen. Sie hatte eben den Hahn und die Sanduhr wiederentdeckt, als die Tür aufschwang und zuerst ein Hund und dann ein Junge hinausgestürmt kamen.

»Ich will aber nicht!«, schrie der Junge und rannte hinter dem Hund über den Rasen davon.

Dann erschien Aileen mit verärgerter Miene, die sich auch nicht aufhellte, als sie Catherine erblickte. »Cathy, anscheinend sehen wir uns immer gerade dann, wenn eins meiner Kinder aus der Reihe tanzt. Bitte, komm doch herein.« Sie hielt ihr die Tür auf und rief nach hinten: »Rory, dein Besuch ist da! Entschuldige mich. Ich muss dieses ungezogene Kind fangen.« Energischen Schrittes lief sie die Treppen hinunter und rief: »Gilroy, ich habe genug von deinen Launen. Komm jetzt her und bring den Hund mit!«

Suchend schaute sich Catherine in der Eingangshalle um. Rory kam ihr aus dem Gang, der zur Bibliothek führte, wie sie sich erinnerte, entgegen. Er wirkte leicht angespannt, strahlte sie aber erfreut an.

»Wie schön, dass du gekommen bist. Hier geht es zu wie in einem Tollhaus. Aileen und Boyd haben ein Internat für Gilroy ausgesucht, auf das er partout nicht gehen will, weil er seinen Hund nicht mitnehmen darf.« Er zuckte die Schultern, denn für ihn schien das kein Grund zu sein, sich der Entscheidung der Eltern zu widersetzen.

»Der arme Junge. Muss er denn unbedingt auf ein Internat?«

»Komm, wir gehen in den Hof. Der Kaffeetisch ist im Rosengarten gedeckt.« Er geleitete sie durch die Halle und von dort durch einen Ausgang über den Hof zum Rosengarten. »Alle männlichen McLachlans sind auf die Merchiston Castle School in Edinburgh gegangen, da wird für Gilroy keine Ausnahme gemacht. Außerdem ist das eine wichtige Erfahrung für ihn. Aileen hat ihn völlig verzogen.«

Sie waren vor dem mit einer Hecke eingefassten Rosengarten angekommen, aus dem ihnen bereits der Duft unzähliger Rosensorten entgegenströmte, wie Catherine beim Eintreten bemerkte. Auf den verschiedenen Beeten leuchteten lachsrote, aprikotrosa, purpurne oder gelbe und weiße Blüten, an deren Schönheit sie sich nicht satt sehen konnte. Rory lächelte, als er ihre Begeisterung sah.

»Schnupper mal an diesen hier.« Ein prächtiger Busch Noisetterosen rankte sich an der Mauer zum Park hinauf.

»Die duften nach Parfum und Gewürzen«, sagte Catherine.

»Das waren die Lieblingsrosen meiner Großmutter. Sie liebte alles Exotische und hat meinem Großvater nie verziehen, dass er nicht mit ihr in Indien bleiben wollte.«

»Deine Großeltern haben in Indien gelebt?« Catherine konnte sich die stolzen McLachlans nirgendwo anders vorstellen als hier in Schottland.

Den Duft der außergewöhnlichen Rosen noch in der Nase, sagte Rory: »Meine Familie war immer für Überraschungen gut. Vater ist in Shimla geboren, seine jüngeren Brüder kamen hier zur Welt. Aber da vorn sitzen alle.«

An mehreren runden Tischen, weiß lackierte Kunstwerke englischer Schmiedekunst, saßen die Mitglieder des Clans bei Tee, Kaffee, Gurkensandwiches und Kuchen. Dougal erhob sich, als er Catherine sah, und drückte ihr herzlich die Hand.

»Was für eine schöne Überraschung. Sie sehen gut aus. Der Aufenthalt hier scheint Ihnen zu bekommen. Boyd kennen Sie vielleicht noch nicht, Aileens Mann.«

Ein großer, athletisch wirkender Mann mit kurz geschorenen blonden Haaren, die von seiner Halbglatze ablenken sollten, nickte ihr kurz zu und unterhielt sich dann weiter mit einer auffallend schönen jungen Frau, die Dougal wie aus dem Gesicht geschnitten schien.

»Und meine Tochter Greer, die Ihnen von früheren Besuchen her bekannt sein dürfte.« Dougal runzelte verärgert über das respektlose Verhalten seines Schwiegersohns die Stirn, doch Catherine störte sich nicht daran.

»Greer, freut mich, dich wiederzusehen.« Sie streckte der attraktiven Frau, deren schmale Arme von schlangenförmigen Goldreifen geziert wurden, ihre Hand entgegen.

Gelangweilt schenkte Greer ihr einen abschätzigen Blick unter langen Wimpern hervor und reichte Catherine ihre schlaffe Hand. »Hallo. Ich glaube nicht, dass ich mich an dich erinnere. Warst du Mitglied im Tennisclub?«

Greers kurze dunkelbraune Haare waren seitlich zu einer Dandyfrisur gescheitelt und betonten die Wirkung der großen grünen Augen, die scheinbar desinteressiert und gleichzeitig lauernd auf Catherine gerichtet waren. »Nein, aber ich habe an den Turnieren teilgenommen. Ich erinnere mich gut an dich. Du hast für uns die Bälle eingesammelt, weil du noch nicht mitspielen durftest.«

Rory lachte. »Das stimmt, sie hat sich mit ihrer Freundin darum gestritten, wer den Balljungen, äh, das Ballmädchen machen durfte.«

»Die Zeiten ändern sich«, sagte Greer kühl und rückte ihren Armreif zurecht.

Catherine setzte sich auf den Stuhl, den Rory ihr neben Greer aufstellte. Er selbst nahm ihr gegenüber Platz, goss ihr Tee ein und reichte ihr die Kuchenplatte, von der sich Catherine ein kleines Stück Erdbeertorte nahm. »Du bist am Theater, habe ich gehört?«, fragte sie, um das Gespräch in Gang zu halten.

»Ich singe in einem Musical«, verbesserte Greer sie, und ihre Augen funkelten Rory an, der verächtlich den Mund verzog.

»Du bist die dritte Besetzung für eine Nebenrolle in einer viertklassigen Aufführung, oder hat schon mal irgendjemand von einem Stück gehört, das *Dreamaffair* heißt?«

»Idiot! Du hast sowieso keine Ahnung! Wir machen eine Independent-Produktion, und John ist ein Genie!«, fauchte sie ihren Bruder an.

Wieder lachte Rory und sagte, bevor er sich ein großes Stück Erdbeertorte mit Sahne in den Mund schob: »John ist ein Versager. Nur weil er aus Neuseeland kommt und da vielleicht ein paar Hinterwäldler für seine sinnentleerte Produktion begeistern konnte, heißt das nicht, dass er in London jemals auch nur einen Fuß auf den Boden bekommen wird.«

Mit vor Zorn geröteten Wangen wollte Greer gerade zu einem verbalen Gegenschlag ausholen, als Dougal sich einschaltete. »Bitte vertagt euren Streit auf später. Ich kann mir nicht vorstellen, dass Catherine an dieser Auseinandersetzung interessiert ist. Da kommt eure Mutter. Ich habe keine Lust, mir auch noch ihr Gezeter anzuhören, wenn Greer weiter von John spricht.« Die letzten Worte sprach Dougal leiser, aber mit allem Nachdruck aus, und seine Kinder zauberten augenblicklich ein freundliches Lächeln auf ihre Gesichter. Er beobachtete Catherine, mit der er lieber unter vier Augen gesprochen hätte als in dieser Runde bissiger Hyänen, wie ihm seine Familie manchmal vorkam. Die Hitze machte ihm zu schaffen, und Dougal nahm eine weitere Tablette, um den Schmerzen trotzen zu können.

Besorgt betrachtete Catherine Dougal, auf dessen Gesicht sich Anstrengung und Schmerz abzeichneten. Aus seiner Familie schien das keiner wahrzunehmen. Flora setzte sich zu Boyd, bedachte Catherine mit einem säuerlichen Lächeln und winkte Aileen, die mit Gilroy und Mairi an der Hand auf sie zutrat. Ein Mädchen, welches Gilroys Größe hatte, aber jünger zu sein schien, setzte sich neben Aileen, wobei sie ihren Bruder keines Blickes würdigte. Gilroys Hund tobte durch den Garten, was ihm mahnende Worte von Flora eintrug. Es war nicht zu übersehen, selbst für einen Außenstehenden, dass die familiäre Harmonie überschattet war.

Erst jetzt hatte die kleine Mairi sie entdeckt und kam sofort um den Tisch herum auf sie zugelaufen. »Catherine! Das ist aber schön. Ich kann ein neues Stück spielen, und den Strand muss ich dir auch noch zeigen.« Das kleine Mädchen strahlte sie an und sprudelte förmlich über vor Freude und Neuigkeiten.

»Vielleicht möchte Catherine ja gar nicht. Jetzt komm wieder her und iss deinen Kuchen auf, Mairi, und schau dir deine Haare an!« Aileen zog die murrende Mairi wieder zu sich und versuchte vergeblich, die langen offenen Haare mit den Fingern zu glätten. Anscheinend hatte die Kleine unter den Bäumen gespielt, denn Kiefernnadeln hatten sich in den weichen Kinderhaaren verfangen.

Mairis ernste haselnussbraune Augen ließen Catherine nicht los, bis diese ihr zunickte. »Wenn du fertig bist und es deinen Eltern recht ist, können wir zum Strand gehen.«

Obwohl Aileen anzusehen war, dass sie von dieser Idee nicht sonderlich begeistert war, gab sie nach: »Na schön, aber erst, nachdem du mit deiner Großmutter gesprochen hast.« Zu Catherine gewandt fügte sie hinzu: »Wir erwarten meine Schwiegereltern, und ihre Großmutter sieht sie viel zu selten.«

Dougal und Rory hatten sich leise unterhalten. Jetzt hob Dougal den Kopf und sagte mehr zu Catherine als zu den anderen: »Entschuldigt mich. Ich habe noch Vorbereitungen für heute Abend zu treffen.« Ihm war nicht entgangen, mit welch gefasster Haltung Catherine den unterschiedlichen Charakteren seiner Familie begegnete, und er bewunderte sie für ihre freundliche Gelassenheit, eine Eigenschaft, die er bei sich immer vermisst und bei Morven stets bewundert hatte. Briana war störrischer und direkter gewesen, während ihre Tochter ein diplomatisches Geschick an den Tag legte, das auch Rory gut zu Gesicht gestanden hätte. Er atmete hörbar aus und erhob sich. Glücklicherweise würde er den Tag nicht erleben, an dem die Familie vollends auseinander brach, aber vielleicht täuschte er sich auch in Rory. Einer Verbindung mit Catherine würde er sofort zustimmen, und doch zweifelte er daran, dass sie seinem Sohn mehr als freundschaftliche Gefühle entgegenbrachte.

»Gib mir Bescheid, wenn du meine Hilfe brauchst, Vater. Ich zeige Catherine das Schloss«, sagte Rory zu seinem Vater und war ebenfalls aufgestanden.

Erleichtert, die anstrengende Kaffeetafel verlassen zu

können, gesellte sich Catherine zu Rory. »Ich würde wirklich gern die Kapelle sehen, wenn das möglich ist?«

Rory sah zu seinem Vater, der zustimmend nickte.

»Aber ...«, erhob Boyd von der anderen Seite seine Stimme, wurde jedoch knapp von Dougal unterbrochen.

»Alles in Ordnung, Boyd, kümmer dich lieber um deine Familie, und damit meine ich nicht Greer.« Dougal hatte genug von Greers schamlosem Benehmen Aileen gegenüber und einem Schwiegersohn, der die Eifersucht der Schwestern ausnutzte. Zumindest hier, in seinem Haus, würde er das nicht dulden. Seit er Catherine wiedergesehen hatte, fragte er sich, wie sein Leben verlaufen wäre, wenn er Briana nicht hätte gehen lassen, und doch war es vielleicht richtig so, denn damals hätte er Briana nicht glücklich gemacht. Ein bitteres kleines Lächeln umspielte seine Lippen. Erst jetzt erkannte er, was ihm hätte wichtig sein sollen, jetzt, wo es zu spät war, um noch etwas zu ändern. Nun, er hatte noch einiges zu erledigen, und er würde tun, was in seiner Macht stand, um die Fehler, die er in der Vergangenheit begangen hatte, zu bereinigen, wenn ihm nur die nötige Zeit dazu verblieb. Während er langsam zwischen den Rosen hindurchging, von denen er viele selbst gepflanzt hatte, sah er Rory und Catherine auf die Kapelle zugehen, und die Hoffnung überwog seine Befürchtungen.

Kapitel 13

> Who is this? And what is here?
> And in the lighted palace near
> Died the sound of royal cheer.
> *Alfred Lord Tennyson*

Wie ein Labyrinth zogen sich die schmalen Wege zwischen den Hecken und Beeten hindurch, in denen man nur das Summen der Insekten vernahm. Im Sommer war dies ein paradiesischer Ort, allerdings nur ohne die streitbaren McLachlans, dachte Catherine. Eine hölzerne Pforte entließ sie aus der Ummauerung des schönen Blumengartens auf eine Rasenfläche, die bis an die Kapelle des Schlosses heranreichte. Der hoch aufstrebende Tudorbau war kleiner, als Catherine es aus der Entfernung gedacht hätte, und bestand aus einem einzigen rechteckigen Baukörper, dessen Wände von spitzbögigen vergitterten Fenstern unterbrochen wurden. Rory schloss ihr die aus durchgehenden schweren Eichenbohlen gefertigte Tür auf und öffnete sie feierlich.

»Der Tempel«, sagte er und ließ sie in den lang gestreckten Raum treten, an dessen hoher Decke sich die kaum übersehbaren Strebpfeiler zu einem reich verzierten Fächergewölbe trafen.

Schweigend lehnte Catherine den Kopf zurück und trat in die Mitte des Raumes, wo sie sich im Kreis drehte, um die komplizierte Schönheit der Architektur in sich aufzunehmen. Soweit sie das von unten erkennen konnte, bestanden die Schlusssteine der einzelnen Gewölbeabschnitte aus ähnlichen Figuren, wie sie sie im Schloss gesehen hatte.

»Also christliche Symbole sind das nicht, oder?« Sie zeigte nach oben.

»Nein, das ist ja auch keine Kirche, sondern unser Tempel. Schau, Cathy, dort vorne neben dem Eingang stehen die beiden Säulen Jakin und Bohaz, daneben die Altäre des Ersten und des Zweiten Aufsehers. An den Wänden«, er deutete auf die Längsseiten, »hast du links die Sitzreihen für die Lehrlinge und gegenüber die für die Meister und Gesellen.«

»Oh«, jetzt erst begriff Catherine, dass sie sich im Allerheiligsten, im Tempel der Loge befand, und sie fragte sich, warum Dougal wollte, dass sie es sah.

Rory lächelte. »Es ist nichts Geheimes daran, jetzt nicht. Na ja, also diesen Tempel hat noch kein Außenstehender zu Gesicht bekommen, aber sonst kann man sich schon die Logenhäuser ansehen. Nur unseres ist eben allein durch seine Lage nur wenigen zugänglich. Du warst doch so interessiert an allem, was damit zusammenhängt.«

Die Schritte ihrer Sandalen klangen laut auf dem schwarzweiß gemusterten Steinfußboden. »Wann ist es denn geheim?«

»Wenn die Eröffnungszeremonie abgehalten und die Riten gepflegt werden.« Rory lehnte sich gegen die hohen Rückenlehnen der Stühle auf der rechten Seite.

Bedächtig ging Catherine über drei Stufen in den optisch durch eine Schranke abgegrenzten und erhöhten hinteren Teil des Raumes. In der Mitte stand ein aus drei Marmorblöcken bestehender Altar, auf dem verschiedene Gegenstände lagen. Fragend drehte sie sich zu Rory um.

»Das ist unser Altar. Er ist für die Zeremonie heute Abend hergerichtet. Die drei Stufen dahinter führen zum Sessel des Meisters vom Stuhl.«

Der prächtige Stuhl glich einem Thron, was durch seine erhöhte Position, die ihn den gesamten Raum überblicken ließ, betont wurde. Zu beiden Seiten des exponierten Sitzes standen, wie auch an der Rückwand des Raumes auf der Altarebene, je zwei kaum minder prächtige Stühle. Catherine strich über den dunkelroten Samt des Bezugsstoffes und bewunderte die vollendete Schnitzarbeit.

»Und diese hier?«

»Die sind für besondere Gäste.«

»Wie zum Beispiel einen gewissen Franzosen, der heute kommt?«, fragte Catherine mit einem Augenzwinkern.

»Ganz genau, aber bitte, Cathy …«, besorgt drehte sich Rory um, so als befürchte er, dass eben dieser Mann jeden Moment erscheinen könnte.

Catherine stieg die Stufen zum Stuhl des Meisters hinauf und setzte sich in den weich gepolsterten Stuhl. »Wer sitzt denn normalerweise hier?«

»Bitte, komm da sofort wieder runter!«, sagte Rory mit unterdrückter Schärfe in der Stimme.

»Nur, wenn du mir sagst, wessen Platz das ist«, gab sie halb scherzend zurück.

»Calums. Aber heute wird er nicht dabei sein.« Rory starrte unentwegt zum Ausgang und entspannte sich erst, als Catherine die Stufen hinunterkam.

»Ist er krank?« Bei ihrem Besuch schien er sich schon nicht ganz wohl gefühlt zu haben.

»Leider. Wahrscheinlich leidet er auch unter der Hitze. Nevin hat heute Morgen angerufen und abgesagt. Aber Calum ist ein zäher alter Bursche und wird schon wieder auf die Beine kommen.«

»Das hoffe ich sehr«, sagte Catherine, die sich um Calum sorgte.

»Du hast mit ihm gesprochen, oder?«

Catherine betrachtete die Gegenstände auf dem Altar und versuchte, sich an die Bedeutung einzelner Symbole zu erinnern, über die sie gelesen hatte, brachte jedoch nichts zusammen. »Ich habe ihn in Balmaha besucht. Ein großartiger Mensch. Wenn ich mit ihm spreche, fühle ich mich klein und unwissend.«

»Ich weiß genau, was du meinst. Genau deshalb ist er ja auch einer der Weißen.« Rory nahm das Buch in die Hand, das auf dem Altar lag.

Wie elektrisiert zuckte Catherine zusammen. Die Erwähnung des außergewöhnlichen Grades, dessen weit reichende Bedeutung sie allmählich erfasste, machte sie schaudern. »Der Weißen«, flüsterte sie ehrfürchtig.

Aufmerksam geworden sah er sie an. »Was denkst du?«

»Gar nichts. Ich meine, was soll ich schon denken, ich bin nur eine Unwissende.«

»Das Gefühl habe ich manchmal gar nicht, Cathy.« Er legte das Buch wieder an exakt den Platz, von dem er es aufgenommen hatte.

»Sehr schmeichelhaft, wirklich, wo du genau weißt, dass Frauen überhaupt keine Chance haben, je in die tieferen Mysterien eurer Bruderschaft Einblick zu bekommen.« Sie drehte sich um und schaute direkt auf eine Tafel, die über dem Kopf des Meisters vom Stuhl hing. Abgebildet waren die Sonne und der Mond, ein Schriftzug, der hebräisch zu sein schien, und die Buchstaben »A.U.T.O.S.A.G.«.

»Wenn ich so schlau wäre, wie du anzunehmen scheinst, wüsste ich wohl auch, was das dort oben heißt. Kannst du es mir erklären?«

»Natürlich«, sagte Rory gedehnt, aber nicht unfreundlich. Er schien herausfinden zu wollen, was Catherine hier suchte, und spielte ihr Spiel mit. »*Ad Universi Terrarum Orbis Summi Architecti Gloriam* – was so viel heißt wie: zur Ehre des höchsten Baumeisters des ganzen Universums. Die Zeichen in der Mitte sind Hebräisch und sind eine Form des Namen Gottes.«

»Und wie lautet der?«

»Halte mich nicht für abergläubisch, aber ich spreche das nicht aus, verstehst du? Jeder Buchstabe im hebräischen Alphabet ist eine wirkende Macht, und es gibt zehn Namen, das heißt zehn Buchstabenkombinationen, die den Namen Gottes bedeuten. Ihnen allen wohnt eine besondere Kraft inne, sie sind Zentren der Macht.« Mit beiden Händen fuhr sich Rory durch die Haare und schaute Catherine Verständnis suchend an. »Das ist hohe Materie, nicht meine Welt. Das da«, er zeigte auf die Tafel, »ist die Welt der Weißen, der obersten Brüder.« Er machte eine Pause. »Solcher Männer wie Calum oder ...«

Catherine hatte gebannt den Atem angehalten und legte nun sanft ihre Hand auf Rorys Arm. »Oder wer, Rory?«

»Polminhac«, kam es gepresst zwischen seinen Lippen hervor. Er drehte sich wieder zum Altar um. Leise fuhr er fort: »Was du hier siehst, sind die Insignien seines Grades.«

Neben dem Winkelmaß und der Bibel sah Catherine einen fünfzackigen Stern, einen siebenzackigen Stern und ein Gebilde, das aus drei ineinander verschlungenen Dreiecken bestand.

»Er wird heute Abend den Vorsitz haben.« Mit geballter Faust schlug Rory gegen den Altar. »Eigentlich gebührt meinem Vater diese Ehre, wenn Calum nicht hier ist, aber Polminhac besteht darauf. Er ist ein ...«

»Was ist denn hier los, Rory? Seit wann haben denn Weiber, auch wenn sie so hübsch sind wie dieses, Zutritt zum Tempel?« Fletcher Cadell und Lennox Reilly waren unbemerkt durch die offene Tür getreten und kamen nun lässig mit in den Hosentaschen vergrabenen Händen auf sie zu.

Fletcher, dessen Bierfahne Catherine schon aus der Entfernung roch, verzog seinen Mund zu einem hässlichen Grinsen. »Du wirst der Lady doch wohl keine Geheimnisse ausplaudern, um bei ihr besser zu landen, oder, Rory?«

»Ihr habt hier nichts verloren. Das ist mein Grund und

Boden! Du hast Glück, dass man dich überhaupt aufgenommen hat, Fletcher. Verdammt, Lennox, warum treibst du dich mit diesem Lumpen rum?« Wütend ging Rory auf die beiden Männer los.

Lennox Reilly, der im Gegensatz zu dem eher bulligen Fletcher schmächtig wirkte, hob seine Hände beschwichtigend in die Höhe. Sein schütteres Haar trug er streng aus der hohen Stirn gekämmt. »Gemach, mein Lieber. Es gab Zeiten, da waren wir Freunde, du und ich.«

»Ja, aber da hast du dich auch noch nicht mit Leuten wie Cadell rumgetrieben«, erwiderte Rory.

»Ich hatte das Gefühl, unsere Freundschaft hätte sich abgekühlt, und warum soll ich meine Fühler nicht in andere Richtungen ausstrecken? Unser lieber Fletcher hier hat seine Qualitäten, auch wenn sie manchem auf den ersten Blick nicht ersichtlich sind.« Die Spitze von Lennox' langer Nase, die ein oder zwei Mal gebrochen sein musste, bog sich beim Sprechen leicht nach unten, was Catherine irritierte und ihm zusammen mit seinen stechenden grauen Augen ein etwas hinterhältiges Aussehen verlieh.

Fletcher lachte rau, doch Rory duldete den Auftritt der unverschämten Männer nicht länger. »Raus, beide! Ich war viel zu lange nachsichtig mit euch. Euer respektloses Verhalten wird Konsequenzen haben, das verspreche ich euch!«

Aber Lennox war nicht leicht einzuschüchtern. Er trat dicht an Rory heran, und Catherine konnte die Schweißperlen auf seiner Stirn sehen, die an seinem hageren Schädel herabliefen. »Noch ist das nicht dein Grund und Boden, und in der Bruderschaft sind wir gleichwertig, Rory McLachlan, auch wenn du denkst, dass dir dein ererbter Titel einen Vorsprung verschafft. Es gibt Leute, die darauf keinen Wert legen. Du wirst dich noch umsehen, wenn das Blatt sich gewendet hat ...« Ohne Catherine eines Blickes zu würdigen, drehte sich Lennox Reilly auf dem Absatz um, machte eine Handbewegung, die Fletcher bedeutete, ihm zu folgen, und verließ erhobenen Hauptes die Kapelle.

Erleichtert über das Verschwinden der ungebetenen Besucher stützte sich Catherine auf den kühlen Marmor des Altares. »Was war denn das?«

Mit einer Hand wischte sich Rory seinerseits den Schweiß von der Stirn. »Es tut mir Leid, Cathy. Ich weiß gar nicht, was auf einmal in Lennox gefahren ist. Du musst dir nichts dabei denken. Fletcher ist ein Trottel, der Lennox hinterherläuft und nur durch ihn überhaupt in die Loge aufgenommen worden ist.«

Da Catherine durch Calum von der nicht ganz reibungslosen Wahl gehört hatte, dachte sie sich ihren Teil. Was sie beunruhigte, war Lennox' selbstsicheres Auftreten gegenüber Rory, von dessen Fürsprache und Freundschaft er doch ganz entschieden profitiert hatte. »Wie es scheint, hat Lennox einen neuen Gönner gefunden, oder wie sonst erklärst du dir sein Verhalten?«

Anerkennend betrachtete Rory sie. »Wärst du ein Mann, hätte ich dich sofort in die Loge gewählt. Du bist wirklich clever, Cathy. Genau dasselbe habe ich auch gedacht. Aber ich habe nicht die leiseste Idee, mit wem Lennox in letzter Zeit Kontakt hat. Er hat sich sehr verändert.«

»Meinst du, er könnte etwas mit dem gestohlenen Bild zu tun haben?«

»Ich wünschte, ich wüsste es. Vorstellen kann ich es mir eigentlich nicht. Er ist zwar auf seinen Vorteil bedacht, aber er hat sich noch nie etwas zuschulden kommen lassen. Nein, ich will ihm kein Unrecht tun, selbst wenn wir unsere Reibereien haben.« Er holte den Schlüssel aus seiner Hosentasche. »Lass uns gehen, Cathy. Für heute hast du genug gesehen, oder?«

Und gehört, dachte sie bei sich und folgte Rory nach

draußen, wo sie das warme Sonnenlicht empfing. Auf dem Weg zurück zum Schloss führte Rory sie nicht durch den Rosengarten, sondern über den Rasen an den weitläufigen Stallungen vorbei, die nur noch wenige Boxen für die Reitpferde der McLachlans enthielten.

»An einem nicht ganz so heißen Tag sollten wir mal ausreiten, Cathy«, schlug Rory vor.

Automatisch griff sich Catherine an ihr Gesäß. »Ob das eine so gute Idee ist, weiß ich nicht. Es ist Jahre her, dass ich auf einem Pferd gesessen habe.«

»Dann wird es Zeit, es mal wieder zu probieren. Wir haben herrliche Reitwege direkt am Loch entlang. Aber was erzähle ich dir, du kennst sie sicher noch von früher.« Über den gepflasterten Hof gelangten sie durch die Wirtschaftsgebäude in die privaten Wohnräume der McLachlans.

Sie betrachtete die repräsentativen Gemälde, die den großen Wohnraum schmückten. Ein hoher offener Kamin an der Längsseite des Raumes lud bei kühlem Wetter zum Kuscheln in geräumigen Ohrensesseln ein. Catherine hatte steife Ledermöbel erwartet, doch die Einrichtung war freundlich und gemütlich, und sie fragte sich, ob das Floras Einfluss sein konnte. Die Tür auf der anderen Seite ging auf, und Dougal trat mit einem Mann ein, der einen halben Kopf kleiner war als er selbst, diesen Makel aber durch eine kerzengerade und äußerst selbstbewusste Haltung wettmachte.

Als er Catherine sah, glitt ein Lächeln über Dougals Gesicht. Der Gast an seiner Seite würde sie interessieren, und er begrüßte die Gelegenheit, ihr Ralphe de Polminhac vorstellen zu können.

»Mademoiselle Tannert.« De Polminhac neigte leicht seinen Kopf und sah sie aufmerksam an, wobei ihr ein leicht spöttischer Zug um seine Lippen auffiel, der ihm eigen zu sein schien. Seine Gesichtszüge waren markant, was von einer Narbe auf seiner rechten Wange herrührte, die Catherine an Schmisse erinnerte, wie sie sie bei Studenten schlagender Verbindungen gesehen hatte. Der Franzose mochte in Dougals Alter sein, obwohl Dougal heute angestrengt und mit dunklen Schatten unter den Augen älter wirkte. Sie wollte Dougal vor seinem Gast nicht in Verlegenheit bringen und fragte daher nicht nach seinem Befinden. Es konnte ja auch sein, dass ihn de Polminhacs anmaßendes Auftreten mitnahm, schließlich hatte Catherine keine Ahnung von den Gepflogenheiten der Logenbrüder.

»Aus welchem Teil Frankreichs kommen Sie denn?«, erkundigte sie sich höflich.

»Polminhac ist gleichzeitig der Name meines Familiensitzes und eines kleinen Dorfes im Cantal, ein Bergmassiv in der Auvergne«, ergänzte er. »Clermont-Ferrand ist unsere alte Hauptstadt und den meisten wohl durch die Kathedrale und das Standbild von Vercingetorix bekannt. Aber die Auvergne ist ein bemerkenswerter Landstrich, wild und romantisch. Deshalb liebe ich Schottland wahrscheinlich auch so sehr.« Polminhac verschränkte seine Arme locker vor seinem Körper, wobei sie seine gepflegten feingliedrigen Hände bemerkte, die auch die eines Musikers sein konnten.

In unverbindlichem Plauderton fuhr Catherine fort: »Dann genießen Sie Ihren Aufenthalt hier, was Ihnen nicht schwer fallen dürfte, bei dem traumhaften Wetter und auf dem wunderschönen Schloss der McLachlans.« Sie lächelte freundlich und wandte sich an Rory, der Polminhac anscheinend schon gesprochen hatte. »Wolltest du mir nicht noch die Bibliothek zeigen, Rory?«

Rory nickte. Falls er überrascht war, ließ er sich nichts anmerken. »Aber ja. Wir sehen uns später, Sir.«

Bevor Catherine und Rory sich jedoch zum Gehen wenden konnten, fragte Polminhac: »Haben wir uns schon irgendwo gesehen? Ich kann mich des Eindrucks nicht erwehren ...«

Erstaunt blieb Catherine stehen. »Nein! Wirklich nicht, da müssen Sie sich täuschen, es sei denn, Sie meinen meine Großmutter. Wir sehen uns sehr ähnlich. Aber auch das ist eher unwahrscheinlich.« Nur schwerlich konnte Catherine sich eine Verbindung zwischen diesem eingebildeten Franzosen und ihrer Großmutter vorstellen.

»Dann liegt der Fehler bei mir. Bitte entschuldigen Sie.« Er warf ihr einen letzten prüfenden Blick zu. »*Au revoir,* Mademoiselle.«

»Auf Wiedersehen.« Sie hakte sich bei Rory unter und ging mit ihm auf den Flur, der ihr von ihrem letzten Besuch bekannt war. Vor der Bibliothek blieben sie stehen.

»Willst du wirklich die Bibliothek sehen?«, fragte Rory. »Warum hattest du es so eilig?«

»Dieser Polminhac ist ein unsympathischer Mensch, warum soll ich mit ihm meine Zeit vertrödeln. Kein Wunder, dass dein Vater sauer ist. Immerhin ist er der Gastgeber.« Sie ließ Rorys Arm los, stieß die Tür zur Bibliothek auf und steuerte direkt auf das Bild zu, welches das Gegenstück zu Morvens Gemälde bildete. Dieses Mal betrachtete sie auch den Rahmen genauer, doch außer dem normalen Blattgolddekor wies er keine Besonderheiten auf. Lediglich die dargestellte Szenerie war interessant, weil sie anstelle der Ruine von Morvens Bild eine Abtei und zwei große Menhire zeigte. Sollte sie diese Insel suchen? Aber wenn die Bilder der Realität entsprachen, dann existierten diese Steine ohnehin nicht mehr.

»Was hast du nur mit diesen Bildern?« Rory stellte sich neben sie und betrachtete mit offensichtlichem Unverständnis das Landschaftsbild.

Seufzend wandte Catherine sich ab. »Ich weiß es selbst

nicht genau. Aber wenn sich schon jemand die Mühe macht, einen alten Schinken zu stehlen, der offenbar nicht besonders wertvoll und noch nicht einmal schön ist, dann finde ich das sonderbar.«

»Also, mein Vater war es ganz sicher nicht. Dem gehen in letzter Zeit andere Dinge durch den Kopf. Er macht sich um Aileen und Boyd Sorgen. Eine Scheidung wäre nicht gut, vor allem nicht, wenn Greer der Grund ist. Sie ist unmöglich, und dabei steht sie gar nicht auf Typen wie Boyd. Sie macht das nur, um Aileen eins auszuwischen.« Mit sorgenvoller Miene schaute Rory durch das Fenster auf den Hof, über den Polminhac spazierte.

Catherine war seinem Blick gefolgt. »Warum macht Greer das denn? Sie ist bildschön. Das hat sie doch gar nicht nötig.«

Ratlos zuckte Rory mit den Schultern. »Sie fühlt sich benachteiligt, ist eifersüchtig auf Aileen und deren Familie. Dabei hat sie sich selbst für ihr Bohemeleben entschieden. Greer war schon immer kapriziös und süchtig nach Aufmerksamkeit.«

»Dein armer Vater. Hat deine Mutter denn keinen Einfluss?«

»Du kennst sie. Diplomatie ist nicht ihre Stärke, und wenn sie etwas sagt, klingt das wie ein Befehl, nicht wie gut gemeinte Hilfe. Greer schaltet sofort auf stur. Aber das soll wirklich nicht deine Sorge sein, Cathy.«

Trotzdem konnte Catherine nicht umhin, an Dougals mitgenommenen Gesichtsausdruck zu denken. »Sind es nur die familiären Sorgen? Geht es deinem Vater gesundheitlich gut?«

»Ja, natürlich. Jedenfalls hat er nichts gesagt. Er hatte vor Jahren mal einen leichten Infarkt, aber seitdem nie wieder etwas. Zuerst warst du gar nicht gut auf ihn zu sprechen. Was hat sich geändert?«

Catherine wollte ihr sehr persönliches Geheimnis bewahren und lenkte das Gespräch auf ein weniger verfängliches Thema. »Wo ist eigentlich Mairi? Sie wäre sicher enttäuscht, wenn ich nicht mit ihr zum Strand ginge.«

Rory ging mit ihr auf den Flur, von wo sie leise Klaviermusik vernahmen. »Folge den Tönen, dann findest du sie. Mairi ist ein merkwürdiges kleines Mädchen, zu ernst für ihr Alter.«

Catherine lächelte. »Ich mag sie sehr.«

»Das hat sie sofort gemerkt. Lass dich von der kleinen Klette nicht zu sehr nerven. Ich werde mal nachsehen, ob mein Vater Hilfe braucht. Wir sehen uns später noch?«

»Allzu lange werde ich nicht bleiben, Rory. Ich bin heute Abend noch verabredet. Aber du hast ja auch etwas vor. Oh, da kommt Fletcher ... Bis später.« Rasch drehte sie sich um und ging mit schnellen Schritten den Flur entlang, bis sie vor dem Musikzimmer ankam, in dem sie Mairi während des Sommerfestes gefunden hatte. Nach einer weiteren Begegnung mit dem unverschämten Fletcher stand ihr nicht der Sinn.

Mairi hörte sofort auf zu spielen, sprang von ihrem Hocker und lief auf sie zu. »Du bist gekommen! Ich dachte schon, du hast mich vergessen.«

»Aber nein, Mairi. Ich würde jetzt gern deinen Weg zum Strand kennen lernen, meine Füße könnten eine Abkühlung gebrauchen bei der Hitze.« Mit ihrer schmalen Handtasche fächelte sie sich Luft zu.

»Na, dann komm.« Mairi nahm ihre Hand und lief mit ihr hinaus auf den Hof, bis sie hinter den Stallungen standen.

»Puh«, stöhnte Catherine, »wenn wir in diesem Tempo weiterlaufen, springe ich sofort ins Wasser, sobald wir am Strand sind.«

»Jetzt verrate ich dir mein Geheimnis.« Mairi schaute

um die Ecke des Stallgebäudes, sie befanden sich hinter dem Trakt, der nicht mehr genutzt wurde, und als sie sicher war, dass niemand in der Nähe war, ging sie dicht an der hohen Umfassungsmauer entlang, die in kriegerischen Zeiten dem Schloss samt Kapelle als Schutz gedient hatte. Zwischen Gestrüpp, Disteln und Brennnesseln, die Catherines Arme empfindlich zerstachen, drängte sie sich hinter Mairi, der die stechenden Pflanzen trotz ihres leichten Sommerkleides nichts auszumachen schienen, an der Mauer entlang. Links erkannte sie durch die Bäume die Kapelle und den Rasen, der in sattem Grün in der tiefer stehenden Sonne lag. Der Baumbestand wurde dichter, und von der Kapelle war bald nichts mehr zu sehen. Auch von der Mauer war nichts mehr zu sehen.

»Mairi, wo sind wir hier? Gehört das immer noch zum Schloss?«

Die Kleine nickte, in ihren Haaren hingen Blätter und Kiefernnadeln, doch sie strahlte. »Das ist mein Zauberwald, weil hier niemand herkommt. Ich glaube, den haben sie vor langer Zeit vergessen, und jetzt gehört er den Elfen. Hinter der Kapelle gibt es ein Tor in der Mauer, durch das die anderen zum Strand gehen, aber mein Weg ist viel schöner!«

Catherine bewunderte das Mädchen, das sich furchtlos zwischen Bäumen und Büschen hindurchbewegte, als kannte es nichts anderes. Schließlich machte sie vor zwei dicht nebeneinander stehenden Tannen Halt. Wer nicht wusste, dass sich hinter den Bäumen eine schmale hölzerne Tür in der Mauer befand, hätte sie nicht entdeckt. Mairi drückte die Tür mit ihren kleinen Händen auf.

»Sie ist nicht verschlossen?«

Die Kleine schüttelte den Kopf. »Als ich sie entdeckt habe, klemmte sie, aber zugeschlossen war sie nicht. Schau, da vorn ist der Weg zum Strand.« Sie zeigte auf einen ausgetretenen Pfad, der zwischen altem Kiefernbestand an das Wasser des Lochs führte, das kaum mehr als zweihundert Meter entfernt sein konnte. Direkt vor ihnen befand sich dichtes Buschwerk, dahinter eine kleine Lichtung.

Sie wollten gerade aus dem Mauerschatten auf die Lichtung treten, als sie Stimmen hörten. Instinktiv hielt Catherine ihre junge Begleiterin an den Schultern zurück. »Warte, wer kann das sein?«

Ein Mann stand mit dem Rücken zu ihnen auf der offenen Rasenfläche. Catherine erkannte Lennox' schlaksige Gestalt. Offensichtlich war er in ein Gespräch vertieft, denn seine Arme begleiteten seine Worte mit ausladenden Gesten. Er schien wütend zu sein. Catherine nahm nur einzelne Gesprächsfetzen wahr, denn Lennox' Gesprächspartner hielt sich im Schatten der Kiefern verborgen.

»... Sie wollten, dass wir es besorgen ...«

Es folgte eine Pause, während der der Unbekannte redete, dann sagte Lennox: »Nein, so war das nicht geplant ... dafür werden wir nicht bezahlt!« Er hob abwehrend die Hände und wich einen Schritt zurück.

Sein Gegenüber trat aus dem Schatten und packte Lennox mit beiden Händen an seinem Hemd, das ihm dabei aus der Hose rutschte. Catherine hielt den Atem an und drückte Mairi beschützend an sich – der Angreifer war kein anderer als Polminhac! Mit seinem unverwechselbaren französischen Akzent zischte er Lennox an:

»*Lâche!* Sie selbst haben mir Ihre Hilfe angeboten. Jetzt können Sie nicht einfach einen Rückzieher machen.« Er senkte seine Stimme, ließ Lennox los und schaute zum Schloss zurück. »... und Sie wissen gar nicht, um was es hier geht, also halten Sie sich an meine Anweisungen!«

Catherine hatte sich vorgebeugt, um besser hören zu können, dabei knackten die trockenen Zweige des Buschwerks vor ihr. Erschrocken hielt sie in der Bewegung inne und starrte auf Polminhac, der augenblicklich den Kopf in ihre Richtung gedreht hatte und sekundenlang lauernd stehen blieb. Mairi blieb erstaunlich ruhig und atmete lediglich zusammen mit Catherine aus, als Polminhac sich abwandte, einige wenige, für Catherine nicht zu verstehende Worte zu Lennox sprach und dann im Schatten der Kiefern verschwand. Lennox steckte sein Hemd wieder in die Hose, wischte sich das Gesicht mit einem Taschentuch ab und schlug denselben Weg ein wie der Franzose. Catherine bedeutete Mairi, noch ein wenig zu warten, doch als alles ruhig blieb, traten sie aus ihrem Versteck und sahen sich erstaunt an.

Mairi warf ihre langen Haare nach hinten und pulte einige Blätter heraus. »Der eine Mann war aber ziemlich böse, oder, Catherine? Warum hat er denn den anderen Mann so angefasst?«

»Ach Mairi, ich weiß es leider nicht.« Zwar ahnte sie, dass Polminhac mit dem Diebstahl des Bildes in Verbindung stehen könnte, doch das war reine Spekulation. »Auf jeden Fall war es richtig, dass wir uns versteckt haben, sonst hätten sie noch deinen geheimen Weg gefunden!«

Mit großen Augen sah Mairi sie an. »Oh, das wäre ganz schrecklich gewesen, denn ich bin gern hier allein. Vor allem, wenn sich Mum und Dad streiten, und Janet und Gilroy ärgern mich sowieso immer.« Sie grinste. »Aber jetzt muss er auf ein Internat! Dann kommt er nur noch in den Ferien nach Hause!«

Catherine nahm an, dass Lennox und Polminhac sich nur für dieses Gespräch hier draußen getroffen hatten und jetzt mit den Vorbereitungen für das Symposium beschäftigt waren. »Jetzt wollen wir aber rasch zum Wasser gehen, denn so viel Zeit habe ich auch nicht mehr, Mairi.« Während sie zum Strand hinuntergingen, überlegte Catherine, wie sie Mairi davor bewahren konnte, Polminhac und seinen Spießgesellen in die Quere zu kommen. »Weißt du, Mairi, manchmal streiten sich Erwachsene und sie meinen es gar nicht so. Auf jeden Fall haben sie es nicht gerne, wenn ihnen dabei jemand zuschaut.«

Die Kleine nickte, wobei ihr die Haare ins Gesicht fielen. »Mum schickt mich dann immer aus dem Zimmer.«

»Siehst du, genauso ist das auch mit den Männern eben. Am besten wir vergessen, dass wir sie gesehen haben. Dieser Ausflug heute bleibt unser Geheimnis. Ich werde mit niemandem darüber sprechen.«

Mairi schaute sie ernst an. »Ich auch nicht«, sagte sie verschwörerisch.

Vor ihnen lag ein schmaler Streifen hellen Sandes, der nur mit wenigen Steinen durchzogen war. Catherine zog ihre Sandalen aus und watete in das kühle Wasser. »Ah, tut das gut! Am liebsten würde ich ganz hineingehen!«

Der Saum von Mairis Kleid war bereits nass, und das Mädchen lachte. »Ja!« Sie bespritzte Catherine mit Wasser, doch diese ergriff die Kleine und trug sie unter Protest ins Trockene.

»Wenn wir jetzt platschnass zurückkommen und dein Kleid ruiniert ist, lässt uns deine Mutter nie wieder zusammen etwas unternehmen.« Sie streichelte Mairi über den Kopf. »Und das fände ich wirklich schade.«

»Hmm, na ja, das wäre nicht schön. Musst du denn schon gehen?« Vertrauensvoll legte Mairi ihre kleine Hand in die von Catherine und sah sie bittend an.

»Ja. Aber wir sehen uns bestimmt wieder, Mairi. Wenn du hier zu Besuch bist, sagst du Rory Bescheid, und der kann mich dann anrufen.«

Einträchtig gingen sie nebeneinanderher zurück zum Schloss. Mairi schien über etwas nachgedacht zu haben, denn plötzlich sagte sie: »Wenn ich größer bin, kann ich selbst telefonieren. Dann rufe ich dich an.«

»Wenn du dich dann noch mit einer langweiligen alten Tante wie mir treffen willst, gern«, lachte Catherine.

Doch Mairi drückte ihre Hand und sagte: »Du bist nicht langweilig. Du bist ganz anders als die anderen!«

»Danke, meine Kleine, dann bleiben wir Freundinnen, hmm?« Für einen kurzen Moment beneidete Catherine Aileen um ihre Tochter und bedauerte gleichzeitig Aileens Unverständnis für das feinfühlige Mädchen.

Sie waren denselben Weg zurückgegangen, den sie gekommen waren, und traten jetzt hinter dem Stallgebäude hervor, wo sie fast Lennox in die Arme gelaufen wären.

»Sieh an, die schöne Catherine, und wen haben wir denn da?« Er beugte sich mit einem aufgesetzten Lächeln zu Mairi herunter, die sich wegdrehte und ihr Gesicht in Catherines Hose vergrub.

»Offensichtlich jemanden, der an Ihrer Bekanntschaft nicht interessiert ist. Na komm, Mairi, deine Mutter sucht dich bestimmt schon.« Sie ließ den verdutzten Lennox stehen und ging mit dem Mädchen, das sich noch einmal kurz nach Lennox umdrehte, über den Hof.

»Das war der Mann von vorhin, nicht wahr?«, flüsterte sie.

»Genau, aber lass dir nicht anmerken, dass du ihn gesehen hast. Das mag er ganz sicher nicht.« Catherine ging in die Hocke, um Mairi direkt in die Augen schauen zu können. »Mairi, eins musst du mir versprechen, ja?«

»Was denn?«

»Dass du nicht mehr alleine deinen Geheimweg benutzt, solange diese Männer hier sind. Wie lange bleibt ihr zu Besuch?«

»Noch eine Woche.«

»Also ich glaube, dass diese Männer nur heute hier sind. Der andere vielleicht noch morgen ...« Etwas hilflos betrachtete Catherine das kleine Mädchen, um das sie sich größere Sorgen machte, als vielleicht notwendig war, aber sie wollte kein Risiko eingehen.

»Ich bin schon vorsichtig. Da kommt Mum.« Sie seufzte und umarmte Catherine. »Ich wünschte, du wärst meine Mum ...«

»So etwas darfst du nicht sagen, Mairi. Deine Mutter hat dich sehr lieb, auch wenn sie das vielleicht nicht immer zeigt.« Catherine streichelte über das seidige Kinderhaar und schob Mairi in Aileens Richtung.

»Hier steckst du! Ich habe gerufen und gerufen und keine Antwort erhalten ...«, schimpfte Aileen, die nervös und verärgert wirkte.

»Das ist ganz allein meine Schuld. Du darfst Mairi deswegen nicht böse sein. Sie ist ein Schatz, und ich danke dir, dass ich mit ihr zum Strand gehen durfte«, sagte Catherine, um Aileen den Wind aus den Segeln zu nehmen.

»Tatsächlich?« Mit erhobenen Augenbrauen und ehrlichem Erstaunen betrachtete Aileen ihre Tochter, nahm sie etwas weniger streng bei der Hand und ging mit ihr über den Hof davon.

Ein Blick auf ihre Uhr trieb Catherine zur Eile an, wenn sie es an diesem Abend noch rechtzeitig zu Fin schaffen wollte. Aber wo steckte Rory? Sie ging zum Schloss und hielt dort nach Rory Ausschau. Schließlich hörte sie Schritte in einem der Räume, klopfte an die Tür, hinter der sie die Laute vernommen hatte, und trat ein, als sie ein höfliches »Herein« vernahm. Anscheinend war dies Dougals Büro, denn er saß hinter einem Berg Akten an einem schlichten Mahagonischreibtisch, ein Glas Wasser und eine Schachtel Tabletten vor sich liegend.

»Oh, ich bitte vielmals um Entschuldigung! Ich wollte Sie nicht stören.« Eigentlich wollte sie den Raum sofort wieder verlassen, doch Dougal bat sie zu bleiben.

»Nein, Catherine, Sie stören nicht. Ganz im Gegenteil.«

Er lächelte gequält. »Sie sind der einzige Mensch, der nichts von mir will und guter Stimmung zu sein scheint. Kann ich Ihnen irgendwie helfen?« Beiläufig schob er die Tablettenpackung in eine Schublade, trank einen Schluck Wasser und sah sie an. Das Grün stand ihr, betonte ihre braunen Augen, in denen goldene Punkte schimmerten, genau wie bei Briana.

Er sah müde aus, und sie vermutete, dass er seiner Familie nicht die ganze Wahrheit über seine gesundheitliche Verfassung sagte. Vielleicht interessierte sich niemand dafür? »Eigentlich möchte ich mich verabschieden. Ich muss leider gehen, weil ich heute Abend noch zum Essen eingeladen bin, aber ich habe den Nachmittag hier sehr genossen. Die Kapelle ist beeindruckend«, fügte sie hinzu.

»Nicht wahr? Ich dachte mir, dass sie Ihnen gefallen würde. Was halten Sie von meinem französischen Gast?«, fragte er ganz direkt und unerwartet. Würde sie ihm sagen, was sie dachte, oder sich mit einer Höflichkeit davonstehlen? Er beobachtete den Zwiespalt in ihren Gedanken, der sich in ihrer Mimik widerspiegelte.

»Man sollte nicht schlecht über andere sprechen, Dougal, aber wenn Sie mich schon so unverblümt fragen ... Ich nehme an, nicht ohne Grund ... Ihr Gast scheint ein ungewöhnlicher Mann zu sein«, sagte sie vorsichtig.

»Inwiefern?« Sie enttäuschte ihn nicht, doch sie hielt sich bedeckt, was verständlich war, denn woher sollte sie wissen, wo er selbst stand?

»Ich kann mich dazu wirklich nicht äußern. Es steht mir nicht zu. So viel kann ich sagen, dass ich Heimlichtuerei generell nicht gutheiße. Bitte, Dougal, richten Sie Rory meine Grüße aus, aber ich muss jetzt gehen.« Es fiel ihr schwer, ihm nicht die volle Wahrheit zu sagen, denn ihr Gefühl riet ihr dazu, aber ihr Verstand erinnerte sie an ihre erste Begegnung.

»Natürlich. Auf Wiedersehen, Catherine.« Er hätte sie gerne etwas über ihre Mutter gefragt, doch dies war nicht der richtige Moment. Ob es ihn je geben würde, wusste er nicht, doch er hoffte es.

Noch als sie den langen Weg zum Parkplatz hinunterging, dachte sie an Dougal. In seinem Blick hatte etwas Wehmütiges gelegen, das sie berührt hatte, und sie fragte sich, ob er vielleicht ahnte, was Briana ihr so überraschend eröffnet hatte. Doch sie konnte sich auch täuschen, vielleicht waren es nur die Sorgen wegen des Symposiums und seiner zerstrittenen Familie. Clanoberhaupt der McLachlans zu sein, war keine dankbare Aufgabe.

Kapitel 14

> In zwei Hälften schneide
> ich die Novembernacht,
> davon ich eine kleide
> in meines Kissens Seide,
> klug auf den Mai bedacht.
> Kommt der, den ich ersehne,
> roll ich sie auf und dehne
> die kurze Frühlingsnacht.
> *Hwang Chin-I*

Es war bereits kurz vor acht Uhr und Catherine beeilte sich, ihren Wagen in einer Seitenstraße nahe Hamishs Haus abzustellen. Sie war länger auf Kilbride geblieben, als sie geplant hatte, und überlegte, wo sie kurzfristig noch ein Geschenk finden konnte. Ein guter Whisky wäre einfach gewesen, aber für Hamish eher unpassend. Doch der kleine Laden schräg gegenüber des Supermarktes hatte noch andere Spezialitäten zu bieten, die sich als Aufmerksamkeit eigneten. Mit einem kleinen Korb ausgesuchter Highlandspezialitäten stand sie wenig später vor dem Haus der McFaddens und freute sich über den frisch gemähten Rasen und die sorgsam gepflegten Blumenkübel. Sie zupfte an ihrem Top und ordnete ihre Haare notdürftig, denn von Schloss Kilbride war sie ohne Umweg direkt nach Inveraray gefahren, um sich nicht noch mehr zu verspäten.

Fin öffnete ihr die Tür, die Hände gelb mit Curry und Öl verschmiert, wie sie am Geruch erkannte. Auch sein hellblaues Hemd zeigte deutliche Spuren von seiner Tätigkeit als Koch. Mit den Handgelenken drückte er die Tür auf und ließ sie herein.

»Hallo, Cat, gut, dass du nicht eher hier warst. Wir hatten leichte Startschwierigkeiten ...« Trotzdem strahlte er und ging vor ihr durch den Flur in die Küche, wo Hamish dabei war, einen Salatkopf auseinander zu pflücken.

Der alte Mann lächelte, als er sie sah, legte den Salat aus der Hand und nahm ihr den Korb ab. »Vielen Dank, Cathy, sehr lieb von dir.« Er strich sich über seinen gestutzten grauen Bart. »Ich wusste zwar, dass Fin kochen kann, aber so viel Mühe hat er sich für mich noch nie gemacht ...« Er deutete auf die hintere Tür, die in den kleinen Hof hinausging. »Ich mache mal eine Pause, Fin. Wenn ihr so weit seid, ruft mich.«

Fin wusch sich die Hände und griff nach einem Handtuch. »Schön, dass du hier bist.«

Sie lehnte sich gegen den Küchentisch. »Lange her.«

»Was denn?«

»Dass wir hier zusammen in der Küche gestanden haben.«

Er legte das Handtuch zur Seite und nahm ihre Hände in seine. »Ja. Viel zu lange. Wir sind erwachsen geworden, Cat.« Fin lächelte. »Hoffentlich nicht zu sehr. Würdest du etwas für mich tun?«

»Kommt darauf an ...«

»Den Salat waschen?« Er drückte ihr den Kopfsalat in die Hand, und gemeinsam machten sie sich daran, das Abendessen vorzubereiten. Fin hatte das meiste zwar vorbereitet, doch das Dressing fehlte, das Gemüse musste abgegossen und die Vorspeiseteller angerichtet werden. Auf dem begrenzten Raum von Hamishs kleiner Küche arbeiteten sie mit zunehmender Vertrautheit Hand in Hand, und Catherine gestand sich ein, dass sie die Nähe zu Fin genoss. Vielleicht war es die Umgebung, die Erinnerungen wachrief, vielleicht die Erkenntnis, dass Fin sich wirklich geändert hatte. Unbeabsichtigt entfuhr ihr ein Seufzer.

Fin stellte die Form mit dem Hühnercurry, das er gerade

aus dem Ofen geholt hatte, auf den Tisch und sah sie an. »Was ist, Cat?«

Sie schaute in seine besorgten dunkelblauen Augen und fühlte sich plötzlich den Tränen nah. Der Tag war lang und anstrengend gewesen, und es war vielleicht besser, wenn sie bald ging. »Ich bin müde, das ist alles. Essen wir jetzt?«

»Das ist nicht alles. Du machst dir zu viele Sorgen. Wenn sie mich betreffen, sind sie unbegründet. Willst du darüber reden?«

Sie schüttelte den Kopf und zwang sich zu mehr Ruhe. »Nein. Hamish kommt bestimmt schon um vor Hunger. Wo wollen wir essen?«

Ein Rest Zweifel lag in Finneans Blick, doch er drang nicht weiter in sie, sondern deutete auf die offene Tür. »Es ist noch so warm draußen. Wir haben einen neuen Tisch, an dem wir alle Platz haben.«

Hamish hatte sie anscheinend gehört, denn er legte Servietten neben die Teller und goss mit Zitronenstücken und Eiswürfeln gemischtes Wasser aus einer Karaffe in die Gläser. Als Vorspeise hatte Fin Muscheln in Weißweinsoße gekocht. Mit einem Stück Brot stippte Catherine den Sud auf.

»Das war himmlisch!«

Hamish nickte. »Sehr gut, mein Junge, lade nur öfter Gäste ein ...«

»Als ob wir die Muscheln nicht schon einmal diese Woche gegessen hätten, Dad.« Fin räumte ab und stellte Essteller auf den Tisch.

Erfreut registrierte Catherine die Annäherung zwischen Vater und Sohn, die trotz kleiner Sticheleien einen großen Fortschritt für die beiden bedeutete. Während des Essens erzählte Fin von seinem letzten Projekt und erklärte ihnen die Auswirkungen verschiedener Sonarsysteme auf die Fischwelt. Sein Curry war ausgezeichnet, und Catherine aß ihre Portion und auch das Dessert aus frischen Früchten bis auf den letzten Bissen auf. Zufrieden und gesättigt saßen sie in der warmen Abendluft und plauderten über die Möglichkeit, den kleinen Hof eventuell zu erweitern, als die schwarzweiße Katze, die Catherine schon einmal bei Hamish gesehen hatte, auf die Mauer gesprungen kam und mit einem leisen Mauzen zu ihnen hinuntersprang. Die weißen Teile ihres Fellkleids schimmerten in der Dunkelheit, die nur von mehreren Windlichtern und Kerzen erhellt wurde.

Sofort stand Hamish auf, holte eine Schale mit Futter aus der Küche und stellte sie dem neuen Gast hin. »Gemma, so spät noch unterwegs? Altes Mädchen.« Er streichelte ihr über das seidige Fell, wartete, bis sie die Schale geleert hatte, und sagte dann zu ihnen: »Es ist spät. Ein alter Mann wie ich braucht mehr Schlaf als ihr. Gute Nacht, und danke für das Essen, Fin.« Er klopfte seinem Sohn auf die Schulter. »Bist ein guter Junge!« Dann ging er ins Haus.

Eine Weile saßen Catherine und Fin schweigend nebeneinander, betrachteten die flackernden Flammen der Lichter und lauschten dem Schnurren der Katze, die sich an der Mauer zusammengerollt hatte. Leise sagte Catherine:

»Er hat gesagt, dass diese Katze niemandem gehört und er das gutheißt, weil es dann keine Verantwortung und keinen Verlustschmerz gibt.« Sie machte eine Pause und betrachtete die schlanke Katze, die sich jetzt konzentriert putzte. »Aber er hat sie gern. Hast du gesehen, wie er sich gefreut hat, sie zu sehen?«

Fin nickte. »Wenn er versucht, sich etwas vorzumachen, ist das gründlich danebengegangen. Das hast du bewirkt, Cat, weißt du das?«

»Ich? Aber du hast doch selbst gesagt, dass du dich um ihn gekümmert hast und dass du mich nicht brauchst.« Die letzten Worte hatte sie nicht sagen wollen, doch es war zu spät.

»Es ist nicht leicht zuzugeben, dass man Fehler gemacht hat, und ich habe eine Menge gemacht, Cat.«

»Ach, hör schon auf, ich war eben zum richtigen Zeitpunkt hier. Jedenfalls freue ich mich, dass es deinem Vater so viel besser geht. Vielleicht kann ich ihn demnächst über seine Vergangenheit bei der Loge befragen, denn beim letzten Mal reagierte er noch ziemlich abweisend.«

»Darauf würde ich nicht hoffen, das ist sein wunder Punkt. Das und Mutters Tod.«

»Ich wäre damals gerne hier gewesen. Es hat mir so Leid für euch getan.« Das Kerzenlicht warf seinen flackernden Schatten auf Fins Gesicht, in dessen Linien die Trauer ihre Spuren hinterlassen hatte.

»Es war eine harte Zeit. Leider haben wir es nicht geschafft, gemeinsam um sie zu trauern. Als sie starb, nahm sie das Band, das uns immerhin lose verbunden hatte, mit sich.« Fin starrte in die Nacht, und Catherine fand, dass es Zeit für sie war zu gehen.

»Aber ihr habt einen neuen Anfang gemacht. Fin, ich glaube, ich werde jetzt fahren.« Sie erhob sich. »Das heißt, nachdem wir hier aufgeräumt haben.« Bevor sie die Teller zusammenstellen und in die Küche tragen konnte, war Fin aufgestanden und hinderte sie daran.

»Du warst unser Gast. Das mache ich schon.« Seine schlanken Finger umschlossen warm ihre Hand, als er mit ihr durch den Flur zur Haustür ging. Vor der Tür blieben sie stehen. Sollte Steve überhaupt eine Bedeutung für sie gehabt haben, war diese jetzt unwichtig geworden. Catherine nahm den vertrauten Duft von Fins Haut wahr und zögerte.

»Komm!« Fins Stimme klang rau, und sie folgte ihm ohne zu fragen.

Durch den Garten gingen sie zu Hamishs ehemaliger Werkstatt. Fin drückte die Tür auf, die nicht verschlossen war, und zündete sein Feuerzeug an. Suchend hielt er es in den hohen Raum, bis er einen Lichtschalter fand. Catherine sah sich erstaunt um. Die Werkstatt, die die Größe einer Scheune oder eines Heuschobers besaß, sah aufgeräumt und benutzt aus, so als hätte hier jemand vor kurzem gearbeitet. Im Dunkel des hinteren Teils meinte sie Stühle oder halb fertige Tische zu erkennen. Die Luft war drückend und roch nach Sägespänen und Holz.

»Warte einen Moment, Cat.«

Fin verschwand in der Dunkelheit, doch als er wiederkam, wehte ein frischer Luftzug durch die Werkstatt. Er nahm ihre Hand, löschte das Licht und führte sie sicher durch die dunkle Halle. Ihre Augen gewöhnten sich an die Dunkelheit, und sie sah den nächtlichen Sternenhimmel durch die großen Fenster scheinen, die Fin eben geöffnet hatte. Plötzlich erinnerte sich Cat. Die Stiege hinauf zum Lager musste vor ihnen liegen.

»Vorsicht, Stufen«, sagte Fin und ließ sie vor ihm die breite Holzleiter hinaufklettern, die auf eine Art Zwischenboden führte, auf dem Hamish früher sein Holz gelagert hatte. Auf einer Seite entdeckte sie direkt unter einer Dachluke einige zerknüllte Wolldecken, Laken und Kissen. Fin sah sie an. »Erst seit du bei Hamish warst, habe ich wieder im Haus übernachtet. Ich konnte es lange Zeit nicht ertragen, unter einem Dach mit ihm zu sein.«

Er ging zu einer Luke in der Außenwand, drehte den Riegel auf und stieß die zweigeteilten Läden auf. Direkt unter ihnen lag der Garten der Nachbarn, in deren Haus kein Licht brannte, und in der Ferne sahen sie die Umrisse einiger Hügel. Catherine stellte sich neben Fin und atmete die klare Nachtluft ein.

»Ich habe es vermisst«, sagte sie leise und meinte damit nicht nur Schottland.

Ohne ein weiteres Wort schloss Fin sie in die Arme und küsste sie leidenschaftlich und ohne sie zu Atem kommen zu lassen. Als sie später nebeneinander auf dem notdürftig aus den Decken bereiteten Lager lagen, in die sternenklare Nacht hinaussahen und nur auf den langsam ruhiger werdenden Herzschlag des anderen lauschten, hätte Catherine sich keinen schöneren Ort als diese alte Werkstatt am Rande von Loch Fyne vorstellen können. Solange sie hier zusammen waren, wollte sie nicht an morgen oder den Tag danach denken, denn der würde früh genug kommen.

»Ich habe ein Cottage am Loch Etive gekauft, das ich dir zeigen möchte. Es ist noch etwas renovierungsbedürftig, aber es liegt direkt am Wasser, hat einen riesigen Garten und eine eigene Bootsanlegestelle«, sagte Fin und drehte sich auf die Seite, um ihr in die Augen sehen zu können.

»Du hast dir also ein Cottage gekauft. Wozu braucht jemand wie du ein Heim? Ich dachte, du bist auf den Ozeanen dieser Welt zu Hause.«

»Diese Zeiten sind vorbei, Cat. Mein Herz ist nicht auf dem Meer zu Hause, auch wenn ich es liebe und nie aufgeben werde.« In seinem Blick lag die Unendlichkeit des Meeres und gleichzeitig eine überwältigende Zärtlichkeit für sie, als er zuerst ihre Augen, ihre Halsbeuge und dann ihre Lippen küsste. »Es ist hier zu Hause, und das wird sich nicht ändern, nicht solange du es willst, Cat.«

Ihre Augen füllten sich mit Tränen. Sie hielt ihn fest und flüsterte zwischen tränenfeuchten Küssen: »Ich möchte es so gern glauben, Fin, so gern ...«

Liebevoll fuhr er mit den Fingern die Konturen ihres Gesichtes nach und wischte ihre Tränen fort. »Irgendwann wirst du nicht mehr zweifeln, und dann sind die Dämonen der Vergangenheit, die du immer noch auf meinen Schultern siehst, verschwunden.«

»Irgendwann ist weit weg – jetzt sind wir hier.«

Sie wollte jeden Moment ihrer neu gefundenen Gemeinsamkeit auskosten.

Durch die geöffneten Holzläden sah Catherine die Sonne aufgehen. Die letzte Nacht kam ihr unwirklich vor, und doch lag sie hier neben Fin und fühlte sich, bis auf einen leisen Zweifel, der noch immer an ihr nagte, zufrieden oder sogar glücklich. Obwohl sie sich beide verändert hatten, gab es einen Grad an Vertrautheit, den sie mit keinem anderen Mann je erlebt hatte. Sie dachte weniger an die Vergangenheit als vielmehr an den Fin, den sie jetzt kennen lernte, und der sie überraschte und faszinierte. Auch heute würde die Sonne sie mit hochsommerlichen Temperaturen verwöhnen, denn es war keine Wolke an dem klaren blauen Himmel zu sehen. Den Kopf auf den Ellbogen gestützt, schaute sie über den Garten auf die Hügel und hörte dabei Fins gleichmäßigen Atem. Seit sie hier in Schottland war, hatte sich ihr Leben grundlegend verändert. In ihr altes Leben, das sie mit ihrem Job in Köln hinter sich gelassen hatte, konnte und wollte sie nicht zurückgehen, und sie fragte sich unsicher, wie ihr neues Leben aussehen würde.

Während sie mit Fin zusammen war, hatte sie die Gedanken an Dougal, Rory und ihre Erlebnisse auf Kilbride verdrängt, doch sie waren da und warteten darauf, dass sie anfing, sich mit ihnen auseinander zu setzen. Morvens mysteriöse Andeutungen und Calums offensichtliche Furcht vor dem, was sich ereignen könnte, ließen sie nicht los. Wie eine Spinne, die sich in ihrem eigenen Netz verfängt, fühlte sich Catherine, und sie wünschte sich Klarheit darüber, wo sie den Faden aufnehmen und verfolgen sollte, damit sie das Gewirr aus Andeutungen, Geheimnissen und Angst entschlüsseln konnte. Der gälische Geheimcode auf dem Bilderrahmen hatte sich als Sackgasse herausgestellt. Das Bild war verschwunden, und sie hatte nicht die leiseste Ahnung, wer dafür verantwortlich war. Oder doch? Hatte sie nicht Ralphe de Polminhac mit Lennox Reilly beobachtet? Dougal schien dem Franzosen nicht wohlgesonnen, und auch in Rorys Worten hatte sie Kritik am Verhalten des Logenbruders bemerkt.

Dougal. Sie seufzte, denn es würde einer langen Zeit bedürfen, bis sie sich mit dem Gedanken an ihren leiblichen Vater abgefunden hatte. Der Tempel, in dem Dougal den Vorsitz hätte führen sollen, stand ihr vor Augen. Erschrocken richtete sie sich auf. Rory hatte ihr Polminhacs Insignien auf dem Altar gezeigt und gesagt, dass der Franzose zu den höchsten Graden der Loge gehörte, genau wie Calum. Calum gehörte zu den Weißen. Wenn Polminhac ebenfalls dazu gehörte, warum wurde er dann nicht so geschätzt wie Calum? Und schließlich Rorys Weigerung, den hebräischen Namen auszusprechen, der auf der Tafel über dem Sessel des Meisters vom Stuhl hing ...

»Cat, worüber grübelst du nach?« Fin musste sie schon länger beobachtet haben. »Wenn ich nicht so schrecklich unbegabt wäre, würde ich dich jetzt malen, genau so wie du jetzt dasitzt ...«

»Du übertreibst schon wieder.« Sie legte sich neben ihn und kuschelte sich in seine Armbeuge.

»Nein. Außerdem kannst du das nicht beurteilen, schließlich schaue ich dich ja an.« Er küsste ihren Nacken und legte seinen Arm um ihre schmale Hüfte. »Was hältst du davon, Calum einen Besuch abzustatten? Ich mache mir Sorgen um den alten Buchanan. Es ist nicht seine Art, wichtige Versammlungen zu verpassen.«

Catherine horchte auf. »Woher weißt du von dem Symposium gestern Abend?«

»Du hast mir davon erzählt, erinnerst du dich nicht?«

»Nein«, aber sie konnte sich täuschen, trotzdem irritierte sie, dass er von Calums Abwesenheit gestern wusste.

Nach einem weiteren ausgiebigen Kuss zog Fin Catherine auf die Füße. »Ich könnte ewig hier mit dir liegen, aber ich habe Hunger, und eine Dusche wäre auch nicht verkehrt.« Er betrachtete das Lager aus alten Decken mit Wehmut. »Oder sollen wir hier bleiben?«

Catherine lachte. »Mein Magen knurrt auch, und wir finden bestimmt noch ein anderes romantisches Fleckchen, obwohl ich zugeben muss, dass dieses hier kaum zu überbieten ist.«

Sie streiften sich ihre Kleidung über, die auf dem Boden verstreut lag, und stiegen die Leiter hinunter, wo Catherine zwei Schaukelstühle sah, die fast fertig zu sein schienen. »Arbeitet dein Vater wieder?«

Fin schüttelte den Kopf. »Nein. Die habe ich gemacht. Eigentlich hatte ich schon immer Spaß am Tischlern, aber nicht unter der Aufsicht meines Vaters.« Er grinste und tippte einen der Stühle an, der in eine leichte Schaukelbewegung verfiel. »Einer ist für Hamish, den anderen wollte ich in mein Cottage an Loch Etive stellen. Die Veranda ist einfach klasse, mit direktem Blick auf das Wasser.«

Catherine war von der Qualität der Tischlerarbeit beeindruckt. »Wann hast du dich denn für ein Cottage dort oben entschieden?«

»Vor etwa einem Jahr. Ich hatte es satt, ständig bei Freunden oder zur Miete zu wohnen. Wir können auch dorthin fahren, wenn du möchtest?« Fin fuhr sich durch die dichten blonden Haare und schaute sie erwartungsvoll an.

»Lass uns zuerst Calum besuchen, ich würde ihn gern wiedersehen. Weißt du, irgendwie habe ich das Gefühl, wir sollten mit ihm sprechen.« Vor allem wollte sie ihn fragen, was er über Polminhac wusste.

Kapitel 15

Ohne eine Träne irrt in die Ferne
starrend der Blick;
jemand entschwand im Zwielicht des Herbstes,
Schmerz bleibt zurück.

Irma Geislerova

Bevor sie nach Balmaha aufbrachen, fuhr Catherine nach Balarhu, um sich zu duschen und die Kleidung zu wechseln. Fin würde sie abholen, da er mit seinem Wagen fahren wollte und Clara den Geländewagen vielleicht benötigte, obwohl sie das bisher noch nicht gesagt hatte. Auf dem Parkplatz stand ein roter Zweitürer, doch im Haus war niemand, und Catherine nahm an, dass Clara Besuch hatte und vielleicht einen Spaziergang machte. Weit konnte sie nicht sein, denn die Hintertür war nicht abgeschlossen, was Catherine nach dem Einbruch für ziemlich leichtsinnig hielt. Nachdem sie geduscht und umgekleidet war, kam sie in einem weißen Shirt und mintfarbenem Rock die Treppen herunter. Auf dem Küchentisch standen zwei Kaffeetassen, was ihre Vermutung mit dem Besuch zu bestätigen schien.

Catherine trat auf die Terrasse und ging zum Bootssteg, wobei sie laut Claras Namen rief.

»Cathy! Da bist du ja. Ich habe mir schon ein ganz klein wenig Sorgen gemacht, aber dann dachte ich an Fin ...« Sie lächelte, spielte aber nervös mit einem dünnen Seidenschal, den sie in den Händen hielt.

Catherine ergriff die Hände der älteren Freundin. »Ich hätte anrufen sollen. Wirklich, Clara, ich bin sehr gedankenlos gewesen. Ist mit dir alles in Ordnung?«

Aus dem Haus erklang eine Frauenstimme, die nach Clara rief. »Ich bin hier draußen, Martha!«, antwortete Clara, und zu Catherine sagte sie: »Martha ist meine Cousine. Sie hat es schwer getroffen. Ihr Mann hat vor einigen Jahren ein Bein bei einem Arbeitsunfall verloren. Jetzt wurde bei ihrer Tochter ein Gehirntumor festgestellt, und sie weiß nicht, wohin mit ihrem kleinen Sohn. Sie ist ganz allein.«

Eine kleine Frau mit kurzen grauen Haaren kam über den Bootssteg auf sie zu. Tiefe Ränder lagen unter ihren Augen, die rot und verweint aussahen. Ihre Ähnlichkeit mit Clara war nicht zu übersehen, auch wenn sie behäbiger und älter wirkte. Martha reichte Catherine die Hand. »Ich habe schon viel von dir gehört, und vor einer Ewigkeit war ich hier zu Besuch, aber damals habe ich nur Morven kennen gelernt.«

Marthas Hand fühlte sich rau und verarbeitet an. »Clara hat mir von deiner Tochter erzählt. Gibt es eine Therapie?«

»Ja, das tröstet mich. Aber die ist langwierig, und ich muss mich auch um den kleinen Paul kümmern. Mein Mann ist ebenfalls ein Pflegefall ...« Hilflos hob Martha die Hände. »Ich hatte gehofft, dass Clara mir wenigstens für einige Wochen helfen könnte.«

Clara sagte mit ruhiger Stimme. »Wir finden eine Lösung, Martha. Warum musst du auch ausgerechnet in Aberdeen leben?«

Nun verstand Catherine die Besorgnis ihrer Freundin. »Könnte man nicht einen Pflegedienst einschalten?«

Traurig schüttelte Martha den Kopf. »Unsere finanziellen Mittel sind begrenzt, und die Hilfe vom Amt ebenfalls.«

»Was hast du denn noch vor, Cathy?«, fragte Clara betont munter.

»Fin und ich wollen einen Ausflug nach Balmaha machen und Calum Buchanan überraschen.«

»Ich erinnere mich an ihn. Er ist ein guter Freund von Morven. Grüß ihn von mir, Cathy, und macht euch einen schönen Tag.« Vom Parkplatz erklang Motorengeräusch herüber. »Das wird Fin sein. Geh nur, Cathy.«

Ungern ließ sie die beiden Frauen mit ihrem Problem zurück, doch helfen konnte sie der armen Martha nicht. »Bis später, Clara, und dir und deiner Tochter alles Gute, Martha.«

Fin kam ihr an der Hausecke entgegen, nahm sie in die Arme und vergrub sein Gesicht in ihren Haaren. »Hmm, du duftest zum Anbeißen gut.«

Sie gingen zum Auto, und Catherine erzählte von Claras Sorgen. »Wir dürfen nicht vergessen, Calum von ihr zu grüßen. Meinst du, es ist in Ordnung, wenn wir einfach so bei ihm vorbeischauen? Sollten wir nicht vorher anrufen?«

»Er freut sich immer über Besuch und Nevin sowieso. Ihm ist es oft zu einsam da draußen in Balmaha. Nein, das geht schon in Ordnung, Cat.«

Dieses Mal kam Catherine die lange Fahrt nach Loch Lomond vergleichsweise kurz vor, denn es gab viele Dinge, über die sie mit Fin sprechen konnte. Trotz des schönen Wetters kamen sie gut voran und waren am späten Vormittag in Balmaha. Fin fuhr langsam den schmalen Sandweg am Ufer von Loch Lomond entlang. Bevor sie das letzte Stück zu Calums Cottage zu Fuß gingen, traten sie an das Wasser, das sich weit und spiegelglatt vor ihnen erstreckte.

»*Caledonia you are calling me and now I'm going home*«, sagte Fin und sah Catherine an, die neben ihm stand und sich dehnte, bis die Wirbel in ihrem Rücken leise knackten.

»Schottland, hmm? Ich habe selbst lange nicht gewusst, wo meine Wurzeln sind.« Sie schaute weiter auf das tiefe Blau des Wassers. Nach kurzem Nachdenken fragte sie: »Robert Burns?«

»Nein, das ist eine Zeile aus einem Lied von Dougie MacLean. Ich finde, es trifft genau diese unbestimmte Sehnsucht, die einen nicht mehr loslässt, wenn man einmal hier war.«

»Hmm. Das ist es, eine Sehnsucht, etwas, das dich irgendwann wieder herbringt. Aber es ist mehr als das ...«

»Cat?«

»Ja?«

»Könntest du dir vorstellen, hier zu bleiben?«

»Vielleicht, es kommt auf die Umstände an.«

»Kann ich einen dieser Umstände beeinflussen?« Er nahm ihre Hand und legte sie auf sein Herz. »Ich habe das so gemeint, wie ich es gestern Nacht gesagt habe.«

»Ich glaube dir, wenn du es jetzt sagst, aber ich brauche Zeit. Es gibt so vieles, das ich noch nicht verstehe und ... lass mir einfach Zeit.« Sie strich ihm über die Wange. »Nachdem wir uns so lange nicht gesehen haben, kommt es auf ein paar Wochen oder Monate auch nicht mehr an, oder?«

Er schien etwas erwidern zu wollen, nickte jedoch stattdessen und küsste sie sanft. »Dann lass uns den alten Haudegen besuchen und ihn etwas aufmuntern.«

Hand in Hand gingen sie auf das Gartentor zu, das sein charakteristisches Quietschen von sich gab, als es aufschwang, doch niemand erschien auf der Terrasse vor Calums Cottage.

»Ob er allein ist und nicht gehen kann?« Catherine war besorgt.

Auch Fin schien beunruhigt, denn er beschleunigte seinen Schritt und murmelte: »Wenn es ihm so schlecht ginge, wäre sicher jemand hier. Nevin!«, rief er laut, erhielt jedoch keine Antwort.

»Aggie, sind Sie da?«, rief Catherine ihrerseits und rannte nun hinter Fin her, der die unverschlossene Haustür aufriss und sich suchend im Haus umsah.

»Wieso antwortet denn niemand?«, entfuhr es Fin, der mit gerunzelter Stirn die Treppe in den ersten Stock hinauflief.

Catherine schaute in das Wohnzimmer, in dem das Schachspiel unberührt neben den Ledersesseln stand. Der Buddha thronte auf seinem Sockel, als plötzlich ein Schmerzensschrei das Haus erschütterte. Das Blut gefror in ihren Adern, denn sie ahnte, was geschehen war.

»Fin? Was ist passiert? Wo bist du?« Voller Angst rannte sie ihm nach, den Blick auf die Treppen gerichtet. Als sie keine Antwort erhielt, lief sie die Treppen hinauf und fand sich in einem schmalen Flur wieder, von dem zwei Fenster auf den Garten hinaussahen. Aus einer offenen Tür am Ende des Ganges hörte sie unterdrücktes Schluchzen.

»Fin?« Vorsichtig schaute sie durch die Tür und sah Fin neben einem gewaltigen Mahagonibett stehen, dessen Klauenfüße und reiche Schnitzereien nicht von dem schrecklichen Anblick ablenken konnten, der sich ihr bot. Calum Buchanan lag mit geschlossenen Augen, halb von einem Laken verdeckt auf dem zerwühlten Bett. Der massige Körper war in ein weißes Nachthemd gekleidet, das bis zum Bauch offen war. Was Catherine sofort auffiel, waren Calums blaurote Gesichtshaut und die dunkel verfärbten Lippen. Auf einem Nachtschrank neben dem Bett befand sich das Etui, in dem Calum seine Insulinspritze aufbewahrte.

»Ist er …?« Catherine brachte das Wort nicht über die Lippen.

Fin nickte, beugte sich zu Calum und strich diesem sanft über das Gesicht, das die Anstrengungen eines langen Ringens nach Luft widerspiegelte. »Alter Freund, wäre ich nur früher gekommen …« Dann richtete er sich auf und sah Catherine mit tränennassen Augen an. »Ich muss Laurence anrufen, seinen Hausarzt.«

Während er nach dem Telefon griff, holte Catherine eine beigefarbene Überdecke, die zusammengefaltet auf einem Sessel neben dem Bett lag, und breitete sie über Calums Körper aus, so dass nur sein Kopf zu sehen war, und fast schien es, als schliefe er. Doch der Tod gewährte nur den ewigen Schlaf und hinterließ seine Spur auf dem Antlitz desjenigen, dem er sich aufgedrängt hatte. Sacht berührte sie mit den Fingern Calums Stirn.

Von unten ertönten Schritte und dann eine jugendliche Stimme: »Onkel? Ist alles in Ordnung? Die Tür steht offen.« Sekunden später kam Nevin in das Schlafzimmer gestürmt und blieb wie angewurzelt stehen, als er seinen Onkel auf dem Bett liegen sah.

»... Ja, ich bin mir sicher, dass er tot ist, Laurence. Gut, bis gleich.« Fin legte den Hörer auf.

Nevin starrte ihn an. »Das kann doch nicht wahr sein? Um Gottes willen, Fin, er ist doch nicht tot? Nein, wir haben gestern Abend zusammen gegessen, und da ging es ihm gut ...« Hilflos stand er vor ihnen und strich sich einige Strähnen seines langen blonden Haares aus dem Gesicht.

»Ich fürchte, es ist so, Nevin.« Fins Stimme war leise und brüchig, denn Calums Tod ging ihm sichtlich nahe.

Catherine kämpfte mit den Tränen und vermied es, auf Calum zu schauen, dessen Gesichtsfarbe sie erschauern ließ. Nevin kniete sich neben dem Totenbett seines Onkels nieder und legte seinen Kopf auf Calums Brust. Ein gequältes Schluchzen entrang sich ihm und ließ Catherine automatisch nach Fins Hand greifen, deren Wärme und fester Druck tröstlich war.

Nachdem Nevin sich von seinem Onkel verabschiedet hatte, richtete er sich auf und wischte sich über Stirn und Hals. »Ich wäre viel eher hier gewesen, aber heute früh bekomme ich diesen Anruf auf meinem Handy, denke, es ist mein Freund Taylor, und fahre rauf nach Rowardennan. Ich konnte ihn nur ganz schlecht verstehen, die Verbindung war nicht gut, aber es klang, als hätte er eine Reifenpanne.« Nevins Lippen bebten. »Ich hätte nicht fahren dürfen, oh Gott, aber Aggie war auf dem Weg hierher!«

»Sie ist nicht hier«, stellte Fin nüchtern fest.

Verzweifelt ballte Nevin die Fäuste. »Wieso nicht? Wieso ist sie nicht gekommen? Ich habe gleich nach Taylors Anruf mit ihr gesprochen. Sie wollte gerade zur Haustür raus!«

»Okay, Nevin, was war denn nun mit Taylor?« Fin stand vor dem immer nervöser werdenden Nevin und erweckte in Catherine den Eindruck, er verhöre Calums Neffen.

»Er war gar nicht da! Stell dir vor, ich komme da hoch, der Hotelparkplatz voller Autos, aber keine Spur von Taylor. Ich fahre ein Stück zurück, schaue in die Seitenstraßen, aber er ist einfach nicht da. Ich habe dann versucht ihn anzurufen, aber er ging nicht ran.« Nevin drehte sich um, als könne er den Anblick seines toten Onkels nicht länger ertragen.

»Macht er so etwas öfter?«, fragte Fin.

»Was denn?« Verständnislos irrte Nevins Blick über das Bett zu Fin.

»Taylor. Ist er unzuverlässig? Hat er dich schon mal irgendwo hinbestellt und war dann nicht dort?«

»Nein, das ist überhaupt nicht seine Art. Oh nein ... Du meinst, man hat mich absichtlich dort hingelockt, um ...?« Entsetzt riss Nevin die Augen auf. »Nein«, stammelte er, »das wäre so schrecklich, so sinnlos, nein. Calum war der großartigste Mensch, den ich kenne. Er hatte keine Feinde.«

»Bist du dir da so sicher?«

Catherine hörte Geräusche an der Haustür und ließ die Männer allein, um nachzusehen. Von der Treppe erklangen Stimmen, und sie begrüßte den Landarzt, Laurence Hunter, und Aggie, die nervös die Treppe hinaufsah.

Die Haushälterin lief auf Catherine zu, die ihre Hände ergriff und beruhigend sagte: »Aggie, lassen Sie den Doktor zuerst einmal nachsehen. Bitte, warum gehen wir nicht in die Küche und kochen einen starken Kaffee. Ich glaube, den können wir jetzt brauchen.«

»Aber ich möchte zu …«, widersprach Aggie, wurde jedoch von Laurence Hunter, einem robusten Mann Ende fünfzig mit einer Stimme, die keinen Widerspruch duldete und dennoch beruhigend wirkte, daran gehindert, nach oben zu gehen.

»Nun, nun, Aggie, lassen Sie mich erst mal sehen. Es haben sich ja schon die tollsten Irrtümer herausgestellt, und nachher war der liebe Totgeglaubte so munter wie ein Fisch im Wasser.« Energisch ging er an den Frauen vorbei nach oben, die lederne Arzttasche fest in seiner kräftigen Hand.

In Aggies Gesicht stritten Angst und der Wunsch, die Hoffnung, die der Arzt geweckt hatte, möge sich bewahrheiten, und Catherine schob sie sanft in die Küche, wo sich die sonst so agile Frau auf einen Stuhl fallen ließ. »Der Doktor hat nicht gesagt, warum er hier ist, aber so ernst ist er sonst nicht, und außerdem darf ich immer mit zu Mr Buchanan. Ein so feiner Mann.« Sie legte ihre zitternden Hände auf den Tisch vor sich und schüttelte den Kopf.

»Wo ist denn der Kaffee? Ah, ich sehe schon.« Geschäftig stellte Catherine den Wasserboiler an und gab Kaffee in einen bereitstehenden Filter. Kaffee zu kochen war ein Vorwand, sich abzulenken, denn sie selbst war nahe daran, die Fassung zu verlieren, und sie atmete wiederholt langsam tief aus und ein. Sie strich den Filter öfter als notwendig glatt und versuchte zu begreifen, was geschehen war. Calum war tot. Ob er auf natürliche Weise gestorben war oder nicht, denn das schien Fin mit seinen Fragen an Nevin andeuten zu wollen, wird sich klären. Sie schloss eine Schuld Nevins entschieden aus. Es war einfach nicht vorstellbar, dass ... nein, ihre Gedanken wanderten in eine ganz andere Richtung. Der Wasserboiler kochte, und sie goss das heiße Wasser durch den Filter.

»Miss, vorsichtig, Sie verbrühen sich ja die Hände!«, rief Aggie und nahm Catherine den Wasserbehälter ab.

Erschrocken schaute Catherine auf das Wasser, das sich über die Arbeitsplatte ergoss und langsam auf den Boden tropfte. »Tut mir Leid«, sie griff nach einem Handtuch und wischte das Wasser auf.

Inzwischen hatte Aggie zwei Tassen mit Kaffee gefüllt. Sie holte auch eine Dose Kaffeesahne aus dem Kühlschrank und stellte sie mit einer Schale Zucker neben die Tassen. Schweigend gab Aggie Milch und Zucker in ihre Tasse, ohne diese jedoch anzurühren. Erst als Doktor Hunter durch die Tür sah, straffte sich ihre zusammengesunkene Gestalt.

»Ja?« Ein Hoffnungsfunken glänzte in ihren Augen, erlosch jedoch, als Hunter ernst den Kopf schüttelte.

»Darf ich?« Er griff nach Catherines Tasse und leerte sie mit einem Zug. »Ich weiß, wie sehr Sie ihn mochten, Aggie. Wäre jemand bei ihm gewesen, hätte er vielleicht, ich sage nur vielleicht, eine Chance gehabt, aber so ...« Er stellte die Tasse zurück und zog sich einen Stuhl heran.

Aggie schluchzte. »Ich war ja auf dem Weg hierher! Wäre da nicht dieser Unfall gewesen ... Darf ich jetzt zu ihm, Doktor?«

»Bitte.«

Catherine hatte Mitleid mit der schmächtigen Frau, die sich so tatkräftig um Calum gekümmert hatte und ihm sicher mehr als nur eine Haushaltshilfe gewesen war. »Wie meinen Sie das, Doktor Hunter?«

Kluge Augen musterten sie aus einem Meer kleiner Fältchen, die auf ein Leben schließen ließen, das viel an der frischen Luft verbracht wurde. »Sie wissen, dass Calum Diabetiker war?«

»Ja.«

»Bedingt durch sein Übergewicht, litt er unter Arteriosklerose, die in eine Koronarsklerose überging, das heißt, er hatte Durchblutungsstörungen des Herzens. Bei Diabetikern erhöht sich die Infarktanfälligkeit deutlich, und ich kann nach meiner Untersuchung, die natürlich nur oberflächlich war, sagen, dass Calum einen Infarkt hatte, der ihn in ein diabetisches Koma fallen ließ. Ein solches Koma zieht sich über Stunden hin. Ich gehe davon aus, dass Calum unter schmerzhafter akuter Atemnot litt, die letztlich zum Tode führte.«

»Und hätte man ihn retten können?«

»Nur, wenn jemand in der Nähe gewesen wäre und sofort lebensrettende Maßnahmen eingeleitet hätte. Ja, dann wäre eine Chance da gewesen, aber wie schon gesagt, erst eine Obduktion wird ergeben, wie schwer der Infarkt war.«

»Natürlich.«

»In welchem Verhältnis standen Sie zu Calum? Ich habe Sie noch nie gesehen, und ich kenne …«, er räusperte sich, »kannte den alten Burschen seit vielen Jahren.«

»Ich bin Morven Mackays Enkelin und mit Finnean hergekommen, um Calum zu überraschen …« Sie lächelte traurig.

»Morvens Enkelin. Das hätte ich sehen müssen. Er hat Sie erwähnt.« Laurence Hunter blinzelte und kniff die Lippen zusammen, stand auf und ging ins Wohnzimmer, aus dem er mit einer Flasche Whisky zurückkam. Er schien sich gut auszukennen, denn zielsicher öffnete er einen der Küchenschränke und nahm ein Glas heraus. »Möchten Sie auch?« Ohne weiter auf Catherines Ablehnung zu achten, goss er sich einen großen Schluck ein und leerte das Glas, um es erneut zu füllen. Dann setzte er sich ihr gegenüber an den Tisch. »Wir waren Freunde, Calum und ich. Früher haben wir oft Schach gespielt.« Hunter stützte die kräftigen Arme auf den Tisch und drehte sein Whiskyglas hin und her. »Sie kennen Finnean gut?«

Erstaunt sah sie den Arzt an, der seinen Whisky austrank und aufstand. »Nun ja, wir sind alte Freunde.«

»Calum stand ihm sehr nahe, aber das wissen Sie dann ja sicher.« Er nahm seine Tasche auf. »Ich werde alles andere veranlassen.« Mit einem knappen Kopfnicken verabschiedete sich der Arzt und ging schweren Schrittes hinaus.

Etwas in Laurence Hunters Worten hatte sie seltsam berührt. Er hatte Nevin nicht erwähnt, immerhin war der Calums Neffe und nicht Finnean. Beklommen stieg sie die Treppen hinauf, wo sie Aggie an Calums Bett fand. Der Arzt musste die Hände des Toten auf dessen Brust gelegt und dort gefaltet haben, was ihm einen friedlicheren Ausdruck verlieh. Dabei fragte sich Catherine, wie der Tod friedlich sein konnte? Er hatte immer etwas Gewaltsames, auch wenn er für manche Menschen eine Erlösung von ihren Leiden sein mochte, beendete er doch das Leben, das jedem nur einmal auf dieser Erde geschenkt wurde. Wo bist du jetzt, Calum?

Fin, der mit Nevin gesprochen hatte, kam zu ihr und sagte leise: »Nevin hat inzwischen seinen Freund, Taylor, erreicht und der hat beschworen, dass er keine Panne hatte und auch nicht angerufen hat.« Er machte eine dramatische Pause. »Und Aggie hat erzählt, dass der Unfall sich ganz plötzlich als Missverständnis aufgeklärt hat! Sind das nicht merkwürdige Zufälle?«

»In der Tat. Sollten wir nicht die Polizei einschalten, um festzustellen, ob jemand hier gewesen ist?«

Mit zusammengezogenen Augenbrauen blickte Fin sie

ernst an. »Das haben wir schon gemacht. Gleich wird ein Beamter vorbeikommen und den Fall aufnehmen. Wir können hier weiter nichts tun. Laurence hat den Krankenwagen bestellt, und Nevins Eltern kommen aus Edinburgh her. Calum hat einen jüngeren Bruder, Grant, Nevins Vater. Er wird sich um alles Weitere kümmern.« Er strich ihr flüchtig über die Haare. »Geh schon voraus, ich spreche noch mit Nevin und komme gleich nach.«

Erleichtert, der drückenden Enge des Totenzimmers entfliehen zu können, nickte Catherine, verabschiedete sich von Nevin und Aggie und atmete befreit auf, als sie vor dem Cottage auf der Terrasse stand. Sie hatte Calum nur ein einziges Mal hier besucht, und doch würde sie den Nachmittag in der Gesellschaft dieses ungewöhnlichen Mannes niemals vergessen, nicht seine eindringlichen Worte und die Atmosphäre seines Cottages, in dem jeder Gegenstand eine Vergangenheit und eine eigene Geschichte hatte. Wie musste sich Fin erst fühlen, für den Calum mehr als ein Freund gewesen war? Er kam mit gesenktem Kopf aus dem Haus und betrachtete traurig den Garten, das Wasser von Loch Lomond und schließlich die Pforte.

»Was möchtest du jetzt tun, Fin?«

»Lass uns zurückfahren«, sagte er, ohne sie anzusehen, und ging den Weg hinunter. Als die Pforte quietschend hinter ihnen zufiel, zuckte er zusammen. »Er hat es immer gehört und erwartete mich vor der Tür, immer ...« Seine Stimme erstarb, und sie gingen schweigend zum Wagen.

Im Gegensatz zur Hinfahrt kam Catherine der Weg zurück nach Inveraray wie eine Ewigkeit vor. Finnean hielt den Blick starr auf die Straße gerichtet, und sie wechselten kaum ein Wort miteinander, obwohl Catherine gern mit ihm über Calum gesprochen hätte. Doch sie respektierte sein Schweigen und zog sich in ihre eigene Gedankenwelt zurück. Erst als sie kurz vor Inveraray waren, fragte Catherine:

»Wer ruft Morven an?«

»Ich werde mit ihr sprechen, obwohl es mich nicht wundern würde, wenn sie es schon weiß. Calum und sie hatten eine besondere Beziehung. Es wird sie schwer treffen.« Er fuhr den Wagen auf den Parkplatz von Balarhu, stellte den Motor ab und wandte sich Catherine zu. »Kann ich dich allein lassen? Es gibt eine Menge Dinge, die ich klären muss, unter anderem einen Teil der Zeremonie für Calums Beerdigung ...« Seufzend beugte er sich vor und küsste sie flüchtig auf die Lippen. »Cat, ich wünschte, wir hätten mehr Zeit füreinander gehabt, weil es noch etwas gibt, das ich dir sagen muss, aber ...«

»Schon wieder ein Aber.« Ein schwaches Lächeln glitt über ihr Gesicht. Sie hatte genug von seinen Ausflüchten. »Ruf mich an, wenn du so weit bist. Wo wird die Beerdigung stattfinden?«

»Auf Inchcailloch, die Insel neben Clairinch. Soweit ich weiß, hat er es so gewollt.«

»Gibt es dort eine Kirche?«

Catherine versuchte, sich an die unter Naturschutz stehenden Inseln zu erinnern, die sie nur vom Ufer Loch Lomonds aus gesehen hatte.

»Ein altes Nonnenkloster, aber Calum war ohnehin in keiner Kirche.«

Sie schaute in Fins angestrengtes Gesicht, in dem Schmerz und Trauer deutlich zu lesen waren. Ihn jetzt mit Fragen zu bedrängen, hatte keinen Sinn. »Das hätte auch nicht zu ihm gepasst.«

»Nein. Die so genannten christlichen Werte und Tugenden waren für ihn eine Selbstverständlichkeit, Voraussetzung, um sich überhaupt Mensch nennen zu dürfen. Sein Weg war ein anderer, ein weitaus schwierigerer, darin waren er und Morven sich so nah.« Er wischte sich eine Träne aus dem Gesicht. »Bis bald, Cat.«

Wortlos streichelte sie ihm über die Wange, stieg aus und wartete, bis er vom Hof gefahren war. Mit schwerem Herzen ging sie zur Hintertür, drückte langsam die Tür auf und sah in den Flur. Aus der Küche hörte sie Nellies fröhliche Stimme. Es ging auf sieben Uhr zu, die Gäste würden nicht mehr lange bleiben. Ohne in der Küche vorbeizuschauen, ging sie die Treppen hinauf auf ihr Zimmer, wo sie sich erschöpft auf das Bett legte. Von unten drangen Gesprächsfetzen herauf, doch Catherine driftete bald in einen leichten unruhigen Schlaf, in dem sie wirre Szenen von Calum und Morven träumte. Später konnte sie sich nicht erinnern, was sie eigentlich geträumt hatte, doch das Kissen war nass und ihre Augen gerötet vom Weinen. Sie war im Begriff aufzustehen, um zu duschen, als es zaghaft an ihrer Tür klopfte.

»Herein!«

Clara steckte ihr besorgtes Gesicht durch den Türspalt. »Geht es dir gut, Cathy? Ich war nicht sicher, ob ich dich gehört hatte.«

Catherine deutete neben sich auf das Bett. »Setz dich, Clara.« Sie erzählte ihr, was geschehen war.

Claras Augen weiteten sich entsetzt. »Oh wie schrecklich! Der arme Calum, so ein wunderbarer Mensch. Und an einem Herzinfarkt ist er gestorben, sagst du? Hoffentlich musste er nicht leiden …« Traurig schüttelte sie den Kopf. »Ich stand ihm nicht nahe, er war Morvens bester Freund …« Sie stutzte. »Du liebe Güte, wir müssen es ihr sagen, es wird ihr das Herz brechen, arme Morven!«

Müde sagte Catherine: »Finnean wird mit ihr sprechen und ich auch. Clara, sei mir nicht böse, aber ich möchte eigentlich gar nichts mehr machen heute, nur noch duschen und dann ins Bett gehen.«

»Liebes, natürlich. Ich bringe dir etwas zu essen.« Sie tätschelte Catherines Hand und ließ sie allein.

Nachdem Clara gegangen war und Catherine in einem bequemen T-Shirt auf dem Bett saß, nahm sie ihr Mobiltelefon und wählte die Nummer von Morvens Freundin auf der Insel Mull. Gillian ging sofort ans Telefon.

»Catherine, ich habe mir gedacht, dass Sie anrufen werden, aber Morven ist schon heute Morgen in aller Frühe gegangen.«

»Gegangen? Gillian, ich muss ihr etwas sehr Trauriges sagen, es ist wichtig, kann man sie denn gar nicht erreichen?«

Gillian seufzte. »Nein, sie hält nichts von Mobiltelefonen, und dort, wo sie vermutlich hingegangen ist, hätte sie sowieso keinen Empfang. Catherine, ich fürchte, sie weiß es bereits.«

Erstaunt richtete Catherine sich auf. »Was? Wie denn?«

»Nun, Finnean McFadden hat mich angerufen, um mir von Calums Tod zu berichten, aber Morven muss es gespürt haben. Heute früh gegen sechs Uhr stand sie bei mir im Zimmer, legte beide Hände auf ihr Herz und sagte in einem sehr merkwürdigen Tonfall: ›Er hat mich verlassen. Sie sollen nicht triumphieren, deshalb muss ich jetzt gehen, Gillian.‹ Ich habe ihre Worte erst nicht verstanden, aber nach Finneans Anruf schon. Sie hat nur ihren Rucksack mitgenommen, sonst nichts.«

Morven musste am Boden zerstört sein. »Oh bitte, Gillian, wo ist sie denn hingegangen? Ich möchte bei ihr sein.«

»Nein, nein, das würde sie nicht wollen. Sie hat sich in die Einsamkeit zurückgezogen und wird erst zurückkommen, wenn sie bereit dazu ist. Es hätte keinen Sinn, Catherine, wenn sie nicht gefunden werden will, findet sie auch niemand.«

Das war nur zu wahr, wie Catherine aus eigener Erfahrung wusste. »Aber Sie versprechen mir, ihr zu sagen, dass ich angerufen habe und sie sehen möchte?«

»Ja, aber machen Sie sich keine allzu großen Hoffnungen, so erschüttert habe ich sie noch nie gesehen. Ich hatte ja keine Ahnung, dass Calum ihr so nahe gestanden hatte.«

Ich auch nicht, dachte Catherine und kam sich wieder einmal wie ein unwissendes Kind vor, das man an einem Spiel teilhaben lässt, ohne ihm die Regeln und Mitspieler zu erklären. Morven, die weiße Königin, war nun allein, ohne ihren Beschützer. Fürchtete sie den Kardinal? Ein kalter Schauer lief Catherine den Rücken hinunter, und Angst schnürte ihr den Magen zu. War es auch das, was Fin befürchtete, dass jemand seine Finger bei Calums Tod im Spiel hatte? Was wusste Fin von allem?

»Catherine? Sind Sie noch da?«, fragte Gillian besorgt.

»Entschuldigen Sie, ich bin etwas durcheinander.«

»Das verstehe ich, und ich verspreche Ihnen, mich sofort zu melden, wenn Morven zurückkommt. Aber ich hege da keine großen Hoffnungen, nicht für die nächste Zeit.«

»Haben Sie vielen Dank, Gillian, Sie sind sehr freundlich.« Morven hatte schon früher öfter bewiesen, dass sie vor anderen wusste, was geschehen würde. Sie selbst erklärte das mit dem siebten Sinn, den sie trainierte, und der Kraft ihres Geistes, die jedem Menschen innewohnt, doch von den wenigsten gefördert wird. Der Mensch sei ein Teil der Natur, betonte Morven, und nur, wenn man sich als solchen betrachtet, konnte man das Zusammenspiel aller Kräfte begreifen und sich zu Nutze machen. Jetzt bedauerte Catherine, dass sie Morven nicht besser zugehört und mehr von ihr gelernt hatte.

Clara kam mit einem Tablett herein, auf dem ein Teller Suppe, frisches Brot, Apfelkuchen und ein Becher Tee standen. »Geht es Gillian gut?«, fragte sie und stellte das Tablett auf einen kleinen Tisch, den sie ans Bett schob.

»Ich denke schon, den Umständen entsprechend. Sie beklagt sich jedenfalls nicht. Morven ist fort.« Der Duft des Essens stieg ihr in die Nase, und ihr Appetit meldete sich. Dankbar griff sie nach einem Löffel und probierte die Gemüsesuppe. »Danke, Clara. Was würde ich nur ohne dich machen?«

Clara lächelte und sagte beim Hinausgehen: »Schlaf gut, Cathy.«

Kapitel 16

> Ich bin tot gewesen. Ich bin lebendig gewesen.
> Ich bin Talisien.
>
> *Aus einer anonymen Handschrift*
> *des 13. Jahrhunderts*

Der Himmel war bedeckt. Kein Ausflugsboot fuhr an diesem Vormittag auf den südlichen Wassern von Loch Lomond, und die meisten Segler im Hafen von Balmaha hatten auf Halbmast geflaggt. Die Boote, die an dem schmalen Pier der Insel Inchcailloch festgemacht hatten, trugen Girlanden aus schwarzem Stoff und schaukelten unruhig auf dem dunkelgrünen aufgewühlten Wasser von Loch Lomond. Der Wind hatte seit dem frühen Morgen zugenommen und ließ die Trauergemeinde, die sich zwischen den Ruinen des Nonnenklosters versammelt hatte, Schutz in dem alten Mauerwerk suchen.

Seit jenem unglücklichen Tag hatte sie Fin nicht mehr gesehen. Sie hatten telefoniert, doch Fin war mit den Vorbereitungen für die Beerdigungszeremonie beschäftigt und musste zwischenzeitlich nach Dunstaffnage, um Berichte für das Labor fertig zu stellen. Die Obduktion hatte keine neuen Ergebnisse erbracht, sondern die Diagnose des Hausarztes bestätigt. Ein Infarkt mit nachfolgendem diabetischem Koma war die Todesursache. Es war anzunehmen, dass Calum in Folge des Infarktes nicht mehr in der Lage gewesen war, sich das Insulin zu injizieren, das auf dem Nachtschrank gelegen hatte. Was jedoch die Mordtheorie stützte, waren die Untersuchungen der Polizei, die ergeben hatten, dass eine Limousine am Morgen von Calums Tod vor dessen Cottage gestanden hatte. Der Zeuge hatte zwei unbekannte Männer aus dem Haus kommen sehen und die Beschreibung des einen passte auf Polminhac. Da der Zeuge jedoch keine eidesstattliche Erklärung abgeben wollte, weil er sich seiner Beobachtungen nicht hundertprozentig sicher war, konnte keine Anklage erhoben werden. Fin war fest davon überzeugt, dass die Besucher Calum derart aufgeregt hatten, dass er einen Infarkt erlitten hatte. Wahrscheinlich hatten die Verdächtigen Taylors Anruf und den Unfall vor Aggies Tür arrangiert, um zu verhindern, dass jemand Calum zu Hilfe kam. Verzweifelt musste Fin das Ergebnis hinnehmen, doch nur offiziell, wie er mehrmals betonte.

Rory hatte Catherine gefragt, ob sie mit ihm und seiner Familie zur Beerdigung fahren wollte. Da Finnean schon einen Tag zuvor nach Balmaha gefahren war, hatte sie das Angebot dankbar angenommen. Überhaupt schien Finnean über die Maßen in die Beerdigungszeremonie involviert, worüber sie sich wunderte, denn er war zwar ein enger Freund von Calum, doch kein Familienmitglied. Jetzt stand sie neben Flora und beobachtete die zahlreichen Trauergäste, von denen sie die meisten nicht kannte. Catherine zog den schwarzen Pashminaschal, den sie sich von Clara geliehen hatte, enger um die Schultern. Viele Frauen trugen Hüte mit kleinen Schleiern vor dem Gesicht und elegante schwarze Kostüme, doch Catherine hatte sich für eine schlichte Seidenhose und eine passende Bluse entschieden und ihre Haare zusammengebunden. Der Wind fuhr scharf zwischen den unterschiedlich hohen Mauerresten hindurch und ließ sie frösteln. Die Hitzewelle war abgeklungen, und die Temperaturen waren um einige Grade gefallen.

Das ehemalige Kloster lag etwas erhöht auf einem Hügel. Sanft fiel der sattgrüne Boden zum Wasser hin ab, während er auf einer Seite zu einem schmalen Plateau anstieg, auf dem eine alte Eiche ihre knorrigen Zweige über dem Rasen ausstreckte. Für die Nonnen musste dies ein besonderer Platz gewesen sein, denn von dort schaute man sowohl auf das Kloster als auch auf die weite Wasserfläche und das nahe Ufer. Irgendwo dort stand Calums Cottage, das Catherine mit bloßem Auge jedoch nicht erkennen konnte. Suchend glitt ihr Blick über die Neuankömmlinge, immer in der Hoffnung, Finnean zu entdecken. Stattdessen trat aus einer Gruppe in festliche Umhänge gekleideter Männer Dougal zu ihr. Sie hatte ihn bisher nur aus der Ferne erblickt und war entsetzt, als sie ihn jetzt aus der Nähe sah, denn sein Gesicht wirkte eingefallen und von Sorgen und Schmerz gezeichnet. Flora nickte ihm kurz zu und ging zu einer Dame, deren Hut einem tüllbekränzten Wagenrad glich.

»Dougal«, rief sie und ergriff seine Hand.

»Ein schwarzer Tag, Catherine, ein wahrhaft schwarzer Tag, nicht nur für die Loge, die einen ihrer besten Brüder verliert, sondern auch für Calums Freunde und seine Familie. Er war ein großartiger Mann, ein Philosoph und Humanist, ein wahrhaftiger Mensch ...« Er schluckte schwer, ließ ihre Hand los und beugte sich zu ihr. »Haben Sie ihn schon gesehen?«

»Wen denn?«, fragte Catherine ebenso leise.

»Polminhac. Er war auf dem Weg von Edinburgh nach London und ist extra zurückgekommen.« Dougals Mund wurde schmal. »Aber heute wird er nicht das Zeremoniell leiten.«

»Werden Sie das übernehmen?«

Er seufzte schwer. »Ich hätte es getan, und niemand hätte mich davon abhalten können, Calum die letzte Ehre zu erweisen, doch heute ist jemand hier, dem ich gerne meinen Platz überlasse. Er ist der Einzige, von dem ich mir vorstellen kann, dass er Calum würdig ersetzen wird.«

Catherine wollte eben fragen, wen Dougal meinte, doch Polminhac trat zu ihnen, begrüßte sie förmlich und bat Dougal um ein Gespräch unter vier Augen. Dieser gab der Bitte eher unwillig nach, wie sie an seiner Miene erkennen konnte. »Halten Sie sich an Flora, Catherine. Wir sehen uns später.« Dougal ging schweren Schrittes neben dem Franzosen, dessen prächtige blauweiße Schärpe mit zahlreichen silbernen Orden und Broschen geschmückt war, davon.

Catherine stand am Ende der Ruine, deren Reste sich vor ihr aus dem offenbar frisch gemähten grünen Rasen erhoben. Ging Dougal dort an der Seite eines kaltblütigen Mörders? Es war schwer vorstellbar, aber nicht unmöglich. Die Bestattung würde nicht nach einem kirchlichen Zeremoniell erfolgen, hatte Finnean gesagt, und sie fragte sich, was sie erwartete. Wie auf ein stummes Signal hin teilte sich die Menge der Anwesenden und ließ eine paarweise einmarschierende Gruppe Dudelsackpfeifer durch den ehemaligen Kreuzgang der Klosterruine ein. Hinter dem Platz, an dem einmal der Altar der Kapelle gestanden haben musste, bauten sich die Highlander, die in festliche Kilts gekleidet waren, auf und stimmten einen schwermütigen Marsch an. Flora kam zu Catherine, tippte ihr auf die Schulter und bedeutete ihr, sich neben sie auf die Seite zu stellen. Kurz darauf schritt auf demselben Weg, den die Musiker gegangen waren, eine Prozession in dunkle Umhänge gewandeter Männer herauf. An erster Stelle ging Rory, der eine silberne Urne in den Händen hielt, gefolgt von Dougal und dem Franzosen. Unter den übrigen, gemessenen Schrittes eintretenden Logenbrüdern entdeckte Catherine am Ende des langen Zuges auch Fletcher und Lennox.

Die Männer stellten sich in einem Halbkreis um den nicht mehr vorhandenen Altar auf und warteten schweigend, während die lang gezogenen dramatischen Klänge der Dudelsäcke die Stille der Insel durchzogen und über dem Wasser verhallten. Als der letzte Ton verklungen war, trat ein einzelner schlanker Mann hinter einer Säule hervor und stellte sich in die Mitte, genau dorthin, wo einst der Altar gestanden hatte. Catherine stockte der Atem. Es war Finnean, der unter seinem schwarzen Umhang einen schwarzweißen Kilt sowie eine weiße Schärpe trug. Der Wind fuhr in seine blonden Haare, die sich hell von seiner gebräunten Haut und der dunklen Kleidung abhoben. Tränen standen in seinen Augen, als er mit klarer Stimme laut das Wort an die Trauernden richtete.

Eine eisige Faust umklammerte Catherines Herz, als sie begriff, wen Dougal vorhin gemeint hatte. Niemand anderer als Finnean war der würdige Nachfolger Calums! Fin, der sich immer ablehnend über die Loge geäußert hatte, der mit Morven befreundet war, ohne sich auch nur einmal in all den Jahren bei ihr zu melden, der genau zu einem Zeitpunkt auftauchte und sich in ihr Leben drängte, an dem sich die Ereignisse für Catherine überschlugen. Sie hatte seinen Entschuldigungen geglaubt, und doch waren es nur leere Worte gewesen, denn er hatte sich erneut in ihr Herz geschlichen und ihr verschwiegen, wer er wirklich war – ein Bruder, ein Mitwisser, ein ...

»... und uns allen werden Calums großherzige Art, sein Humor und seine Weisheit fehlen«, drangen Fins Worte zu ihr durch. »Sein Tod reißt eine klaffende Lücke in unsere Mitte und wird eine Leere hinterlassen, die niemand ausfüllen kann. Einzig die Erinnerungen werden den Schmerz des Verlustes mit der Zeit lindern, Erinnerungen an einen Mann, dessen Herz für Wahrheit, Gerechtigkeit und Brüderlichkeit schlug, der sein ganzes Leben lang bestrebt war, diese Welt durch seinen Idealismus und seinen unbeirrbaren Sinn für den Wert allen Lebens besser zu machen.«

Ungläubig starrte Catherine auf den Mann, von dem sie

geglaubt hatte, ihn zu lieben, weil sie ihn neu kennen gelernt hatte. Wie wenig sie ihn kannte, machte er ihr gerade deutlich, und sie fragte sich, ob er sie innerlich auslachte, triumphierte, oder ob es ihm einfach gleichgültig war, weil er sie nur benutzt hatte. Sie wandte den Blick ab, weil sie seinen Anblick nicht ertragen konnte. Die Erkenntnis schmerzte, wie wenig Vertrauen er ihr entgegengebracht hatte. Die Trauernden lauschten ergriffen seinen Worten, die Catherine nicht länger erreichten. Abwesend betrachtete sie die Mauerreste, stellte sich vor, wie das Kloster einmal ausgesehen haben könnte, und schaute hinauf zu der alten Eiche, deren dicker Stamm ihr tröstlich in seiner Standhaftigkeit und Beständigkeit vorkam. Doch auch dieser Trost war trügerisch, denn unter dem dichten Laubdach der Eiche entdeckte sie eine aufrecht stehende weibliche Gestalt, deren Profil sich scharf gegen den grauen Himmel abzeichnete.

Morven Melville Mackay stand dort allein in einem langen weißen Gewand und einem weißen Umhang, den sie sich um den sehnigen Körper geschlungen hatte. Ihre offenen silbrig schimmernden Haare wurden ihr vom Wind aus dem Gesicht geweht und schienen sich um den Baumstamm zu schlingen. Niemand außer Catherine bemerkte das feengleiche Wesen neben der Eiche. Unverwandt schaute sie zu Morven, deren Gesichtszüge vor Trauer versteinert waren. Catherines Mund öffnete sich zu einem stummen Ruf, den Morven zu hören schien, denn sie bewegte leicht den Kopf. Obwohl Morven sie aus der Entfernung kaum in der Menge ausmachen konnte, hatte Catherine das Gefühl, als sähe ihre Großmutter nur sie an und flüstere ihr zu:

Meine Kräfte schwinden, Cat. Deine Zeit ist gekommen, früher als ich es erwartet hatte. Denk an meine Worte an jenem Nachmittag an Loch Fyne. Öffne deinen Blick für das

Wesentliche, lass dich durch nichts davon abhalten. Das Bild ist ein Teil des Ganzen, aber du bist der Schlüssel. Ich muss gehen, Cat, bevor sie mich finden. Flehentlich streckte Morven ihre Arme nach Catherine aus, die wie aus einem Traum aufschreckte und es nicht länger an ihrem Platz aushielt.

Flora schien ihre Regung bemerkt zu haben, denn sie warf Catherine einen missbilligenden Blick zu. Der Blickwechsel hatte nur den Bruchteil einer Sekunde gedauert, doch als Catherine wieder zu der Eiche hinaufsah, war Morven verschwunden. Catherine zitterte innerlich, und zum ersten Mal in ihrem Leben spürte sie eine Angst, die sich aus Unsicherheit und der nicht greifbaren Ahnung einer Gefahr speiste. Als sie kurz zu Finnean schaute, bemerkte sie hinter seinem Rücken eine Bewegung und fing Ralphe de Polminhacs prüfenden Blick auf. Seine kalten grauen Augen fixierten sie, wanderten kurz zu der alten Eiche und verfolgten dann weiter die Zeremonie, als wäre nichts geschehen. Ob der Franzose Morven gesehen hatte? War er es, vor dem sie sich fürchtete? Beklommen zog Catherine den Schal fester um ihre Schultern und fragte sich wieder und wieder, an wen sie sich wenden konnte, jetzt, nachdem Fin sie so bitter enttäuscht hatte.

Hinter sich vernahm sie das Rascheln von Kleidern und schnelle, vom feuchten Rasen gedämpfte Schritte. Als sie den Kopf drehte, sah sie gerade noch Lennox und Fletcher die Ruine verlassen. Was konnte es Wichtiges geben, dass die beiden sich von der Zeremonie entfernen mussten? Hatte Polminhac ihnen ein Zeichen gegeben? Doch der Franzose verharrte neben Dougal, den Kopf ganz in vornehmer Trauerhaltung gebeugt, und schien von den beiden Männern keine Notiz zu nehmen. Den restlichen Verlauf der Zeremonie verbrachte Catherine damit, Polminhac zu beobachten, ohne von ihm dabei ertappt zu werden, was nicht ganz einfach war, denn wiederholt sah er in ihre Richtung. Auf Fin folgten weitere Redner und eine rituelle Handlung, während der Calum Buchanans Asche von einem Boot aus verstreut wurde. Als der Wind die feine Asche davontrug, um sie irgendwo über dem dunklen Wasser niederschweben zu lassen, wischte sich Catherine die Augen, denn mit diesem Akt wurde die Endlichkeit des Abschieds quälend deutlich.

Nachdem die Zeremonie beendet war, verließen die Männer als geschlossene Prozession, begleitet von den Dudelsackpfeifern, das Kloster und erwarteten die übrigen Gäste an den Booten. Catherine wandte sich an Flora: »Was geschieht jetzt?«

»Wir fahren nach Kilbride, wo ein Dinner stattfindet, und später natürlich eine Feier der Logenbrüder, aber damit haben wir nichts zu tun.« Sie sagte das nüchtern, es machte ihr nichts aus, dass ihr Mann und ihr Sohn Dinge taten, von denen sie ausgeschlossen war.

Catherine konnte das nicht verstehen, denn anders als Morven, Aileen oder Flora hätte sie es befremdlich gefunden, wenn ihr Mann derartige Geheimnisse vor ihr hätte. Fast hätte sie sich auf jemanden eingelassen, der sich nicht im Geringsten von den Ehemännern dieser Frauen unterschied. Ihr Blick verfinsterte sich, als sie Finnean auf sich zukommen sah. Rasch stieg sie in eins der Boote, das ablegte. Fin musste das nächste nehmen. Catherine wartete am Ufer, als Fin schließlich aus dem Boot sprang, das ihn von der Insel herübergefahren hatte.

»Cat!« Sein Ton war bestimmt, doch dieses Mal hatte er den Bogen endgültig überspannt.

»Lass mich in Ruhe! Es gibt nichts, aber auch gar nichts, was wir uns zu sagen hätten.« Sie funkelte ihn zornig an.

Die Umstehenden sahen erstaunt zu ihnen herüber, worauf Fin sie am Arm nahm und zu seinem Wagen drängte. »Mach jetzt keine Szene. Wir werden uns doch wie vernünftige Menschen aussprechen können.« Er streifte den Umhang ab und öffnete die Wagentür für sie. »Bitte, fahr mit mir zurück, das ist alles, um das ich dich bitte.«

»Das ist alles? Das ist mehr, als du verdienst, du Lügner.« Sie knallte die Tür zu und blieb stehen.

»Du bist sehr schnell mit deinem Urteil, Cat.« Er kam um den Wagen herum. »Es müssen nicht alle hören, was wir uns zu sagen haben.«

Sie folgte ihm einige Schritte am Ufer entlang. »In Anbetracht der Tatsache, dass du dich gegenüber der Loge und der Zugehörigkeit deines Vaters immer negativ geäußert hast, finde ich nicht, dass ich vorschnell urteile. Und ausgerechnet heute muss ich erfahren, dass du anscheinend schon länger dabei bist, oder würde Dougal dich sonst als Calums Nachfolger rühmen?«

»Nein, aber es gibt Gründe für mein Verhalten.« Er versuchte, ihre Hand zu ergreifen, doch sie stieß ihn weg.

»Hör auf damit. Du musst mich für ziemlich naiv halten, dass ich gleich zweimal auf dich hereingefallen bin.«

»Cat, nein, so ist es doch nicht. Hast du denn nicht verstanden, was ich für dich empfinde?«

»Auf jeden Fall nicht genug, um mir zu vertrauen«, sagte sie bitter.

»Es ist eben nicht immer alles so einfach, wie es für dich vielleicht aussehen mag!«, rief er jetzt sichtlich erregt.

»Ach ja? Dann erklär mir verdammt noch mal, warum du ein Logenmitglied bist und mir das nicht gesagt hast, wo es doch nicht ganz unwichtig gewesen wäre! Da ist ja Rory aufrichtiger zu mir gewesen ...«

»Dann geh doch zu deinem Rory! Oder noch besser, zu Steve!«, schrie er.

»Du hast wohl schon vergessen, dass er mein Halbbruder ist«, erwiderte Catherine, plötzlich ruhiger, drehte sich um und begann zurückzugehen.

»Was soll das Theater?« Fin folgte ihr.

»Theater? Du selbstgefälliger Mistkerl denkst, du kommst zurück mit einer eindrucksvollen Geschichte von der Weite des Meeres und den Walen, die du rettest, ich falle dir auch wie eine dumme Gans in das gemachte Bett, und jetzt soll ich auch den letzten dicken Knochen schlucken. Oh ja, das würde dir so gefallen!« Wütend starrte sie ihn an und fragte sich, wen sie eigentlich vor sich sah, denn in seinem Highlanderkostüm kam er ihr noch fremder vor. »Wer bist du, Finnean?«

Mit zitternder Stimme sagte er: »Ich bin der Mann, der dich liebt, Cat. Ich würde alles für dich tun, wenn du mir nur eine Chance dazu gibst.«

Mit ausgebreiteten Armen stand er vor ihr. »Wer bist du, Fin?«, fragte sie erneut mit leiser Stimme.

Langsam ließ er die Arme sinken und sah sie lange an. Dann stützte er sich schwer an einem Baumstamm ab. Seine blauen Augen betrachteten sie traurig. »Ich dachte, das hätte ich dir gezeigt.« Er räusperte sich. »Ich musste damals weggehen, weil ich nicht bereit war, mich meinem Schicksal zu fügen. Mein Vater wollte nicht verstehen, dass ich nicht für ein Leben in seinen Fußstapfen geboren war.«

»Das hast du mir bereits gesagt, darum geht es nicht, Fin. Was ist mit der Loge?« Sie sah an ihm vorbei auf das Wasser, wo die letzten Boote auf das Ufer zuglitten.

Es fiel ihm sichtlich schwer, darüber zu sprechen, doch nach einigem Überlegen sagte er: »Es waren Morven und Calum, die mich überzeugten mitzumachen.«

»Wann und warum? Ich meine, was hatte Morven damit zu tun? Ich dachte immer, sie interessierte sich nicht für das, was Farquar machte? Und wieso kanntest du Calum so lange, bevor ich ihn kennen gelernt habe?« In ihrem Kopf überschlugen sich Fragen und Bilder aus der Vergangenheit, die plötzlich eine andere Bedeutung bekamen.

Wieder betrachtete er sie ruhig und zärtlich, wie sie irritiert feststellte. »Morven ist ... Cat, begreifst du denn nicht?«

Sie schüttelte den Kopf. »Nein. Sag es mir. Ich möchte endlich, dass jemand offen mit mir spricht. Ich habe diese Geheimnisse und Andeutungen satt!«

Er seufzte, hob das Kinn und schaute über die grünen Wiesen, den Wald und die Hügel, die sich den grauen Wolken entgegenstreckten. »Mein Vater hat einen Fehler begangen, eine Schuld auf sich geladen, weshalb er sich aus der Loge zurückgezogen hat. Ich habe lange geglaubt, die Brüder wären unversöhnliche Gerechtigkeitsfanatiker, bis ich erfahren habe, was geschehen war.« Er machte eine Pause. Der Wind hatte weiter zugenommen und bog die Zweige der Bäume am See.

Ungeduldig hakte Catherine nach. »Was ist denn geschehen? Was denn?«

Er machte einen Schritt auf sie zu. »Calum war dabei und ... Aber das ist nicht wichtig. Keinen traf eine Schuld, und es ist vergangen. Man soll nicht über vergossenen Wein jammern, nicht wahr?« Er brachte ein halbes Lächeln zustande.

Erschöpft und enttäuscht, dass er ihr nicht alles sagen wollte, ließ Catherine die Arme sinken und nickte resigniert. »Nein.« Matt stellte sie eine letzte Frage: »Warum bist du der Loge beigetreten?«

»Calum hat mich überzeugt. Ich habe dir schon erzählt, wie sehr ich ihn geschätzt habe. Er hat mir die Augen für eine Welt voller großartiger Ideen und Ideale geöffnet, und er hat verstanden, dass ich nicht wie mein Vater bin. Ich musste weg von Inveraray, wollte mich durchschlagen und mich beweisen, um zu lernen, dass die Meere nicht nur dazu da sind, damit wir sie ausbeuten, sondern, damit wir sie schützen.« Er streckte eine Hand nach ihr aus. »Bitte,

Cat, ich liebe dich. Alles andere hat keine Bedeutung, kannst du das nicht einsehen?«

Sie ignorierte seine Hand. »Nein. Wenn du mich wirklich lieben würdest, hättest du mir vertraut und mir dieses winzig kleine Detail, das ich für verdammt wichtig halte, nicht verschwiegen. Soll das in Zukunft immer so weitergehen? Werde ich immer die Letzte sein, die erfährt, was andere schon lange wissen?«

»Aber so ist es nicht, Cat. Morven hat doch schon mit dir gesprochen!« Verzweifelt rang er nach Worten.

»Sie hat von einer Bürde gesprochen, Fin, von einer Bürde, die den Frauen unserer Familie auferlegt ist.« Zum ersten Mal seit jenem Gespräch mit Morven ahnte sie dunkel, was das bedeuten könnte, und ein eisiger Schauer überlief sie. Einsamkeit, dachte sie, es bedeutet Einsamkeit, denn niemand würde die Bürde mit ihr teilen.

Auf Schloss Kilbride ließ sie das Dinner über sich ergehen, währenddessen Finnean ständig ihren Blick suchte, sie es jedoch vermied, ihn anzusehen. Stattdessen unterhielt sie sich mit Rory und fragte ihn über Polminhac aus.

»Welchen Grad hat denn nun dieser Franzose?«, fragte sie und schob das Fleisch auf ihrem Teller hin und her, denn sie hatte keinen Hunger.

Rory neigte sich zu ihr und sagte leise, sodass sein Tischnachbar ihn nicht hören konnte: »Er ist ein *Chevalier Rose-Croix*, ein Ritter vom Rosenkreuz.«

»Was bedeutet das?«

»Bei den französischen Freimaurern ist das der höchste Grad. Das hat nichts mit den Rosenkreuzern zu tun. Das ist eine ganz eigenständige Gruppierung mit esoterischem Einschlag. Wie gesagt, die französische Gradbezeichnung ist gleichzusetzen mit Calums Rang, aber wir schottischen Freimaurer sehen das nicht so.« Er machte eine Pause und lächelte höflich seinem Nachbarn zu, der ihm die Wasserkaraffe reichte. Dann fuhr er fort: »Es gibt schon seit langem Unstimmigkeiten zwischen den verschiedenen Gradsystemen. Der schottische Ritus ist der älteste. Meiner Meinung nach sollte er allein gelten, aber das ist unvorstellbar. Erwähne das mal auf einer Versammlung ...« Er schüttelte den Kopf und machte eine abwehrende Handbewegung, die die Aufmerksamkeit von Polminhac erregte.

Catherine fing einen unangenehm bohrenden Blick vom Ende der langen Tafel auf und nahm sich vor, nach dem Essen darauf zu achten, mit wem sich der Franzose unterhielt.

»Dein Vater war nicht sehr erfreut über das erneute Auftauchen von Polminhac. Vor allem nicht nach dem, was geschehen ist.«

Rory sagte warnend: »Nein, aber wir haben keine Beweise, Cathy! Polminhac ist arrogant und anmaßend, hält sich und sein Land für die Wiege der Kultur und behandelt uns wie Bauern. Unverschämt, aber unter Logenbrüdern gilt das unverbrüchliche Gesetz der Gastfreundschaft.« Ergeben zuckte Rory die Schultern.

Catherine atmete erleichtert auf, als man die Teller abräumte, doch diese wurden durch kleinere Dessertteller ersetzt, auf denen Früchte und winzige Portionen verschiedenen Eissorbets arrangiert waren. »Große Güte, warum muss man denn so viel essen bei einer Beerdigung ...«

»Lass liegen, was du nicht essen kannst. Das gehört dazu. Würden wir kein reichhaltiges Dinner auffahren, hieße es später, wir hätten Calum nicht gebührend geehrt und wären geizig. Außerdem lebt meine Mutter für solche Anlässe. Sie liebt es, schon Tage vorher die Speisenfolge zusammenzustellen, den Koch verrückt zu machen, weil sie immer wieder alles umstellt, und die Tischdekorationen zu organisieren.«

Catherine hatte die stilvollen Blumenarrangements auf der Tafel und auch im Schloss im Stillen bewundert. Weiße Lilien und cremefarbene Rosen waren in Girlanden, Sträußen und kleinen Gestecken verarbeitet worden, wobei auf überbordende Üppigkeit zugunsten einer strengen, dem Anlass angemessenen Schlichtheit verzichtet worden war.

Nach dem letzten Gang erhob Dougal sein Glas und sah die Gäste schweigend an. Rory nahm ebenfalls sein Glas in die Hand und stand auf, worauf die übrigen Gäste es ihm nachtaten.

»Wir denken an dich, Calum, unseren Bruder, Freund und unvergesslichen Menschen. Mögest du deinen Frieden finden!«

Ein zustimmendes Gemurmel erhob sich, die Gläser wurden geleert und abgestellt und danach verharrten die Anwesenden für eine Minute mit gesenkten Köpfen in Schweigen. Aus den Augenwinkeln sah Catherine, wie Nevin und auch sein Vater weinten. Sie standen neben Fin, dessen versteinerte Miene keine Regung zeigte. Mit dieser Gedenkminute war die Tafel aufgehoben, und die Trauernden fanden sich im Speisesaal und auf den Fluren in kleinen Gruppen zusammen. Catherine sah gerade noch, wie Polminhac sich bei Dougal entschuldigte und den Saal verließ. Ohne auf Finnean zu achten, der sie zu sich, Nevin und Grant heranwinkte, folgte sie dem Franzosen, der, wie sie es erwartet hatte, über den Hof auf den Rosengarten zuging. Wenn sie richtig lag mit ihrer Vermutung, würde er Lennox vor der Schlossmauer treffen, um ohne Zeugen zu sein.

Rasch lief sie hinter die Stallungen, suchte nach dem Durchgang zwischen den dicht stehenden Bäumen und fand schließlich die hölzerne Tür. Danke, Mairi, dachte sie und zwängte sich durch die Öffnung. Kaum stand sie hinter dem dichten Buschwerk, als sie auch schon Stimmen hörte.

»Wir haben das Bild, was wollen Sie denn noch?«, erklang Lennox' verärgerte Stimme.

»Sie Idiot, das Bild allein reicht nicht. Hätten Sie getan, was ich Ihnen befohlen habe, müsste ich mich hier nicht mit Ihnen abgeben.« Hochmütig stand der Franzose vor Lennox Reilly, der sich jedoch nicht so leicht einschüchtern ließ.

»Vielleicht gehorcht man da, wo Sie herkommen, einem *chevalier*, aber Sie sind in Schottland, wir haben unsere eigenen Gesetze! Suchen Sie sich einen anderen Dummen für Ihre Drecksarbeit.« Lennox hatte das Wort *chevalier* mit so viel Verachtung ausgespuckt, dass der Franzose vor Wut rot anlief und es schien, als wolle er Lennox am Kragen packen, doch der war darauf gefasst und wich dem Angreifer geschickt aus. Um seine Fassung bemüht, richtete Polminhac seinen Binder, strich sich über die Haare und fauchte Lennox an:

»Sie kleingeistiger Schwachkopf! Es wäre so einfach gewesen, sie heute zu erwischen.«

Catherine zuckte zusammen. Meinte er Morven? Dann hatte er sie also an der Eiche gesehen, und sie hatte seinen Blick richtig gedeutet.

»Wenn es so einfach ist, warum haben Sie es dann nicht getan?«, kam es sarkastisch von Lennox zurück.

»Weil ich mich nicht so ohne weiteres von der Zeremonie hätte wegstehlen können. Das muss ich Ihnen doch wohl nicht erklären.« Anscheinend gab der Franzose noch nicht auf in seinem Bemühen, Lennox für seine offensichtlich niederträchtige Arbeit zu gewinnen.

»Erhöhen Sie den Einsatz, Ralphe, dann haben wir eine neue Basis.« Mit verschlagener Miene wartete Lennox in sicherer Entfernung auf die Antwort des Chevaliers.

Dieser kniff seine Augen zusammen, fixierte sein Gegenüber und sagte ausweichend: »Sie wissen, dass ich das nicht kann, und unterstehen Sie sich gefälligst solche Vertraulichkeiten!«

»Oh, ich denke, unsere Zusammenarbeit in dieser Sache erlaubt mir das, lieber Ralphe.« Genüsslich kostete Lennox die Wirkung aus, die die Nennung von Polminhacs Vornamen hatte. »Sie wissen, wo Sie mich finden. Fragen Sie Ihren rot gewandeten Freund, und dann kommen Sie wieder. Einen schönen Tag!«

Catherine meinte, die Zähne des wütenden Franzosen knirschen zu hören, der mit schmalen Lippen hinter Lennox herstarrte. Sie wartete, bis Polminhac ebenfalls gegangen war, und verließ dann ihr Versteck. Da sie keine Lust hatte, sofort zurück in das Schloss zu gehen, schlenderte sie durch den Rosengarten und betrachtete die reiche Blütenvielfalt, deren Duft trotz des Windes in der Luft hing. Polminhac arbeitete für den Kardinal. Wer sonst war rot gewandet? Bischöfe trugen altrosafarbene Roben und Kardinäle Purpurrot oder auch Kardinalsrot. Nachdenklich zupfte sie an einer welken Blüte. Außer einigen vagen Vermutungen und unbeweisbaren Anschuldigungen konnte sie nichts gegen die Männer vorbringen. Oder doch? Immerhin hatte Lennox zugegeben, dass er das Bild, aller Wahrscheinlichkeit nach zusammen mit Fletcher, gestohlen hatte. Wenn sie das Bild fand, hatte sie einen handfesten Beweis, und doch … Sie wusste nicht mehr als Lennox. Hatte Morven nicht gesagt, dass das Bild nur ein Teil des Rätsels war und sie selbst der Schlüssel? Das wusste Lennox nicht. Er und der Franzose wollten Morven etwas antun. Furcht beschlich sie, und die Blütenblätter fielen zu Boden.

»Hier hast du dich vor mir versteckt«, sagte Fin weich und legte eine Hand auf ihre Schulter. Sie hatte ihn nicht kommen sehen. Seine Augen schimmerten dunkelblau und waren voller Sorge. »Kannst du mir nicht einfach vertrauen, Cat?«

Sie schwieg.

»Du kannst es nicht«, antwortete er sich selbst und zog sie an sich.

Catherine ließ es geschehen. Seine Umarmung war tröstlich, und sie sagte leise: »Lennox hat sich mit Polminhac getroffen. Er hat das Bild gestohlen, und ich glaube, sie wollen Morven etwas antun.«

»Sie werden sie nicht finden, glaub mir. Und selbst wenn – Folter oder gar Mord haben ihnen noch nie geholfen.« Beruhigend streichelte er ihr über das Haar.

»Mit ihnen meinst du den Kardinal und Polminhac?«

»Nicht nur. Du ahnst doch sicher, dass das, was die Frauen deiner Familie seit Generationen hüten, mit den Freimaurern zusammenhängt?« Er ließ sie los und betrachtete sie nachdenklich.

Verwirrt schüttelte Catherine den Kopf. Es lag nahe, vor allem wegen Morvens enger Verbindung zu Calum. Aber was war es?

»Es hat mit den Templern begonnen. Papst Clemens V. hat 1314 den letzten Großmeister der Tempelritter, Jacques de Molay, auf dem Scheiterhaufen verbrennen lassen, nachdem er sie grausam hatte verfolgen lassen. Sie waren ihm zu mächtig geworden. Aber er hat den Falschen getötet.« Vorsichtig schaute er sich um, doch sie waren noch immer allein. Seine Stimme sank zu einem Flüstern herab. »Es gab einen Tempelritter, der sich von den anderen dadurch unterschied, dass er die Raubzüge im Namen Gottes verabscheute. Er war ein Gelehrter. In Ägypten fand er etwas, das sein Wissen, den Ordensschatz und das Streben seiner Glaubensbrüder verblassen ließ.«

Gebannt hing Catherine an seinen Lippen. In ihr schien sich etwas zu lösen, doch noch gab es keine Klarheit für sie.

»Liebe, Cat, er fand die Frau, für die er sein Leben geben wollte, sollte es notwendig sein. Diese Frau war in größter Gefahr. Auf ihrer Flucht fanden sie Unterschlupf bei schottischen Freimaurern, doch der Tag kam, an dem er ohne zu zögern sein Leben für sie gab.«

Sie fürchtete sich vor dem, was er andeutete. »Wer waren dieser Mann und diese Frau, Fin?«

»Ein Kämpfer für die Gerechtigkeit und eine Frau, deren Aufgabe nach einem Beschützer verlangte, genau wie du, Cat.«

Ihr Atem ging schnell und stoßweise. Ahnungen formten sich in ihrem Innersten zu Bildern, zerbrachen wieder und ließen sie voller Angst zurück. »Calum war dieser Mann für Morven, nicht wahr?« Und Polminhac ist schuld an seinem Tod, führte sie den Gedanken weiter.

»Ja …« Fin hatte sich zu ihr gebeugt, zuckte jedoch zurück, als Stimmen zwischen den Rosensträuchern erklangen.

Eine Gruppe schwarz gewandeter Männer, unter denen auch Ralphe de Polminhac war, kam auf Finnean zu. Der Franzose begrüßte Catherine zuvorkommend.

»Es freut mich sehr, Sie wiederzusehen, wenn auch die Umstände traurig sind. Sie sind Gast in diesem Land wie ich, habe ich gehört.«

Die Dämmerung hatte bereits eingesetzt, und es wurde kühler, so dass Catherine sich ihren Schal eng um die Schultern zog. Sie zitterte angesichts des kalt berechnenden Mannes, für den Mitgefühl ein Fremdwort war. Unbewusst schaute sie auf die Narbe auf seiner rechten Wange und fragte sich, ob sie das bleibende Zeichen eines Kampfes war, denn trotz seiner feingliedrigen Hände strahlte dieser Mann eine unterschwellige Aggressivität aus, die sie abstieß. »Eigentlich bin ich mehr als ein Gast. Meine Wurzeln sind in Schottland, und ich überlege gerade, ob ich mich für immer hier niederlasse.« Sie brachte es fertig zu lächeln und registrierte, wie ein kurzes Aufleuchten über Fins Gesicht glitt.

»Tatsächlich? Ist es auf die Dauer nicht etwas einsam?« Die Linien um Polminhacs Mund vertieften sich.

»Kaum einsamer als in den kargen Bergen des Cantal, nehme ich an.«

»*Touché*, Mademoiselle.« Er neigte leicht den Kopf. »Man sollte schöne Frauen nie unterschätzen«, sagte er mit einem Beifall heischenden Grinsen zu den umstehenden Männern, die zustimmend lachten. »Ich verabschiede mich in der nicht unberechtigten Hoffnung, dass sich unsere Wege vielleicht einmal wieder kreuzen.« Bevor sie reagieren konnte, hatte er leicht ihre Hand ergriffen und ihr einen formvollendeten Handkuss gegeben.

»Diese Franzosen, immer galant!«, mokierte sich einer aus der Gruppe, die sich in Richtung der Kapelle in Bewegung setzte.

Fin sagte laut: »Ich komme gleich nach!«, und sah Catherine prüfend an. »Du bist ihm schon begegnet?«

»Flüchtig. Er wurde mir von Dougal vorgestellt.«

Besorgt legte er ihr beide Hände auf die schmalen Schultern. »Halte dich von ihm fern. Ein Gespräch zu belauschen ist eine Sache, sich mit diesem Mann anzulegen eine andere. Versprich mir, nichts zu unternehmen, ohne mir Bescheid zu sagen. Bitte, Cat!«

»Ja, ja, jetzt geh schon, bevor sie dich vermissen.«

Er hauchte ihr einen flüchtigen Kuss auf die Lippen, um dann den Männern nachzueilen, die am Ende des Weges auf ihn warteten. Was sollte sie unternehmen? Ihr war ja selbst nicht klar, auf was es Polminhac und der Kardinal abgesehen hatten. Was besaß Morven? Oder vielmehr, was wusste sie, dass ausgerechnet ein französischer Kardinal daran interessiert war? Calum hatte von einem Wissen älter als das der Loge gesprochen, einer Art mystischen Geheimnisses, dessen Träger Morven war. Sie selbst war ein rationaler Mensch. In ihrem Beruf hatte sie mit Bites und Megabites, berechenbaren Komponenten zu tun. Was erwartete Morven von ihr?

Langsam schritt sie über die schmalen Wege zwischen den duftenden Rosen hindurch. Bei ihrem letzten Besuch hatte sie die Abgeschiedenheit und Schönheit des Gartens nicht genießen können, denn Rorys Familie hatte sich hier in streitlustiger Stimmung zusammengefunden. Erst jetzt fiel ihr auf, dass sie Greer nicht gesehen hatte. Vielleicht hatte Dougals Kritik am unziemlichen Verhalten seiner jüngsten Tochter Früchte getragen. Jedenfalls wünschte sie das Aileen, die in ihrer Ehe anscheinend keinen leichten Stand hatte. Boyd, Aileens Mann, war unter den Gästen gewesen und hatte sich bei Tisch um seine Frau bemüht. Unwillkürlich dachte sie an Dougal. Seine gesundheitliche Verfassung machte ihr Sorgen, und sie hoffte, dass Calums Tod und die langwierige Feier ihn nicht zu sehr mitgenommen hatten. Seit ihrem Gespräch am Strand von Inveraray hatte er sich verändert.

Auf dem Hof standen in der anbrechenden Dunkelheit Frauen und Männer beisammen und unterhielten sich mit gedämpften Stimmen. Als sie eben durch eine offene Tür das Schloss betreten hatte, sah sie Rory und rief seinen Namen. Er drehte sich um und kam zu ihr.

»Hallo, Cathy. Meine Güte, du musst furchtbar müde sein, nach diesem langen Tag. Du kannst selbstverständlich in einem unserer vielen Gästezimmer übernachten oder bei Miss Coleridge mitfahren, die eben in Begriff ist aufzubrechen und nach Inveraray fährt. Ich kann dich leider nicht fahren.«

Sie nickte. »Ich verstehe, die Versammlung. Danke, Rory, ich würde gern bei Miss Coleridge mitfahren. Falls er in der

Nähe ist, möchte ich mich nur noch kurz von deinem Vater verabschieden.«

Betrübt nahm Rory sie am Arm und ging mit ihr den Flur entlang. »Es geht ihm nicht besonders in letzter Zeit, obwohl er immer meint, das sei nur die Hitze, aber heute kann es nicht am Wetter liegen. Er hat sich für einen Moment zurückgezogen.« Sachte drückte Rory die Tür zur Bibliothek auf. »Dad? Alles in Ordnung?«

Blass und erschöpft saß Dougal McLachlan in einem der tiefen Ledersessel. Wieder fielen Catherine die dunklen Schatten unter seinen Augen und die tiefen Linien auf, die sich von der Nase zum Mund herunterzogen. Schwerfällig erhob er sich, um sie zu begrüßen.

»Bleiben Sie bitte sitzen, Dougal. Ich wollte mich nur verabschieden und Ihnen sagen ...« Sie warf einen kurzen Blick zu Rory, doch Dougal nickte.

»Er hat mein vollstes Vertrauen, sprechen Sie, Catherine.« Nach der langwierigen Zeremonie hatte er die Rückfahrt genutzt, um sich zu erholen, doch die Schmerzen waren heute stärker als sonst. Er würde seinen Arzt um eine höhere Dosierung der Medikamente bitten müssen. Aber jetzt war sie hier, und er wollte ihr nicht das Bild des schwachen Dougal bieten, das er selbst verabscheute.

»Es ist nur, weil Sie mich auf Polminhac angesprochen haben. Um es kurz zu machen – ich habe ihn schon zweimal unter recht seltsamen Umständen hinter der Schlossmauer mit Lennox Reilly sprechen sehen. Die beiden erweckten den Eindruck, als wünschten sie keine Zeugen für diese Gespräche. Außerdem vermute ich, dass Lennox weiß, wo das Gemälde meiner Großmutter ist.«

Verärgert sah Dougal seinen Sohn an. »Du hättest diesen Reilly nicht mitbringen sollen, von Anfang an hat er mir nicht gefallen.« Sein Sohn hatte einige Fehler begangen, aber diesen Iren mitzubringen war sein größter gewesen.

Catherine hätte diesem Lennox nie ihr Vertrauen geschenkt. Sie war vorsichtig und hatte den richtigen Instinkt. Wenn er es nicht besser wüsste, hätte er geschworen, sie sei seine Tochter.

»Aber das konnte ich nicht ahnen. Er war wie eine Klette, und ich wollte ihm doch nur helfen ...« Rory wirkte verlegen.

Catherines Blick fiel auf das zweite Gemälde von Leonidas Percy, das schräg über Dougals Sessel hing. »*Air a dhion le Bohaz is Jakin ...*«, murmelte sie die gälischen Worte vor sich hin.

»Haben Sie etwas gesagt?«, fragte Dougal und folgte ihrem Blick.

»Nur etwas überlegt. Das Bild bedeutet meiner Großmutter sehr viel.« Sie versuchte, sich die dargestellte Szene mit allen Details einzuprägen.

»Wenn es so ist, wie Sie sagen, und wir das Gemälde nicht wiederfinden, schenke ich dieses Bild Morven. Das können Sie ihr versichern. Ich stehe zu meinem Wort.« Die dunkelbraunen Augen Dougals funkelten, und seine Haltung straffte sich. Er schuldete Morven mehr als das, doch wenn er ihr wenigstens das Bild geben konnte, wäre es ein Anfang.

Catherine glaubte ihm, war aber dennoch verwundert. »Aber Sie waren doch so sehr an Morvens Gemälde interessiert! Warum jetzt dieser Sinneswandel?«

Er lächelte. »Unter gewissen Umständen ändern die Menschen sich.« Plötzlich zuckte er zusammen. In seinem Inneren schien jemand ein Messer herumzudrehen. Stöhnend sackte er in den Sessel und griff in die Innentasche seines Jacketts, doch seine Finger verkrampften sich und fanden die Tabletten nicht.

Catherine, die direkt neben ihm stand, beugte sich zu ihm, nahm seine Hand, die immer noch ziellos suchte, und legte sie auf die Sessellehne. »Rory, hol bitte ein Glas Wasser«, ordnete sie mit ruhiger Stimme an.

Der hilflos neben ihr stehende Rory schluckte schwer. »Vater, um Gottes willen, was ist denn los?« Doch er verschwand, wie Catherine ihm aufgetragen hatte, um das Wasser zu holen.

»Sie sind sehr krank, nicht wahr, Dougal?« Sie holte die Tabletten aus seiner Innentasche und zeigte sie ihm. »Welche brauchen Sie?«

Mit schmerzverzerrtem Gesicht zeigte er auf eine Packung und sagte: »Zwei.«

Rasch drückte Catherine die Tabletten aus der Folie und gab sie ihm. Dann nahm sie ein Taschentuch aus ihrer Handtasche und wischte ihm den kalten Schweiß von der Stirn. »Sie wollen nicht, dass Ihre Familie es weiß?«

In diesem Moment kam Rory mit dem Wasser zurück. Er verschüttete etwas, als er sich stolpernd näherte. »Geht es wieder? Soll ich nicht lieber einen Arzt rufen?«

Dougal warf Catherine einen beschwörenden Blick zu. »Nein, Rory«, sagte sie und erhob sich. »Dein Vater braucht nur etwas Ruhe und seine Tabletten. Dann geht es ihm gleich besser.«

Tatsächlich kehrte die Farbe in Dougals Gesicht zurück, nachdem er die Tabletten genommen und etwas Wasser getrunken hatte. Sie war eine bemerkenswerte junge Frau, genau wie Briana damals. Seine Gedanken wanderten in die Vergangenheit, in der sie in der letzten Zeit immer öfter verweilten.

Catherine legte ihm kurz die Hand auf die Schulter. »Ich werde jetzt fahren, Dougal, aber wegen des Bildes sollten wir noch einmal miteinander sprechen.«

Er nickte, dankbar, dass sie sein Geheimnis nicht preisgab. »Rory, sorg dafür, dass Catherine sicher nach Hause kommt, und sag den Brüdern, dass ich gleich so weit bin.

Fin kann schon beginnen, falls ich in zwanzig Minuten nicht da bin.«

»Ja, Vater. Bist du sicher, dass du dich nicht lieber hinlegen willst?« Rory stand unschlüssig zwischen Catherine und der Tür.

»Nein, jetzt mach nicht so einen Wirbel. Ein kleiner Schwächeanfall, nichts weiter.« Ungeduldig winkte er die beiden hinaus, doch Catherine hatte die Schweißperlen bemerkt, die sich erneut auf seiner Stirn bildeten.

Miss Coleridge war eine gesprächige ältere Dame und die Frau eines Anwaltes, der heute Abend ebenfalls an der Versammlung teilnahm. An den Inhalt des Gespräches während der Fahrt erinnerte sich Catherine später nicht, denn sie war zu sehr mit Fins Auftritt als Logenmitglied, Dougals Gesundheitszustand, dem Gemälde und den sich darum rankenden Verwicklungen beschäftigt. Und wenn der Inhalt der Bilder doch im Zusammenhang mit den gälischen Worten stand?

1741

Schottland

> Brisen aus dem feuchten Schilf
> und ein Wirrwarr alter Stimmen
> hallten durch den eingestürzten
> Bogen dieser Mitternacht.
> Ochs und Rose schliefen fest.
> *Federico García Lorca*

Die Kutsche holperte laut über den steinigen Weg, der hinunter zu den Ufern von Loch Lomond führte. Die untergehende Sonne tauchte die weite Wasserfläche in schillernde Rot-, Orange- und Violetttöne. Der September war milde in diesem Jahr und schenkte dem Land eine Wärme, von der die Einwohner der kargen Highlands noch lange zehren würden. Die kleine Siedlung von Balmaha lag unterhalb des Hügels, auf dem der Kutscher das Gefährt zum Halten brachte. Er beugte sich nach hinten und fragte durch das offene Wagenfenster:

»Wohin jetzt, Sir? Ins Dorf?«

Camran Buchanan steckte den Kopf aus dem Fenster und atmete die frische Luft seiner Heimat tief ein. »Nein. Am Fuße dieses Hügels folgen Sie dem Weg, der links am Ufer entlangführt bis zu dem Cottage.«

Der Kutscher schnalzte mit der Zunge, und die müden Pferde setzten sich erneut in Bewegung. Im Wageninneren lehnte sich Camran zurück und lächelte der schlanken dunkelhaarigen Frau zu, die ihm gegenüber saß. Ihr sonst olivfarbener Teint war blass und ihre Wangen eingefallen. Die schönen dunklen Augen hatten ihren Glanz verloren, als sie ihn jetzt matt anblickten. Sein Herz blutete, weil er sich für ihren Zustand verantwortlich fühlte, denn schließlich hatte er Malvina nach Russland gebracht, wo er sie vor den Häschern des Kardinals sicher geglaubt hatte.

Fürst Andrej hatte sich als großzügiger Freund und Gönner erwiesen, er hatte ihnen auch die Passage für die Rückfahrt bezahlt, doch das russische Klima war Malvina fast zum Verhängnis geworden. Während des ersten Sommers ihres Petersburger Aufenthaltes war sie an einem hartnäckigen Fieber erkrankt, das während der warmen Monate immer wieder auftrat und mit der Nähe der Kanäle und Feuchtgebiete in und um Petersburg zusammenhing. Malvina wurde bettlägerig und konnte kaum Nahrung bei sich behalten, was zu einem dramatischen Kräfteverfall führte. Die Ärzte, die Andrej zu Rate zog, rieten alle zu einem Klimawechsel, doch noch hatte Camran keine Entwarnung von seinen schottischen Freunden erhalten, und selbst wenn Andrej ihnen die Mittel für eine Reise nach Südeuropa oder in die Türkei gegeben hätte, wäre Malvina doch nicht in der Lage gewesen, die Strapazen einer solch beschwerlichen und langen Reise zu überstehen.

Nachdem Elisabeth, die Tochter Peters des Großen, Anna Iwanowa auf den Thron gefolgt war, veränderten sich die Verhältnisse in Russland wieder zu Gunsten der Romanows, was Fürst Andrej begrüßte, der enge Kontakte zur mächtigsten Familie Russlands pflegte. Allerdings führte Elisabeth einen erbitterten Krieg mit Schweden, und Sankt Petersburg wurde zu einem Tummelplatz für die Ränkespiele der europäischen Höfe. Fürst Andrej selbst wurde in das intrigante Spiel der Höflinge hineingezogen und fürchtete bald, nicht mehr für Camrans und Malvinas Sicherheit garantieren zu können, denn Spitzel waren jetzt unter den treuesten Gefolgsleuten zu finden. Malvina befürchtete, dass der Kunsthandwerker ihr Geheimnis verraten haben könnte, doch auch unter Fürst Andrejs handfesten Befragungsmethoden gab der Mann nichts zu, sodass sie nur hoffen konnte, dass er die

Wahrheit sagte. In dieser unsicheren, lügengeschwängerten Atmosphäre fühlte Camran Buchanan sich hilflos und hielt es daher, nach eingehender Rücksprache mit Malvina, für das Beste, nach Schottland zurückzukehren, wo er zumindest Freund und Feind unterscheiden konnte.

Als sie gegen Ende ihres dritten Sommers an der Newa kräftig genug für eine Reise war, machte Camran sich mit ihr auf den Weg nach Schottland. Nach einer ruhigen Seereise gingen sie in Portsmouth an Land, von wo das holländische Handelsschiff weiter Richtung Westindien segelte. Camran fand Hilfe bei einigen Brüdern seiner Loge, doch seine Freunde Richard und Joseph, auf die er gehofft hatte, konnten ihm diesmal finanziell nicht weiterhelfen, sodass ihm nichts anderes übrig blieb, als mit den bescheidenen Mitteln, die ihnen geblieben waren, die Reise hinauf in den Norden anzutreten.

Camran zählte die Tage, bis er endlich schottischen Boden unter den Füßen hatte, und auch Malvina schien glücklich, wieder hier zu sein. Als sie noch zwei Tagesreisen von Balmaha entfernt waren, hörten sie von einem Mitglied des Graham-Clans, dass Camrans Frau vor drei Monaten verstorben war. Daran dachte Camran, als er jetzt den Hügel hinunter zu seinem Cottage fuhr, dem einzigen Ort, den er sein Zuhause nennen konnte. Malvina atmete erleichtert auf, als das schwankende Gefährt endlich hielt und der Kutscher den Verschlag aufriss, um die warme Abendsonne hereinzulassen. Vorsichtig setzte sie einen Fuß auf den steinigen Boden und hielt sich, noch geschwächt von den Anstrengungen der Reise, an der Tür fest. Camran nahm ihren Arm und stützte sie, während er mit ihr um die Kutsche herumging, um sie an das Ufer von Loch Lomond zu führen.

»Wunderschön«, sagte sie leise.

»Endlich, endlich sind wir zu Hause!« Camran drehte sich um und sah zu dem kleinen Cottage hinauf, aus dessen Schornstein Rauch aufstieg. Auf der Wiese vor dem Haus lie-

fen Hühner und Enten herum, und in einem eingezäunten Stück etwas abseits stand eine Kuh. »*Es ist nicht groß, aber für den Moment können wir hier bleiben.*«

»*Meinst du nicht, dass sie mich hier suchen werden? Sie wissen, dass du mich beschützt*«, *sagte Malvina zweifelnd.*

Camran entlohnte den Kutscher, half das Gepäck vom Kutschendach zu hieven und sagte schließlich: »*Wir werden eine Lösung finden. Nicht heute, aber vielleicht schon morgen.*«

Die Tür des Cottages öffnete sich, und ein kräftiger junger Mann mit flammend rotem Haar trat aus dem Haus. »*Vater!*«, *rief er erfreut und stürmte den Hügel hinunter auf sie zu.*

»*Dàn, mein Junge!*« *Tränen standen in Camrans Augen, als er seinen jüngsten Sohn nach mehr als drei Jahren wieder in die Arme schließen konnte.*

»*Oh Vater, es ist so schön, dich wiederzusehen, aber* …« *Traurig schaute Dàn ihn an.*

Camran nickte. »*Ich weiß, ich habe unterwegs von ihrem Tod erfahren. Es tut mir sehr Leid, mein Junge. Sie war eine gute Frau.*«

»*Das verdammte Fieber!*« *Dàn schwieg. Dann fiel sein Blick auf Malvina, die still dem Wiedersehen der beiden Männer zugesehen hatte.* »*Wer ist das?*«

Camran legte seinem Sohn eine Hand auf die Schulter. »*Das ist eine lange Geschichte, die ich dir im Haus erzählen werde. Malvina ist krank. Zuerst brauchen wir ein warmes Bett für sie und etwas Kräftigendes zu essen.*«

Ohne weiter zu fragen, ging Dàn voraus und zeigte Malvina das größte und sauberste Zimmer in dem Cottage. Erschöpft ließ sich die zarte Frau auf die Bettstatt sinken. »*Ein prächtiger Sohn, Camran.*«

Er stand in der Tür. »*Ja, ich kann mich auf ihn verlassen. Ich bringe dir gleich etwas zu essen.*«

Später saß er mit Dàn auf einer Bank vor dem Haus und

erzählte ihm von seinen Abenteuern, wobei er darauf achtete, nichts über Malvinas Vergangenheit zu verraten. Dàn hörte aufmerksam zu und wusste schließlich, dass sie in ständiger Gefahr schwebte, entdeckt zu werden. Mit einer kräftigen Hand, die das Zupacken gewohnt war, strich er sich die langen Haare aus dem Gesicht.

»*Hier könnt ihr nicht bleiben. Die Grahams kommen ständig vorbei. Der alte Marquis verbringt die meiste Zeit in seiner Burg unten in Arrochymore, und dann sind da noch diese neugierigen Nonnen von Inchcailloch. Die würden sofort herumerzählen, wenn sie so jemanden wie deinen schönen Schützling hier entdeckten. Wo kommt sie her, Vater?*«

Camran schüttelte den Kopf. »*Das ist ihr Geheimnis. Unsere Aufgabe ist es, sie zu beschützen. Das war immer so, mein Sohn. Wenn ich einmal nicht mehr bin, liegt ihr Leben in deinen Händen.*«

»*Keir?*«*, fragte Dàn. Keir war Camrans älterer Sohn, der als Anwalt für den Marquis von Montrose, das Clanoberhaupt der Grahams, arbeitete.*

»*Nein. Ich will nicht sagen, dass ich ihm nicht vertraue, aber in dieser Sache, nein, Dàn, sag ihm nichts. Wie geht es ihm?*« *Camran hatte immer ein gespanntes Verhältnis zu seinem Ältesten gehabt, besonders nachdem dieser sich in die Dienste des reichen Marquis begeben hatte. Zwar hatte Camran die Ausbildung seines Sohnes zum Advokaten begrüßt, doch danach hatte Keir sich verändert, und aus dem stolzen Highlander war ein schmeichlerischer Höfling geworden.*

»*Ganz gut, denke ich. Wir sehen uns selten. Er hat das Landschaftsgemälde verkauft, das hier angeliefert wurde.*«

»*Was?*«*, rief Camran.*

Dàn zuckte mit den Schultern. »*Wir mussten Mutters Beerdigung bezahlen, und einer von den McLachlans wollte das Bild unbedingt haben, weil es Loch Fyne mit einer der Inseln darstellt, die direkt vor seinem Clanland liegen.*«

»*Das war nicht recht!*« *Wütend sprang Camran auf.* »*Ich werde es zurückfordern!*«

»*Das kannst du nicht. Es wurde rechtmäßig bezahlt. Ian McLachlan wird es dir nicht wiedergeben, so starrköpfig wie der ist.*«

Malvina öffnete die Tür und kam heraus. »*Was ist los? Streitet ihr euch, kaum dass wir hier sind?*« *Sie hatte ihre Haare gekämmt, sodass sie ihr nun offen über den Rücken fielen. Mit dem frischen dunkelroten Gewand sah sie weniger blass als noch bei ihrer Ankunft aus. Ihre Augen hatten wieder an Glanz gewonnen.*

»*Herrin*«, *automatisch erhob sich Dàn und machte eine leichte Verbeugung vor der ungewöhnlichen Frau, deren Ausstrahlung etwas Ehrfurchtgebietendes hatte.*

Sie lächelte. »*Dàn, Camrans Sohn, es ist mir eine Ehre, dich kennen zu lernen. Dein Vater kann sehr stolz auf dich sein.*«

Von Loch Lomond wehte eine leichte Brise herüber, und sehnsuchtsvoll schaute Malvina auf das Wasser. »*Shenmòray*«, *flüsterte sie.* »*Ich vermisse deine Stille und deine Kraft.*«

»*Shenmòray?*«, *fragte Camran.* »*Willst du dorthin?*«

Malvina drehte sich zu ihm um und in ihren dunklen Augen schimmerten Tränen. »*Das ist mein Zuhause, Camran. Mein Schicksal.*«

»*Dann soll es so sein.*«

Sie neigte leicht den Kopf und schritt langsam den Hügel bis zum Ufer hinunter. Ihre Bewegungen waren fließend, und sie schien den Boden kaum zu berühren. Dàn sah ihr bewundernd nach.

»*Sie ist so unwirklich, nein, das ist nicht das richtige Wort …*«

Camran ließ sich wieder auf der Bank nieder. »*Das beschreibt sie recht gut, Dàn, ich habe das manchmal selbst gedacht. Vielleicht sollte ich dir ein wenig über ihre Geschichte erzählen, wenn es so weit ist, wird sie dir selbst mehr sagen.*«

Der junge Buchanan setzte sich neben seinen Vater und hörte von einem Templer mit Namen Pierre Hussey, der vor hunderten von Jahren Zuflucht bei seinem Freund in Schottland gesucht hatte. In der Begleitung des in den alten Wissenschaften bewanderten Tempelritters war eine orientalische Frau von ungewöhnlicher Schönheit, die Trägerin eines über viele Generationen in ihrer Familie bewahrten Geheimnisses.

»... er brachte sie nach Shenmòray, das damals noch dem alten Volk gehörte«, schloss Camran seine Erzählung.

Sein Sohn, dessen muskulöse Beine unter dem Tartan in den Farben der Buchanans hervorschauten, stützte die Arme nachdenklich auf den Knien ab. »Aber sie haben das alte Volk verdrängt. Überall haben sie Kirchen und Klöster gebaut, um die alten Riten auszulöschen. Die Steinkreise sind verlassen.«

Ein wissendes Lächeln erhellte Camrans Gesicht, auf dem die Strapazen der Reise und die stete Wachsamkeit vor etwaigen Verfolgern tiefe Spuren hinterlassen hatten. »Sie haben es versucht, Dàn, doch selbst wenn sie die heiligen Plätze der Pikten zerstört haben, konnten sie das Wissen, das nur von Mund zu Mund weitergegeben wird, weder an sich reißen noch es vernichten.«

»Du meinst, es gibt das alte Volk noch?«

»Sie leben im Verborgenen und ihre heiligen Plätze haben nichts von ihrer Kraft eingebüßt, auch wenn die Priester dort ihre Messen zelebrieren.« Seufzend dehnte er die von der unbequemen Fahrt steif gewordenen Muskeln in seinem Nacken.

»Und Shenmòray?«

»Das ist die Insel auf dem Gemälde, das jetzt den McLachlans gehört.«

Dàn pfiff durch die Zähne. »Verdammt! Hätte ich das gewusst...«

»Aber niemand kennt sie unter diesem Namen. Einige Jahre lang stand dort eine Abtei, die von einem französischen

Kardinal finanziert worden war.« Camran sah seinen Sohn viel sagend an.

»Und das war auch derjenige, der den Templer hat ermorden lassen?«

»Aber die Mönche haben sich dort nicht lange halten können.« Das von Wind und Wetter gegerbte Gesicht Camrans leuchtete auf. *»Sie hatten nicht mit den Clans gerechnet. Die sind nicht so leicht mit neuen Lehren einzufangen.«*

Dàn lachte. *»Wir zahlen genug Steuern! Wozu noch ein paar fette Mönche durchfüttern?«*

Sie sahen Malvina vom steinigen Ufer des Loch zurückkommen.

»Wann brecht ihr auf?«, fragte Dàn, der den Blick nicht von der zarten Frauengestalt abwenden konnte.

»Morgen.«

»Ich verstehe dich jetzt, Vater«, sagte Dàn und ließ Malvina nicht aus den Augen.

Kapitel 17

> Nur einer kann uns wirklich verraten,
> derjenige, der für uns wichtig ist.
> *Francis Picabia*

Als Miss Coleridge auf den Parkplatz von Balarhu fuhr, ging es auf Mitternacht zu. Catherine fühlte sich abgespannt und nach den überraschenden Ereignissen des Tages am Ende ihrer Kräfte.

»Danke, das war wirklich freundlich von Ihnen. Wenn ich nicht sehr unterhaltsam war ...«

Miss Coleridge tätschelte ihr mitfühlend den Arm. »Gehen Sie nur, meine Liebe, es war für uns alle kein leichter Tag. Oh, sehen Sie doch, bei Ihnen im Haus brennt noch Licht. Jemand scheint auf Sie zu warten. Dann auf Wiedersehen!« Die freundliche Dame winkte lächelnd und fuhr davon, während Catherine erstaunt auf das Haus zuging, in dem mehrere Fenster hell erleuchtet waren.

Ein schlechtes Gewissen beschlich sie, weil sie sich in den letzten Tagen so wenig um Clara gekümmert hatte. Möglicherweise hatte die sich Besuch eingeladen, weil sie sich einsam fühlte. Doch das Haus schien leer zu sein. Ahnungsvoll stieß sie die Hintertür auf und rief laut:

»Clara? Bist du da?« Sie erhielt jedoch keine Antwort. Hoffentlich ist ihr nichts geschehen, dachte Catherine und ging beunruhigt nach oben, wo sie Geräusche hörte. Die Tür zu Claras Zimmer stand offen und erschrocken sah Catherine den aufgeklappten Koffer auf dem Bett, aufgezogene Schubladen und eine völlig aufgelöste Clara.

»Clara, was ist denn passiert?«

Die ältere Frau wirbelte herum und wischte sich die verweinten Augen. »Ach«, sie schnäuzte sich und ließ sich auf einen Stuhl fallen. »Martha hat angerufen. Ihrer Tochter geht es sehr schlecht.« Sie drückte sich das Taschentuch gegen die Nase. »Nach der Operation lag sie einige Zeit in einem Wachkoma. Das hat sie überstanden, aber die Chemotherapie macht ihr so zu schaffen, dass sie immer schwächer wird, und die Ärzte fürchten das Schlimmste!«

Catherine ging zu ihr und lehnte sich gegen die Fensterbank. »Oh nein! Der arme Paul. Wie geht es ihm?« Für ein Kind war der Verlust eines Elternteils kaum zu verkraften.

»Schlecht. Oft will er nicht zur Schule, und Martha ist völlig überfordert, denn ihr Mann ist eben auch ein Pflegefall und weigert sich, die Wahrheit anzunehmen und den drohenden Tod der Tochter ...« Clara begann zu weinen.

»Und jetzt willst du zu ihr fahren?«, sagte Catherine mit einem Blick auf den Koffer.

»Ich muss einfach.« In ihren Augen lag die Bitte um Verständnis für ihre Entscheidung. »Ihr beide, Morven und du, ihr geht eure eigenen Wege und braucht mich nicht, und wie du selbst gesehen hast, bin ich der Arbeit im Café kaum noch gewachsen. Obwohl es mir fehlen wird. Ihr werdet mir fehlen ...« Schluchzend griff sie nach Catherines Händen.

Catherine kniete sich neben den Stuhl, auf dem Clara wie ein Häufchen Elend saß, und drückte die liebenswerte Frau fest an sich. »Du mir auch. Aber es muss doch nicht für immer sein?« Noch hatte sie die Frage nicht zu Ende ausgesprochen, als sie verstand, dass Clara in der schweren Zeit bei ihrer Familie sein wollte und Paul sie länger als nur für ein paar Wochen brauchen würde.

»Aberdeen ist nicht das Ende der Welt. Komm mich besuchen, ja, Cathy?!«

Unfähig zu sprechen, hielt sie Clara in den Armen. Sie würde die warmherzige Frau, die in der letzten Zeit wie der ruhige Fels in der Brandung für sie gewesen war, sehr vermissen. Man sollte niemals jemanden für selbstverständlich nehmen, dachte sie und fragte sich, wie Morven mit Claras Weggang umgehen würde. Aber Morven hatte zurzeit ganz andere Sorgen, was Catherine daran gemahnte, sich ihrem eigenen Schicksal zu stellen. Fins Worte hatten sie tief berührt, und obwohl sie ihm vieles nicht verzeihen konnte, begriff sie, dass auch er einen langen Weg der Selbstzweifel und inneren Kämpfe hinter sich hatte.

Clara tätschelte ihr liebevoll den Rücken. »Willst du mir beim Packen helfen? Ich habe mir nicht viel gekauft, seit ich damals hergezogen bin, aber trotzdem sammelt sich in den Jahren so einiges an.«

Gemeinsam machten sie sich daran, Claras Kleider, ihre Bücher und was sie sonst ihr Eigen nannte, in Kartons zu sortieren. Vieles war alt und unbrauchbar geworden, und irgendwann stand Clara vor zwei Koffern und vier großen Kartons. Es war gegen Morgen, als sie müde bei einer Tasse Kaffee in der Küche saßen. »Gehen wir schlafen, Clara. Morgen, das heißt heute, ist auch noch ein Tag.«

Traurig sah Clara sie an.

»Heute? Du willst schon heute fahren? Aber du hast dich noch nicht von Morven verabschiedet!«, meinte Catherine, so als könnte sie Claras Abreise damit hinauszögern.

»Sie wird meine Entscheidung verstehen. Wir hatten nie eine feste Vereinbarung, was das Café oder unser Leben betrifft. Keiner weiß besser als du, Cathy, was Morven im Moment durchmacht, und mich braucht sie jetzt nicht, Paul und Martha dagegen schon.«

Am Nachmittag brachte Catherine Clara zum Bus. Vorher gaben sie die verschnürten Kartons bei der Post auf. Der Abschied fiel Clara sichtlich schwer, und Catherine kämpfte noch mit den Tränen, als sie Steve begegnete, der aus seinem Café trat und auf sie zukam.

Mitfühlend schaute er sie an. »Brauchst du Hilfe?«

»Nein danke, es geht schon wieder.« Catherine räusperte sich. »Abschied von lieben alten Freunden ist nie einfach, aber es ist nun einmal so.« Sie straffte die Schultern. »Sei mir nicht böse, Steve, aber ich möchte einfach nur allein sein. Ich melde mich, wenn ich in besserer Verfassung bin.«

Steve nickte. »Natürlich, mach's gut!«

Zögernd betrat Catherine wenig später in Balarhu die Küche, Claras Reich, in dem sie viele Jahre glücklich gewesen war. Gedankenverloren strich sie über den Küchentisch, an dem sie zusammen gegessen und gelacht hatten. Schließlich brach sie weinend auf einem der Stühle zusammen, ließ den Kopf in ihre Hände sinken und schluchzte. Als ihr Körper nicht länger von Weinkrämpfen geschüttelt wurde, stand sie auf, nahm aus dem Regal eine angebrochene Flasche Whisky und goss sich ein Glas ein, das sie in einem Zug leerte.

Mit einem vollen Whiskyglas ging sie dann durch das leere Haus, das mit Clara seine Wärme verloren hatte, und stieg die Treppe zu ihrem Zimmer hinauf. Müde ließ sie sich auf ihr Bett fallen. Irgendwann musste sie schließlich in einen bleiernen Schlaf gefunden haben, denn sie wachte durch die spärlichen Strahlen der aufgehenden Sonne auf, die sich ihren Weg durch den noch immer wolkigen Himmel bahnte. Langsam wurden die Ereignisse des letzten Tages lebendig, und Catherine drehte sich seufzend um.

»Hallo! Guten Morgen! Ist denn niemand hier?« Nellies fröhliche Stimme klang von unten herauf.

Heute war einer der Tage, an dem Clara das Café öffnen würde. Nach allem, was geschehen war, hatte Catherine das ganz vergessen, und sie stand auf, um aus dem Fenster auf die Terrasse hinunter zu rufen: »Nellie, ich komme sofort!«

Nellie schien sie gehört zu haben, denn sie wartete in abgeschnittenen Jeans und einem pinkfarbenen T-Shirt vor der Tür. Ihr Gesicht strahlte vor Lebensfreude, und Catherine war froh, sie zu sehen. Endlich ein Mensch, der nicht von schwerwiegenden Sorgen geplagt wurde. »Komm rein«, sagte sie und hielt ihr die Tür auf.

»Was ist denn mit dir passiert? Bist du unter einen Laster gekommen?«, neckte Nellie sie lachend, hielt sich dann jedoch sofort die Hand vor den Mund. »Tut mir Leid! Du warst zur Beerdigung, nicht? Clara hat es erwähnt.«

Catherine verzichtete auf einen Blick in den Spiegel, ging in die Küche voraus, ordnete notdürftig ihre Haare und setzte sich auf einen Stuhl. »Kannst du einen Kaffee machen? Ich könnte einen sehr starken vertragen.«

Nellie nickte, ließ ihren Rucksack in eine Ecke fallen und stellte den Wasserkocher an. Während sie auf das Wasser warteten, holte Nellie Becher aus dem Schrank und stellte einen Teller mit Scones vom Vortag auf den Tisch. Als Catherine die von Clara gebackenen Scones sah, begann sie zu weinen.

Erstaunt sah Nellie das Gebäck an, goss den Kaffee auf und setzte sich zu Catherine. »Was ist los? Wo ist Clara?«

»Weg!«

»Jetzt komm schon, erzähl mir genau, was passiert ist. Hängt es mit ihrer Cousine zusammen?«

»Ich komme von Calums Beerdigung zurück und finde sie beim Packen vor. Sie war wie eine Tante, eine liebe alte Freundin, ein Teil der Familie ...« Sie wischte sich die nassen Wangen ab. Ihre Augen brannten. »Alles um mich herum bricht auseinander. Ich weiß nicht mehr, wem ich vertrauen, wem ich glauben soll. Was mache ich eigentlich hier, Nellie?«

Nellie zündete sich eine Zigarette an und hielt Catherine die Schachtel hin. »Möchtest du auch eine?«

Eigentlich hatte sie sich das Rauchen vor Monaten abgewöhnt, aber heute konnte sie den Trost, den eine Zigarette bot, gut gebrauchen. »Danke.« Sie sog den Tabakrauch tief ein und betrachtete Nellie durch den bläulichen Dunst, der zwischen ihnen aufstieg. Vielleicht hätte sie schon eher mit Nellie sprechen sollen, denn die junge Australierin besaß ein Maß an Erfahrung und Lebensweisheit, das weit über dem Durchschnitt ihrer Altersgenossinnen lag. Außerdem war sie als Außenstehende irgendwie neutral. »Willst du eine Geschichte hören?«

»Deine?«, fragte Nellie direkt.

Catherine nickte.

»Ich bin ganz Ohr.« Sie lehnte sich zurück und hörte zu, während Catherine erzählte, was sie seit ihrer Ankunft in Inveraray erlebt hatte.

»... dann habe ich sie zum Bus gebracht, und nun bin ich allein in diesem Haus«, beendete Catherine ihren Bericht und wartete auf Nellies Reaktion.

Diese räusperte sich und beugte sich vor, um die Asche ihrer Zigarette auf einem Teller abzustreifen. »Du willst wissen, was ich davon halte? Lass es mich so sagen – ich glaube an Karma, Bestimmung und Schicksal, wenn du so willst. In Indien habe ich die sonderlichsten Menschen getroffen und Dinge erlebt, die ich nie glauben würde, hätte ich sie nicht gesehen. Es gibt eben Kräfte, die unser Geist entwickeln kann, die lassen sich wissenschaftlich nicht belegen.« Sie wartete einen Moment, bevor sie fortfuhr: »Ich fasse das mal zusammen. Morven ist ganz ohne Zweifel eine außergewöhnliche Frau mit besonderen Begabungen, aber sie ist auch nur ein Mensch. Aus einem Grund, den du noch nicht kennst, hat sie sich mit Briana überworfen. Jetzt kommt Dougal ins Spiel, dein leiblicher Vater. Wenn mir jemand so etwas an den Kopf werfen würde, ich wüsste auch nicht, wie ich damit umgehen sollte.« Nellie legte ihren Kopf auf die Seite und lächelte mutwillig. »Wahrscheinlich würde ich hingehen und ihn damit konfrontieren. Ja, das würde ich machen. Warum soll ich mich alleine damit herumschlagen, aber das musst du selbst entscheiden. Und dann ist da diese Logensache, phhh!« Laut stieß sie die Luft aus. »Hab mich noch nie mit Politik auseinander gesetzt, und darum geht es ja wohl in so einem Klub – Politik machen und Einfluss nehmen.«

»Calum hat gesagt, dass es um höhere Werte geht, dass ...«, hielt Catherine dagegen, wurde jedoch von Nellie unterbrochen.

»Calum ist nicht die Masse der Logenbrüder, so wie du mir das geschildert hast. Er war ein Idealist, aber davon gibt es nicht viele.« Sie lachte trocken. »Die meisten Menschen sind ziemlich einfach gestrickt, leider, und materielle Werte, Wohlstand und gesellschaftliches Ansehen stehen da im Vordergrund, nicht irgendein abstrakter Gedanke – damit kann man sich nicht gut schmücken.«

Catherine dachte an ihr Gespräch mit Finnean im Rosengarten von Schloss Kilbride. Sofort mischte sich Polminhacs Gesicht in ihre Gedanken, und mit ihm das Gefühl der Bedrohung.

Nellie resümierte weiter laut. »Fin scheint mir ein Idealist zu sein. Allein sein Job. Aus finanziellem Interesse ist er nicht Wissenschaftler geworden und setzt sich für die Ozeane ein. So aus dem Bauch heraus halte ich ihn für einen anständigen Kerl, aber ob du akzeptieren kannst, wie er sich dir gegenüber verhält, ist eine andere Frage.« Nellie fuhr sich mit beiden Händen durch die kurzen Haare. »Ich habe gut reden. Du steckst mittendrin.«

Mit dem Finger malte Catherine Dreiecke und Kreise in die Asche, die von ihrer Zigarette auf die Tischplatte gefallen war. Ja, sie befand sich mitten in einem gefährlichen Wirrwarr aus Geheimnis und Verschwörung, und sie konnte nicht länger leugnen, dass sich die Schlinge um ihren eigenen Hals immer enger zuzog. Fin hatte ihren düsteren

Ahnungen mit seiner Erklärung Nahrung gegeben. Polminhac und der Kardinal waren reale Feinde, auch wenn sie noch nicht wusste, welche Bürde sie zu tragen hatte.

»Was wird aus dem Café?« Nellie dachte praktisch und entriss Catherine ihren Überlegungen.

»Ich kann weder backen noch besonders gut kochen«, sagte diese entmutigt.

»Weißt du denn, wie es um das Haus steht? Ich meine, ist es schuldenfrei oder hat deine Großmutter Außenstände? Das heißt, braucht sie die Einnahmen aus dem Café?«

»Keine Ahnung, Nellie. Darüber haben wir nie gesprochen, aber soweit ich Clara verstanden habe, ist das kein Problem.« Traurig schaute sie auf die Tischplatte.

»Kannst du Morven denn nicht erreichen?«

Seufzend hob Catherine den Kopf. »Ich werde es versuchen.« Unschlüssig tippte sie gegen ihren Kaffeebecher. »Wenn sie nur nicht immer alles so furchtbar kompliziert machen würde. Morven ist …«, sie lächelte Nellie an, »eben Morven.« Entschlossen stand sie auf und stellte ihren Becher in die Spülmaschine. »Ich werde vorn am Eingang ein ›Geschlossen‹-Schild anbringen. Tut mir Leid für dich, Nellie.«

Nellie war ebenfalls aufgestanden und sah sie mitfühlend an. »Das muss es nicht. Ich komme schon klar. Viel wichtiger ist, dass du dein Leben in den Griff bekommst, aber ich habe leider keine Idee, wie ich dir helfen kann. Wenn du mich brauchst, nur zum Reden, oder wenn du einfach nicht allein sein willst – dann bin ich für dich da. Das meine ich so, Cathy.«

»Danke, das ist lieb von dir. Hmm, du sprichst aber bitte mit niemandem über …«

Entrüstet unterbrach Nellie sie. »Jetzt hör aber auf! Natürlich erzähle ich niemandem, was du mir im Vertrauen gesagt hast. Ich bin doch nicht das Klatschblatt des Ortes!«

»Entschuldigung.« Catherine umarmte Nellie und wusste, dass sie sich auf sie verlassen konnte.

Mit einem Griff zog Nellie ihren Rucksack aus der Ecke und hängte sich ihn über die Schultern. Catherine brachte sie zur Tür. »Wo gehst du jetzt hin?«

»Oh, Chris hat heute Frühstücksdienst im George Hotel. Ich werde ihm Gesellschaft leisten und ein fettes schottisches Frühstück abstauben.« Sie grinste, wurde gleich darauf aber wieder ernst. »Cathy, wenn du mitkommen möchtest?«

»Nein, danke, Nellie, ich brauche Zeit, um wieder einen klaren Gedanken fassen zu können. Habe ich deine Nummer?«

Nellie nickte. »Clara hat sie an die Pinnwand gehängt. Manchmal ist es gut, wenn man einfach etwas unternimmt, sonst fressen einen die Grübeleien auf. Ich schaue morgen wieder vorbei, wenn du magst.«

»Schön. Dann bis morgen, Nellie!«

Die zierliche Gestalt schritt energiegeladen über den Parkplatz, und Catherine fühlte sich einsam, als sie die Tür schloss und mit der unerträglichen Stille des Hauses allein war. Sie ging in Morvens Arbeitszimmer, strich über die alten Möbel, schob einige Papiere auf dem Schreibtisch hin und her, konnte keinen vernünftigen Gedanken fassen und stieg die Treppe hinauf. In Claras Zimmer betrachtete sie die geblümten Vorhänge, stieß die Fensterflügel weit auf und ließ die frische Morgenluft herein. Unter ihr lag die Terrasse mit ihren verwaisten Stühlen und Tischen. Der Bootssteg ragte hinter den Kiefern in das stille Wasser von Loch Fyne. Manches veränderte sich nicht, doch die Menschen kamen und gingen. Sie drehte sich um und wollte den Raum verlassen, als ihr Blick auf ein Stück Papier fiel, das halb unter dem Bett hervorschaute. Catherine bückte sich und zog ein vergilbtes Foto hervor, das Morven und

Clara als lachende junge Frauen zeigte, die Arm in Arm vor dem Eingang von Balarhu standen. So lange lag das zurück, dachte Catherine wehmütig und drückte das Bild an sich.

Als sie eine halbe Stunde später aus der Dusche kam, hörte sie das Telefon klingeln. Sie ging, noch im Badetuch, hinunter in die Küche und nahm den Hörer ab.

»Ja?«

»Guten Morgen, Cat. Tut mir Leid, dass ich keine Zeit für dich hatte, aber heute würde ich dich gerne sehen und mit dir sprechen.«

»Nein.« Sie stellte sich Fins überraschtes Gesicht vor.

»Was heißt ›nein‹?«

»Nein heißt, dass ich dich nicht sehen will. Clara ist nach Aberdeen zu ihrer Cousine gefahren.« Sie war nicht in der Verfassung, ihm gegenüberzutreten.

»Aber sie kommt doch wieder?«

Sie seufzte. »Nein, eben nicht. Fin, mir ist jetzt nicht nach langen Erklärungen. Belassen wir es einfach dabei.«

»Wobei? Verdammt, Cat ...«

Sie unterbrach seinen entrüsteten Redeschwall, indem sie den Hörer auflegte. Wenn er bei seinem Vater in Inveraray war, konnte er mit dem Wagen leicht in zehn Minuten hier sein. Sie rannte die Treppen hinauf, zog sich Jeans und eine Leinenbluse an, drehte die nassen Haare zu einem Zopf und griff nach ihrer Handtasche. Auf der Konsole im Flur fand sie die Autoschlüssel. Sie schloss die Haustür ab und fuhr mit quietschenden Reifen vom Hof. Wohin sie fuhr, wurde ihr erst bewusst, als sie das Hinweisschild mit der Aufschrift »Carloonan« sah. Außerhalb des nördlich von Inveraray gelegenen Dorfes befand sich die Farm von Fletcher Cadell.

Kapitel 18

> Schaun, weißt du, schaun
> wie eine, sagte wer, Narbe am Baum schaut.
> *Ágnes Nemes Nagy*

Catherine zögerte einen Moment, bevor sie die Abzweigung von der Hauptstraße Richtung Carloonan nahm. Hinter dem wohlklingenden Namen verbarg sich eine malerische Ansammlung weniger Häuser entlang des Flusses Aray. Die gepflegteren Häuser lagen direkt am Wasser und gewährten den Bewohnern einen Blick auf die wildromantische Landschaft, wie sie die steinige Uferböschung, das fließende Wasser des Aray und der dichte Nadelwald auf der Seite der Hauptstraße zeigte. Catherine überquerte die alte Brücke, die gerade Platz genug für einen Wagen ließ, und wandte sich auf der schmalen unebenen Straße nach rechts. Soweit sie sich erinnerte, denn es war Jahre her, dass Morven sie bei einem ihrer früheren Besuche auf Fletchers Farm hingewiesen hatte, musste sie dem Fluss folgen, bis sie einen unbefestigten Feldweg fand, der sie hinauf in die teils grünen Hügel führte.

Sie stoppte ihren Wagen, denn sie hatte nicht darüber nachgedacht, wie sie vorgehen wollte. Sie konnte kaum auf die Farm von Cadell spazieren und fragen, wo er das Gemälde versteckt hatte. Während des Sommers waren die Tiere alle auf ihren Weideplätzen, so dass keine Arbeit in den Ställen anfiel. Wenn sie zudem davon ausgehen konnte, dass Fletcher noch mit Lennox und Polminhac weitere Heimlichkeiten plante, war er vielleicht nicht zu Hause. Mit etwas Glück war Bridget mit den Kindern zum Einkaufen oder zum Schwimmen gefahren und die Farm war verlassen. Sollte sie jemandem begegnen, konnte sie sich immer noch etwas einfallen lassen. Ihr Wagen würde in dieser einsamen Gegend jedem auffallen, daher fuhr sie ein Stück weiter den Fluss hinunter und stellte ihn an einer unübersichtlichen Ausbuchtung ab.

Während ihres Aufstiegs zur Farm bedauerte Catherine Bridget, die in dieser abgelegenen Gegend leben musste. In herumliegenden Autoreifen, verrosteten Traktorteilen und anderen vor langer Zeit ausgemusterten Farmgerätschaften kündigte sich die Nähe von Fletchers Grund an. Catherine hielt sich dicht im Schatten der Bäume, um sich notfalls hinter einem verstecken zu können, doch der Weg lag weiter verlassen in der kräftiger werdenden Sonne, und außer ihrem schwer gehenden Atem waren nur Insekten und Vögel zu hören.

Was sie vorhatte, war sicherlich als Hausfriedensbruch zu bezeichnen, doch sie wollte sich endlich Klarheit über den Verbleib des Bildes verschaffen. Ein marodes Gatter, das schief in den Angeln hing und halb offen stand, markierte den Besitz der Farm, die aus einem einstöckigen Wohnhaus und mehreren Stallgebäuden bestand. Catherine wartete eine Weile an dem Gatter und ging, als niemand auf dem Hof erschien, hinter einem alten Viehtransporter an einem Heuhaufen vorbei auf die Stallgebäude zu. Das Wohnhaus schien seinen letzten Anstrich vor Jahrzehnten erhalten zu haben. In dicken Stücken brach der Putz von den Wänden. Einige Stellen waren notdürftig geflickt worden, doch die Fensterrahmen wirkten morsch, die Gardinen dahinter schmutzig und die Pflanzen in den Blumentöpfen der Fensterbänke ließen traurig ihre Blätter hängen.

Vor der Haustür lagen Spielsachen der Kinder herum, die meisten mit getrocknetem Dreck verkrustet. Catherine schüttelte sich innerlich angesichts solcher Verwahrlosung.

Die Stalltür des ersten Gebäudes stand weit offen. Als sie jedoch darauf zusteuerte, ertönte plötzlich Hundegebell und Catherine erstarrte. Wie hatte sie nur vergessen können, dass die meisten Farmer gut abgerichtete Hunde besaßen, die ihr Grundstück wehrhaft verteidigten. Zurückzulaufen war unmöglich, und die Tür war zu weit entfernt, also wartete sie, bis der Bordercollie um die Ecke des Wohnhauses geprescht kam. Sie nahm ihre Schultern nach hinten, um selbstsicher zu wirken und dem Hund ohne Angst zu begegnen. Der kleine Collie, dessen Fell zottelig von seinem mageren Körper hing, musterte sie kurz knurrend, schnupperte an ihren Händen und fing an mit dem Schwanz zu wedeln, als sie beruhigend auf ihn einsprach. Catherine atmete erleichtert auf und setzte ihren Weg, jetzt in Begleitung des Hundes, fort.

In den Ecken des mit Gerümpel voll gestellten Gebäudes raschelte und piepte es, und der Hund jagte winselnd hinter den Nagern her, denen Catherine nur ungern begegnet wäre. Mutlos sah sie sich in der großen Scheune um. Hier ließe sich leicht etwas verstecken, selbst von der Größe eines Wohnzimmerschranks, und man bräuchte Tage, um sich durch die Berge von Brettern, Gerätschaften, alten Möbeln, Unrat und Ersatzteilen für Traktoren und Lieferwagen durchzukämpfen. Catherine schaute nach oben und sah das Tageslicht durch die vielen Löcher in der Dachpappe scheinen. Hier würde selbst ein Fletcher Cadell kein Gemälde von Wert aufbewahren. Sie drehte sich um und war froh, als sie den Gestank von Fäulnis und zentimeterdickem Dreck hinter sich lassen konnte.

Neben dem Wohngebäude befand sich eine Art Garage oder Werkstatt, deren Zustand Vertrauen erweckend aussah. Das Dach schien neu gedeckt und geteert worden zu sein, und die hölzerne Außenwand hatte vor nicht allzu ferner Zeit einen Anstrich erhalten. Vielleicht hatte sie dort mehr Glück. Als sie wider Erwarten die Tür verschlossen vorfand, sah sie das als viel versprechendes Zeichen an. Catherine ging um die Werkstatt herum, denn ein Garagentor gab es nicht, und fand auf der Rückseite ein offenes Fenster, durch das sie in den nach Öl, Farbe und Holz riechenden Raum einstieg. Im Gegensatz zu dem anderen Gebäude herrschte hier eine peinliche Ordnung, und auf massiven Stahlregalen entdeckte Catherine sauber aufgereiht verschiedene Motoren, die sorgfältig gepflegt im Licht schimmerten. Vielleicht hatte Fletcher doch ein verborgenes Talent.

Was sie aber weit mehr interessierte war ein rechteckiger Gegenstand, der sorgfältig in ein Laken gehüllt auf einem der Regale lag. Sie zog an dem Tuch und sah den Goldrahmen von Morvens Gemälde hervorschimmern. »Mistkerl!«, zischte sie und nahm das Bild an sich. Vielleicht wäre es vernünftiger, das Bild als Beweisstück für die Polizei hier zu lassen, doch was bedeutete schon ein Diebstahl im Vergleich zu dem, was sie Calum angetan hatten? Nein, sie wollte das Bild nicht eine Sekunde länger hier lassen. Als sie es zum Fenster trug, hielt sie inne, denn es passte nicht hindurch. Egal wie sie es drehte und wendete, das Fenster war zu klein. Dann eben durch die Tür, dachte Catherine und rüttelte an dem Türknauf, der jedoch nicht nachgab. Auf der Werkbank fand sie ein Brecheisen, setzte es zwischen Tür und der Holzwand an und hebelte das Schloss auf. Die Tür schwang langsam auf, doch ihre Freude darüber schlug in blankes Entsetzen um, als sie sah, wer sie auf dem Hof erwartete. Es war zu spät, sich zu verstecken, denn die Männer hatten sie bereits gesehen. Fletcher und Lennox stiegen aus einem Jeep und kamen wütend auf sie zu.

Fletcher herrschte sie an: »Was fällt Ihnen denn ein? Sch... Sie hat meine Tür kaputtgemacht!« Er drehte sich zu Lennox um und zeigte auf das zerbrochene Schloss.

Erhobenen Hauptes trat Catherine aus der Werkstatt. »Sie sollten sich wohl lieber bedeckt halten, Cadell, denn was ich hier bei Ihnen gefunden habe, gehört Ihnen nicht.« Mit schweißnassen Händen umklammerte sie das Bild.

»Aber es gibt niemanden, der das bezeugen kann, oder sehen Sie hier noch jemanden außer uns?« Betont langsam drehte sich Fletcher einmal um sich selbst und grinste sie hämisch an, bevor er auf sie zuging. »Na, gib schon her!«

Catherine wehrte sich gegen seine kräftigen Hände, die ihr das Bild entreißen wollten, doch gegen Fletcher war sie machtlos und gab schließlich nach. Fletcher reichte das Bild an Lennox weiter, der es im Jeep verstaute. »Wir können sie nicht gehen lassen, Fletcher«, bemerkte Lennox Reilly trocken.

»Mir juckt es schon lange in den Fingern, ihr zu zeigen, wo sie hingehört!« Mit zwei Schritten war Fletcher bei Catherine und schlug ihr mit der flachen Hand so heftig ins Gesicht, dass sie taumelte und zu Boden fiel.

Ein brennender Schmerz zuckte durch ihre Wange und sie schmeckte Blut auf ihren Lippen. Vorsichtig bewegte sie den Kiefer und spuckte Blut auf den sandigen Boden. Hatte sie Polminhac gegenüber eine vage Furcht gespürt, war diese nichts im Vergleich zu der nackten Angst, die sich ihrer in diesem Moment bemächtigte. Noch niemals zuvor in ihrem Leben war sie geschlagen worden. Gewalt kannte sie aus dem Fernsehen, aber sie am eigenen Leib zu erfahren war derartig schockierend, dass sie einige Sekunden brauchte, um zu reagieren. Dann jedoch griff sie eine Hand voll Sand, warf sie Fletcher ins Gesicht und rannte auf die Scheune zu. Bevor sie die Tür erreicht hatte, wurde sie von hinten gepackt und gegen die Bretterwand geschleudert. Etwas Spitzes bohrte sich in ihre Schulter, und sie schrie vor Schmerz auf.

»Hör auf zu schreien!« Fletcher versetzte ihr einen weiteren Schlag ins Gesicht. »Wir müssen sie wegschaffen,

Lennox. Ich will sie nicht hier auf dem Hof haben.« Grob fasste er ihr Handgelenk und zerrte sie zum Jeep.

Zu schwach, um sich zu wehren, stolperte Catherine hinterher. In ihrer Schulter pochte es und sie überlegte fieberhaft, wie sie die beiden Männer davon abhalten konnte, ihr etwas anzutun, denn das hatten sie ganz sicher vor. Fletcher stieß sie zum Jeep. Seine Augen waren gerötet und sein Gesicht verschmutzt. Wütend starrte er sie an. Catherine wandte sich an den schlaueren Lennox. »Was soll das denn werden? Man wird mich suchen und hier zuerst anfangen!«

Lennox lachte. »Aber nicht doch! Trauen Sie uns etwas mehr Fantasie zu. Und jetzt steigen Sie ein, oder soll Fletcher Ihnen behilflich sein?«

Verzweifelt schaute Catherine zum Haus, doch es war niemand zu sehen. Wo zum Teufel war Bridget? Sie betastete ihre geschundene Wange und war im Begriff, in den Jeep zu steigen, als sie das Geräusch eines nahenden Wagens vernahm. Hoffnungsvoll trat sie zurück und starrte auf die Einfahrt. Kam Bridget mit den Kindern zurück? Doch ihre Hoffnung sank, als eine dunkle Limousine durch das Tor fuhr und neben dem Jeep anhielt.

Polminhac stieg aus, erfasste die Situation mit einem Blick und herrschte Lennox an: »Sie können wohl gar nichts richtig machen? Hat Ihnen jemand gesagt, dass Sie Mademoiselle Tannert Gewalt antun sollen?«

Lennox beherrschte seinen Unmut nur mühsam: »Das nicht, aber sie hat das Bild entdeckt und wir dachten ...«

»*Crétin!*«, schimpfte Polminhac. »Nehmen Sie Ihren Handlanger mit und lassen Sie uns allein!«

Fletcher schnaubte und ging auf sein Haus zu, während Lennox das Bild aus dem Wagen nehmen wollte, doch Polminhac hielt ihn davon ab. »Lassen Sie das! Sie haben gar nichts verstanden!«

Mit grimmiger Miene ließ Lennox das Bild auf den Sitz fallen und knurrte: »Wir sprechen uns noch, Polminhac!«

Als Lennox hinter Fletcher im Haus verschwunden war, wandte Polminhac sich an Catherine, die inzwischen ihre Schulter untersucht hatte. Ein rostiger Nagel hatte die Haut aufgerissen, doch die Wunde hatte zumindest aufgehört zu bluten. Ralphe de Polminhac lächelte schmal. »Für das Benehmen dieser Herren möchte ich mich entschuldigen. Nicht auszudenken, was hätte geschehen können, wäre ich nicht gekommen!« Der Zynismus in seiner Stimme war schneidend und gab Catherine nicht das Gefühl, der Gefahr entronnen zu sein, in der sie sich eben noch befunden hatte. Kühl musterte er sie. »Was bedeutet es Ihnen?«

»Was?«, fragte sie überrascht.

Er deutete auf das Bild.

»Es gehört meiner Großmutter! Ich werde es ihr zurückgeben.« Ihre Wange schmerzte und das Sprechen fiel ihr schwer.

Polminhac lehnte sich lässig gegen seinen Wagen. »Nein, ich meine, was es Ihnen bedeutet? Wir müssen uns doch nichts vormachen. Sie haben mich mit einem der beiden jungen Männer gesehen und Ihre Schlussfolgerungen gezogen, sonst wären Sie nicht hier. Ich bin auf dem Weg zurück nach Frankreich, allerdings ohne ein Landschaftsgemälde, das ich gerne mitgenommen hätte.« Er machte eine vage Handbewegung. »Es stand nicht zum Verkauf, oder?«

»Nein.« Sie überlegte kurz und entschied sich für die Wahrheit, denn eine zweite Chance, so offen mit ihm zu sprechen, würde sich nicht ergeben. »Monsieur, wir wissen beide, dass es bei diesem Gemälde nicht allein um die Landschaft geht. Warum wollten Sie es besitzen?«

»Nicht ich«, er zögerte kurz.

Catherine ergänzte trocken: »Kardinal Bottineau.«

»Spielen wir mit offenen Karten.« Er räusperte sich.

»Dann können Sie sich denken, dass wir von dem Rahmen und seiner Inschrift seit langem wissen.«

»Aber es hat Sie nicht weitergebracht.«

Er sah sie mit zusammengekniffenen Augen an. »Sie aber auch nicht, Mademoiselle. Ich denke inzwischen, dass Sie nicht mehr wissen als wir.« Er hob die Schultern. »Es ist nicht meine Art, zu stehlen oder vielmehr, stehlen zu lassen ...« Sein amüsiertes Lachen ärgerte sie.

»Nein, Sie lassen einen kranken Mann sterben! Das nenne ich Mord!« Wütend schlug sie mit der Hand auf den Jeep vor ihr.

Sein Blick wurde kalt und undurchdringlich. »Ich weiß nicht, wovon Sie sprechen. Nein, Mademoiselle, ganz und gar nicht.«

»Das wissen Sie ganz genau! Jemand hat Sie am Morgen von Calums Tod aus seinem Haus kommen sehen. Sie und noch jemanden!«, hielt sie ihm entgegen.

Sein Gesicht wurde weiß. »Aber Sie haben nicht die Spur eines Beweises, denn sonst hätten Sie längst etwas unternommen. Calum ist zu schwach geworden! Seine Zeit war um, genau wie Morvens.« Klirrend durchschnitten seine Worte die plötzliche Stille auf dem Hof.

Ein eiskalter Schauer überlief Catherine. »All die Jahre haben Sie sie gehetzt und bedroht. Jetzt ist Calum tot und sie ist eine gebrochene Frau. Wozu das alles?«

»Sie haben ja keine Ahnung, Catherine.« Sanft rollte ihr Name über seine Lippen und er sah sie eingehend an. »Nein, Sie wissen es nicht. Aber Sie sind die Nächste. Das habe ich in Ihren Augen gelesen und in denen von Ihrem bemerkenswerten Freund, dem jungen McFadden. Er hat Angst um Sie, Catherine, und er hat allen Grund dazu.«

Entsetzt fuhr Catherine zusammen. »Was wollen Sie von mir? Wenn Sie mir versprechen, Morven zu verschonen, gebe ich es Ihnen!«, sagte sie.

»Das können Sie nicht. Sie haben ja keine Vorstellung, um was es geht.«

Er machte einen Schritt auf sie zu, sodass sie seine vom Sonnenlicht verengten Pupillen sehen konnte. »Wenn Sie die hätten, würden Sie mir dieses Angebot nicht so leichtfertig machen. Bis Sie es wissen, sind Sie sicher vor mir. Aber ich verspreche Ihnen, dass wir uns wiedersehen, Catherine. Und dann gnade Ihnen Gott!«

»Aus Ihrem Mund klingt das wie Blasphemie«, sagte sie mit ruhiger Stimme, obwohl Angst und Schmerzen sie innerlich zittern ließen.

»Übertreiben Sie es nicht!«, zischte er und zeigte auf das Bild. »Nehmen Sie es und verschwinden Sie!«

In den Augen dieses Mannes war kein Mitgefühl zu finden, und so ergriff sie das Bild und ging, ohne sich noch einmal umzusehen, über den schmutzigen Hof durch das offene Gatter. Mit dem Bild fest in den Armen, schritt sie den Weg hinunter, den sie gekommen war, diesmal jedoch, ohne sich verstecken zu müssen. Nach wenigen Minuten hörte sie den gedämpften Motor von Polminhacs Limousine und machte dem Wagen des Franzosen Platz, der im Schritttempo an ihr vorbeiglitt.

Mit Morvens Bild auf der Rückbank fuhr sie, immer noch vor Angst zitternd, zurück nach Balarhu. Zum ersten Mal war sie froh, Fins Wagen zu sehen, der vor dem Haus parkte. Während sie noch dabei war, das Gemälde auszuladen, hörte sie Schritte und sah sich um.

Fin kam mit leicht verärgerter Miene auf sie zu. »Was ist denn bloß los mit dir?« Dann sah er, was mit ihr geschehen war, und nahm ihr das Bild aus den Händen. »Cat, oh nein, was ist geschehen? Wer hat dir das angetan, oder war das ein Unfall?« Er ging mit ihr ins Haus, wo sie sich in der Küche auf einen Stuhl setzen musste.

Während er Eis aus dem Kühlfach in ein Handtuch wickelte und es ihr auf die Wange drückte, überhäufte er sie mit Fragen. Catherine hörte zu und murmelte schließlich: »Ich kann nicht sprechen, wenn du mir das Eis auf die Wange drückst.«

»Entschuldige.« Er nahm ihr das Handtuch ab und entdeckte dabei die Wunde an ihrer Schulter. Mit erfahrenen Händen säuberte er die Wunde. Als er fertig war, nickte er zufrieden. »Das wird sich nicht entzünden. Also?«

Sie berichtete von ihrem Ausflug und musste sich fairerweise sagen lassen, dass sie sehr unüberlegt gehandelt hatte. Das Gespräch mit Polminhac ließ Fin sie Wort für Wort wiederholen. Nachdem sie geendet hatte, schwieg er nachdenklich. Endlich sagte er: »Fletcher und Lennox kriegen wir dran, aber gegen Polminhac können wir nichts machen. Die entscheidende Frage ist jetzt, was du tun willst?« Sanft strich er ihr über die Haare. »Ich kann dir nicht helfen, Cat, nicht dabei, das weißt du.«

Erschöpft ließ sie den Kopf sinken. »Nein. Dabei kann mir niemand helfen«, und Polminhac wartete nur darauf, dass sie endlich den letzten entscheidenden Schritt unternahm, dachte sie verzweifelt. Sie schmeckte noch immer das Blut in ihrem Mund. »Ich habe Durst, Fin.«

»Natürlich.« Er gab ihr ein Glas Wasser. »Ich hole eben das Bild herein. Das haben wir draußen ganz vergessen.« Kurz darauf stellte er das Gemälde, das sie fast ihr Leben gekostet hatte und das Polminhac nicht länger interessierte, auf die Kühltruhe.

Catherine starrte es an und dachte an Morven, die irgendwo allein mit ihrem Schmerz um Calums Verlust war. »Waren Morven und Calum eigentlich nur gute Freunde oder war da mehr zwischen ihnen?« Sie hatte sich diese Frage schon länger gestellt.

Fin setzte sich auf die Tischkante neben sie und schaute

ebenfalls auf das Bild. »Auf ihre ganz eigene Weise. Ja, ich glaube schon, aber etwas hat immer zwischen ihnen gestanden.«

»Aber Farquar war doch schon lange tot? Was hätte da noch zwischen ihnen stehen können?« Soweit sie wusste, war Calum nicht verheiratet gewesen.

»Calum hat mir einmal angedeutet, dass es mit Farquars Unfall zusammenhing, aber er wollte nie weiter darüber sprechen.« Nachdenklich sah er Catherine an.

»Was ist denn damals geschehen? Meine Mutter ist kurz danach weggegangen und hat seitdem kaum mit Morven gesprochen. Hat Dougal etwa auch etwas damit zu tun? Wie ist Farquar denn eigentlich gestorben?« Nie hatte ihr das jemand gesagt.

»Hamish hat mir erzählt, dass es bei einem Bootsunglück passiert ist.«

War dieser Unfall der Grund dafür, dass Finneans Vater sich aus der Loge zurückgezogen hatte? »Ist denn Hamish dabei gewesen?«

»Ich weiß es nicht, Cat. Über diese Zeit, das heißt auch seine Zeit bei den Brüdern, spricht er nicht.« Er wirkte plötzlich ebenso erschöpft wie sie selbst, und sie wollte nicht ungerecht und gefühllos sein, denn vielleicht hatte er von der Vergangenheit, die für einige Menschen so wichtig war, tatsächlich keine Ahnung.

Plötzlich dachte Catherine an ihre Mutter. Vielleicht war es für Briana genauso schwer gewesen, mit Morvens Art fertig zu werden, wie es ihr jetzt ging. Wenn Morven sich nach Farquars Tod ebenso in ein Schneckenhaus aus Distanziertheit und wochenlanger Abwesenheit zurückgezogen hatte, war es kein Wunder, wenn Briana sich in die tröstenden und verständnisvollen Arme von Johannes geflüchtet hatte. Sie selbst hatte Morven nur unter normalen Umständen kennen gelernt. »Es ist nicht einfach, Morven zu verstehen. Auf viele Menschen wirkt ihr Verhalten befremdlich und verletzend«, bemerkte Catherine.

»Ich glaube nicht, dass sie das will, andere verletzen, meine ich. Sie ist eben ein Mensch, der alles mit sich allein ausmacht.« Fin spielte mit einer Gabel, die auf dem Tisch gelegen hatte.

»Bist du auch so jemand, der einsame Entscheidungen trifft?«

»Ich war so, ja, das gebe ich zu, aber ich habe mich geändert, und ich möchte, dass du an meinem Leben teilhast.«

Ein Teil von ihr sehnte sich danach, der Zuversicht, die in seinen Worten lag, zu glauben, doch zu viele Zweifel und Ungeklärtheiten machten es ihr unmöglich. »Ich kann dir darauf jetzt keine Antwort geben. Erst muss ich für mich ganz allein eine Entscheidung treffen.«

Fin stand auf. »Ich werde warten. Diesmal bin ich es, der wartet, und ich werde da sein, wenn du mich willst oder wenn du mich brauchst.« Zärtlich küsste er sie auf die unverletzte Wange und zögerte. »Was willst du jetzt tun, Cat?«

Sie betrachtete das Gemälde, das Wasser, die Berge und die Insel. Mit zusammengekniffenen Augen schaute sie sich ungläubig die Bergformation an. Wenn sie sich die Szenerie an dem Strandabschnitt vorstellte, zu dem Morven mit ihr gefahren war, dann ... Entschlossen sprang sie auf, wobei ihre Schulter sich schmerzhaft meldete. Warum hatte sie nicht schon viel eher erkannt, was das Bild darstellte? »Ich muss dahin gehen, Fin!« Sie zeigte auf die Insel in der nächtlichen Landschaft.

»Dann komme ich mit«, antwortete er mit fester Stimme.

»Nein, das geht nicht ...«, wehrte sie ab, doch er schüttelte entschieden den Kopf.

»Sieh dich doch an! Sie haben dich geschlagen. Glaubst du, ich lasse dich allein irgendwo hinfahren? Kommt nicht in Frage!«

Catherine sah ein, dass es unvernünftig gewesen wäre, nach dem heutigen Erlebnis allein durch den Wald zu fahren. »Na schön, aber nur bis dort.« Sie deutete auf das Ufer des Lochs.

Viel zu lange dauerte ihr die Fahrt am Ufer des Lochs entlang. Als sie endlich den Weg fand, den damals bei ihrem Ausflug Morven genommen hatte, schimmerte die Abendsonne über die Hügel und tauchte Loch Fyne in ein unwirkliches violettes Licht. Sie fuhren über den holperigen Pfad, der sie direkt an das Ufer brachte, wo ein kleiner Streifen Sand zu sehen war. Zwischen den Bäumen parkte Fin den Wagen und ging mit ihr hinunter zum Sand. Am dunkler werdenden Himmel waren erste Sterne zu sehen. Welche von ihnen hatte Morven gemeint? Als dunkle, im Wasser liegende Schatten zeichneten sich die Umrisse der kleinen Inseln ab.

Schaudernd hielt sie inne. Genau dort lag sie, unscheinbar, und dennoch spürte Catherine plötzlich die besondere Anziehungskraft des kleinen Eilands. Shenmòray!

Kapitel 19

> Das Laub summt für die stille Schar.
> Was wahr gewesen ist, bleibt wahr.
> Die Erde leitet das Geschehen
> Mit Augen, die ihr Licht nicht sehen.
> *Oskar Loerke*

»Shenmòray«, flüsterte Catherine ehrfürchtig, und in jeder Silbe des uralten Namens schien der Mythos der Vergangenheit mitzuklingen. Obwohl es noch nicht ganz dunkel war, stand der Mond sichelförmig am Himmel über dem ruhigen Wasser und der darin liegenden Inselgruppe. Das Gemälde schien lebendig geworden zu sein, denn scharf zeichneten sich zwei große Tannen auf dem Eiland gegen die im Hintergrund liegenden Berge ab. Sie vergaß alles um sich herum, auch Fin, der sich schweigend an einen Baum gelehnt hatte und sie beobachtete.

»Bohaz und Jakin«, murmelte Catherine und erkannte die Tannen als die Säulen, die sie repräsentierten. Du musst sehen lernen, hatte Morven gesagt und gemeint, dass sie die Dinge nicht nur als das, was sie waren, sondern auch als das, was sie sein konnten, sehen musste. Wie hieß es weiter in dem Satz? Raphziel, was so viel wie Mund hieß, zeigt den Weg. Aber dieses Raphziel lag zwischen den Tannen, über denen je ein Stern aufblitzte. Sie dachte an die Säulen vor Schloss Kilbride und sah die Sterne als die Kugeln, die dort aus Stein gemeißelt waren. Warum hatte sie das vorher nicht gesehen? Was war heute anders?

Sie zog ihre Schuhe und die Jeans aus und ließ sie in den Sand fallen. Als sie damals mit Morven sprach, war sie jene Catherine gewesen, die geglaubt hatte, man könne die

Träume der Kindheit einfach weiterträumen, man könne dort anknüpfen, wo man vor Jahren aufgehört hatte. Heute stand sie hier und wusste, dass nichts mehr so sein würde, wie es einmal gewesen war. Sie schätzte die Entfernung zur ersten Insel auf zwei- bis dreihundert Meter. Shenmòray lag vielleicht fünfzig Meter dahinter. Das Wasser war anfangs kalt, doch schon nach wenigen Metern zügigen Schwimmens hatte sie sich daran gewöhnt und bewegte sich mit kräftigen Stößen direkt auf die Inseln zu. Die Schmerzen der Schulterverletzung nahm sie nicht wahr, verbot sich, darüber nachzudenken, was sich unter ihr im Wasser verbarg, konzentrierte sich auf ihre Bewegungen und kam bald darauf an der ersten Insel an, die sie mit wenigen Schritten durchquerte, um dann von der anderen Seite aus die letzten Meter nach Shenmòray zurückzulegen.

Die Inseln waren unbewohnt und standen größtenteils unter Naturschutz. Man konnte trotzdem nie wissen, ob sich nicht jemand dort aufhielt, doch Catherine stand tropfnass an Land und horchte in die Dämmerung hinein, ohne Geräusche menschlicher Herkunft ausmachen zu können. Da die Insel vom Land aus nicht vollständig zu sehen war, hatte sie deren überraschende Größe nicht abschätzen können. Der Strand war schmal und zog sich am Ufer entlang. Vor ihr lag eine offene Wiese, die sich zwischen Kiefern zur Inselmitte hinaufzog. Catherine folgte dem ansteigenden Gelände und fand sich nach knapp zwanzig Metern vor den Überresten einer kleinen Abtei, die von zwei riesigen alten Tannen eingerahmt wurde, jenen, die sie vom Ufer aus gesehen hatte.

Obwohl sie allein auf der Insel war, verspürte sie keine Angst, sondern nur den drängenden Wunsch weiterzugehen. Zwischen den dichten Bäumen, die sich rings um die Mauerreste der Abtei erhoben, blitzten die Lichter vom Ufer des Lochs herüber. Raphziel, dachte sie, der Mund, der mir den Weg zeigen soll, und sah sich um. Vor ihr lag der Eingang der verfallenen Abtei. Sollte er der Mund sein? Sie ging zwischen den Steinen hindurch und stand im ehemaligen Innenhof der kleinen Anlage, die höchstens fünf bis acht Mönche beherbergt haben konnte. Eine Kirche hatte es nicht gegeben, eher eine kleine Kapelle, doch weder ein Turm noch Außenmauern waren übrig geblieben. Nur die halb vom Gras überwucherten Grundmauern zeugten von der einstigen Bastion der Glaubensbrüder.

Sie dachte an Dougals Gemälde, auf dem anstelle der Ruine Menhire zu sehen waren, und fragte sich, ob es noch Überreste der vorchristlichen Kultur gab. Langsam durchschritt sie die Mauerreste, das Gras unter den nackten Füßen war kühl. Dort, wo die Mönche wahrscheinlich ihren Garten angelegt hatten, hielt sie inne. Ein Birkenhain aus mehreren alten Bäumen, deren weiße Rinde silbrig im Abendlicht schimmerte, fiel ihr ins Auge. Im letzten Teil der Inschrift hieß es, dass sie Wahrheit im Licht finden würde, das Anfang, Mitte oder Ende sei. Wenn sie davon ausging, dass die hellen Birken das Licht waren, dann musste sie hier suchen.

Catherine verließ den Boden, der zum Grund der Abtei gehört hatte, und trat zwischen die Birken, deren zartgrüne Blätter leise raschelten, als sie zwischen ihnen hindurchschritt. Fast schien es, als flüsterten die Bäume von vergangenen Tagen, und Catherine überkam das seltsame Gefühl, hier schon einmal gewesen zu sein. Während sie sich langsam zwischen den Bäumen bewegte, spürte sie eine Veränderung im Boden und entdeckte, dass sie auf einem Stein stand, der zwischen dem üppig wuchernden Gras hervorschaute. Sie bückte sich und fuhr mit den Händen über die Oberfläche der Felsplatte, in die verschiedene Zeichen eingemeißelt waren. Sie waren so verwittert, dass sie lediglich eine Sonne und ein Winkelmaß erkennen konnte.

Ein Windstoß fuhr plötzlich durch die Bäume und ließ Catherine zusammenfahren. Alle ihre Sinne waren mit einem Male aufs Äußerste gespannt, als sie sich aufrichtete und das Rascheln der Blätter hörte, das sie an die Sprache des alten Volkes gemahnte. Sie streckte die Arme aus und hob den Blick. Über sich sah sie das Blätterdach, durch welches das goldene und violette Licht der Abendsonne schien. Das Rauschen um sie herum wurde stärker, und Catherine schloss die Augen und horchte in sich hinein. Bilder eines Volkes, das einen Tempel baute, erschienen vor ihr, und ein Mann leitete die Arbeiter, die ihm willig folgten. Er besaß etwas, das man ihm neidete, und sie fuhr zusammen, als sie Zeuge seiner Ermordung wurde. Seine Frau bewahrte sein Geheimnis und Priesterinnen trugen es weiter über viele Generationen, bis die Kreuzzüge begannen und mit der Zerstörung der alten Heiligtümer die alte Ordnung vernichtet wurde. Einer der Tempelritter jedoch rettete die letzte der Priesterinnen und nahm sie mit in sein Land. Sein Orden war mächtig und er einer derjenigen, die das Töten ablehnten. Sein Wissen schaffte Neider, und er musste die Priesterin, die er liebte, vor den eigenen Ordensbrüdern schützen. Sie flohen von Land zu Land und fanden Zuflucht bei seinem Freund, der dennoch nicht den Meuchelmord des Templers verhindern konnte. Doch er nahm sich der Priesterin an und brachte sie hierher. Catherine sah kleine schlanke Menschen mit blauen Tätowierungen auf ihren wohlgeformten Körpern. Sie sah Shenmòray, als es noch dem alten Volk gehörte, und verstand, dass der Geist dieser alten Kultur noch immer gegenwärtig war. Die Priesterin wurde zu einer normalen Frau, deren Geheimnis über Generationen gewahrt wurde, und ihr Gesicht glich mehr und mehr dem von Morven. Morven war die letzte Priesterin.

Catherine riss die Augen auf. Um sie war nichts außer

dem Birkenhain und einem uralten Stein, auf dem sie stand, und plötzlich fühlte sie in sich ein Wort aufsteigen, ein Wort, mächtiger als ein Orkan, der Städte vernichten und Reiche zerstören konnte, mächtiger als die Wogen der Ozeane, die Land verschlingen und schaffen konnten, mächtiger als der Regen, der Überschwemmungen und Fruchtbarkeit zugleich bringen konnte, mächtiger als das Feuer, dessen Brunst Verwüstung schaffen oder Reinigung bringen konnte, ein Wort, das nicht für die Ohren der Welt, wie sie die Menschen geschaffen hatten, bestimmt war, noch nicht und vielleicht niemals.

Catherine presste zitternd die Lippen aufeinander und schlang die Arme um ihren fast nackten nassen Körper, als Morven zwischen den Birkenstämmen hervortrat und sie in einen weißen Umhang hüllte. Sie legte den Arm um ihre Enkelin und führte sie zwischen den Birken und einigen Tannen hindurch zur Uferböschung, wo ein Boot im Wasser lag. Morven deutete auf den hellen Sand.

»Setzen wir uns.« Alles brauchte seine Zeit, aber sie hatte nie an ihrer Enkelin gezweifelt. Schon als sie sie das erste Mal gesehen hatte, war ihr klar gewesen, dass Catherine ein besonderes Kind war. In ihren Augen hatte sie Mitgefühl und ein tiefes Verständnis für die Natur und alles daraus entstandene Leben gefunden. Jetzt war sie hier, bei ihr, und endlich konnten sie über all das sprechen, was Morven schon so lange auf dem Herzen lag. Sie war alt, und Calums Tod hatte ihr deutlich gemacht, dass auch ihre Zeit sich dem Ende zuneigte, und es war richtig so, jetzt war es richtig.

»Was ich gesehen und gehört habe, Morven …«, begann Catherine immer noch unter dem Schock des Erlebten.

»Es ist so, wie du es erfahren hast. Du bist jetzt ein Teil der Geschichte. Deine Verantwortung ist groß, aber du bist eine starke Frau geworden, Cat.« Morven schaute ihre Enkelin von der Seite an und strich ihr liebevoll über die dichten Locken, die noch nass an ihrem Hals klebten. Ihre Ähnlichkeit war mehr äußerlich, denn Catherine würde nicht dieselben Fehler begehen, die sie selbst gemacht hatte.

»Was geschieht jetzt?«

»Wir leben unser Leben, nur dass wir die Möglichkeit haben, es besser zu machen. Wenn du jemals den Gesang der Wale gehört hast, dann weißt du, was vollkommene Harmonie ist. Diese großen wunderschönen, friedlichen Tiere, die ihre Jungen auf dem Rücken an die Wasseroberfläche tragen, die seit tausenden von Jahren auf denselben Wegen die Ozeane durchqueren, werden von unserer Art getötet. Cat, wenn wir sie töten, töten wir damit ein Stück von uns selbst.« Morven schaute auf das Wasser, das dunkel und unergründlich vor ihr lag. Irgendwo floss es hinaus in das Meer und nahm ihre Sehnsucht und ihre Angst mit sich. »Vor dir liegt noch ein langer Weg, Cat. Du wirst lernen müssen, deine Macht zu gebrauchen. Mit deinen Erfahrungen wird deine Stärke wachsen, und damit auch die Zahl deiner Feinde.«

»Einen habe ich bereits kennen gelernt.« Catherine befühlte vorsichtig ihre Wange.

Erst jetzt erkannte Morven, dass Catherine verletzt war, und wollte erschrocken wissen, wie es dazu gekommen war. Als sie Catherines Erklärung gehört hatte, sagte sie: »Der Tag wird kommen, an dem du dich ihm stellen musst. Der Kardinal und ich hatten eine stillschweigende Übereinkunft, aber mit Polminhac ist alles anders geworden.« Sie konnte das Schicksal nicht aufhalten, aber sie konnte ihre Enkelin alles lehren, was sie wusste, um sie im Kampf gegen die dunkle Seite zu stärken.

»Warum ein Kardinal, Morven?« Die Vorstellung, dass Religionen nur zum Wohle der Menschen wirkten, war eine bittere Illusion gewesen.

»Auch ein Kardinal ist letztlich nur ein Mensch, Cat, und

Menschen sind schwach und fehlbar. Bottineau ist ein Nachfahre von Clemens V.«

Catherine sog scharf die Luft ein. »Der Papst, der die Tempelritter ermorden ließ!«

Morven streichelte die Hand ihrer Enkelin. »Ja. Der Papst ließ damals den Großmeister der Tempelritter, Jacques de Molay, töten, aber Pierre Hussey, der die Hüterin unseres Geheimnisses nach Schottland gebracht hat, haben sie nicht gefasst.«

»Warum töten sie uns nicht einfach?«, fragte Catherine leise, obwohl sie die Antwort kannte.

»Wie kämen sie dann an das Wort?« Ihr Druck um die Hand ihrer Enkelin verstärkte sich, als sie daran dachte, was ihr bevorstehen konnte.

Catherine lehnte sich an ihre Großmutter, deren lange Haare silbrig im Mondlicht schimmerten. Sie waren völlig weiß geworden, seit sie sie das letzte Mal gesehen hatte, und auch die unzähligen Linien in ihrem schön geschnittenen Gesicht schienen tiefer. Morven war plötzlich alt geworden. Calums Tod schien ihr jegliche Energie, die ihr sonst ein inneres Strahlen verliehen hatte, geraubt zu haben. »Ich habe keine Angst vor Polminhac, und ich werde dich beschützen.«

Morven drehte sich zu Catherine, nahm sie in die Arme und murmelte: »Mach dir um mich keine Sorgen. Ich werde immer bei dir sein, Cat. Und hier auf Shenmòray werde ich dir nahe sein.«

Verzweifelt klammerte sich Catherine an ihre Großmutter. »Du willst mich doch jetzt nicht schon wieder verlassen?«

Morven lächelte sie an und legte die Hände um ihr Gesicht. Sie fühlten sich kühl an und Catherine beruhigte sich. »Nein.«

»Clara hat uns verlassen«, sagte Catherine.

»Erzähl mir alles, Cat. Ich war zu lange fort.« Still lauschte sie der Stimme ihrer Enkelin. »Clara wird von ihrer Familie gebraucht. Es ist richtig, dass sie geht, auch wenn sie uns fehlen wird, aber sie ist ein Mensch, der gebraucht werden möchte.«

Eine Weile saßen sie schweigend nebeneinander, jeder seinen Gedanken nachhängend. »Hast du auf mich gewartet, Morven?«

Ihre Großmutter lächelte unergründlich. »Ich wusste, dass du kommst. Erinnerst du dich an Calums Beerdigung? Da hast du mich doch auch verstanden.« Sie streichelte die Hand ihrer Enkelin. »Du wirst es lernen.«

»Fin sagt, dass du Calum geliebt hast«, setzte Catherine vorsichtig an.

Morven atmete tief ein. »Calum Buchanan war ein wundervoller Mensch, und er hätte jemanden Besseres als mich verdient, jemanden, der seine Liebe wert gewesen wäre.« Sie dachte voller Bedauern an die Jahre, die sie einsam und ohne seine Zärtlichkeit verbracht hatte, und dennoch, ohne Briana hätte sie niemals ihre Enkelin gehabt.

»Aber warum wart ihr dann nicht zusammen, nach Farquars Tod, meine ich?« Catherine beschloss, jetzt nicht aufzugeben, denn vielleicht erfuhr sie sonst niemals, was zwischen ihrer Großmutter und Calums Liebe gestanden hatte.

Seufzend legte Morven ihren Kopf in den Nacken. Das alles war so lange her, und doch hatte Catherine das Recht zu erfahren, warum sie so gehandelt hatte. Ihre schlanken gebräunten Finger hoben den hellen Sand auf und ließen ihn wieder zu Boden rinnen.

»Es hat eine Zeit gegeben, in der ich mich gegen meine Bestimmung gewehrt habe, und Farquar war jung und hatte mit der Loge nichts zu tun.« In Erinnerung an den stillen Farquar Mackay umspielte ein bitterer Zug ihre

Lippen. »Er war sehr in mich verliebt, und ich fühlte mich geschmeichelt und sicher bei ihm, weil er mir ein normales Leben bieten konnte. Es war mein Fehler, Cat, ganz allein mein Fehler. Ohne Liebe darf man nicht heiraten, auch wenn derjenige, der liebt, denkt, es reicht für zwei.« Sie schüttelte den Kopf. »Wir hatten dieses Restaurant, und eigentlich ging es uns gut. Briana kam zur Welt, und das Leben schien normal zu verlaufen. Doch Farquar war nicht zufrieden. Er merkte, dass ich ihn nicht liebte, und suchte sich auf andere Weise zu bestätigen. Von Calum, den ich weiter als Freund sah, wusste er um die Loge und bettelte so lange, bis dieser ihm die Aufnahme ermöglichte. Dougal war damals ein junger Heißsporn, gut aussehend und der Sohn aus einem der reichsten Clans. Er war mit Hamish befreundet, und sie nahmen auch Farquar zu ihren Jagden und Bootsausflügen mit. Da wurde viel getrunken und gefeiert und Farquar veränderte sich sehr. Ich hatte immer das Gefühl, dass er sich bei diesen Männerveranstaltungen wohler fühlte als bei mir und Briana.«

Morven zuckte mit den Schultern und fuhr fort: »Ich kann ihm das nicht einmal übel nehmen, obwohl ich natürlich enttäuscht war, dass er nun doch genau mit jenen Männern so viel Zeit verbrachte, deren Einfluss ich aus meinem Leben verbannen wollte. Was in der Nacht des Unfalls geschehen ist, weiß ich nicht genau, aber ich ahne es. Weder Hamish noch Dougal haben jemals offen darüber gesprochen. Sie waren wieder einmal mit dem Boot draußen, haben getrunken, sich gestritten, und Farquar ging über Bord. Sie brachten mir seine Leiche in derselben Nacht. In ihren Gesichtern las ich Schuld, aber sie schwiegen. Dougal war mit Sicherheit der Hauptschuldige, denn Hamish war eher ein Mitläufer. Was ich mir vorwerfen muss, ist, dass ich meinen Mann nicht geliebt und ihn praktisch in die Arme der Logenbrüder getrieben habe. Deshalb trage ich eine Mitschuld an seinem Tod.«

»Und Briana?«

»Oh, Briana hat ihren Vater geliebt und mir Vorwürfe gemacht, schon immer. Ich war sicher keine gute Mutter, Cat, aber wie sie mir das antun konnte, von Dougal McLachlan schwanger zu werden, das konnte ich nicht verstehen. Ausgerechnet an dem Abend vor Farquars Tod hatte sie mir ihre Schwangerschaft gebeichtet und auch, dass Dougal sie nicht heiraten würde, weil er Flora versprochen war. Kannst du dir vorstellen, wie ich mich gefühlt habe? Erst nimmt er mir meine Tochter, dann meinen Mann!« Morven seufzte tief und griff nach Catherines Hand. »Ich hätte nicht wütend werden dürfen, denn Briana traf keine Schuld, und sie hat jedes Recht, böse mit mir zu sein. In ihrer Verzweiflung ist sie in die Arme von Johannes Tannert gelaufen, den sie schon länger kannte, und der, wie ich weiß, ein wunderbarer Mann ist.« Sie streichelte Catherines Hand. »Du hast einen ganz besonderen Vater, Cat. Nur ihm habe ich es zu verdanken, dass wir uns begegnet sind. Er war so verständnisvoll und hat immer wieder versucht, Briana mit mir zu versöhnen.« Ihre Stimme brach und eine Träne lief über ihre Wange.

»Lag es an meiner Mutter?« Catherine dachte an ihre starrköpfige Mutter, die ihr so lange ihre Herkunft verschwiegen hatte.

»An uns beiden. Und als ich merkte, wie sehr du mir ähnelst, brachte ich es nicht über mich, den Kontakt zu dir abzubrechen, und habe Briana damit sicher sehr wehgetan. Ich bin eine selbstsüchtige Frau gewesen, Cat.« Leise fügte sie hinzu: »Und ich habe dafür bezahlt, indem ich mir die Liebe zu Calum versagt habe.« Wie hätte sie Calum gegenübertreten können, nachdem sie mitschuldig war an Farquars Tod?

Catherine verstand und hätte ihrer Großmutter dennoch gewünscht, dass sie weniger hart über sich geurteilt und ihrer Liebe zu Calum eine Chance gegeben hätte. Was war letzten Endes passiert? Beide waren einsam gewesen. Es ließ sich nichts ungeschehen machen, doch Catherine nahm sich vor, mit ihrer Mutter zu sprechen.

Morven lehnte sich zurück, und ihr Gesicht wirkte eingefallen und müde.

»Fin wartet drüben auf mich. Lass uns gehen, Morven.« Gemeinsam ruderten sie zurück. Fin kam aus dem Dunkel der Bäume auf sie zu und half ihnen, das Boot an Land zu ziehen.

Morven und Catherine verbrachten mehrere Tage damit, das Haus aufzuräumen, wobei Morven zwischen Antiquitäten und Gerümpel unterschied und sich von vielen Möbelstücken trennen wollte. Sie arbeitete auch die Papiere durch, die sich auf ihrem Schreibtisch stapelten. Allein unternahm sie mehrere Fahrten in die Umgebung, auf denen Catherine sie nicht begleiten durfte. Eines Morgens bat sie Catherine zu sich ins Arbeitszimmer.

»Cat, ich weiß nicht, wie es dir geht, aber mich bindet nichts an dieses Haus. Wenn du es möchtest, gehört es dir, aber eigentlich habe ich eine bessere Idee.« Zu viele Erinnerungen verbanden sich mit diesen Wänden, und ohne Clara war die Leere der vielen Räume erdrückend.

Catherine dachte ähnlich wie ihre Großmutter, denn ohne den Cafébetrieb lohnte es sich nicht, das geräumige Anwesen zu unterhalten. Erwartungsvoll sah sie Morven an.

»Ich habe einen Käufer für Balarhu und ein sehr schönes Cottage oberhalb von Lochgair gefunden, das ich dir zeigen möchte.« Sie griff nach den Autoschlüsseln, die auf dem Schreibtisch lagen, und stand auf. Sobald sie dieses Haus aufgegeben hatte, würde sie erleichtert aufatmen, aber Catherine brauchte einen Ort, an den sie sich zurückziehen konnte, bis sie ihr Leben neu geordnet hatte, und Morven war sicher, genau den richtigen Platz für ihre Enkelin gefunden zu haben.

Sie fuhren die Straße hinunter, die sie in jener Nacht zurückgekommen waren. Der Sommer war zurückgekehrt und schenkte ihnen seine letzten warmen Tage. Sie schaute auf das grüne Wasser von Loch Fyne, auf dem sich heute Morgen die Ausflugsboote tummelten, und entdeckte die kleine Inselgruppe, die von Kimichael Beg, durch das sie gerade hindurchfuhren, zu sehen war. Shenmòray lag unscheinbar zwischen den kleinen begrünten, teils bewaldeten Inseln, und heute suchte sie vergebens nach der augenfälligen Ähnlichkeit mit dem Gemälde.

Sie hatten den Wald kaum hinter sich gelassen, da bog Morven auch schon in eine schmale Seitenstraße in Richtung der bewaldeten Hügel ein.

»Das da vorn ist das Lochgair Hotel.« Morven zeigte auf ein zweistöckiges Gebäude, das sich mit einem kleineren Anbau an den Hügel schmiegte. Auf gleicher Höhe bog sie jetzt nach rechts und kam nach wenigen Metern, die zwischen hohen Kiefern hindurchführten, auf einem offenen, mit Kieseln gepflegt bestreuten Platz zum Stehen. Hinter dem Parkplatz, auf dem zwei Wagen Platz hatten, führte ein Weg durch einen schön angelegten Garten zu einem Natursteincottage, von dem aus man einen weiten Blick über die Bucht von Loch Gair und Loch Fyne hatte. Sogar die Inseln waren noch zu sehen.

Catherine umarmte ihre Großmutter und küsste sie auf die Wangen. »Das ist traumhaft schön!«

Morven lächelte zufrieden. »Es liegt nicht direkt am Wasser, aber dafür entschädigt die Aussicht, und innen ist alles erst vor kurzem renoviert worden. Es hat eine neue Küche, zwei Bäder, zwei Schlafzimmer, ein großes Kaminzimmer und ein Büro. Genug Platz für dich und Fin.« Sie wusste, dass sie damit auf einen wunden Punkt bei ihrer Enkelin anspielte, die seit jenem Abend kaum mit Fin gesprochen hatte.

Verstimmt entgegnete Catherine: »Darüber möchte ich nicht sprechen. Meine persönliche Beziehung zu Fin hat nichts mit Shenmòray zu tun. Es steht einfach noch zu viel zwischen uns.« Catherine schaute sich in dem Cottage um und sagte: »Zauberhaft, aber ich weiß nicht, wo wir all deine schönen Möbel unterbringen sollen.«

Morven drängte nicht weiter wegen Fin, sondern winkte ab. »Mach dir darüber keine Sorgen. Das meiste werde ich ohnehin verkaufen und einiges mit nach Mull nehmen.«

Erschrocken hielt Catherine inne. »Warum nach Mull? Ich dachte, du wirst hier leben?«

»Ich bin eine rastlose Seele, Cat. Das ändert sich auch mit dem Alter nicht. Gillian hat zwei leer stehende Zimmer, und von dort aus komme ich leichter in den Norden.« Morven liebte die Einsamkeit der Hebriden, wo es unbewohnte Inseln mit Steinkreisen gab, deren mythische Kräfte ungebrochen waren.

»Na schön, aber könntest du dir nicht wenigstens ein Mobiltelefon zulegen?« Doch Morvens skeptisches Gesicht ließ sie einsehen, dass ihre Großmutter sich niemals ändern würde. Es lag schon jetzt etwas Abwesendes in ihrem Blick, und Catherine ahnte, dass Morven sie bald wieder verlassen würde. Sie hatte geregelt, was ihr am Herzen gelegen hatte, und nun zog es sie wieder fort.

Und so war es. Morven unterschrieb die Verträge für den Verkauf von Balarhu und den Kauf des Cottages, für das Catherine einen Namen finden sollte, organisierte eine Umzugsfirma, die ihre Sachen ein- und vor Ort wieder auspacken würde, und stand eines Nachmittags neben Catherine am Strand der kleinen Bucht von Balarhu.

»Bringst du mich zum Bus?« Liebevoll strich sie Catherine über die Haare. »Sei mir nicht böse. Ich hasse Abschiede, und es ist ja nicht für immer.«

Bedrückt umarmte Catherine ihre Großmutter. »Natürlich nicht, aber es gibt noch so viele Dinge, über die wir reden müssen.« Arm in Arm gingen sie langsam zum Wagen. »Wird Polminhac mich bald aufsuchen?«

Morven schüttelte den Kopf. »Nein, nicht so bald. Er wird beobachten, wie du dich entwickelst, was du unternimmst. Es könnte ja auch sein, dass du ganz zurückgezogen lebst und vergisst, was du auf Shenmòray erfahren hast.«

»Wie könnte ich das?«, entfuhr es Catherine.

»Ich habe nichts anderes von dir erwartet, aber es gibt noch vieles für dich zu lernen, bevor du den ersten Zug in diesem Spiel machen kannst.«

»Dann zeig mir alles, Morven!«, drängte Catherine ihre Großmutter.

»Nicht jetzt, Cat. Eines wollte ich dir noch sagen. Sei nicht zu streng mit Fin. Sein Leben war sehr viel härter, als er es dir vielleicht erzählen wird, und er hat eine Menge auf sich genommen, um der zu sein, der er heute ist. Er liebt dich, und du liebst ihn auch. Mache nicht denselben Fehler wie ich damals.« Eindringlich sah Morven Catherine an. »Und jetzt müssen wir fahren, sonst verpasse ich meinen Bus.«

Morven gehen zu lassen schmerzte so sehr, dass sie hätte schreien können, doch es änderte nichts, und sie musste endlich lernen, sich damit abzufinden. Es gab jedoch etwas, das sie schon seit einigen Tagen beschäftigte, und sie konnte diese Begegnung nicht länger aufschieben.

Kapitel 20

> ... you know I couldn't do it on my own,
> see my eyes are older now,
> broken dreams behind ...
>
> *Máire Brennan*

Die Sonne stand schon längst nicht mehr im Zenit, sodass ihre Strahlen nicht mehr brannten, sondern wärmten, und Catherine kniff die Augen leicht zusammen, um möglichen Gegenverkehr auf der einspurigen Straße rechtzeitig zu erkennen. Morven hatte ihr den Geländewagen mit derselben Selbstverständlichkeit überlassen, mit der sie ihr die Schlüssel zu dem neuen Cottage gegeben hatte, doch es war müßig, über die Entscheidungen ihrer Großmutter zu grübeln, denn sie waren endgültig und unabänderlich. Kilbride lag am Ufer des Lochs und schien friedlich vor sich hin zu schlummern. Während sie überlegte, ob sie sich vielleicht besser angekündigt hätte, quietschten Reifen und lautes, verärgertes Autohupen erklang. Sie trat ihrerseits in die Bremsen und brachte ihr Gefährt knapp vor Rorys bulligem Wagen zum Stehen. Erzürnt über den unaufmerksamen Verkehrsteilnehmer sprang Rory McLachlan aus seinem Wagen und kam auf sie zu.

Als er erkannte, wen er vor sich hatte, hellte sich seine Miene sofort auf. »Na, wenn das keine Überraschung ist! Was treibt dich denn hier heraus?« Er grinste. »Meine Anrufe können es nicht gewesen sein, oder doch?« Lässig lehnte er sich an ihr offenes Fenster und schaute sie durch seine teure Designersonnenbrille an.

»Ich war sehr ungesellig, aber Morven und ich hatten eine Menge zu klären. Sie hat ein neues Cottage gekauft, und in drei Tagen ziehe ich aus Balarhu weg.« Er sah gebräunt und erholt aus. Der Stress der Logenfeier war ihm nicht mehr anzumerken.

»Finde ich gut, dass sie den alten Kasten verkauft hat, war wahrscheinlich sowieso unrentabel. Lennox ist nach Irland zurück. Ihn und Cadell haben wir aus der Loge ausgeschlossen. Ich verstehe nur nicht, warum du die Anzeige wegen Körperverletzung gegen Cadell zurückgezogen hast.« Er sah sie fragend an.

»Wegen Bridget und den Kindern. Er hat versprochen, sich zu ändern, und die Chance wollte ich ihm zumindest geben.«

Er schüttelte den Kopf und lächelte. »Cathy, du bist zu weichherzig. Fletcher ist ein Mistkerl. Der wird sich nicht ändern!«

»Vielleicht doch …«, und Catherine hoffte, dass sie Recht behielt.

Rory warf einen Blick auf seine Uhr. »Ich muss mich beeilen. Du wolltest nicht zu mir, oder?«

»Zu deinem Vater. Wie geht es ihm?«

»Mal so, mal so, aber er sagt ja nichts.« Er tippte auf seine Uhr. »Ich muss los. Meine Mutter ist übrigens nicht da, sie macht Urlaub mit Aileen und den Kindern. Dad wird sich freuen, dich zu sehen.« Plötzlich ernst, sagte er: »Wenn er dir verrät, was mit ihm los ist, würdest du es mir sagen, Cathy, nicht wahr?«

Von den McLachlans schien Rory tatsächlich der Einzige zu sein, dessen Oberflächlichkeit zeitweise aufbrach, um Mitgefühl Raum zu machen. »Wenn er es möchte, natürlich.« Sie lächelte diplomatisch.

Zum Abschied klopfte er leicht auf ihr Wagendach. »Du hättest dich für die Politik entscheiden sollen, mit diesem taktischen Talent wärst du groß rausgekommen. Wir sehen uns!«

Ob sie das als Kompliment oder Kritik auffassen sollte, war schwer zu sagen, doch Rory hupte noch einmal und winkte, als er an ihr vorbeifuhr. Auf dem Rest der Wegstrecke kam ihr niemand entgegen, und kurz darauf stieg sie auf dem Parkplatz aus. Der Rasen wirkte wie frisch gewässert und wies trotz der Hitze nicht einen einzigen gelben Fleck auf. Die riesige Schlossanlage lag verlassen da. Weder Hundegebell noch Kindergeschrei belebten die endlosen Rasenflächen. Als sie den Türklopfer betätigte, öffnete ihr nach angemessener Wartezeit ein älterer Mann in einem dunklen Anzug die Tür. Catherine hatte ihn bei ihren vorherigen Besuchen nur am Rande als den Butler registriert und erinnerte sich nicht, dass jemand seinen Namen erwähnt hätte.

»Wen darf ich melden?«, fragte der mittelgroße Mann mit säuerlicher Miene.

»Catherine Tannert für Mr McLachlan bitte«, sagte sie betont würdevoll und spähte in die Eingangshalle, in der Hoffnung, Dougal dort vielleicht zu sehen.

»Junior oder Senior?«

»Oh bitte, jetzt machen Sie es nicht so umständlich. Ich möchte mit Dougal McLachlan sprechen und bin sicher, dass er sich freuen wird, mich zu sehen.«

Mit hochgezogenen Augenbrauen und einer Leidensmiene stand der Butler in der Tür. »Bedaure sehr, aber Seine Lairdschaft sind unpässlich. Wenn Sie sich für morgen oder einen anderen Tag anmelden möchten?«

Langsam wurde Catherine wütend, doch ihre Besorgnis gewann die Oberhand. »Ich bitte Sie ja nur, einmal nachzufragen. Würden Sie das tun, bitte?«

Mit unbewegter Miene ließ der Butler sie eintreten, deutete auf einen der Stühle in der Halle und verschwand in dem Flur, der zu den Privaträumen der McLachlans führte. Es dauerte nicht lange, und er kam mit einem höflichen

Lächeln auf den dünnen Lippen zurück. »Bitte, wenn Sie mir folgen würden.«

In jenem gemütlich eingerichteten Wohnraum, den sie bei ihrem ersten Besuch gesehen hatte, lag Dougal auf einem Sofa, neben sich ein Tisch, auf dem ein Wasserglas und diverse Medikamentenschachteln lagen, sowie ein Stapel Bücher.

»Miss Tannert, Euer Lairdschaft«, kündigte der Butler sie an und zog sich dann diskret zurück.

»Danke, Joseph.« Dougal lächelte erfreut, als er sie sah, und Catherine gab sich alle Mühe, ihre Bestürzung angesichts seines erschreckenden Erscheinungsbildes zu verbergen. Die Schatten unter seinen Augen waren geblieben, verstärkt durch die wächserne Blässe seiner Haut und die hohlen Wangen. Seine Lippen sahen spröde aus. Sie hatte einen todkranken Mann vor sich.

Er wirkte noch dünner, und seine einst funkelnden dunklen Augen waren matt, leuchteten jedoch auf, als er ihr einen Platz anbot. »Bitte, Catherine, nehmen Sie sich einen Sessel oder den Stuhl. Ich entschuldige mich, dass ich Sie so empfangen muss, aber mein Zustand erlaubt mir keine großen Anstrengungen mehr, und wenn die Familie aus dem Haus ist, brauche ich mich nicht mehr als nötig zu belasten.« Ihr zu erzählen, dass er sich vor seiner eigenen Familie keine Blöße geben wollte, schien ihm unangebracht, und sie war klug genug, selbst zu urteilen. Vor ihr brauchte er sich nicht zu verstellen. »Was führt Sie zu mir? Es gab doch keinen neuen Ärger mit Cadell?«

»Nein. Der verhält sich ruhig.« Auch Polminhac hatte sich stillschweigend in seine Heimat begeben, und sie hoffte, dass er so bald nichts unternahm, aber laut Morven herrschte fürs Erste eine Art Waffenstillstand. Außer ihr, Fin und Morven wusste niemand von Polminhacs wirklichen Interessen, und so sollte es auch bleiben.

»Und was ist mit dem Franzosen? Haben Sie auch von ihm gehört?« Ihr Zögern dauerte nur den Bruchteil einer Sekunde, sagte ihm jedoch genug.

»Flüchtig. Er ist wieder in seine viel gepriesene Heimat zurück.« Catherine lachte. »Hier war es ihm zu rau und unkultiviert.«

Dougal fiel in ihr Lachen ein. »Unser Verlust ist er jedenfalls nicht ...« Das Lachen hatte seine Lungen gereizt, und er hustete. Der Reiz wurde schlimmer, er suchte das Wasserglas zu greifen, doch seine zitternden Hände warfen es auf den Boden, wo es mit lautem Klirren auf den Steinen zersprang.

»Oh nein, Dougal, nicht doch!« Sie beugte sich zu ihm und hinderte ihn daran, nach den Scherben zu greifen. »Wo sind die Gläser?« Mit dem Fuß stieß sie die Scherben vom Sofa weg und sah sich in dem großen Zimmer nach einem neuen Glas um, das sie schließlich auf einem Getränkewagen, der in einer Ecke stand, entdeckte. Rasch lief sie hinüber, nahm ein frisches Glas, goss Wasser aus einer bereitstehenden Karaffe ein und reichte es Dougal, der verzweifelt mit dem nicht enden wollenden Hustenreiz kämpfte.

Auch Joseph hatte das Geräusch gehört, denn er kam mit fragendem Blick in das Zimmer, wurde jedoch von Catherine mit entschiedener Stimme wieder hinausgeschickt. »Alles in Ordnung, wir kommen schon klar, danke, Joseph.«

Dougal, dessen Husten sich gelegt hatte, sah sie schwer atmend an. »Catherine, gibt es noch etwas, das Sie mir sagen wollen?« Die Vertrautheit einiger ihrer Bewegungen irritierten ihn schon länger, und ihre Besorgnis um ihn war mehr als die einer Bekannten.

Sie nickte und rang nach den richtigen Worten. »Ja, ich denke, Sie sollten es wissen, jetzt ...«, bedrückt sah sie zu Boden.

»Wo es mit mir zu Ende geht? Catherine, ich kann mich damit abfinden, wenn es wahr ist, was ich denke?« Er richtete sich auf und ergriff ihre Hand. »Du bist meine Tochter, nicht wahr? Ich habe es geahnt und es mir gewünscht. Oh Gott, all die Jahre, all die vielen Jahre ...« Weinend zog er sie an sich und schloss sie in die Arme.

Catherine ließ ihren Tränen freien Lauf und wünschte sich, dass die Umstände ihrer Begegnung andere wären, denn kaum hatte sie ihren Vater gefunden, sollte sie ihn auch schon wieder verlieren. »Vater«, sagte sie und wusste, dass sie es nur dieses eine Mal zu ihm sagen würde, denn in Deutschland wartete Johannes auf sie. Und dennoch würde das Wort Vater von nun an anders klingen.

Beide wischten sich die Tränen von den Wangen und mussten lächeln, als sie gleichzeitig nach einem Taschentuch griffen, das auf dem Tisch lag. Catherine stand auf und ging zu dem Getränkewagen, auf dem sich verschiedene Whiskysorten, Gin und Liköre befanden. »Wie wäre es mit einem Bunnahabhain?« Sie hielt die Flasche hoch, damit er sie sehen konnte.

»Großartige Idee. Zwei Tabletten und ein Whisky und ich fühle mich wie neu!« Er versuchte ein Lächeln, schnäuzte sich kurz und setzte sich gerade auf das Sofa, wobei er die Füße auf die Erde stellte.

Mit zwei halb vollen Gläsern kam Catherine zurück. »Auf die verlorene Tochter, die den verlorenen Vater fand! Cheers!«

Dougal lächelte sie immer noch ungläubig an. Wie hatte er so verblendet sein können? Briana hatte ihn besser gekannt, als er gedacht hatte, denn sie hatte gewusst, dass er Catherine nicht erkennen würde, und dabei konnte sie nur seine Tochter sein, wenn er sich an den stillen Deutschen erinnerte, mit dem Briana damals fortgegangen war. Gedankenverloren trank er den Whisky. Wie sollte er sie seiner Familie vorstellen, denn erfahren sollten es alle. Wenn er nur kräftiger wäre. Er hätte eine Party veranstaltet, auf der er sie der gesamten so genannten Gesellschaft als seine legitime Tochter präsentiert hätte.

Catherine stellte sich vor, was in ihm vorging. »Wir müssen es niemandem sagen, Dougal. Ich habe eine Familie und möchte deine nicht in Unordnung bringen.«

Er winkte ab. »Die können eine Menge vertragen. Wenn ich mir Floras Gesicht vorstelle, geht es mir gleich noch einmal so gut. Oder Greer und Aileen … Wahrscheinlich haben sie bereits ausgerechnet, wie groß das Stück von dem Kuchen ist, das sie nach meinem Tod bekommen.« Wie eine Horde gieriger Geier würden sie sich über sein Testament hermachen, und er weidete sich schon jetzt an ihren enttäuschten Gesichtern, wenn sie erfuhren … doch seine Gedanken wurden unterbrochen.

»Bitte erzähle mir, was in jener Nacht geschah, in der Farquar starb.« Die Todesumstände von Farquar ließen Catherine keine Ruhe.

»Farquar, ja, das war eine traurige Sache. Ich schulde Morven einiges, Catherine. Schließlich war ich dabei, als ihr Mann ertrank, und meinetwegen ist Briana weggegangen.« Er atmete tief durch und sagte dann: »Aber es gibt da etwas, das Morven nicht weiß. Ich habe sie immer respektiert und halte sie für eine der intelligentesten und bemerkenswertesten Frauen, die ich kenne. Calum war nicht umsonst ihr Freund. Gib mir noch einen Whisky, Catherine, bitte.«

Er genoss es, ihren Namen in vertrauter Anrede auszusprechen und sie einfach nur anzusehen. Seine Tochter war sie! Doch er machte Briana keinen Vorwurf. Zu schlecht hatte er sich damals ihr gegenüber verhalten. Obwohl er sie liebte, hatte er mit ihren Gefühlen gespielt, sie hinhalten wollen, nein, es war ihr Recht gewesen, ihm diese Tochter vorzuenthalten.

»Danke.« Er nahm das aufgefüllte Glas aus Catherines Hand entgegen und begann: »Farquar Mackay konnte Morven nicht das Wasser reichen, in keiner Hinsicht. Weder hatte er ihre Intelligenz, ihr Urteilsvermögen noch ihre Willensstärke. Das mag sich jetzt unfair anhören, aber Farquar war ein Weichling und ein Versager, was geschäftliche Dinge betrifft. Er hat es nur Calums Fürsprache zu verdanken gehabt, dass er überhaupt in die Loge aufgenommen worden ist. Es ist ein ehernes Gesetz unter den Brüdern, sich gegenseitig zu helfen, und Farquar hat das mehr als ausgenutzt. Nie hat er einem von uns auch nur einen Penny zurückgezahlt.« Dougal trank einen Schluck und fuhr fort: »Aber das allein war nicht das Schlimmste. Es gibt viele Männer, die eben kein Geschick in geschäftlichen Dingen haben und trotzdem großartige Menschen sind. Farquar gehörte nicht dazu. Er war davon besessen, es Morven zu zeigen, wie er immer zu uns sagte, wenn er betrunken war. Hamish und ich waren damals gute Freunde und haben Farquar manchmal mitgenommen auf unsere Ausflüge, weil uns Morven Leid getan hat. Es war ganz offensichtlich, dass die beiden nicht füreinander geschaffen waren, und obwohl sie nie etwas mit Calum hatte, hat Farquar sie hinter ihrem Rücken schlecht gemacht.«

Catherine schluckte. Das war eine Wendung, die sie nicht erwartet hatte, und ganz sicher würde sie Morven davon nichts erzählen.

»Das mit Calum und ihr war eine geistige Beziehung. Er war ihr Seelenverwandter, wenn man das so sagen kann. Und er hat sie gegen alles und jeden verteidigt, sie beschützt, wo immer es nötig war. Es gab da noch mehr, und das hängt mit Morvens Gemälde zusammen. Ich weiß nur, dass Farquar etwas von der Bedeutung dieses Bildes wusste, und aus irgendeinem Grund war er der Meinung, damit würde man ihn sofort zu einem der höheren Grade zulassen.« Resigniert sah Dougal sie an. »Ich gebe zu, dass ich es haben wollte. Seine Andeutungen waren so verworren und geheimnisvoll, und außerdem besitze ich das Gegenstück, wie du weißt.« Dougal seufzte. »Farquar hat nie begriffen, worum es bei uns eigentlich geht, aber solche Männer wie Farquar, die die Loge nur für ihre Zwecke benutzen, wird es immer geben. Finnean ist wie Calum, ein großartiger Junge. Du kannst stolz auf ihn sein, Catherine.« Ein warmes Lächeln glitt über sein ausgemergeltes, vom Schmerz gezeichnetes Gesicht. »Ich habe zumindest eine Tochter, auf die ich stolz bin.«

»Aber Rory ist dein Sohn und …«

»Rory ist in Ordnung«, unterbrach er sie knapp, »aber ich habe mich nicht genügend um ihn gekümmert. Er ist leider zu oberflächlich und leicht beeinflussbar, hat aber schon viel gelernt. Floras Arroganz ist zum Glück nur bei Greer und Aileen durchgeschlagen.« Für einen Moment war es still in dem großen Zimmer, und nichts außer dem Ticken der Wanduhr war zu hören. Dougal räusperte sich. »Was ich sagen wollte ist, dass Farquar wieder von Morvens Gemälde anfing, und darüber sind wir in jener Nacht in Streit geraten. Wir waren alle drei betrunken, und Hamish lag nach einem Schlagabtausch auf Deck, als Farquar das Gleichgewicht verlor und über Bord ging. Er paddelte im Wasser herum, und ich habe zu ihm gesagt, dass ich ihn nur herausziehe, wenn er mir das Bild überlässt, aber er wollte nicht.« Dougal machte eine Pause und fuhr fort: »Vielleicht hatte er sich schon bei dem Sturz über Bord verletzt, jedenfalls hörte er plötzlich auf, sich zu bewegen, und lag regungslos im Wasser. Bis ich Hamish so weit hatte, dass wir Farquar wieder aufs Schiff ziehen konnten, vergingen Minuten. Ich will meine Schuld nicht herunterspielen, Catherine. Wir haben verantwortungslos und fahrlässig gehandelt. Der arme Hamish ist nie darüber hinweggekommen. Aber um Farquar hat niemand eine Träne vergossen, nicht einmal Morven, wenn du mich fragst.«

Doch Catherine wusste es besser. Farquars Tochter hatte um ihren Vater getrauert, denn egal, was zwischen ihren Eltern stand, er war Brianas Vater gewesen. »Und ihr habt nie darüber gesprochen ...«

Dougal trank den Whisky aus und lehnte sich zurück. Sein Blick glitt durch den großen Raum, dessen Möbel, Bücher und wertvolle Teppiche von Wohlstand und ererbtem Familienbesitz zeugten. Dann betrachtete er Catherine, und alles andere verlor an Bedeutung. »Ich habe viele Fehler gemacht, Catherine, aber Morven zu sagen, was für ein Mann Farquar war, nachdem er durch meine Schuld ums Leben gekommen ist, wäre falsch gewesen. Sie hätte mir nie geglaubt. Möglicherweise hat sie geahnt, wie Farquar wirklich war, und es nicht wahrhaben wollen. Was spielt das jetzt noch für eine Rolle? Wir haben unser Leben gelebt. Heute würde ich vieles anders machen und auf all das hier«, er machte eine umfassende Geste, die den Raum und damit das Schloss einbezog, »könnte ich verzichten. Es ist nichts wert im Vergleich zu ehrlicher Zuneigung, die man sich nicht einmal von den eigenen Kindern erkaufen kann. Briana hat mich gesehen, wie ich damals war, und in Johannes Tannert einen Mann gefunden, der sie verdiente.« Schmerzlich verzog er das Gesicht und griff nach dem Tisch, auf dem seine Medikamente lagen.

»Was ist es?«, fragte Catherine, während sie zusah, wie er eine Tablette schluckte und wartete, bis das Medikament seine Wirkung zeigte.

Er sah sie an und atmete langsam, bis sich der Schmerz aus seinem Inneren zurückzog in einen Winkel, aus dem er unerwartet und immer häufiger plötzlich wieder hervorbrach, um ihm die eigene Ohnmacht gegenüber dem Körper zu demonstrieren. »Es ist nicht wichtig, Catherine.

Vielleicht irren sich die Ärzte, das ist schon oft genug vorgekommen.« Sein Lächeln berührte sie schmerzlich, weil sie verstand, dass es für sie beide zu spät war.

Dougal beugte sich vor und nahm ihre Hände in seine. »Besuch mich, wenn du es einrichten kannst, mein Kind. Jetzt brauche ich ein wenig Ruhe, die verdammten Pillen sind stärker als ich.« Er sah die Trauer in ihren Augen und sagte: »Das Bild in der Bibliothek gehört Morven. Du kannst es mitnehmen.«

Catherine drückte sein Hände, stand auf und wischte sich die Tränen aus den Augen. »Nein, Dougal, ich will es gar nicht und Morven auch nicht ...«

Unter Anstrengung erhob er sich und fasste sie bei den Schultern. »Schau mich an, Catherine, die beiden Gemälde gehören zusammen, genau wie du und ich, egal was geschehen ist oder geschehen wird. Verstehst du?«

Sie nickte, küsste ihn auf die Wange und rannte aus dem Zimmer. Als sie Joseph entdeckte, der anscheinend nach Dougal sehen wollte, wandte sie sich ab und ging weiter, bis sie vor der Bibliothek stand. Langsam drückte sie die Klinke herunter und trat in den lang gestreckten Raum, wo zwischen den Büchern das Bild hing. »Shenmòray«, flüsterte sie, als sie die Insel mit den Megalithen in dem Birkenhain sah.

Ohne es zu berühren, verließ sie die Bibliothek, zog die Tür sacht hinter sich zu und ging durch den Flur und die Eingangshalle hinaus in das warme Sonnenlicht. Sie würde wiederkommen, und das Bild wäre nicht der einzige Grund.

Kapitel 21

> Seit du gegangen,
> wurden es lange Tage.
> Fliederblatt sind wir:
> Darf ich Begegnung suchen?
> Muss ich noch warten, warten?
> *Iwa no Hime*

Der November in diesem Jahr war windig und nass, und die grauen Wolken schienen ein fester Bestandteil des Himmels geworden zu sein. Dennoch sah die Landschaft nicht trübe aus, sondern hatte aufgrund der ständig wechselnden Lichtverhältnisse einen rauen Zauber, dem sie sich nicht entziehen konnte. Sie hatte die Berge und Schluchten mit den zerklüfteten Felsen, zwischen denen plötzlich ein Meeresarm hindurchbrach und an seinen Ufern kleine Cottages oder eine malerisch exponiert stehende Burgruine zeigte, vermisst, während sie in Köln ihre Wohnung gekündigt und ihre Angelegenheiten geregelt hatte. In langen Gesprächen mit ihren Eltern hatte sie ihre Beweggründe für den Umzug nach Schottland dargelegt und war wider Erwarten auf Verständnis bei ihrer Mutter gestoßen.

Briana hatte tatsächlich eingeräumt, dass sie gegenüber Morven eine unversöhnliche Haltung bewahrt hatte, die jedes Einlenken unmöglich gemacht hatte. Über Dougal sprachen sie weniger, doch ihre Eltern konnten verstehen, dass Catherine ihren leiblichen Vater in den wenigen Monaten, die ihm noch blieben, möglichst nahe sein wollte. Das diesjährige Weihnachtsfest wollten sie alle gemeinsam in Morvens neuem Cottage verbringen, und Catherine setzte große Hoffnungen in die Begegnung von ihrer Großmutter und Mutter. An einem Abend, den sie mit Briana allein verbrachte, deutete Catherine an, was sie auf Shenmòray erlebt hatte, stieß bei ihrer Mutter jedoch auf Skepsis und Ablehnung, weshalb sie das Thema sofort wieder fallen ließ und einsah, dass sie dieses Geheimnis nur mit Morven teilen konnte. Mit Clara telefonierte Catherine des Öfteren und freute sich mit ihr, dass der Zustand von Marthas Tochter sich stabilisiert hatte. Von einer Rückkehr nach Inveraray sprach Clara nicht, sie kümmerte sich gern um Paul und ihre Cousine.

Es hatte aufgehört zu regnen und neben der Straße erhob sich der mächtige Ben Cruachan, in dem riesige Turbinen Wasser aus dem Stausee in den Loch Awe stürzen ließen. Catherine genoss den Blick auf die faszinierende Landschaft. Sie war am späten Vormittag von ihrem Cottage aufgebrochen und nach einem Besuch bei Hamish Richtung Oban gefahren. Nachdem sie von Dougal wusste, was damals geschehen war, hatte sie Hamish nicht wieder auf jene Unglücksnacht oder die Loge angesprochen. Er schien nur noch gelegentlich zu trinken und wollte sich bei den Anonymen Alkoholikern anmelden, was Catherine für einen wichtigen Schritt hielt.

Von Hamish wusste sie auch, dass Finnean sich zurzeit in seinem Haus an Loch Etive aufhielt. Sie hatten seit dem Sommer nur wenige Male miteinander telefoniert, und Catherine atmete tief durch, um ihre aufkeimende Nervosität zu unterdrücken. Hin und her hatte sie überlegt und endlich entschieden, sich mit ihren Computerkenntnissen eine neue Existenz in Schottland zu schaffen. In vielen durchwachten Nächten hatte sie über ihr Erlebnis auf Shenmòray nachgegrübelt. Beklemmende Albträume ließen sie oft schweißnass aus dem Schlaf schrecken, und es gelang ihr nur schwer, die Bilder, in denen Polminhac im Schatten eines gesichtslosen Mannes auftauchte, zu verscheuchen. Sie fühlte die unsichtbare Bedrohung durch den Kardinal, dem sie noch nie begegnet war und der sie bis in ihre Träume verfolgte.

Die Straße machte eine Kurve und eröffnete den Blick auf das aufgewühlte Wasser von Loch Etive. Catherine drehte das Fenster herunter und sog die salzige Luft ein, die vom nahen Meer zu ihr herüberwehte. Ihre Erfahrung auf Shenmòray hatte sie verändert. Es waren nicht nur die Albträume, die sie verfolgten, zugleich fühlte sie eine innere Stärke, die sie vieles mit anderen Augen sehen ließ. Morven war für einige Wochen aus Mull zurückgekehrt und hatte sie gelehrt, diese Kraft zu bändigen und zielgerichtet einzusetzen. Noch machte es Catherine Angst, wenn sie merkte, dass sie allein durch den Gedanken an das Wort andere beeinflussen konnte. Ein dorniger Weg aus Erfahrungen lag vor ihr, und sie wollte ihn nicht alleine gehen.

Sie schloss das Seitenfenster, weil der Wind auffrischte. Ein kleines Schild zeigte den Weg nach Benderloch, einem Ferienort direkt an der Küste. Von dort war es nicht mehr weit bis hinunter an die Ufer von Loch Etive, wo sich Fins Cottage befand. In den letzten Wochen hatte sie sich zunehmend einsam gefühlt und Fins ruhige Art vermisst. Wenn sie jemals geglaubt hatte, jemand anderen lieben zu können, hatte sie sich belogen. Was auch immer zwischen ihnen geschehen würde, sie wollte sich und Fin diese Chance geben.

Laut Hamishs Wegbeschreibung musste sie hier abbiegen, und ein Sandweg brachte sie nach etwa einhundert Metern zu einem Haus, das ziemlich genau Fins Beschreibung entsprach. In kleinen Wellen schlug das Wasser gegen einen kurzen Bootssteg vor dem Haus. Sie ging um das Cottage herum und stand schließlich vor der Veranda, auf der sie einen der Schaukelstühle erkannte, die Fin damals in der Werkstatt seines Vaters getischlert hatte. Der Wind wehte ihr die langen offenen Haare ins Gesicht und vor die Augen. Als sie wieder freie Sicht hatte, stand die Tür zum Haus offen und Fin lehnte am Geländer der Veranda.

»Hallo«, sagte sie leise.

Er kam die Stufen herunter und nahm sie in die Arme. »Ist das nur ein Besuch, oder bleibst du länger?«

»Können wir es nicht einfach darauf ankommen lassen?«, fragte sie und schaute ihn an.

Sein Gesicht wurde ernst. »Ich möchte, dass du bleibst, Cat. Du brauchst mich!« Er wollte sie küssen, doch sie wich zurück.

»Denkst du, dass ich deshalb gekommen bin, weil ich Angst habe?«

Fin lächelte. »Nein. Dazu bist du zu stolz.« Als er sie diesmal küssen wollte, ließ sie es geschehen.

Als sie wieder zu Atem kam, vergrub sie ihr Gesicht in seiner Halsbeuge und atmete den Duft seiner Haut, den sie so vermisst hatte. »Aber ich habe Angst, Fin«, flüsterte sie und dachte an den Schatten aus ihren Träumen.

Fin drückte sie an sich. »Gemeinsam werden wir gegen sie bestehen.«

»Ich hoffe es«, murmelte sie.

Er schien ihre Worte nicht gehört zu haben, denn er sagte: »Cat, man hat mir für nächsten Monat ein Projekt im Pazifik angeboten. Wir sollen die letzten Blauwale zählen und ihr Verhalten erforschen. Kommst du mit mir?«

Wer einmal den Gesang der Wale gehört hat, weiß, was vollkommene Harmonie ist, hatte Morven gesagt. Catherine nickte und schaute auf das grüne Wasser, auf dessen Wellen sich kleine weiße Gischtkronen bildeten.

Danksagung

Allen, die mir bei der Entstehung dieses Buches geholfen haben, danke ich von ganzem Herzen, ganz besonders:

Michael Klevenhaus für die Übersetzung der fiktiven Inschrift auf dem Bilderrahmen ins Schottisch-Gälische,

Dr. Roland Martin Hanke, Beauftragter der Großloge für kulturelle Angelegenheiten, und Thad Petersson vom Deutschen Freimaurermuseum in Bayreuth für ihre fachliche Beratung bei Fragen zur Historie der Freimaurerei,

Dr. Norbert Nick für seinen medizinischen Rat,

Kate Shelley, die mich während meiner Schottlandrecherche begleitete, mir Land und Leute nahe brachte und sich auch durch stürmischen Seegang nicht von einer Überfahrt nach Mull abhalten ließ,

Dr. Harry Olechnowitz für seine hundertprozentige Unterstützung und Motivation,

Monika Boese für ihre eingehenden Auseinandersetzungen mit meinen Skripten,

und nicht zuletzt meiner Familie, die mich während aller Phasen des Schreibens erträgt und trotzdem liebevoll unterstützt.

Constanze Wilken

Was von einem Sommer blieb

Laura wird von dem Grafen Massimo di Calvi nach Italien eingeladen und beauftragt, die Chronik seiner Familie zu schreiben. Die junge Frau hat ihr Kind verloren. Die Arbeit an der Chronik der adeligen Familie lenkt sie ab, doch Ruhe findet sie keine. Die Kälte und Strenge des Familiensitzes in Bergamo sind bedrückend, die abweisende Art des Hausherrn macht das Leben für Laura nicht leichter.

Versteckt im Garten des Palazzo entdeckt sie die lebensnah anmutende Marmorbüste einer schönen Unbekannten. Die Traurigkeit der Frau aus Stein berührt sie. Wer ist diese geheimnisvolle Schönheit? Laura will das Rätsel ergründen und die Herkunft der Statue klären. Und sie muss sich noch einer anderen Aufgabe stellen: Obwohl sie die Konsequenzen eines Geständnisses fürchtet, kann sie ihre Liebe zum Grafen nicht mehr verheimlichen. Doch ein Zusammenleben ist unmöglich. Als es zu einer Katastrophe kommt, muss Laura eine schwer wiegende Entscheidung treffen.

Das neue Buch von Constanze Wilken: Ein großer Schicksalsroman über eine Liebe gegen alle Widerstände.

Zur Einstimmung finden Sie hier eine Leseprobe ...

Kapitel 5

Die Chronik der di Calvis

Als sie Massimo am nächsten Morgen vor der Küche begegnete, machte dieser ein mürrisches Gesicht. Er knurrte kaum einen Morgengruß, nahm sich ein Tablett mit Espresso und Brioches mit in sein Büro und schloss demonstrativ die Tür, was er sonst nie tat. Mafalda schüttelte den Kopf und schob Laura ihren Kaffee zu.

»So ist er immer, wenn sie hier ist. Ich weiß gar nicht, warum sie überhaupt noch kommt. Sie schreien sich sowieso nur an.« Die alte Frau warf ein Stück Teig auf die Tischplatte und bearbeitete es vehement mit den Händen.

»Sie kommt sicher wegen der Kinder. Ich bin ihr gestern Abend begegnet. Sie sieht sehr traurig aus.« Laura biss nachdenklich in ein mit Marmelade gefülltes Gebäckstück.

»Traurig? Dass ich nicht lache! Sie ist ja gar nicht allein gekommen, sondern hat wieder so einen jungen Mann dabei. Immer neue, die Gesichter wechseln ständig, nur eines haben sie gemeinsam: Sie werden immer jünger!«

Giuliana besaß wirklich Mut, mit ihrem jüngeren Liebhaber ihren Mann zu besuchen. Wahrscheinlich wollte sie ihn provozieren, und es schien ihr auch zu gelingen. »Warum verbietet der Conte ihr nicht einfach, ihre Begleiter mitzubringen?«

Mafalda drückte den Teig in eine Springform. »Das hat er natürlich, aber sie schert sich nicht drum. Oh, es gab schon viel böses Blut. Aber sie ist seine Frau.«

»Sie können sich doch scheiden lassen«, stellte Laura fest.

Mafalda hob den Kopf und sah sie mit zusammengekniffenen Augen an. »Sind Sie nicht katholisch?«

»Doch.«

»Was soll dann diese Frage.« Damit wandte sie sich ab und begann, Zwiebeln in einer Pfanne auf dem Herd anzubraten.

In diesem Fall erübrigte sich eine Diskussion über den Sinn oder Unsinn einer Scheidung. Laura stellte ihr Geschirr zusammen, bedankte sich und verließ die Küche. Bevor sie in die Bibliothek ging, wollte sie sich für einige Minuten in die Stille des Gartens zurückziehen. Während sie durch die schattigen Laubengänge wanderte, kehrten ihre Gedanken immer wieder zu Massimo und Giuliana zurück. Konnte es denn im Sinne der Kirche sein, dass zwei Menschen, die sich nichts mehr zu sagen hatten und sich anscheinend nur noch verletzten, ein Leben lang aneinander gekettet waren? Sie selbst war froh gewesen, noch nicht mit Philip verheiratet gewesen zu sein. Vielleicht hätten sie die Entscheidung dann nur noch länger hinausgeschoben und sich gegenseitig mit Vorwürfen gequält.

Der Duft von Rosen stieg ihr in die Nase, und als sie ihre Umgebung bewusst wahrnahm, stellte sie fest, dass sie zur Grotte gewandert war. Laura hielt ihre Hände unter den kühlen Wasserstrahl und schaute zu ihrer Freundin, wie sie die unbekannte marmorne Schönheit inzwischen nannte.

»Und wen hast du geliebt?« Vorsichtig zupfte sie den Efeu aus der Mauernische und blies etwas Sand von den hellen Steinen. Sie wurde das Gefühl nicht los, dass diese Frau wichtig für die di Calvis gewesen war. Ihr Gesicht strahlte so viel Leben aus, so viel Leidenschaft und Wärme. Eine solche Frau konnte nicht nur das Idealbild eines Künstlers sein. Es interessierte Laura, wen das Leben dieser Frau berührt hatte.

Der Kies knirschte, und Marcello tauchte hinter einer der Hecken auf. Er schien über etwas verärgert, doch seine Stirnfalten glätteten sich, als er sie entdeckte.

»Laura! Ich hätte mir denken können, dass ich dich hier treffe. Bist du auch geflohen?« Er setzte einen Fuß auf den Beckenrand des Bassins und schaute in das sprudelnde Wasser.

Die Haare fielen ihm weich in den Nacken, und Laura fand, dass er an diesem Morgen jünger und verletzlicher aussah als bei ihrer ersten Begegnung. »Geflohen?« Obwohl er mit seiner Vermutung nicht falsch lag, verneinte sie. »Ich wollte die Morgensonne genießen, bevor ich mich für Stunden in der Bibliothek verkrieche.«

»Sie ist hier mit diesem Kerl! Himmel noch mal, wie kann sie uns das antun. Ich verstehe sie nicht!« Er ballte die Fäuste und drehte sich abrupt zu Laura um. »Du weißt es. Ich sehe es dir an. Was musst du von uns halten? Was denkst du über uns, Laura?«

Verlegen verschränkte Laura die Hände vor dem Körper. Wie konnte sie ihm antworten, ohne ihn zu verletzen? »Ich kann mir kein Urteil erlauben, dazu kenne ich euch zu wenig, und selbst wenn, es stünde mir nicht zu.«

Marcello sah angespannt aus. Nervös fuhr er sich durch die Haare. »Sie hat mich eingeladen. Ich soll sie auf Capri besuchen. Wie stellt sie sich das vor? Dieser Alessio ist so alt wie mein Bruder!«

Krampfhaft überlegte sie, was sie ihm raten sollte. Seine Augen spiegelten Enttäuschung und Wut wider. Bevor letztere die Oberhand gewinnen konnte, ging sie auf ihn zu und nahm ihn in den Arm. Stumm erwiderte er die Umarmung und wischte sich die Augen, nachdem er sie losgelassen hatte.

»Es tut so weh, sie so zu sehen. Sie ist meine Mutter.«

»Sie ist erwachsen, Marcello, und weiß genau, was sie tut.« Jedenfalls hoffte Laura das.

»Dann muss sie doch auch wissen, wie sehr uns ihr Verhalten vor den Kopf stößt.«

Eigentlich schon, dachte Laura. Laut sagte sie: »Hast du ihr das schon einmal direkt gesagt?«

»Nein, aber Vater ...«

»Sie tut es nicht, um euch zu schockieren, sondern um deinen Vater zu treffen.« Laura wollte dieses Gespräch beenden, denn sie fühlte sich als Vermittler unwohl und in Dinge hineingezogen, die sie nichts angingen.

Marcello räusperte sich. »Tut mir Leid, dass ich dich damit belästige, Laura. Ich werde darüber nachdenken. Nach Capri fahre ich jedenfalls nicht!« Er grinste unglücklich, doch Laura atmete erleichtert auf. »Übrigens habe ich mich umgeschrieben. Italienische Literatur ist jetzt mein Hauptfach.«

»Herzlichen Glückwunsch! Was müsst ihr denn lesen?« Laura schlug den Weg zurück zur Villa ein. Marcello folgte ihr.

»Giuseppe Tomasi di Lampedusas *Leopard*. Für mich nicht neu. Ich habe es schon mit dreizehn gelesen. Kennst du es?«

»Vage. Ist schon einige Jahre her. Es spielt auf Sizilien im neunzehnten Jahrhundert und war ziemlich bedrückend, so weit ich mich erinnere.« Laura strich im Vorbeigehen über ein Büschel Gräser und nahm den Geruch der Orangenbäume wahr, die dicht gedrängt zu ihrer Rechten standen.

Marcello geriet ins Schwärmen. »Eines der besten Bücher, die ich kenne. Wie Fürst Salina, der Wissen, Macht und Reichtum in den Händen hält, sich alles einfach entgleiten lässt, und dann diese morbide Atmosphäre auf Sizilien – wunderbar! Die Anspielungen auf die Klassengesellschaft, der Niedergang der eigenen Gesellschaft, die Einbeziehung von Garibaldi, das ist großartig geschrieben.« Marcello lachte leise. »Garibaldi – du brauchst meinem Vater gegenüber bloß den Namen zu erwähnen, und er gerät ins Schwärmen.«

Laura hatte nur eine ungenaue Vorstellung von Garibaldis Bedeutung. »Ach ja? Warum denn?«

»Frag ihn selbst.« Sie waren an den Stufen zur Terrasse angekommen, wo sie Giuliana neben einem gut aussehenden jüngeren Mann ihr Frühstück einnehmen sahen. Marcello zuckte kaum merklich zusammen, murmelte ein kurzes »Ciao« zu Laura und verschwand im Haus, ohne seine Mutter und deren Begleiter eines Blickes zu würdigen.

Giuliana, die an diesem Morgen frischer und vitaler wirkte, sah ihrem Sohn nach, ohne jedoch Anstalten zu machen, ihm zu folgen. Stattdessen tätschelte sie die Hand ihres Begleiters, dessen gelfrisiertes Haar in der Sonne glänzte. Sein durchtrainierter Körper war in der hellen Sommerkleidung nicht zu übersehen. Selbstgefällig setzte er sich eine Sonnenbrille auf und taxierte Laura. Sein Urteil schien nicht zu ihren Gunsten ausgefallen zu sein, denn er wandte sein klassisch-römisches Profil der Sonne entgegen, ohne weiter auf Laura zu achten.

»Sie sind ja wirklich früh auf, aber anscheinend noch nicht bei der Arbeit«, konstatierte Giuliana. Eine aufgeschnittene Kiwi lag auf ihrem Teller, doch Giuliana zog an ihrer Zigarette und ließ die Frucht unberührt.

»Ich teile mir meine Arbeit selbst ein. Bisher gab es damit kein Problem.«

»Nun seien Sie nicht gleich so schnippisch. Mir ist es gleich, wann, wie oder wo Sie diese Chronik erstellen. Wohin wollte denn Marcello?« Giulianas Stimme nahm einen weichen Ton bei der Erwähnung ihres Sohnes an. Fast bittend sah sie Laura an.

»Hat er mir nicht gesagt. Zur Universität, nehme ich an. Er studiert jetzt Literatur.«

»Ich halte die Chronik für eine gute Sache. Eure Familie ist doch wichtig und ...« Giuliana schnitt Alessio mit einer herrischen Handbewegung das Wort ab.

»Er ist ein begabter Junge, viel zu sensibel. Seine Geschwister sind ganz anders. Ich hatte immer gehofft, er ändert sich, dann wäre vieles leichter für ihn.« Sie drückte ihre Zigarette aus, wobei sie Alessios beleidigtes Gesicht ignorierte.

»Gegen die eigene Natur zu leben ist, glaube ich, das Verkehrteste, was ein Mensch tun kann. Aber jetzt sollte ich wirklich gehen. Auf Wiedersehen, Contessa.« Da Giuliana ihr Alessio nicht vorgestellt hatte, nickte Laura nur andeutungsweise in seine Richtung. Sie spürte Giulianas Blicke in ihrem Rücken und fragte sich, ob sie sich gerade eine Feindin gemacht hatte.

Die Bibliothek empfing sie mit angenehmer Kühle, dem strengen Geruch alten Leders und dem leicht muffigen, doch beruhigenden Duft von abgelagertem Papier. Sie setzte sich an ihren Platz, der ihr inzwischen lieb geworden war, und nahm die Unterlagen zur Hand. Giuliana hatte nichts durcheinander gebracht, sondern sich anscheinend nur angesehen, was gerade obenauf gelegen hatte. Laura suchte sich die Dokumente heraus, die sie zuletzt bearbeitet hatte. Darunter waren die Aufzeichnungen über Lorenzos Sammlung und die Zeichnungen für die Gartenanlage. Die Grotte hatte zu Lorenzos Zeit noch nicht existiert. Es machte keinen Sinn, sich weiter in den Plan zu vertiefen. Sie schob die Zeichnungen an das andere Tischende und wandte sich den Jahren nach dem Bau der Colleoni-Kapelle zu.

Lorenzo di Calvi stellte zweifelsohne eine einflussreiche und vielseitige Persönlichkeit seiner Zeit dar. Sein Sohn schien eine blasse Figur gewesen zu sein, während Lorenzos Enkel Cesare aus dem Schatten des Großvaters trat und sich durch politisches Geschick einen Namen machte. Zum ersten Mal stieß Laura bei ihrer Arbeit auf Niccolò Machiavelli, mit dem Cesare eine langjährige Freundschaft pflegte. Auf diese Begebenheit musste Massimo angespielt haben. Nun, dann wollte sie sich zumindest die Eckdaten dieses Machiavelli heraussuchen. Laura ging an die dicht vollgestellten Bücherregale und suchte nach einem Werk über den Florentiner, der mit seinen Schriften so viele kontroverse Diskussionen ausgelöst hatte. Sie wurde fündig und vertiefte sich für zwei Stunden in die Lektüre. Als ihr Magen zu knurren begann, ging sie in die Küche, um sich einen Espresso zu machen, ein gutes Mittel gegen unerwünschte Hungergefühle.

Das Wasser in der kleinen Maschine, Mafalda hielt anscheinend nichts von den großen modernen Espressomaschinen, begann langsam zu kochen, als Laura Stimmen auf dem Hof vernahm. Ein Blick aus dem Küchenfenster zeigte ihr Giuliana neben einem gelben Sportwagen, den Alessio mit drei großen Koffern zu beladen versuchte.

Nachdem das gelungen war, stiegen beide ein, und der Wagen fuhr mit laut aufheulendem Motor und Reifen, die den Kies aufwühlten, vom Hof. Sie sah gerade noch, wie Gaspare mit seiner Harke auftauchte und sofort damit begann, die Furchen zu beseitigen. Wie die Spurenbeseitigung einer unerwünschten Person, dachte Laura. Vielleicht hatte Giuliana schon immer dieses Gefühl gehabt, eine unerwünschte Person, ein Eindringling hier in der Villa zu sein, jemand, der sich den eingefahrenen Lebensgewohnheiten der di Calvis nicht anpassen mochte. Wie mochten Massimos Eltern sie aufgenommen haben? Laura nahm ihren Espresso, gab einen Löffel Zucker hinein und wollte gerade über den Flur gehen, als die Tür zum Büro des Conte aufflog. Erschrocken blieb Laura stehen.

Massimo lächelte. »Bitte nicht erschrecken! Das war genug Aufruhr für einen Morgen.« Er rückte seine dezent anthrazitfarbene Krawatte zurecht und schnippte einen Fussel vom Revers seines Jacketts. »Meine Kanzlei kann warten. Außerdem ist das eine Gelegenheit für meinen Sohn, sich allein den schwierigen Klienten zu stellen. Aber ich rede zu viel. Kommen Sie doch einen Moment in mein Büro und berichten Sie, wie weit Sie sind.«

Da seit ihrem letzten Gespräch noch nicht viel Zeit vergangen war, ahnte Laura, dass er etwas anderes wissen wollte. Sie setzte sich auf den angebotenen Stuhl und nippte an ihrem Espresso. »Ich bin noch in der ersten Phase, sammeln und ordnen, und gerade bei Cesare di Calvi angelangt, der mit Machiavelli befreundet war.«

Massimo nickte. »Sehr schön. Konnten Sie ungestört arbeiten? Haben Sie alles, was Sie benötigen?«

»Danke. Ich kann mich nicht beklagen.« Sie hielt die leere Tasse auf ihrem Schoß.

»Hmm«, der Conte räusperte sich, »eigentlich wollte ich Sie das nicht fragen, aber es wäre mir unangenehm falls ... Sind Sie meiner Frau begegnet?« Nervös drehte er einen Bleistift zwischen den Fingern.

Laura setzte eine betont neutrale Miene auf. »Wir haben kurz miteinander gesprochen. Sie war sehr zuvorkommend.«

»Wirklich?« Massimo klang skeptisch.

Das Foto von Mariachiara und ihrem Mann fiel in Lauras Blickfeld. »Ihre Frau ist wohl nicht ganz Ihrer Ansicht, was die Bedeutung der Chronik für die Metzners betrifft.«

»Was hat sie gesagt? Dass die Amerikaner nur materiell orientiert sind?« Der Bleistift wurde von Massimo auf den Tisch geworfen.

»So in etwa.« Giuliana wusste anscheinend genau, womit sie Massimo treffen konnte, doch er blieb gelassen.

»Vielleicht stimmt das sogar, aber auf ihre Art sind sie traditionell, nein, mehr patriotisch. Mein Schwiegersohn arbeitet für den Senator Adam Lamont, ein viel versprechender Kandidat für die nächste Präsidentschaftswahl. Zum einen ist das ein gut dotierter Job, zum anderen ist Frank ein ehrgeiziger junger Mann, und für einen Präsidenten zu arbeiten ist mehr, als er sich erhoffen kann.«

»Aber Geld spielt dabei doch eine entscheidende Rolle. Ich meine, so ein Wahlkampf ist sehr kostspielig. Die Kandidaten brauchen eine Menge Eigenkapital.«

»Oder Sponsoren. Lamont wird von einer Elektronikfirma und einem Flugzeughersteller unterstützt. Ich habe Aktienanteile bei diesen Firmen. Nicht nur aus familiären Gründen, ich glaube an den Erfolg der Unternehmen und an den des Senators. Nun ja, ich vertraue da auch auf van Ketels Rat.«

Und wenn der Senator Präsident wird, dann wird er den Firmen schon gehörige Vorteile verschaffen, dachte Laura, und das kann auch nicht zum Schaden der Aktionäre sein. Sie stand auf und strich über die schön geschwungenen Arme des tanzenden Fauns. »Selbst so ein begnadeter Künstler kommt nicht ohne einen Sponsor aus.«

Massimo legte die Fingerspitzen gegeneinander und sah sie nachdenklich an. »Nein. Kunst braucht Geld, und Geld bedeutet Macht, daran wird sich nie etwas ändern.«

»Wie schade. Aber Macht hat die Menschen schon immer fasziniert. Ein spannendes Thema. Ich habe mir ein Buch über Machiavelli zu Hilfe genommen. Immerhin spielte er für Ihre Familie eine Rolle.«

Interessiert hob Massimo die Augenbrauen. »Das ist richtig. *Der Fürst* ist sein populärstes Werk. Er hat es 1513 geschrieben und gibt darin seinen Gedanken über das Staatswesen der Renaissance Ausdruck. Seine Ideen sind so grundsätzlich …« Er lächelte. »Wie Sie schon sagten – auch heute kommt man nicht um ihn herum.«

»Was macht ihn nur so zeitlos?«

»Machiavelli wünschte sich eine Einigung Italiens. Damals war das kaum vorstellbar, denn die Städte, die zusammen mit ihrem Umland Fürstentümer und Republiken bildeten, lagen in ständigem Streit miteinander. Florenz kämpfte gegen Rom, Mailand gegen Florenz …« Massimo machte eine wegwerfende Handbewegung. »Und Machiavelli hat nun nach Regeln gesucht, die nicht an Ort und Zeit gebunden waren, die an Beispielen universell Geltendes verdeutlichen sollten, um den Herrschern sozusagen einen Leitfaden zu geben, nachdem sie handeln konnten.«

»Ein Handbuch für den regierenden Fürsten also?«

»Ja. Da er von den Fürsten abhängig war, konnte er sich schlecht gegen sie wenden. Vielleicht versuchte er einfach, das Beste aus der damaligen Situation zu machen. Volk und Fürst sollten beim Ausüben von Herrschaft moralisch bleiben. Natürlich nach den geltenden Maßstäben.« Er verzog den Mund zu einem schiefen Lächeln. »Was Machiavelli erreichen wollte, waren Dinge wie, dass der Fürst sein Wort halten sollte. Das sind einige Kapitel seines Buches. Er spricht von den verschiedenen Streitkräften und den Söldnern, aber auch von Leuten, die durch Verbrechen zur Herrschaft gekommen sind.«

»Das muss schon sehr kontrovers gewesen sein. Damit lebte er sicher nicht ungefährlich.«

»Er hatte viele Feinde.« Massimos Mobiltelefon klingelte. Er nahm es aus der Tasche, warf einen Blick darauf und seufzte. »Es tut mir Leid. Ich würde unser Gespräch gerne ein anderes Mal fortsetzen, sehr gern sogar. Leider habe ich geschäftlich in Mailand zu tun und muss eventuell kurzfristig für einige Tage verreisen. Fühlen Sie sich so frei, jederzeit in mein Büro zu kommen, falls Sie an die Unterlagen müssen. Es ist nicht verschlossen, wie überhaupt keines der Zimmer hier. Schauen Sie sich um, spüren Sie den di Calvis aus vergangenen Zeiten nach – Spuren gibt es hier überall.« Er hielt inne. Wenn er mehr hatte sagen wollen, überlegte er es sich anders.

Sein Händedruck war warm und fest, und für einen kurzen Moment trafen sich ihre Augen. Laura nahm die Espressotasse in beide Hände. »Alles Gute, Massimo. Ich glaube, den Garten mag ich am liebsten, aber ich werde mich umschauen, danke.«

Sie ging zurück in die Bibliothek, allerdings mit dem Gefühl, dass etwas ungesagt geblieben war, und sie wusste noch nicht, ob das gut oder schlecht oder unwichtig war. Das Buch über Machiavelli lag aufgeschlagen auf dem Tisch. Massimo hatte sie neugierig gemacht auf diesen Vordenker der Politik, aber für heute wollte sie sich lieber wieder den Fakten zuwenden, die in Form von Akten und Büchern auf dem Tisch lagen. Das Leben der di Calvis hatte sie zu fesseln begonnen, und besonders Cesare schien eine schillernde Gestalt gewesen zu sein. Normalerweise waren die Familien groß gewesen. Warum tauchten die Namen von Geschwistern nicht auf? Es gab sicher einen Stammbaum der di Calvis. Laura blätterte und überflog die Unterlagen, wurde jedoch nicht fündig. Möglicherweise befand sich ein solches Dokument in Massimos Büro.

Die Sonne war nach Westen gewandert und warf tiefere Strahlen durch die Terrassentüren, als Laura von ihrer Arbeit aufsah. Sie trat auf den Flur, wo ein herzhafter Duft sie in die Küche lockte. Auf dem Tisch stand eine Art Kuchen, der sie an die Ostertorte erinnerte, die ihre Mutter zu besonderen Anlässen gebacken hatte. Mafalda trug ihre weiße Schürze über einem blauen Kleid, die Haare streng aufgesteckt, was ihr zerfurchtes Gesicht noch schmaler machte, und beugte sich langsam nach vorn, um einen Teller aus einem der unteren Schränke zu holen. Laura eilte ihr zu Hilfe.

»Sie arbeiten zu viel, wirklich. Der Conte ist weggefahren, und für mich brauchen Sie nicht zu kochen, auch wenn ich Ihr Essen sehr schätze.«

»Seit über fünfzig Jahren habe ich jeden Tag das Essen in diesem Haus zubereitet, und daran wird sich auch nichts ändern, solange ich lebe.« Unwirsch stieß Mafalda sie zur Seite und holte einen Essteller hervor. »Haben Sie Hunger oder nicht?«

Laura gab sich geschlagen und nickte.

»Dann setzen Sie sich, und essen Sie diese *torta pasqualina*, solange sie warm ist, denn dann schmeckt sie am besten. Guten Appetit!«

Ein Stück der saftigen mit Spinat und Ricotta gefüllten Torte landete auf dem Teller und wurde Laura hingeschoben. Bevor sie die Gabel in den knusprigen goldbraunen Teig stieß, fragte sie Mafalda:

»Seit über fünfzig Jahren? Dann kennen Sie ja auch die Eltern des Conte?«

»Natürlich. Ich habe die Geburten erlebt und bin mit zum Grab gegangen, wenn einer von ihnen gestorben ist.« Mafalda stand für einen Moment still, die fleißigen Hände ruhten zusammengefaltet in der Schürze.

Laura hätte sie zu gern gebeten, sich zu setzen und vom Leben mit dieser Familie zu erzählen, doch sie traute sich nicht, die verschlossene alte Frau darum zu bitten. Die einzige Möglichkeit, mehr von ihr zu erfahren, bestand anscheinend darin, einfach bei ihr in der Küche zu sein, sich dem Genuss ihrer Kochkunst hinzugeben und darüber mit ihr ins Plaudern zu kommen. Laura aß den herzhaften Kuchen, wobei sie an ihre Mutter denken musste. Die stärker werdenden Asthmaanfälle machten ihr inzwischen mehr zu schaffen, als sie es jemals zugeben würde, und ihr Vater klang besorgt, wenn sie telefonierten.

»Die Contessa Giovanna hat meine *torta* immer sehr gelobt. Wir sind fast im gleichen Alter, aber sie hat mich nie wie eine Köchin behandelt.« Mafalda hob stolz ihr Kinn. »Ich war immer mehr als das, und sie wusste es.«

Laura schreckte aus ihren Gedanken auf und rekapitulierte: Giuliana war Massimos Frau, Mariachiara lebte in Washington und war überhaupt zu jung. Die Contessa Giovanna musste demnach Massimos Mutter sein.

»Ist sie verstorben?«, hakte Laura vorsichtig nach.

Mafalda nahm ein Tuch und begann, den Herd zu wischen. Mit dem Rücken zu Laura gewandt, sprach sie weiter, mehr einen Monolog führend als antwortend. »Er war fast zwanzig Jahre älter als sie. Vielleicht hätte sie ihn nicht heiraten sollen. Conte Vincenzo hat immer sein eigenes Leben geführt. Er war ein schöner Mann.« Die alte Frau hielt inne und fuhr sich über die grauen Haare, so wie sie es wahrscheinlich als junges Mädchen getan hatte, wenn sie einem Mann gefallen wollte. »Die Frauen haben es ihm zu leicht gemacht, und er war eben nur ein Mann. Dass die Contessa sich zurückgezogen hat, ist nicht unverständlich, nur ihrem Sohn hätte sie das nicht antun sollen.«

Mafalda schwieg und legte den Putzlappen sorgfältig zusammen.

»Dann ist sie fortgegangen und hat den Conte mit ihrem Sohn allein gelassen?« Wiederholte sich alles in der zweiten Generation?

Entrüstet sah Mafalda sie an. »Nein! Ich war ja da, und ihn hat sie mitgenommen.«

Laura hatte das Gefühl, einige Fakten nicht zu kennen, um Mafalda hier gänzlich folgen zu können. »Und die Contessa ist nicht zurückgekommen?«

»Nein. Bis heute nicht. Sie ist zur Beerdigung des Conte gekommen, aber seitdem hat sie keinen Fuß mehr in die Villa gesetzt. Mafalda, hat sie gesagt, ich weiß, du kümmerst dich um ihn. Das hat sie gesagt, und das tue ich.« Vorsichtig legte sie das gefaltete Putztuch auf den Tisch. Dann band sie ihre Schürze ab und hängte sie an einen Haken neben der Tür. Mit ihren leicht gebeugten Schultern kam sie zurück an den Tisch und nahm Lauras leeren Teller, um ihn in die Spülmaschine zu stellen.

Laura räusperte sich, stand auf und bedankte sich bei der alten Frau, die sie aus zusammengekniffenen Augen musterte.

»Sie müssen sich nicht dauernd bei mir bedanken. Das hier ist keine Arbeit für mich, das ist mein Leben, und wenn er mich einmal nicht mehr braucht ...« Mafalda lächelte verschmitzt. »Die neue Contessa hat es versucht, aber sie konnte mich nicht vertreiben, das hätte er niemals zugelassen.«

»Ich glaube kaum, dass Ihnen jemand Ihre Position streitig machen will, Mafalda.« Dachte sie etwa, dass Laura vorhatte, sich in der Villa dauerhaft einzunisten? Wahrscheinlich sah sie in jeder Besucherin einen Eindringling, der mit ihr um die Gunst des Conte buhlte.

Den Kopf leicht schief gelegt, nickte die Alte. »Kommen Sie heute Abend zum Essen? Es gibt Fisch.«

Spontan entschied Laura: »Nein, ich bin schon verabredet. Ich werde noch etwas arbeiten, und dann gehe ich in die Stadt. Auf Wiedersehen, Mafalda.«

Eine Verabredung hatte sie zwar nicht, aber sie musste der bedrückenden Atmosphäre des Hauses entfliehen und mit jemandem sprechen, der nicht nur in seiner eigenen antiquierten Welt lebte. Franca war genau die richtige Person, um sie auf andere Gedanken zu bringen, und Laura schickte ihr eine SMS, bevor sie in Massimos Büro ging. Die Tür war offen, und Laura blätterte die Akten durch, die der Conte ihr eingangs gezeigt hatte. Im dritten Ordner fand sie tatsächlich gefaltete Kopien eines Stammbaumes, der handschriftlich erstellt worden war. Angesichts der Tatsache, dass der Conte schon jemanden damit beauftragt hatte, das Material über die Familiengeschichte zusammenzustellen, fand Laura den unübersichtlichen Stammbaum wenig professionell, aber sie wusste natürlich nicht, ob er diese Aufgabe vielleicht auch einem Freund oder einem Familienmitglied überlassen hatte. Sie nahm die losen Blätter aus ihren Hüllen und legte sie auf Massimos Schreibtisch. Der Bleistift lag noch dort, wo er ihn bei ihrem Gespräch hatte fallen lassen. Obwohl er es nicht zugeben würde, hatte ihn der Besuch seiner Frau Nerven gekostet, und vielleicht war diese Geschäftsreise auch eine Art Flucht für ihn, oder aber er hatte eine Geliebte, die er gelegentlich besuchte, ein Gedanke, der Laura nicht behagte, obwohl er nahe liegend und bei der Zerstrittenheit der Eheleute nicht unverständlich wäre.

Ihr Blick fiel auf eine gerahmte Fotografie, die neben dem Schreibtisch an der Wand hing und ihr bisher nicht aufgefallen war. Ein hochgewachsener Mann mit klassisch schön geschnittenen Gesichtszügen stand in formeller Kleidung neben einer eleganten Frau, deren kunstvoll aufgesteckte Haare ganz dem Stil der fünfziger Jahre entsprachen. Während der Mann gelangweilt und arrogant, wie Laura fand, in die Kamera schaute, hatte die Frau eine Hand schützend auf das Haupt eines vor ihr stehenden Jungen gelegt. Laura hielt inne. Die Ähnlichkeit war verblüffend. Der kleinere Junge, der vor seinem Vater stand, hielt die Hand des Bruders und lächelte. Das war Massimo! Dann musste der größere Junge sein Bruder sein. Mit keinem Wort hatte er die Existenz eines Bruders erwähnt. Sie schluckte, wieder ein familiärer Zwist oder eine Tragödie? Mafalda hatte mit ihrer Beschreibung des alten Conte richtig gelegen. Er war ein sehr attraktiver Mann, und sicher dominant und schwierig. Seine Frau gefiel Laura weitaus besser. Sie wirkte bodenständiger, irgendwie robuster, trotz des maßgeschneiderten Kostüms. Dass diese Frau Massimo ohne triftigen Grund verlassen hatte, war schwer vorstellbar. Vielleicht konnte sie Marcello bei Gelegenheit nach seiner Großmutter fragen.

Eigentlich ging sie das alles nichts an. Sie suchte nach Cesares Namen, der von 1455 bis 1548 gelebt hatte. Aber irgendetwas stimmte in dieser Familie nicht. Massimo hatte einen Bruder, über den er nicht sprach, und auch seine Mutter hatte er noch mit keinem Wort erwähnt. Für italienische Verhältnisse war das sehr ungewöhnlich. Was wurde hier verheimlicht? Vielleicht kam sie dahinter, wenn sie die Familiengeschichte verstand. Sie ging nachdenklich in die Bibliothek zurück. Auch zu Cesares Zeit hatte es Seuchen gegeben, dessen war sich Laura sicher, und dennoch hatte der Fürst fast ein ganzes Jahrhundert gelebt und Werden und Vergehen in seiner Familie mit angesehen. Cesare war dreimal verheiratet gewesen, in erster Ehe mit einer Giovanna, die ihm mehrere Kinder geschenkt hatte, von denen keines den Vater überlebt hatte. Die zweite Ehe war kinderlos geblieben, doch die dritte Ehefrau, eine Tiziana aus dem Geschlecht der Sandrelli-Familie, hatte schließlich den Erben zur Welt gebracht.

Kinder. Hohe Kindersterblichkeit. Laura schluckte. Heute wurde man schon fast schief angesehen, wenn man über eine Fehlgeburt oder den frühen Tod eines Kindes sprach, so als sei man selbst Schuld, müsse selbst Schuld sein, weil die Medizin doch so weit fortgeschritten war, dass eine Geburt nahezu risikofrei sei. Niemand als sie selbst wusste besser, dass es immer ein Risiko gab. Laura klappte den Aktendeckel zu. So kam sie nicht weiter, nicht heute. Die Luft in der Bibliothek kam ihr plötzlich zum Ersticken vor, die Bilder in ihren schweren Goldrahmen noch dunkler. Vor einem düsteren Himmel drehten sich die Flügel einer einsamen Windmühle. Das Landschaftsgemälde hing ihr gegenüber an der Wand. Sie schaltete das Licht aus und ließ ihren Arbeitsplatz mit dem flüchtigen Gedanken zurück, dass dieses bedrückende alte Bild sich der Stimmung in der Villa bestens anpasste, oder war es umgekehrt?

© Ullstein Buchverlage GmbH, Berlin 2006

»Nora Roberts hat es wieder geschafft!«
Neue Revue

Spannende Unterhaltung der Extraklasse: Die Archäologin Callie Dunbrook wird zu einem aufsehenerregenden Fund gerufen. Kaum angekommen, muß sie feststellen, daß sie ausgerechnet mit ihrem Exmann Jake Hand in Hand zusammenarbeiten soll. Und plötzlich sieht sich Callie auch noch mit einem dunklen Geheimnis aus ihrer eigenen Vergangenheit konfrontiert: Wurde sie als Kind ihren wahren Eltern entführt?

»Fesselt, läßt aber auch den Humor nicht zu kurz kommen.«
B.Z.

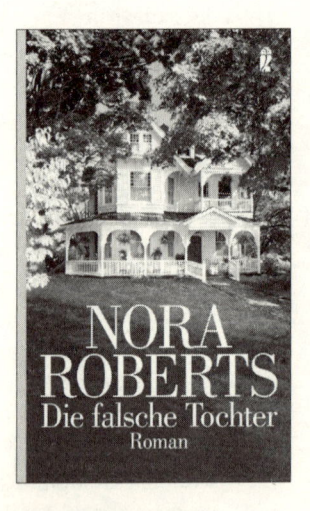

Die falsche Tochter
Roman
ISBN-13: 978-3-548-26191-1
ISBN-10: 3-548-26191-4

ULLSTEIN